Für alle, die weiterkämpfen,
obwohl der Kampf aussichtslos scheint.

KNAUR

Stefanie Hasse

Das verratene Herz

Die vier Göttergaben

KNAUR

Besuche uns im Internet:
www.knaur.de
Facebook: https://www.facebook.com/KnaurFantasy/
Instagram: @KnaurFantasy

MIX
Papier aus verantwortungsvollen Quellen
FSC® C083411

Aus Verantwortung für die Umwelt hat sich die Verlagsgruppe Droemer Knaur zu einer nachhaltigen Buchproduktion verpflichtet. Der bewusste Umgang mit unseren Ressourcen, der Schutz unseres Klimas und der Natur gehören zu unseren obersten Unternehmenszielen. Gemeinsam mit unseren Partnern und Lieferanten setzen wir uns für eine klimaneutrale Buchproduktion ein, die den Erwerb von Klimazertifikaten zur Kompensation des CO_2-Ausstoßes einschließt. Weitere Informationen finden Sie unter: www.klimaneutralerverlag.de

Originalausgabe Mai 2022
Knaur Taschenbuch

Ein Imprint der Verlagsgruppe
Droemer Knaur GmbH & Co. KG, München

Redaktion: Katja Hildebrandt
Karte: Stefanie Hasse
Covergestaltung: Alexander Kopainsky
Coverabbildung: Collage von Alexander Kopainsky unter
Verwendung von Motiven von Shutterstock.com
Illustration im Innenteil: Sandra_M/Shutterstock.com
Satz: Adobe InDesign im Verlag
Druck und Bindung: CPI books GmbH, Leck
ISBN 978-3-426-52684-2

2 4 5 3 1

1
Taipa

Princeps Valerian wurde in ein goldenes Licht getaucht, das sich langsam bis in alle Winkel des Dormus ausbreitete und den Staub in der Luft wie Diamanten funkeln ließ. Im Moment der Nutzung von Orientis' Göttergabe – der Tontafel, die jeden mit dem Blut der Nachkommen Darias, der Eroberin, geschriebenen Wunsch erfüllte – stand die Zeit still. Taipa konnte sich nicht rühren, konnte nicht schreien, obwohl sie innerlich so laut brüllte. Daher wog sie im Geiste ihre Möglichkeiten ab.

Zunächst war alles nach Plan verlaufen: Princeps Valerian hatte seinen Wunsch mit Blut auf die göttliche Tafel notiert und Princepa Malena zur Gefühllosigkeit verdammt, um das Beben der Erde, sobald ihr Herz schmerzte, zu unterbinden. Malena hatte sich tränenreich von ihrem Liebsten Aries verabschiedet und war zu ihrer ersten Gardistin Circe getreten, der sie den Eid abgenommen hatte, die Princepa und ihr ungeborenes Kind zu töten, sobald der Wunsch geschrieben war. Malena hatte nie so werden wollen wie ihre grausamen Ahninnen. Und doch war es so gekommen. Denn Circe hatte ihren Eid gebrochen, Malena lebte, und das durch den Staub des Natursteins für Taipa sichtbare Rot der Angst verblasste immer weiter, obwohl sie die Gefühle der anderen nach wie vor deutlich sehen konnte. Und es kam noch schlimmer. Der Schein, der Circe umrahmte, war von jenem goldenen Licht, das auch von der göttlichen Tontafel ausging. Circe war nicht menschlich, konnte nur die kriegerische Göttin Meridia sein.

Taipa betete zur Erdenmutter, flehte sie um Hilfe ob dieser

mächtigen Gegnerin an. Was hatten sie der Göttin des südlichen Volkes schon entgegenzusetzen? Doch die Erdenmutter schwieg, als wäre auch sie zum Nichtstun verdammt. Taipa sah zu Cheveyo, ihrem so treuen Gefährten, den künftigen Häuptling ihres Stammes, den sie mit ihrem Unternehmen in den Untergang geführt hatte.

Das goldene Licht verblasste. Die Princepa war verdammt, ohne dass Circe sie wie versprochen tötete. In Taipas Rücken flüsterte Vilana ihrer Gefährtin Mameida zu:

»Etwas stimmt nicht mit ihr. Sie ist doch so geworden, wie sie nicht sein wollte.« An Taipa gewandt fuhr sie fort: »Du hast uns gesagt, dass Circe sie aufhalten würde.«

»Offenbar hat Circe ihren Mut verloren«, sagte Mameida. »Ich werde die Aufgabe übernehmen. Wir dürfen das nicht zulassen. Malena hätte das nicht gewollt. Sie ist unsere beste Freundin.« Nur wenige Herzschläge später waren die Uniformen beider Gardistinnen von Blut getränkt.

Princeps Valerian sah verwirrt zu den beiden leblosen Frauen, deren Blut sich auf dem Boden ausbreitete. Er wollte etwas sagen, doch Aries riss ihm die Worte von den Lippen und brüllte in Taipas und Cheveyos Richtung: »Verschwindet!«

Taipa sah in den Augen des Princeps, wie er versuchte, die Zusammenhänge zu begreifen, da wandte sich Malena ihm zu und sagte: »Du hast viel verpasst, Val. Ich werde dir alles erklären, sobald du wieder bei Kräften bist. Unsere Zukunft hat begonnen.« Das Lächeln, das sie dem Princeps schenkte, war so falsch, dass Taipa voller Unglaube zusah, wie dieser es ehrlich erwiderte.

Das Versprechen, alles zum Guten zu bringen, das Malena ihm gegeben hatte, indem sie ihm nichts von ihrem geplanten Tod sagte, den Circe herbeiführen sollte, zersetzte noch immer sein logisches Denken.

Daher folgte Taipa Aries' Aufforderung, der sich nun ebenfalls langsam von Malena zurückzog. Tränen rannen seine Wangen hinab, und die Augen röteten sich immer mehr.

»Ich werde dich immer lieben, Lena!« Die unter so viel Schmerz hervorgepressten Worte entlockten der Princepa nur ein abfälliges Lächeln.

Taipa und Cheveyo gingen langsam rückwärts, entfernten sich Schritt für Schritt von den beiden Toten. Dabei ließ Taipa weder die Princepa noch die zufrieden wirkende goldschimmernde Göttin aus den Augen.

Sobald sie den langen Flur erreicht hatten, rannten sie los. Aries' Schritte erklangen kurz nach ihnen, doch er wurde sofort vom Princeps zurückgerufen. Wie erstarrt blieb er stehen, Taipa konnte nicht fassen, dass er sich tatsächlich umdrehte und zurückkehrte. Lieber noch hätte sich Taipa ein weiteres Mal mit dem Bären angelegt, dem Cheveyo die fünf Narben auf seinem Unterarm zu verdanken hatte. Über die Schulter hinweg rief Aries ihr und Cheveyo noch zu, dass sie sich in der Unterstadt treffen würden. Doch Taipa war sich nicht so sicher wie er, dass er die Rückkehr in Princeps Valerians Dormus überlebte.

Gemeinsam mit Cheveyo hastete sie weiter. Die Rundbogenfenster mit den ornamentverzierten Gittern sorgten für ein Spiel aus Licht und Schatten. Mit jedem Wechsel in die Helligkeit sah Taipa im Geiste einen weiteren Schritt ihres Weges von dem Moment an, da sie beschlossen hatte, ihren Stamm zu verlassen, um ihre Schwester und ihr Volk zu heilen. Sie spürte die Anwesenheit der Erdenmutter mit jeder Erinnerung mehr. Sie sah Cheveyo und sich auf der Via Occidens, ihr Eintreffen in der Unterstadt, wo Taipa ihre vorübergehende Bestimmung fand: das Heilzelt, das sie aufgebaut, mit dem sie den Verletzten geholfen hatten und das von der Erdenmutter selbst bei den Beben beschützt worden war. Dann die Kriegerin aus dem Süden, in deren Geist Cheveyo eingetaucht war, weil Taipa sie nicht hatte erwecken können. *Caldea.* Aries hatte Caldea in den Kerker bringen lassen, Taipa sah das Gespräch erneut vor sich, verfolgte ein weiteres Mal, wie die Palastwachen die Kriegerin abgeholt hatten.

Taipa wusste nun, was sie zu tun hatten. Die Erdenmutter wies ihr endlich einen neuen Weg. Doch zunächst musste sie jemanden aussenden, der ihrem Stamm das Pulver des Natursteins brachte. Taipas Schwester Lana durfte ihrer Großmutter Yanma nicht in den Tod folgen, nur weil Taipa den Weg beschritt, den ihr die Göttin gewiesen hatte. Sie würde Lana retten und all die anderen.

Dann war es an der Zeit, die Kriegerin zu befreien. Sie musste gemeinsam mit Cheveyo einen Weg in den Kerker finden. Cheveyo hatte beim Eintauchen in Caldeas Geist deren Vorhaben gesehen. Nun war es an der Zeit, dass die Kriegerin ihrer Bestimmung folgte – wie auch immer diese aussehen mochte.

2
Caldea

MEHRERE MONDE ZUVOR

Caldea liebte die Minuten vor einem Kampf. Die Aggression, die in dem Loch im Boden waberte, die Spannung, die sich auf die Zuschauer eine Mannshöhe über ihrem Kopf legte, die Menschen, die laut johlend an dem hölzernen Gestänge hingen und ihre Favoriten unterstützten.

Sie überprüfte die Bänder aus weichem Leder um ihren Handrücken und die Fingerknöchel, zerrte aus Gewohnheit einmal an dem Knoten an ihrem Handgelenk, ehe sie ihre geschlossenen Stiefel in den Sand grub, um für einen guten Stand zu sorgen, und ihren Kampfstab fester umgriff. Der Kampfleiter stieg die reparaturbedürftige Leiter hinauf, bevor er das Signal zum Start gab. Caldea fixierte ihr Gegenüber, einen Jungen mit leuchtend grünen Augen, der von seiner Horde dazu auserwählt wurde, gegen das *schwache Mädchen* zu siegen. Caldea wurde immer unterschätzt. Jeder erste Kampf in einer Arena war wie eine Aufwärmübung.

Der Junge konnte kaum sechzehn Sommer zählen, er war so schlaksig, dass Caldea Angst hatte, ihn ernsthaft zu verletzen. Die Menge brüllte seinen Namen: Lucan. Je lauter sie skandierten, desto mehr schien er sich aufzurichten, und mit einer Entschlossenheit, die deutlich an Selbstüberschätzung grenzte, erhob er seinen Holzstab und stürmte auf Caldea zu.

Sie parierte den Schlag mit mäßiger Kraft, sodass es aussah, als hätte Lucan eine Chance. Die Menge jubelte, und trunken von seinem ersten *gekonnten* Angriff legte er nach. Offensichtlich trainierte er noch nicht lange mit Speer und

Stab, seine Bewegungen waren ungelenk und vorhersehbar. Sie entsprachen den Grundübungen des Stammes, die Agrippa für Caldea ausgekundschaftet hatte. Caldea hätte diesen Kampf mit geschlossenen Augen gewinnen können. Doch sie wollte Lucan nicht bloßstellen, hielt sich zurück. Sie brauchte Verbündete, keine Feinde.

Daher setzte sie einen gezielten Schlag gegen seine Flanke. Das Holz knirschte nicht einmal, wie es der Fall war, wenn sie ernsthaft zuschlug. Dennoch erkannte Lucan, wer wirklich die Oberhand hatte. Er wurde kreidebleich, Schweiß glänzte auf seiner Stirn, und er warf einen raschen Blick nach oben. Caldea konnte nicht erkennen, zu wem. Auf die Scham, die nun auf seine Züge trat, hatte Caldea nur gewartet. So raunte sie ihm zu, wie er sie angreifen sollte. Seine grünen Augen weiteten sich vor Überraschung, er warf erneut einen Blick nach oben, und diesmal sah Caldea, dass Lucan in Richtung des Fürsten der Horde sah, Marcus, der getrennt von der Menge auf einem hohen fellbedeckten Thron saß.

»Tu, was ich dir sage, und du wirst deine Würde behalten«, legte Caldea nach, und der Junge folgte ihren Anweisungen bereitwillig. Die Menge tobte, während sich Caldea mit dem Jungen einen Schaukampf lieferte, der von oben täuschend echt aussehen musste. Aber es war nicht Lucan, den sie besiegen musste, um ihr Vorhaben umzusetzen.

»Jetzt ein tiefer Hieb gegen meinen Oberschenkel«, zischte Caldea, vollführte eine Drehung und täuschte vor, gegen Lucans Stockhand zu schlagen. Er folgte dem Befehl, und sie biss die Zähne zusammen, um es aussehen zu lassen, als hätte sie starke Schmerzen. Während der nachfolgenden Kampfzüge zog sie ihr Bein immer etwas nach – hinterließ Furchen im stinkenden Sand der Arena.

»Und nun musst du mich umstoßen. Danach werde ich dich besiegen.« Lucan dachte einen Moment zu lange nach, wog seine realen Chancen ab, sodass Caldea keine Möglichkeit blieb. Sie hieb mit dem Holz gegen seinen Oberarm. Hätte sie nichts unternommen, wäre ihre Täuschung aufgefallen. Niemand lässt eine Chance zum Schlag vergehen. Das sollte jeder Krieger zuallererst lernen. Keine Ablenkung, kein Nachdenken oder Zögern. Lucan schrie auf und klappte zusammen wie hohes Steppengras im Sturm.

Caldea fluchte innerlich. Sie glaubte sogar, Agrippas Seufzen zu hören.

»Bei Meridia, steh auf!«

Lucan kam taumelnd auf die Beine, die Handflächen voller Sand, sodass er unmöglich den Stab weiter halten konnte. Er trug keine Bänder um die Hände, die jederzeit für einen guten Griff sorgten.

»Entwaffne mich. Schnell!« Caldea wagte nicht, nach oben zu sehen. Die Menge war verstummt, die Stimmung schlug um. Sie waren enttäuscht von Lucan, und diese Enttäuschung zerrte an ihm, drückte ihn nieder. »Jetzt!«

Schnell wie eine Schlange packte Lucan ihren Unterarm und schlug mit voller Kraft gegen die Hand mit dem Stab, sodass Sand hinabrieselte. Für einen winzigen Augenblick war Caldea beeindruckt. Lucan musste es ihr angesehen haben, denn ein Feuer entzündete sich in den hier im Süden so seltenen grünen Augen, sein Stamm brüllte wieder seinen Namen, als Caldeas Waffe gegen die Wände der Erdgrube schlug.

Caldea fingierte einen Angriff auf ihn, vollführte ihren lange einstudierten Fall, der von oben aussah, als hätte ihr Gegner diesen zu verantworten. Der Kleine blickte mit einem Gesichtsausdruck zu ihr herab, der sie beinahe zum Lachen brachte. Unschlüssig hielt er den langen Stab in der Hand, dann besann er sich darauf, dass er ihn auf ihr Herz ausrichten sollte – in echten Kämpfen wäre die Spitze aus

Metall und würde sie direkt töten. Das Fußstampfen der Zuschauer ließ Teile der Wand abbröckeln. Sie bejubelten den Sieg ihres Kriegers.

Zu früh.

»So, Kleiner. Nun ist es Zeit für meinen Sieg.«

Noch ehe sich das letzte Wort aus der Arena gehoben hatte, war Caldea aufgesprungen, hatte Lucan den Kampfstab abgenommen, ihn auf den Rücken geworfen und drückte nun leicht das Ende ihres Stabes gegen seine schmale Brust.

Es dauerte, bis Lucan realisierte, was soeben geschehen war. Dass er besiegt war. Caldea hielt ihm die lederumwickelte Hand hin, und zögernd ließ er sich von ihr aufhelfen. Der Kampfleiter trat wieder in das Rund und verfolgte mit fassungslosem Gesicht, wie Caldea Lucans Hand hob, als hätten sie gleichberechtigt gewonnen. Caldea sah zum Stammesfürsten hoch, der langsam nickte. Später würde Agrippa ihr Bericht erstatten, wie sie diesen Blick zu deuten hatte.

»Die Siegerin des Kampfes: Caldea vom Stamm der Edoni.« Nach einer kurzen Pause verkündete er den nächsten Kämpfer, und die Menge wurde lauter als bei Lucans vermeintlichem Sieg. Der Hüne, der nun in die Arena hinabstieg, war ungefähr dreimal so breit und doppelt so groß wie der schmächtige Junge. Sein voller dunkler Bart ließ ihn noch wilder aussehen, die Streifenmale an seinen Oberarmen zeichneten ihn als obersten Krieger aus. Er hatte viele echte Kämpfe gefochten – und überlebt. Zahlreiche Narben bedeckten die Unterarme bis zu den breiten Bändern hinab, die er um die Hände geschlungen hatte.

Mit einem abfälligen Grinsen baute er sich in der Mitte der Arena auf, während der Kampfleiter und Lucan es sehr eilig hatten, davonzukommen. In der erwartungsvollen Stille, die sich nun über sie legte, glich das Ächzen der Leiter einem schmerzvollen Stöhnen.

Caldea prüfte noch einmal kurz die Lederbänder an den Händen und hob die Mundwinkel zu einem echten Lächeln. Endlich ein würdiger Gegner.

Eine kräftige Böe schaffte es bis zum Boden des Erdlochs, in dem Caldea dem mächtigsten Krieger der Horde von Fürst Marcus entgegentrat, und zerrte an Caldeas eng gebundener Ledertunika. Selbst mit durchgestrecktem Rücken reichte sie ihm höchstens bis zur Brust, die nur mit der für sein Volk typischen Lederweste bedeckt war, in die man das Symbol der Horde geprägt hatte: den Schädel eines Stieres. Er trug keine hölzerne Waffe bei sich, vermutlich dachte er, dass er sie nicht nötig hatte.

Der Hüne grinste Caldea breit an und entblößte eine Reihe von durch Kaukraut verfärbte Zähne. Viele Horden genossen den Rausch der getrockneten Pflanze, der auch eine belebende Wirkung nachgesagt wurde.

»Colossus, Colossus!«, skandierten die Zuschauer nun, und Caldea kam nicht umhin, darüber zu schmunzeln. Ihr Gegenüber war definitiv ein Koloss, was sie zu ihrem Vorteil nutzen konnte. Colossus schlug sich mit der lederumwickelten Faust in die Handfläche, und die Menge johlte. Wenn irgendwo Wetten abgeschlossen wurden, würden Caldea und Agrippa schon heute die Münzen für ihre weitere Reise einnehmen.

Kurz suchte Caldea den Rand der Arena ab, fand ihre Freundin aber nirgendwo. Agrippa langweilte sich bei den Kämpfen. Ihr Terrain waren Spionage, Analyse und Planung.

Der Kampfleiter gab das Startsignal, und Colossus stürzte auf Caldea zu. Bei jedem Schritt erzitterte der Boden unter ihren Füßen. Sand stob hinter ihm auf. Entgegen jedem Fluchtinstinkt wartete Caldea ab, bis sie die Iris ihres Gegners von der Pupille unterscheiden konnte. Der perfekte Moment, um sich zur Seite zu werfen, auf allen vieren zu landen und mit einem pferdegleichen Tritt nach hinten Colossus aus dem Gleichgewicht zu bringen. Begleitet vom Aufkeuchen des Publikums stand sie binnen eines Wimpernschlags wieder fest auf den Beinen und bemerkte den fast schon anerkennenden Blick des Mannes, der sich gerade gegen die Erdwand stützte, um seine Balance wiederzuerlangen. Dann trat pure Wildheit auf seine Züge, seine Augen funkelten. Er hob die Oberlippe und gab einen Laut von sich, der dem Knurren eines wilden Tieres glich. Nun näherte er sich Caldea behäbiger, überlegter, um nicht erneut überrumpelt zu werden. Seine gesetzten Faustschläge waren zielgerichtet, aber zu langsam. Das Ausweichen war eine Leichtigkeit. Caldea musste ihn müde machen oder dafür sorgen, dass er handelte, ohne nachzudenken.

Sie duckte sich unter dem nächsten Schlag hinweg, spürte noch den Luftzug seines Armes direkt über ihrem Kopf und nutzte den Schwung, mit dem sie sich aufrichtete, für einen kräftigen Hieb mit dem Stab in seine ungeschützte Flanke unter dem erhobenen Arm. Das Holz ächzte, ihr Arm vibrierte beim Aufschlag bis in die Fingerspitzen. Doch Colossus schien unbeeindruckt, zuckte nicht einmal zusammen. Aber das hatte Caldea auch nicht erwartet. Sie wiederholte die Taktik noch zwei weitere Male, zeigte ihm, dass sie Spielchen mit ihm spielte, tänzelte leichtfüßig um ihn herum und wirbelte dabei Sand auf, der sich auf ihrer beider schweißnasser Haut absetzte.

Dann endlich reagierte Colossus wie erhofft. Er kniff seine Augen zusammen und ließ alle Planung außer Acht, wurde rasend vor Zorn. Caldea trieb ihn in seiner Raserei immer weiter, hetzte ihn durch die Arena, während sie sich nur mäßig bewegte. Wieder einmal stampfte Colossus auf sie zu wie ein tollwütiger Stier, blind für alles, was um ihn herum geschah. Caldea stand in der Mitte der Arena, angespannt bis in die Zehenspitzen, die sich fest in den Sand bohrten. Sie wich nicht zurück, tänzelte nicht weiter, sondern ließ sich im richtigen Moment auf den Rücken fallen, winkelte die Beine über sich an und rammte sie Colossus in den unteren Bauch. Mit einem Urschrei mobilisierte sie sämtliche Kräfte in ihrem Körper, nutzte die Energie aus dem Schwung von Colossus und streckte die Beine durch. Die Arena schien zum Leben zu erwachen, als Colossus' massiger Körper gegen die Erdwand prallte und er stöhnend versuchte, sich aufzurappeln. Caldea beugte sich bereits über ihn, ehe er den Fall realisierte, und drückte das Ende ihres Kampfstabes direkt über den Knoten seiner Lederweste auf die behaarte Brust.

Es dauerte mehrere Atemzüge, bis die Zuschauer den Schock überwunden hatten. Agrippa hatte in Erfahrung gebracht, dass Colossus bislang unbesiegt war. Aber für alles gab es ein erstes Mal. Genau davon versuchte Caldea die Hordenfürsten zu überzeugen. Der erste Schritt war gemacht, und der zweite stand in Reichweite, nachdem der Kampfleiter ihren Sieg verkündet hatte und die Einladung von Marcus überbrachte. Caldea war bemüht, sich die Erleichterung nicht anmerken zu lassen. Stärke zählte in ihrem Volk mehr als alles andere. Sie musste ihr Gesicht wahren.

Agrippa empfing sie jenseits der noch immer verstörten Zuschauer.

»Das hat aber lange gedauert«, sagte sie mit einem breiten Grinsen anstatt einer Begrüßung oder der angebrachten Gratulation zum Sieg.

»Das nächste Mal schicken wir einfach dich in den Ring«, erwiderte Caldea ebenso lächelnd. »Dann kannst du den Gegner mit Worten zur Kapitulation zwingen.«

Agrippa schenkte ihr ein breites Grinsen und präsentierte einen dicken Lederbeutel, in dem es verheißungsvoll klimperte. Der Wettgewinn. »Und du willst dich um diese singenden Schätzchen kümmern?« Sie nahm den Beutel hoch und presste ihn an die Brust wie einen Säugling. »Niemals!«

Caldea lachte und zerrte aus ihren Habseligkeiten ein schmutziges Tuch hervor, mit dem sie sich den Sand von der verschwitzen Haut schrubbte.

»Ist Pallas schon zurück?«, fragte sie nebenbei, auch wenn sie nicht erwartet hatte, ihn bereits heute hier anzutreffen.

Agrippa schüttelte den Kopf. »Wer weiß, zwischen welchen Fellen er sich wieder herumtreibt.« Sie verdrehte die Augen. »Aber ich habe auch neue Informationen: Der Kleine, Lucan, ist wirklich Marcus' Sohn, wenn man dem schmierigen Typen glauben kann, der die Wetten verwaltet. Er hat auch bestätigt, dass du dem Hordenfürsten eine große Ehre erwiesen hast, Lucan als ebenbürtig auszuweisen.«

Sie machte eine Pause. Caldea wusste, dass Agrippa auf eine Antwort wartete, aber sie musste das teils schon übertriebene Selbstbewusstsein ihrer Freundin nicht weiter stärken und schwieg. Was Agrippa natürlich nicht aushielt.

»Genau das habe ich ja erwartet. Also lass uns nun der Einladung zum Hordenfürsten folgen.« Sie rümpfte die Nase. »Vielleicht solltest du dich noch kurz waschen und umziehen.« Agrippa strich ihr rotbraun gelocktes, nach darianischer Mode geflochtenes Haar über die Schulter und zupfte kurz an dem schweren Stoff, den sie über ihre Tunika geschlungen und mit mehreren Nadeln befestigt hatte wie eine Toga. Ein Gewand, das sie bei einer Wette mit Händlern aus Dariana ergaunert hatte. Agrippa genoss die Blicke, die sie mit dieser ungewöhnlichen Kleidung auf sich zog. »Außerdem sieht deine Zeichnung aus, als hättest du dich in verkohltem Holz gewälzt.«

Caldea rieb sich über die Augen, die Schläfe und das Kinn und machte es damit vermutlich noch schlimmer. Die Kohlestreifen, vor allem jene drei Krallenspuren ähnelnden Zeichen rund um ihr rechtes Auge, gehörten für sie zur Kampfvorbereitung wie das Festzurren des Leders an ihren Händen. Nun hatte sie gesiegt, und für das, was nun folgte, waren die Zeichen unerheblich.

»Ich will keinen Gemahl auswählen, ich suche Verbündete!« Caldea klopfte sich noch den Rest des Sandes aus ihrer ärmellosen Tunika und der von Agrippa geschneiderten Hose aus weichem Leder, zerrte das dünne Band fest, das ihre geflochtenen roten Haare zusammenhielt, und fühlte sich bereit, dem Hordenfürsten entgegenzutreten.

Agrippas demonstratives lautes Seufzen begleitete sie auf dem Weg zum größten der vielen Zelte des Lagers, vorbei an Fackeln und Feuerschalen, um die ein paar Krieger standen. »Es gab eine Zeit, da wurden Bündnisse mit einer Vermählung geschlossen«, erklärte Agrippa wieder einmal. Die Mitglieder der Horde wichen hastig auseinander, um ihnen Platz zu machen.

Caldea blieb direkt vor dem Zelt stehen und wandte sich zu Agrippa um. »Ein solches Bündnis würde *zwei* Horden einen. Das reicht nicht aus, um gegen Dariana zu ziehen und *ihn* zu befreien.«

»Ich weiß.« Agrippa zuckte mit den Schultern. »Aber es wäre ein Anfang. Dariana ist aus einer solchen Verbindung entstanden.«

»Und wo hat uns das hingeführt?«, erwiderte Caldea nur knapp und schlug den Stoff zur Seite, der den Eingang zu Marcus' Zelt verschloss.

3
Aries

Nacht für Nacht kehrte Aries in seinen Träumen auf den Nachtbasar zurück. Zurück in das Zelt der weißhaarigen Alten mit den blassblauen Augen. Zurück zu jener Prophezeiung, die besagte, dass seine Liebe unerwidert bleiben würde.

Auch in dieser Nacht tauchte das schwache Kerzenlicht das bleiche Gesicht der Seherin beim Betreten des Zeltes in Licht und Dunkel. Sie sah ihn mit so intensivem Blick an, als könnte sie in seine finstersten Abgründe hinabsehen. Er nahm auf dem angebotenen Stuhl ihr gegenüber Platz, und Gänsehaut breitete sich auf seinen Armen aus. Ihre knochigen Finger legten sich eiskalt auf seine Hand. Aries war nicht imstande, sich ihrem Griff zu entziehen. Die Alte schloss die faltigen Lider und schüttelte einen Beutel, den Aries vorher nicht einmal bemerkt hatte. Das Geräusch erinnerte ihn an seine Kindheit in der südlichen Provinz. An die Windspiele aus Tierknochen, die an den Zelteingängen seiner Horde getanzt hatten.

Ein kurzes Flackern der Kerze begleitete das Klimpern beim Ausschütten des Beutelinhalts. Aries hatte nie viel Zeit bei den Heilern verbracht, doch er war sich sicher, dass vor ihm tatsächlich Knochen lagen. *Menschliche* Fingerknochen. Die Kälte, die von der Alten ausging, war inzwischen bis zu seiner Schulter gewandert, breitete sich mit jedem Schlag seines pochenden Herzens weiter in ihm aus. Die Seherin las in Seelenruhe in den verstreut liegenden Knochen und murmelte unverständliche Worte vor sich hin. Mehrere Sonnenumläufe schienen zu vergehen, in denen Aries weder in der

Lage war, sich ihrem Griff zu entziehen, noch irgendetwas zu sagen. Er sorgte sich um Malena, die allein jenseits der Stoffbahnen stand. Inmitten des Nachtbasars voller unbekannter Gefahren. Er hätte darauf bestehen sollen, sie mit hineinzubringen. Nun war er vollkommen hilflos, als sie seinen Namen rief.

Endlich hob die Alte den Kopf. Ihre Augen reflektierten den Schein der Kerze, sahen regelrecht dämonisch aus, ganz wie in den Geschichten, die man sich über die Ifrits der östlichen Provinz erzählte. Was hatte er getan?

Die Seherin hob die Hand, sämtliche zuvor zu hörenden Geräusche des Nachtbasars verstummten. Alles in Aries drängte dazu, sofort aufzuspringen, aus dem Zelt zu fliehen, Malena an sich zu reißen und mit ihr wegzulaufen. Hilflos musste er sich eingestehen, dass er zu nichts davon in der Lage war. Mit einer Stimme, die direkt aus einer anderen Welt zu ihm drang, sprach die Alte: »Deine Liebe wird unerwidert bleiben.«

Aries spannte sich an. Es war das eine, zu wissen, dass man einer Thronerbin, der Princepa des Imperiums, nicht würdig war. Das andere jedoch war, es direkt ins Gesicht gesagt zu bekommen. Aries stieß ein lautes »Nein!« aus und sprang so hastig auf – nun wieder ganz Herr über seinen Körper –, dass er den Stuhl umwarf.

»Ihr ist es nicht bestimmt, glücklich zu werden«, fügte die Seherin hinzu. Die Melancholie, die nun in ihrer Stimme lag, veränderte sie zur Gänze. Sie konnte kein Ifrit sein, ein solcher würde sich seines Körpers bemächtigen, ihn besetzen und ihn zu einer Marionette machen. Die Alte vor ihm hingegen erweckte nun den Eindruck einer gebrechlichen, hilfsbedürftigen alten Frau, die sich nach nichts mehr sehnte als einem glücklichen Ende. Aries kannte diesen Wunsch.

Ich werde eine Möglichkeit finden. Der Gedanke kam tief

aus seinem Herzen, aus einem Winkel, dessen Existenz Aries bislang nicht bewusst gewesen und der in Malenas Besitz übergegangen war, ohne dass er es bemerkt hatte. Mit ihrer liebevollen Art, ihren positiven Gedanken, ihrer Hilfsbereitschaft und Güte – und zuletzt der geteilten Sorge um ihren Ziehbruder Valerian, Aries' besten Freund.

Die Seherin sah ihn erneut mit diesem durchdringenden Blick an und nickte kaum merklich. Aries glaubte, dass sich ihre Mundwinkel zwischen all den Falten zu einem zufriedenen Lächeln hoben. Es könnte jedoch auch ein Trugbild der Schatten sein, die der Bewegung folgten, weil die Alte über seine Schulter hinwegsah, noch ehe Malena jenseits des Zeltes erneut seinen Namen rief.

»Verschwinde!«, befahl die Seherin, und Aries folgte wie eine Puppe dem Befehl des Marionettenspielers, wandte sich ohne sein Zutun um und steuerte auf die Stoffbahnen zu, hinter denen Malena auf ihn wartete.

Während die Alte bei jenem gemeinsamen Besuch mit Malena anschließend direkt verschwunden war, glaubte Aries, in seinen Träumen noch etwas zu hören, nachdem Malena das Zelt verlassen hatte. Doch ganz gleich, wie sehr er sich anstrengte, jedes Mal erwachte er, ehe er die Alte verstehen konnte. So auch heute.

Das Laken klebte wie jeden Morgen an seinem schweißgebadeten Körper, umschlang ihn wie eine Liebende. Allein der Gedanke versetzte ihm einen Stich mitten in die Brust. Ein Schmerz, der sich einen Weg durch seine Eingeweide bahnte und jegliche andere Gefühle eintrübte. Es kam ihm stets vor, als wäre er betäubt, als läge ein dünner Stoff zwischen ihm und dem Rest der Welt. Erging es Malena nun ebenso? Oder wusste sie gar nicht mehr, dass sie bis zu Valerians Wunschschreibung wahrhaft hatte empfinden können? Wusste sie, dass aus ihr jenes kaltblütige Monster geworden war, was sie mit allen Mitteln hatte verhindern wollen?

In all den vergangenen Tagen seit dem Schreiben von Vals Wunsch konnte Aries es nicht begreifen. Er hatte Malenas Zuneigung in ihren Augen gesehen und auch die Trauer um sich und ihr ungeborenes Kind – ehe sie im nächsten Moment mit emotionslosem Blick und ohne jegliche Gefühlsregung ihre besten Freundinnen getötet hatte. Aries nutzte den Schmerz, den diese Bilder mit sich brachten, um daraus Kraft zu schöpfen. Er sprang von der Matratze, zog sich hastig an und stürmte in die Gemächer nebenan, in Vals Dormus.

In den ersten Tagen nach Lenas Verdammung war er noch direkt zum Ende des Flurs, zu den Gemächern der Princepa, gerannt, hatte gehofft, dass alles nur ein finsterer Traum war, aus dem er nur erwachen musste. Doch Tag wie Nacht schirmte eine halbe Armee aus Gardistinnen den Bereich ab, und Aries wollte später nicht bereuen müssen, Unschuldige verletzt zu haben. Dabei hoffte er, sie zu erreichen, irgendwie zu Malena durchdringen zu können, wenn sie sich gegenüberstanden. Bislang hatte er jedoch keine Chance dazu gehabt. Daher blieb ihm nur das Warten. Den Gottheiten sei Dank war Val nun wieder unter den Lebenden, und gemeinsam würden sie Lena zurückholen. Das versprach er sich jeden Tag. Entschlossen trat er an Maximus vorbei in Vals Dormus.

Der Princeps schlief trotz der einfallenden Sonnenstrahlen, die sein Gesicht und die blonden Locken streiften und seine schweißbedeckte Haut glänzen ließen. Auch Valerian wurde von Albträumen heimgesucht – wie sollte es anders sein. Val war vom Tag seiner Krönung an, an dem der oberste Priester Lothair ihm von seiner Bestimmung erzählt hatte, wie ausgewechselt gewesen. Bis zum letzten Moment hatte er sich gegen sein Schicksal, Malena zu verdammen, gewehrt.

»Nein!«, brüllte er nun auf, das Gesicht vor Entsetzen verzerrt, die Augen aufgerissen, obwohl er noch immer fest schlief. Im Traum gefangen, starrte er reglos an die Decke, während er wieder und wieder »Nein!« rief.

Aries wollte seinen besten Freund beruhigen, trat näher an die Bettstatt und schob die transparenten Vorhänge zur Seite. Als hätte er mit dem Stoff auch Vals Sorge fortgewischt, verstummten die Schreie, Val entspannte sich und schloss flatternd die Lider.

»Cheveyo?«, fragte Val, und Aries blickte wie von selbst hinter sich, halb erwartend, dass der Westländer Cheveyo sich von ihm unbemerkt herangeschlichen hatte, obwohl er aus der Erfahrung der vergangenen Tage doch wusste, dass Cheveyo Val im Traum besuchte.

Im Durchgang zu Vals Räumlichkeiten stand nur Maximus, der den Princeps Tag und Nacht bewachte, ohne auch nur einmal zu blinzeln – selbst wenn ihm die Sonnenstrahlen direkt in die Augen stachen. Wann immer man den Erdgeborenen ansprach, rezitierte er seine in die Armschienen eingelassenen Aufgaben. Aries schauderte bei der Erinnerung an den Kampf mit dem anderen Erdgeborenen, der den Tempel bewachte, rieb gedankenverloren über die Narbe an seinem Bein, während er schmerzhaft sein Gesicht verzog ob der Verletzungen, die er dabei davongetragen hatte.

»Ist dir kalt?«, fragte Val, und Aries schreckte aus den Bildern des Kampfes auf, Malenas Antlitz beim Angriff blieb am längsten. Ein ganzes Feuerwerk an Gefühlen war auf ihrem Gesicht erschienen – das Gegenteil der teilnahmslosen verfluchten Princepa, die aus ihr geworden war.

Val setzte sich auf und fuhr sich mit den Händen über das Gesicht. Wann immer er dem westlichen Geistkrieger im Traum begegnet war, trug er im Anschluss ein seliges Lächeln auf den Lippen, und in seinen hellblauen Augen lag kostbare Hoffnung.

»Gibt es endlich Neuigkeiten?«, wollte Aries sofort wissen. In der ersten Nacht nach der Flucht der Westländer aus dem Palast – dem Tag, an dem Valerian seiner Bestimmung gefolgt war und Malenas Gefühle geraubt hatte – war Cheveyo Val zum ersten Mal im Traum erschienen. Leider hatte er ihn nur gebeten, sich zu gedulden und ihm und Taipa zu vertrauen. Nun rannte Aries allmorgendlich zum Princeps, um zu erfahren, ob es etwas Neues gab.

»Sie haben einen Plan«, erwiderte Val nur und rieb sich den Schlaf aus den Augen. Aries war kurz davor, weitere Erklärungen aus seinem besten Freund und Herrscher herauszuschütteln, übte sich aber in Geduld, die so gar nicht seiner Natur entsprach, ballte seine Hände zu Fäusten und atmete lautstark aus. Es klang wie ein genervtes Seufzen, auf das Val sofort mit einer erhobenen Braue reagierte.

»Und wie sieht dieser Plan aus?« Aries hatte keine Zeit für Geduld. Circe schirmte Malena immer weiter ab, die Principa war selbst vor der Zerstörung von Vals Palastseite näher gewesen als jetzt, obwohl sie nun alle gemeinsam im Flügel der Frauen untergebracht waren. Nicht einmal die Bediensteten bekamen Malena regelmäßig zu Gesicht, und wann immer Val versuchte, eine Audienz bei ihr zu bekommen, wurde sein Gesuch von Circe abgeschmettert. Die Principa ließ sich stets verleugnen und schickte ihnen nur ihre oberste Gardistin Circe, um wichtige Informationen weitergeben zu können.

Aries war vor Verzweiflung bereits kurz davor gewesen, sich mit Gewalt Zugang zu Malenas Räumlichkeiten zu verschaffen, aber er wusste nicht, wie sie in ihrem emotionslosen Zustand darauf reagieren würde, wenn er ihre erste Gardistin angriff. Die alte Malena hätte sich schützend vor ihre Freundin gestellt. Sollte auch nur ein Hauch von jener Malena übrig sein, irgendwo in dem Panzer aus Eis, würde er Gefahr laufen, anstatt Circe sie und ihr ungeborenes Kind zu verletzen.

»Du darfst Circe auf keinen Fall angreifen!«, sagte Val, als wüsste er genau, welche Gedanken in Aries' Kopf umherschwirrten.

»Warum? Wenn sie Malena und unser Kind von mir fernhalten will …«

Val senkte die Lider und holte so tief Luft, dass die Flügel seiner schmalen Nase bebten.

»Du hättest keine Chance gegen sie. Sie ist Meridia.«

4
Valerian

Aries blinzelte träge. Einmal. Zweimal. Val wartete, bis die Information endlich zu ihm durchdrang, und lauschte dem Singen der Vögel im Palastgarten unter seinem Fenster, von irgendwoher hörte er das Klirren eines zerspringenden Tongefäßes.

»Sie ist … Meridia?«, brachte Aries mit rauer Stimme hervor. »Die *Göttin* Meridia?« Das Krächzen verschwand mit jeder Silbe mehr.

Val nickte nur und wich etwas vor Aries zurück, ehe er weitersprach. »Cheveyo hat es mir bei unserer ersten Begegnung gesagt, aber ich wollte … dich nicht beunruhigen.«

Aries' Zähne knirschten, so hart presste er die Kiefer zusammen.

»Genau deshalb. Du neigst zu überstürzten Handlungen.« Val kannte seinen besten Freund besser als jeden anderen im Palast.

Aries bemühte sich sichtlich, etwas zu entspannen, doch all die Techniken, die Vals Lehrer ihm beigebracht und die Val an Aries weitergegeben hatte, verpufften nahezu wirkungslos. Sein Atem kam noch immer stoßweise aus seinem Mund, seine Fäuste verkrampften.

Val griff nach Aries' Hand. Sofort erfüllte ihn eine Sehnsucht, die er nicht beherrschen konnte. Sie schwemmte ihn in seine Träume. In Träume von einer besseren Welt. Einer Welt, in der er frei und der Mann sein konnte, der er sein wollte.

»Du weißt, dass ich dir niemals mit Absicht wehtun würde.« Val wartete Aries' Nicken ab. »Wenn Lena mich nicht angelogen hätte, hätte ich nie …« Val vertrieb schnell die Bilder seiner Schwester, die kaltblütig ihre Freundinnen niedergemetzelt hatte. Sein noch halb in der jenseitigen Welt gefangener Geist hatte sich zurechtgereimt, dass sie verraten worden war – Aries hatte ihn erst später aufgeklärt. So ganz begreifen konnte er all das, was er verpasst hatte, noch immer nicht. Aber er würde alles in seiner Macht Stehende tun, um Malena zu retten. »Ich wollte nie, dass es so weit kommt. Sie hat mich angelogen und gesagt, dass alles gut werden würde.« Tränen verschleierten Vals Sicht.

Auch Aries blinzelte mehrmals und schloss dann die Lider. Er räusperte sich, holte bebend Luft, ehe er hervorpresste: »Ich weiß.«

Val glaubte ihm. Glaubte, dass Aries ihm nie vorwerfen würde, sein Volk beschützt und das ganze Imperium vor dem Zusammenbruch bewahrt zu haben. Die Flüche auf Malenas Ahnin Daria aber waren aus Aries hervorgebrochen, als sie zum ersten Mal nach seinem Erwachen offen darüber sprechen konnten. Daria hatte sie alle aus reinem Egoismus verdammt.

Vals schlanke Finger fuhren in sanften Bewegungen über Aries' Handrücken. Aries öffnete die Augen. Val war so nahe gerückt, dass er die Farbschattierungen von Aries' dunklen Augen wahrnehmen konnte, den goldenen Ring um seine Iriden. Val zuckte sofort zurück und beendete den Hautkontakt, auch wenn es schwerfiel. Er schluckte mehrmals hart, sein Mund und seine Lippen waren trockener als je zuvor in seinem Leben. Er ließ sich zur Seite fallen und angelte nach dem Kelch mit verdünntem Wein, der auf dem Nachtschrank stand. Beschämt blickte er zu Aries, der Val mit zusammengezogenen Brauen musterte.

Aries würde nie verstehen, was Val in seiner Gegenwart empfand. Weshalb seine grausame Bestimmung für ihn noch schlimmer war als für seine Ahnen. *Niemand* würde es verstehen. Oder?

Val räusperte sich, trank dabei mehrere kleine Schlucke und beruhigte seinen Herzschlag dazwischen mit tiefen Atemzügen. Erst dann war er wieder in der Lage, sich zu Aries umzudrehen und von Cheveyos Botschaft zu berichten.

»Taipa und Cheveyo haben eine Person ausgemacht, von der sie behaupten, sie könne uns retten. Taipa hat ein Zeichen ihrer Göttin Occidenta erhalten.« Val hatte solchen vermeintlich göttlichen Zeichen nie Glauben geschenkt. Dem Klatsch nach gab es sie an jeder Ecke – Beweise dafür jedoch nie. Doch indem Cheveyo ihn über die Geistebene – laut ihm die Ebene der Göttin des Westens – kontaktiert hatte, war er eines Besseren belehrt worden. Dass Meridia schon seit seiner gemeinsamen Kindheit mit Malena im Palast gelebt und Malena ganz offensichtlich gegen die Männer aufgehetzt und sie manipuliert hatte, war ihm dann Beweis genug, an Cheveyos und Taipas Plan zu glauben.

»Und wer soll diese *Person* sein?« Aries' Skepsis troff aus jeder Silbe.

Beinahe hätte Val den Namen erwähnt, den Cheveyo genannt hatte. Caldea. Doch dann erinnerte er sich an die Worte seiner Traumbegegnung: »Erzähl Aries nicht von ihr.« »Wieso?«, hatte Val gefragt, und der Westländer hatte erwidert: »Aries würde ins Schicksal eingreifen.«

Also schluckte Val den Namen herunter und antwortete auf Aries' Frage mit einem simplen: »Das hat er mir nicht gesagt. Aber sie sind bereits auf der Suche nach ihr und haben dabei meine volle Unterstützung.«

»Ich kann helfen, das weißt du. Ich kenne mich inzwischen in der gesamten Unterstadt ebenso gut aus wie in den oberen Bezirken.«

Aries' Blick traf den von Val und brannte sich sengend bis in dessen Innerstes. Val würde sich so gerne in die Dunkelheit darin stürzen und nie wieder auftauchen. Mit sämtlicher Willenskraft schloss er kurz die Lider und trennte die Verbindung, sah nach dem Öffnen auf den Kelch in seiner Hand hinab. »Ich weiß, aber ich will nicht Gefahr laufen, dass Cheveyos Göttin … eingreift«, log er, erkannte Aries' Zweifel an der Aussage bereits und wagte zur Ablenkung einen Vorstoß in eine ganz andere Richtung: »Du hast mir so viel von eurer gemeinsamen Zeit auf der Reise erzählt.« Val spürte die eiskalten Finger der Eifersucht, die sich in seine Brust bohrten und ihm das Atmen schwer machten. Er holte bebend Luft. »Was du für Lena getan hast …«, setzte er noch einmal an, schaffte es jedoch nicht, die Sätze, die eben in seinem Kopf noch gut geklungen hatten, auch auszusprechen. Er atmete erneut tief durch. »Ich spüre, dass dich diese Zeit verändert hat.« Er sprach so schnell, damit ihn nicht wieder etwas in seinem Inneren zurückhielt. »*Du* hast dich verändert. Ich bedauere jeden Moment des Tages, dass ich dir das angetan habe, dass ich Lena –«

Aries hob die Hand, und als wäre er der Princeps und Val sein Untergebener, verstummte er.

»Das ist es nicht«, sagte Aries in hartem Ton, der sich anfühlte wie ein fester Tritt gegen die Brust. Val konnte nicht atmen. »Ich weiß, dass du nur aus bestem Gewissen heraus gehandelt hast«, fuhr Aries mit sanfterer Stimme fort und gab damit Vals Brust wieder frei. »Trotzdem bin ich enttäuscht. Enttäuscht, dass du mir nicht vertrau…«

Ein lautes Stampfen erklang vom Durchgang und zog die Aufmerksamkeit beider Männer auf sich. Maximus' kehlige Stimme verkündete: »Ich habe die Anweisung, Sie nicht aus den Augen zu lassen, Princeps. Lothair darf nicht zu ihm.«

Eben dieser versuchte nun, an dem ausgestreckten, baumstammgleichen Arm des Erdgeborenen vorbeizukommen. Ein aussichtsloses Unterfangen, weshalb der Priester auch direkt ein Tuch, das er um den Unterarm geschlungen hatte, zückte und Maximus über den Kopf warf. Der Gigant stand nun reglos und stumm im Durchgang, und Lothair schob sich unter dem ausgestreckten Arm hindurch.

»Ich habe hier noch etwas zu besprechen«, bellte Val ihn an und wandte sich wieder an Aries. Der erhob sich jedoch bereits. Seit Kindertagen hatte Vals bester Freund großen Respekt vor dem obersten Priester. Der Princeps war nahe dran gewesen, es Furcht zu nennen, aber Aries hätte damals nie zugegeben, dass er Angst vor etwas hatte. Nicht einmal im Alter von zehn Umläufen.

»Mein Ersuchen duldet keinerlei Aufschub.« Lothairs blasse Augen funkelten vor Zorn über Vals Respektlosigkeit.

»Wir sprechen später.« Aries wollte sich bereits verabschieden. Aber eines musste Val noch loswerden.

»Wir treffen uns nachher vor dem Senat.«

Aries reagierte wie erwartet. »Ich hoffe doch, du verlangst nicht von mir, bei der Amtseinführung dabei zu sein.« Er klang so angewidert, dass Val zu ihm sah, anstatt den Priester weiter zu fixieren.

Er lächelte fast, weil er sich Aries' Züge so genau hatte vorstellen können, ehe er die gekrauste Nase und die leicht gehobene Oberlippe tatsächlich sehen konnte.

»Du bist mein oberster Centurio, du –«

»Wovor muss man dich denn bei der Amtseinführung im Senat beschützen?«, sagte er und fügte im Flüsterton hinzu: »Da sitzen uralte Männer, die schon mit einem leichten Pusten umfallen. Dort läufst du eher Gefahr, vor Langeweile umzukommen.« Aries' aufrichtiges Lachen erhellte den gesamten Dormus von den verzierten Fenstergittern bis zu dem Paravent, hinter dem Vals Badewanne stand, und lockerte den Druck, der stets auf seiner Brust lastete.

»Lena wird auch dort sein. Wir nehmen unsere Arbeit gemeinsam auf.« Val fühlte Glück und Schmerz gleichermaßen, weil Aries' Augen zu leuchten begannen und sein ganzes Gesicht heller strahlte als die Sonne. Er wollte, dass Aries glücklich war, und brachte den Rest der Information nur zögerlich heraus. »Circe wird ebenfalls dort sein.«

Aries nickte mit verkniffenem Mund, durchquerte begleitet von einem Schwall Flüchen auf Meridia den Dormus, nickte Lothair respektvoll zu und verschwand aus Vals Sicht.

Der Priester trat näher. Val spürte seinen Blick wie Dutzende Stiche von Dornen, dennoch weigerte er sich, ihn anzusehen.

»Es ist an der Zeit, eine Gefährtin auszusuchen«, sagte Lothair so sachlich, als ginge es um die Wahl von Vals AnsLecknadel. »Der Senat tagt nachher, und ich wurde bereits gefragt, ob die künftige Gemahlin des Princeps heute verkünd…«

»Ich will keine Gefährtin«, presste Val hervor und erhob sich, um nicht länger zum Priester aufsehen zu müssen. Nun ging ihm der gebeugte alte Mann bis zur Schulter.

»Ob du es willst oder nicht«, grollte Lothair, »es ist deine Pflicht. Die Princepa trägt ein Kind in ihrem Leib. Eine Tochter, die den Fluch erben wird. Und nur dein Sohn wird ihr Einhalt gebieten können.«

Genau das hatte Val verhindern wollen, indem er bis zuletzt nach einer Lösung gesucht hatte, den Kreislauf zu durchbrechen. Und doch war er gescheitert. Er fuhr sich mit den gespreizten Fingern durch die Haare. Erneut überschwemmte ihn die Hilflosigkeit angesichts seiner Situation. Er wollte keine Gemahlin. Er wollte keinen Sohn zeugen, nur um ihn in dieselbe ausweglose Lage zu bringen, die einzige Familie, die ihm geblieben war, zu verdammen.

Und dann war noch dieses Begehren in ihm, diese Sehnsucht, die seit seiner Jugend in ihm schwelte und in der Zeit nach der Krönung immer mehr gegen die Pflicht aufbegehrte, eine Frau zu wählen. Er musste dieser Pflicht entkommen. Unter allen Umständen.

5
Aries

Aries' Herz drohte, aus seiner Brust zu springen und sich schon allein auf den Weg zum Senat zu machen, zu Lena. Heute würde er sie endlich wiedersehen. Er war direkt von Vals Bett aufgesprungen, dessen nächste Worte jedoch dafür gesorgt hatten, dass sein Körper wieder zusammengesackt war wie der einer leblosen Puppe.

»Circe wird ebenfalls dort sein.«

Aries hatte sich dann, niedergedrückt von den Worten, weit schwerfälliger erhoben und fluchend das Zimmer durchquert. Sollte Circe tatsächlich Meridia sein, müsste sie all die Beschimpfungen hören, wie man es den Gottheiten nachsagte, oder? Aries schob sich an Maximus vorbei und kehrte in sein Zimmer zurück, wusch sich hastig und legte anschließend die dunkelblaue Toga mit der bestickten Bordüre an, die ihn als Oberbefehlshaber der Streitkräfte auswies.

Val hatte nach Aries' Rückkehr in den Palast keine Sekunde gezögert und ihm sofort wieder seinen alten Posten zugewiesen, den er vor der Verbannung aus dem Palast innehatte. Aries betrachtete sich in dem schmalen Spiegel, der zwischen zwei Rundbogenfenstern angebracht war. Auch wenn es oberflächlich schien, schwoll seine Brust vor Stolz an, wenngleich die dunkelblaue Toga nicht die Enttäuschung und die Scham über Vals überstürzten Rauswurf wettmachte. Aber konnte er es ihm wirklich vorwerfen? Oder war es die Frustration darüber, dass Val ihm nicht so vertraute wie Aries dem Princeps? Aries wusste, dass Val von guten Gründen angetrieben worden war, dennoch hätte

Aries sich gewünscht, dass sich Val ihm anvertraut hätte, ehe alles eskaliert war. Sie hatten den Großteil ihres Lebens gemeinsam verbracht, und doch hatte Aries schon immer das Gefühl gehabt, dass etwas zwischen ihnen stand. Einer seiner älteren Kampflehrer hatte Aries einst erklärt, dass die Last, die auf den Schultern eines künftigen Regenten ruhte, so schwer war, dass es eines trennenden Walls bedurfte, um sich selbst zu schützen. Aries hatte geglaubt, dass die jüngsten gemeinsamen Erlebnisse diesen zum Einstürzen gebracht hatten wie die trennende Palastmauer, aber eben war wieder das altbekannte Gefühl zurückgekehrt, dass Val etwas vor ihm zurückhielt. Er war so schnell vor ihm zurückgewichen, dass Aries es erst im Nachhinein realisiert hatte. Verbarg Val noch mehr vor ihm? Wusste er doch, was die Westländer planten? Aries stöhnte auf und fuhr sich durch die gewellten Haare. Sein Spiegelbild sah ihm missmutig entgegen. Er befestigte die goldene Zierbrosche, die ihm Val damals zur Ernennung zum Oberbefehlshaber geschenkt hatte, über der zweckmäßigen Nadel, von der die schwere Toga gehalten wurde. Mit einem letzten tiefen Atemzug wappnete er sich, für was auch immer kommen mochte.

Das Senatsgebäude war bereits von außen eine Ausgeburt an Dekadenz. Aries hatte es bislang nie so ausgiebig betrachtet wie jetzt, während er auf die Ankunft von Princeps Valerian wartete. Die Sonnenstrahlen kletterten jenseits der mit Goldintarsien verzierten hohen Säulen des Arkadenganges die dahinter stehenden Repliken der ehemaligen Herrscher empor. An allen Ecken und Enden reflektierte Gold das einfallende Licht und sprenkelte kalte, missmutige steinerne Gesichter. Unter der breiten doppelflügeligen Tür führte ein dicker Teppich im Rot der Senatoren ins Innere des Gebäudes.

Wenig später ging Aries an Vals Seite mit gedämpften Schritten auf die Empore zu, wo die Senatoren längst Platz genommen hatten. Inmitten funkelnder Staubpartikel, die im durch die Buntglasfenster hoch über ihnen einfallenden Licht tanzten. Zwei verschwenderische Sessel mit hohen gepolsterten Rückenlehnen und goldenen Armstützen waren unbesetzt. Malena war noch nicht eingetroffen. Der kurze Stich in Aries' Brust ließ seinen nächsten Atemzug wie ein Zischen klingen, womit er sofort Vals Aufmerksamkeit auf sich zog. Mit zusammengepressten Lippen und einem kurzen Nicken signalisierte er dem Princeps, dass alles in Ordnung war, und sie hielten weiter auf den Platz des Princeps zu. Vorbei an den uralten Senatoren, von denen garantiert viele noch Vals Großvater auf diesem Stuhl empfangen hatten. Aries war zwar davon ausgegangen, dass sie allesamt alt sein mussten, denn nur betagte Männer erfüllten die Voraussetzung der zwanzig Sonnenläufe im Dienst des Imperiums. Aber so, wie es aussah, war während Sargons Regentschaft kein neuer Senator berufen worden. Hatte schon Vals Vater aufgegeben, gegen das Schicksal der Familien anzukämpfen?

Tatsache war, dass die Alten Aries und Val, ihren Princeps, betrachteten, als wären sie Ungeziefer. Aries würde sie am liebsten zum Gehorsam aufrufen, hatte mit seiner blauen Toga aber keine Berechtigung unter den rot gekleideten Senatoren und den zwei purpurtragenden Magistern. So führte er Val zähneknirschend an den Männern vorbei. Als er seinen Stuhl zurückzog, flüsterte Val ihm zu: »Kommt es nur mir so vor, oder müssen wir tatsächlich Angst haben, dass einer von ihnen beim nächsten Hustenanfall umkippt?«

Aries hatte Mühe, nicht loszulachen, aber es wärmte ihn von innen heraus, dass Val seine positive Natur trotz der Erlebnisse und seines Schicksals nicht zur Gänze verloren hatte. Zumindest noch nicht.

Ein lautes Klatschen kletterte die Säulen empor und sammelte sich unter der vergoldeten Kuppel über ihnen.

Alle Blicke im Saal richteten sich sofort auf Circe, die ein so strahlendes Lächeln auf den Lippen trug, dass die Sonne selbst neidisch schien und sich hinter einer Wolke versteckte. Augenblicklich wurde es dunkel im Saal. Die Vollkommenheit ihres Anblicks konnte man Circe nicht absprechen. Sollte sie tatsächlich die Göttin Meridia sein, hatte sie ihr menschliches Äußeres wohl gewählt. Ihre stundenglasartige Silhouette steckte in einem Gewand der neuesten darianischen Mode, einer weiten Hose und eng anliegender kurzer Tunika, aus der schlanke, muskulöse Arme ragten, die mit zahlreichen Reifen bis zum Oberarm hinauf geschmückt waren. Die langen dunklen Haare hielt sie mit einem im Vergleich schon fast schmucklosen schmalen Band aus dem Gesicht. Sie badete in den Blicken der Senatoren und Magister, während Aries' sie nur kurz streifte und an Malena kleben blieb. Für einen Moment vergaß er zu atmen. Es waren nicht viele Tage vergangen, seit er sie das letzte Mal gesehen hatte, und dennoch schien sich seine Erinnerung bereits zu trüben. Malena leuchtete geradezu vor Anmut und Schönheit. Im Vergleich zu ihrer Natürlichkeit verblasste Circes Perfektion zu einem grauen Schatten.

Erst als er einen Ruck an seinem Arm spürte, bemerkte Aries, dass er direkt zu Malena rennen wollte und Val ihn in festem Griff hielt. Aries versuchte, Malenas Blick aufzufangen, suchte nach einer Bestätigung, dass noch etwas von ihr, *seiner* Malena, übrig war – doch die Principa starrte stur geradeaus, während sie an Circes Seite den dicken roten Teppich entlangschritt. Ihre Toga war so lang, dass sie in purpurfarbenen Wellen hinter ihr herglitt. Im Gegensatz zu Val trug sie ihr Diadem zwischen den kunstvoll hochgesteckten dunklen Haaren.

Ganz gleich, wie lange Aries sie betrachtete, er fand nichts von der Frau, in die er sich verliebt hatte, obwohl sie äußerlich noch dieselbe war.

Der Schmerz kam unerwartet, flammte gleich einer Explosion auf und breitete sich in seinen Eingeweiden aus. Nur mit Mühe konnte er den lauten Aufschrei zurückhalten, der ihm in der Kehle saß. Val tastete nach seiner Hand, drückte sie, doch die Berührung war so weit entfernt, verborgen unter dem Gefühl seines brechenden Herzens. Ohne ihm oder Val auch nur einen Blick zu schenken, setzte sich Malena voller Anmut auf ihren Platz, der Inbegriff einer Princepa, das Abbild ihrer Ahninnen. Circes Gesicht zierte ein hämisches Grinsen, als sie erkannte, dass Val seinen obersten Centurio zurückhalten musste.

Der dienstälteste Anwesende, Magister Appius, erhob sich mithilfe eines Dieners von seinem Stuhl. Er stand gebeugt da und wurde zunächst von einem Hustenanfall geschüttelt, ehe seine gebrechliche, krächzende Stimme erklang.

»Wenden wir uns nun den heutigen Tagespunkten zu.« Ein schweres Schnaufen erfüllte die erwartungsvolle Stille. Aries wusste, was kommen würde, hoffte jedoch bis zuletzt. »Auf Anraten der Princepa haben wir im Vorfeld die Situation in der südlichen Provinz überprüft. Unsere Abgesandten bestätigen uns, dass ein Austausch zwischen einzelnen Horden stattfindet. Wir gehen davon aus, dass unsere geschätzte Princepa mit ihrem Verdacht richtigliegt, dass sich die Horden zusammenschließen. Wir raten jedoch davon ab, einen direkten An…«

Malena stand auf, obwohl sich Magister Appius noch nicht gesetzt hatte, und sagte mit kalter Stimme: »Wir müssen uns verteidigen und einem Angriff zuvorkommen.«

Sie blinzelte nicht einmal, Aries konnte von der Seite aus nicht die geringste Gefühlsregung entdecken. Ihm drehte sich der Magen um, und seine Augen brannten. Allein der Gedanke, dass Malena nun das war, was man ihren Vorfahrinnen nachgesagt hatte! Sie war wahrhaft gefühlskalt, bereit, mit jedem Mittel gegen eine potenziell drohende Gefahr anzugehen – ohne in der Lage zu sein, diese mit Empathie abzuwägen.

Malena sah mit eiskalten Augen in die Runde, Aries erkannte in den bleichen Gesichtern der Senatoren und Magister, dass sie mit diesem Einwurf gerechnet hatten. Nun war er sich sicher, dass sie diese Situation nicht zum ersten Mal erlebten. Erst als jeder der Anwesenden – außer Val – beschämt zur Seite oder auf seine Hände schaute, setzte sich Malena hoheitsvoll.

Valerian ergriff das Wort, erhob sich mit zitternden Händen von seinem Stuhl, das Gesicht kreidebleich wie in seinem künstlichen Schlaf.

»Nein!«, sagte er entschieden. Das Wort hallte bis zur Kuppel hinauf. Er stützte sich am Rand des Tisches vor ihm ab und folgte Malenas Beispiel, fing die angst- bis sorgenvollen Blicke aller Senatsmitglieder ein. »Wir werden nicht gegen den Süden vorgehen. Nicht, solange sie uns nicht angreifen.«

Aries sah die Erleichterung in den Gesichtern der beiden Senatoren ihm gegenüber. Krieg bedeutete, dass auch die dienstältesten, die derzeitigen Senatoren und Magister, einberufen werden könnten, sollte es an Anführern mangeln. Sie alle hatten einst Legionen in die Schlacht geführt, doch diese Zeiten waren schon lange vorbei. Jedes Senatsmitglied konnte nur hoffen, dass sich ein Krieg vermeiden ließ. Denn diesen würde keiner von ihnen überleben. Auf diese Angst setzte Val.

Mit einem zufriedenen Ausdruck im Gesicht setzte sich der Princeps wieder.

Sofort erhob sich Malena. »Wir müssen uns zumindest vorbereiten.«

Dem stimmten leider alle Anwesenden außer Val zu. Sowohl der Princeps als auch Aries durchschauten Malenas – oder Circes – Taktik. Von der Mobilmachung des Heers zur Verteidigung vor möglichen Angriffen war es nur ein kleiner Schritt zum Marsch gegen den Süden.

Val versuchte es weiter. »Wir können eine friedliche Einigung herbeiführen. Sendet Boten aus, um die Hordenführer nach Dariana einzuladen. Wir werden sie aus dem Kelch der Einheit trinken lassen und bei Meridias Willen …« Aries sah, wie Vals Kopf kurz in Malenas Richtung zuckte – oder eher zu Circe hinter der Princepa. »Meridias Göttergabe wird uns helfen, den Frieden im Imperium zu erhalten.«

Im Senat herrschte Stille, alle wägten die Möglichkeiten ab. Dann stahlen sich die ersten Zweifel auf die Gesichter der Mitglieder, wucherten und vermehrten sich, bis Magister Appius den Kopf schüttelte. »Das wird nicht ausreichen, Princeps Valerian.«

»Aber es ist einen Versuch wert, ehe es zum Blutvergießen kommt – auf unserer Seite und unter den Bewohnern der südlichen Provinz.«

Aries hätte vor Erleichterung beinahe geseufzt, als die Senatsmitglieder ihre Zustimmung raunten. Dabei sahen sie kein einziges Mal zu Malena, die teilnahmslos mit geradem Rücken dasaß, während Circe hinter ihr mit den Zähnen knirschte – was Aries in Anbetracht der Situation einem Sieg gleichkam. Die weiteren Punkte wurden auf Vals Ersuchen hin vertagt, und nur wenig später waren sie auf dem Weg zurück in den Palast. Aries wollte ein Gespräch beginnen, um zu erfahren, wie es Val nach seiner ersten Senatssitzung ging, aber sein angespanntes Gesicht verriet Aries, dass er über etwas nachdachte und er ihn nicht unterbrechen sollte.

Sie passierten zahlreiche schweißbedeckte Männer und Frauen in einfachen Tuniken, die am Abtransport der eingestürzten Palasthälfte arbeiteten. Sie hatten lange Ketten gebildet, um die noch brauchbaren Steine für die Weiterverarbeitung im ehemaligen Garten der Männer zu lagern. Den Schutt transportierte eine andere Menschenschlange bis zum westlichen Tor in der Stadtmauer. Aries konnte nur hoffen, dass die Kette dahinter weiterging und das unbrauchbare Geröll nicht in der Unterstadt landete.

Sie waren fast am unzerstörten Teil des Palastes angekommen, da räusperte sich Val. Aries strebte weiter auf den Eingang zu, blieb aber stehen, weil Val nicht länger bei ihm war. Er drehte sich zum Princeps um, der gerade an seiner Unterlippe kaute.

»Du machst dir Sorgen«, sagte Aries. Eine Feststellung, keine Frage. Val antwortete auch nicht. »Wir haben einen Sieg errungen, auch wenn er noch so klein ist.« Aries dachte an Circes Zähneknirschen, und das Geräusch hatte ihn noch nie froher gestimmt.

»Die Senatoren werden nicht mehr lange standhalten. Wir müssen …« Val wandte sich von Aries ab und fuhr sich mit beiden Händen durch die Haare. Seine Schultern waren angespannt, was selbst unter der schweren Toga deutlich zu erkennen war. Mit einem lauten Atemzug wandte er sich wieder an Aries. »Unsere einzige Chance liegt bei Cheveyo und Taipa.« Aries öffnete den Mund, um zu sagen, dass sie bislang rein gar nichts unternommen hatten und sie zum Warten verdammten, doch Val hob die Hand und unterband damit jeden Einwurf. »Im Kerker des Palastes befindet sich eine Kriegerin aus dem Süden. Sie wurde von Taipas Göttin zu ihr geschickt.«

Vals Worte zeichneten Bilder in Aries' Geist. Eine junge Frau ohne Bewusstsein lag auf einem der Krankenlager in

Taipas Heilzelt. In ihm stieg tiefer Groll auf, als er sich an Taipas Worte erinnerte. *»Die junge Kriegerin ist eine Gefahr für euch, für den Princeps und die Princepa.«* Wie damals überkam Aries der Drang, seine Waffe zu ziehen. Seine Hand umschloss bereits den kühlen Griff des Schwerts an seiner Seite. Er sah Val an. »Taipa hat Malena damals vor ihr und ihren Freunden gewarnt. Sie ist eine Gefahr für Lena – und für dich.«

»Oder unsere Rettung! Die Göttin des Westens hat Taipa den Weg gewiesen!« In Vals Augen erkannte Aries tatsächlich Hoffnung, was ihn für einen Moment so verunsicherte, dass er sich sammeln und seine Worte weise wählen musste.

»Du hast nie an so etwas geglaubt. An all das Zeug, von dem uns der Priester immer erzählt hat. Wie kannst du nun zwei vollkommen Fremden vertrauen? Sie handeln zu ihrem Besten, sie könnten Le…«

»Sie sind unsere letzte Hoffnung«, unterbrach Val ihn und richtete sich immer weiter auf. »Wir werden den beiden helfen!«

Vor Aries stand nun nicht mehr sein Freund, sondern der Princeps. Aries presste die Kiefer aufeinander und nickte dann treu ergeben.

Zufrieden setzte Val seinen Weg fort, während Aries die Fäuste ballte und wieder entspannte. Er würde Lena nicht noch einer Gefahr aussetzen. Niemals!

Daher wartete er, bis Val im Palast verschwunden war, machte kehrt und durchquerte wenig später das Tor in der hohen Mauer des Palastes. Sein Plan gärte den Weg durch die anfangs breiten und immer schmaler werdenden Gassen von Dariana.

6
Caldea

MEHRERE MONDE ZUVOR

Ein metallischer Geruch lag in der Luft, als Caldea und Agrippa das große Zelt des Hordenfürsten betraten. Es roch nach Blut, frischem Blut. Caldea konnte nur hoffen, dass sich Agrippas Recherchen als korrekt erwiesen und sie nicht auf eine der grausamen Horden gestoßen waren, die noch immer Menschen opferten. Im modernen Süden ließ man Tiere ausbluten, ehe man sie verzehrte, und dieses Blut wurde dann für Rituale genutzt. Da die Teren sehr gute Handelskontakte zu Dariana unterhielten, ging Agrippa davon aus, dass sie auch in ihren Ritualen modern waren. Erleichtert sah sie die beiden geschäftigen *Weisen,* die Diener der Gottheiten, mit Schalen voller Blut und Tierschädeln auf dem Kopf, noch ehe sie den Blick nach vorne richtete. Bei Menschenopfern wurde das Blut für Rituale direkt aus der Quelle genommen.

Caldea straffte die Schultern und trat zielstrebig in die Mitte des Zeltes. Agrippa folgte ihr mindestens ebenso selbstsicher. Ihre Robe raschelte mit jedem Schritt, den die beiden unter dem forschen Blick des Fürsten taten. Erhobenen Hauptes gingen sie direkt auf den fellbedeckten Stuhl zu, auf dem Marcus saß. Sein Sohn Lucan – noch immer voller Schmutz und Sand vom Kampf gegen Caldea – stand neben ihm, die Hand auf der Rückenlehne des Fürstenthrones. Auf der anderen Seite saß auf einem Ebenbild von Marcus' Stuhl eine Frau in einer ledernen langen Tunika, und Caldea hörte praktisch die Stimme von Agrippa in ihrem Kopf, dass es sich um Marcus' Gemahlin Luna handelte. Sie war Gerüchten zufolge eine starke Kriegerin, die etliche Territorialschlachten gewonnen hatte. In den Boden gerammte Fackeln erhellten den Raum, in dem das Symbol der Horde in jeder Ecke zu finden war: Echte Stierschädel waren an den Zeltpfosten befestigt, Stoffbanner mit dem stilisierten Schädel hingen über ihren Köpfen.

Caldea ballte die Hände zu Fäusten und kreuzte sie an den Handgelenken auf Höhe ihrer Brust. Ein Zeichen des Friedens, das in Marcus' reglosem Gesicht jedoch nicht ein Zucken hervorrief. Lucan hingegen lächelte, und die grünen Augen strahlten.

»Willkommen beim Stamm der Teren, Caldea, Fürstin der Edoni.«

Caldea ließ sich ihren Schreck nicht anmerken. Sie war *nicht* die Fürstin ihres Stammes, hatte diese Aufgabe nie gewollt. Dafür war jemand anderes vorgesehen gewesen. »Ihr habt von mir gehört?« Sie zwang sich zu einem schmalen Lächeln.

Der Fürst nickte nur knapp. »Dein Ruf eilt dir voraus. Sowohl dein Talent im Kampf als auch deine Gutmütigkeit.« Er sah kurz zu seinem Sohn, ehe er Caldea wieder fixierte und ihr klar wurde, dass der Kampf gegen Lucan ein Test für *sie* gewesen war. Nicht für den Kleinen. Besser hätte es nicht einmal Agrippa planen können. Caldea sah kurz zu ihrer Freundin neben sich und erkannte, dass Agrippa sich vor Aufregung nur knapp zurückhalten konnte. Sie presste ihre Lippen fest zusammen, um die Worte zurückzuhalten, die Finger krallten sich in den dicken Stoff ihres Überkleids, ihre Augen leuchteten begeistert.

»Du ehrst mich, Fürst Marcus.« Caldea ließ die verschränkten Hände sinken.

»Ich habe ebenfalls gehört, dass ihr in einer Mission unterwegs seid.« Er sah kurz zu Caldeas Weggefährtin.

Das leise Hintergrundgeräusch der Weisen verstummte. Caldea war, als würde die ganze Welt innehalten und lauschen. Der Moment war gekommen. Caldeas Herz schlug wild wie nie zuvor. Nach den Edoni, ihrer *Familie,* waren die Teren die größte Horde im Süden mit einem gewissen Einfluss. Sie unterhielten Kontakte zu Dariana, die Caldea in ihren Plänen weiterbringen konnten. Sie verbarg ihre Aufregung im Inneren und folgte Marcus' Beispiel, der soeben von seinem Thron stieg und sich zusammen mit seinem Sohn und seiner Frau auf die bereitgelegten Felle davor setzte. Agrippa zog alle Aufmerksamkeit auf sich, als sie ihre Robe um sich herum ausbreitete und beinahe Caldea damit zudeckte.

Der Ältere der Weisen kam zu ihnen und reichte seinem Fürsten eine Tonschale. Marcus trank zuerst, und mit Blut benetzten Lippen reichte er die Schale an seine Gemahlin und seinen Sohn weiter, die je einen Schluck zu sich nahmen. Die Luft füllte sich mit dem metallischen Geruch, der von dem Gefäß aufstieg. Lucan reichte es an Caldea weiter. Sie verabscheute Blut, wusste aber um den traditionellen Umtrunk, das Ersatzritual für den Kelch der Einheit. Das Blut war noch warm und schmeckte bitter in ihrem Mund. Sie ließ sich ihre Abscheu jedoch nicht anmerken. Agrippas Gesicht hingegen war der Ekel deutlich anzusehen, aber sie nahm tapfer einen Schluck daraus, ohne zu würgen oder sich zu übergeben.

»Erzähl deine Geschichte«, forderte Marcus, und nach einer kurzen Geste nahm einer der Weisen die Schale weg, während der andere mehrere Fackeln löschte, sodass nur noch ein schummriges Licht das Innere des Zeltes erhellte. Dennoch erkannte Caldea die Neugier in Marcus' Zügen.

»Seit zwei Sommern reisen wir unentwegt durch Kathenien«, begann sie und benutzte absichtlich den alten Namen der südlichen Provinz. Den Namen, den die erste Göttin ihrem Volk gegeben hatte: Kathen. Dabei beobachtete sie Marcus' Mimik genau. Doch er würde einen absoluten Meister im Spiel abgeben. Weder weiteten sich die Augen unter den buschigen Brauen, noch zuckte auch nur der kleinste Muskel in seinem Gesicht. Daher war Caldea umso gespannter, was er sagen würde.

»Du interessierst dich für die Geschichte unseres Volkes?« Dabei sah er zu Lucan, als wolle er ihm aufzeigen, wie wichtig das Vergangene auch in der Gegenwart noch war. Der Kleine gab nur ein leises Grummeln von sich, das Caldea an sie selbst und ihren Bruder Aquila in jungen Jahren erinnerte. Sie beide wollten damals auch nichts über ihre Geschichte hören, wollten in der Gegenwart, besser noch in der Zukunft leben. Sie warf Lucan einen verständnisvollen Blick zu, ehe sie ihre Aufmerksamkeit wieder auf den Hordenfürsten lenkte und mit der Wahrheit herausrückte:

»Wir wollen der Herrschaft von Dariana ein Ende bereiten. Dafür brauchen wir Zugang zur Stadt und … Ablenkung. Wir müssen die Horden einen, wie es Meridia immer für unser Volk gewollt hat.«

Marcus streifte sich über den Kinnbart. »Meridia hat uns verlassen.« In seiner Stimme lag nicht die typische Resignation, auf die Caldea, Agrippa und Pallas bei all den anderen Horden gestoßen waren. Entweder hatte er sich gut unter Kontrolle, oder sie hatten wirklich jemanden gefunden, der an ihrer Seite stehen würde. Heutzutage betete niemand mehr die erste Göttin an, jede Horde hatte ihre eigenen Gottheiten, die sie um Gesundheit und einen guten Spürsinn für die nächste Lagerstätte anflehten, aber hier schien Meridia zumindest nicht vergessen. Hoffnung bahnte sich ihren Weg durch Caldeas Inneres. Hoffnung, an die sie schon kaum mehr geglaubt hatte – und die Marcus mit seinen nachfolgenden Worten zu zerschlagen drohte:

»Und doch …« Er schien seine Worte genau abzuwägen. »Selbst wenn die alten Mythen einen Funken Wahrheit enthalten – wo ist Meridia jetzt?« Nun ließ er endlich Gefühle nach außen dringen, und Caldea traf seine Enttäuschung mit voller Wucht. »Wo ist ihr göttliches Geschenk, das ihr Volk eint?« Er deutete vage zur Seite, zu dem Altar, wo die Weisen die Schale reinigten.

Das war Caldeas Stichwort. Sie blickte kurz neben sich und sah Agrippas bestätigendes Nicken, ehe sie mit fester Stimme sagte: »Wir wissen nicht, wo sie ist, aber wir wissen etwas anderes: Wir kennen die wahre Geschichte über die Gründung des Imperiums.«

Nun hatte sie Marcus' volle Aufmerksamkeit. Selbst die Weisen hielten in der Reinigung der Schale inne, die wenigen anderen Hordenmitglieder im Zelt wandten sich unauffällig zu Caldea um, die sich aufrichtete, um die Frage zu stellen, die sie auch an all die anderen Fürsten gerichtet hatte:

»Da du weißt, welches Geschenk Meridia unseren Ahnen gemacht hat, weißt du sicher auch um die Gaben der anderen Gottheiten?« Sie erntete ein träges Nicken, bislang hatte Caldea schließlich nichts Neues berichtet, und Marcus' Aufmerksamkeit schwand. »Die Tafel der Wünsche, die Orientis seinem Volk geschenkt hatte, war der Anfang vom Ende unserer Welt, wie mir und meinem Bruder schon als kleines Kind erzählt wurde.« Nun sah sie zu Lucan, der gelangweilt die Brauen hob, als hätte er den Mythos ebenfalls schon Abertausende Male gehört. Aber sicher nicht das, was Caldea und ihre Freunde über die Vergangenheit und die erste Princepa erfahren hatten. »Nahe der Grenze zwischen dem Ostland und Kathenien wird sich noch eine andere Geschichte erzählt.« Die Langweile wich aus den Gesichtern im Zelt, und mit einem wissenden Lächeln senkte Caldea die

Stimme, um die Aufmerksamkeit ihrer Zuhörer und Zuhörerinnen zu steigern.

»Unweit von jenem Dorf, das wir bereist haben und das nur einen halben Tagesmarsch von Dariana entfernt liegt, weiß man noch um die Geburtsstunde des Imperiums. Sie fand in einem kleinen Ort im Zentrum des Kontinents statt – im Zentrum von Neid und Hass während der Kriege um die Göttergaben. Zwischen stetigen Kämpfen um Territorium und jene Geschenke, inmitten von Schlachten zwischen kämpferischen Kathen auf ihren Pferden, Naturgeistern des Westens, unfehlbaren Waffen des Nordens und einer Armee zum Leben erweckter Sandsoldaten des Ostens. Der Süden, noch immer um Einheit bemüht, strebte eine Vereinigung mit dem Osten an und entsandte die wunderschöne Kriegerin Daria, eine Tochter der Edoni, der größten Horde des Landes, und ihren Bruder Decimus.«

Im Zelt schien jeder den Atem anzuhalten, als der Name Daria fiel. Daria, die Namenspatronin der Hauptstadt Dariana, jenem Stadtstaat, der über das heutige Imperium herrschte. So weit wusste jeder Bescheid, der sich mit der Vergangenheit auskannte. Es war so still, dass man das leise Seufzen des Windes hören konnte, der außen über die Zeltwände strich. »Um den Sultan des Ostens für sich zu gewinnen, nahm Daria den Kelch der Einheit mit sich, und gemeinsam mit Decimus überredete sie den Sultan zu einem Umtrunk. Dadurch verstanden sic sich gut, einer Vermählung stand nichts im Wege, und Daria war überglücklich mit der anfangs politisch motivierten Vereinigung. Sie verliebte sich in den Sultan, doch er brach ihr das Herz, als sie herausfand, dass er seine Zuneigung nicht nur einem einzigen Menschen schenkte. Er war nicht bereit, der Tradition seines Volkes abzuschwören und seine anderen Frauen und Männer für Daria zu verlassen.«

Caldeas Schlucken war im ganzen Zelt zu hören. Sie holte tief Luft, ehe sie ihre Zuhörer mit der grausamen Wahrheit konfrontierte:

»Wutentbrannt über den Verrat des einzigen Mannes, den sie je geliebt hatte, stürmte Daria davon, um sich das Leben zu nehmen. Ihr Blut aktivierte die magische Tontafel, die man ihr nach der Vermählung zeigen wollte, und Daria notierte im Angesicht des herbeieilenden Todes ihren Wunsch: Sie bat um Gesundheit und Stärke für ihr ganzes Volk, um ihre Welt zu einen und zu triumphieren, auf dass ihr Volk – ihre Familie – auf ewig siege, wie es ihre Göttin Meridia mit dem Kelch der Einheit vorgesehen hatte.« Caldea hob ihre Hand und zählte an ihren Fingern die drei Wünsche ab. »Über den zweiten Wunsch gibt es nur Gerüchte, als wäre er aus allen Gedanken und unserer Geschichte gelöscht worden. Doch es heißt, dass aus diesem Wunsch die noch heute gängige Geschlechterteilung des Palastes von Dariana entstand. Es muss etwas mit Darias Hass auf den Sultan zu tun haben. Doch uns war es bisher unmöglich, Genaueres darüber zu erfahren.«

Caldea hörte die Gedanken im Zelt geradezu wirbeln. Sie selbst hatte mit Agrippa und Pallas unendlich viele Theorien entwickelt, eine davon sprach sie nun aus. »Aber es könnte ebenso mit den regelmäßigen Erdbeben zusammenhängen. Denn rund um die Krönungen bebt unseren Erkundungen zufolge die Erde.« Sie erwähnte nicht, dass es nun wieder so weit war. Die Kunde wurde von Reitern in alle Provinzen getragen, auch Marcus musste Besuch von den Boten gehabt haben.

Niemand, dem die drei auf ihren Reisen begegnet waren, hatte je einen Zusammenhang der Beben und der Krönung gesehen, erst die über Generationen weitergegebene Erzählung einer für verrückt gehaltenen Einsiedlerin hatte Caldea und ihre Gefährten darauf gebracht. Nachdem sich die Aufmerksamkeit wieder auf sie gerichtet hatte, fuhr Caldea fort: »Als Letztes wünschte sich Daria, dass die Tontafel von nun an ausschließlich ihrem Blut gehorchen solle.«

Caldea sah die Erkenntnis in den Augen ihres Gegenübers. Dieser Wunsch erklärte, warum niemand anderes mehr die Macht über die Wünsche besaß.

»Der Sultan schaffte es nicht, Daria, die durch ihren ersten Wunsch nach Gesundheit und Stärke dem Tod entkam, rechtzeitig aufzuhalten, doch noch ehe der letzte Wunsch einsickerte, notierte er seinen bis zu diesem Moment aufbewahrten dritten Wunsch: Von nun an solle jeder nur noch einen Wunsch äußern können.«

Caldea machte eine kurze Pause und widerstand dem Drang, die Halswirbel knacken zu lassen. Die grausamste Unart, zu der sie laut Agrippa in der Lage war, die sich ein jedes Mal angewidert schüttelte.

»Darias nun endloser Macht durch den Wunsch des ewigen Triumphes hatte keines der anderen Völker etwas entgegenzusetzen. Sie beugten sich ihr, überließen ihr die Göttergaben ihrer Völker und mussten dabei zusehen, wie Daria im Zentrum der Welt die Stadt Dariana erschuf. Die Welt war geeint, Darias Wunsch war erfüllt, sie herrschte über ein friedvolles, geeintes Land, bis sie dem verfiel, was noch heute als Fluch der Princepas bekannt ist. Sie wurde verrückt, mit eiserner Hand ging sie gegen jeglichen Funken von Aufstand und Rebellion vor, zerstörte dabei Städte, rottete ganze Horden und Stämme aus – bis zu ihrem frühen Tod. Die Macht ihres ersten Wunsches, der Triumph über alle Völker, hält jedoch noch heute an. Die Krönung der nächsten Generation von Princeps und Princepa steht an. Ein ewiger Kreislauf, nur durch einen einzigen Wunsch in der Vergangenheit geprägt.«

Caldea zählte zwölf Atemzüge, bis sich Marcus regte. Sie erkannte an der Trübung seiner Augen, dass er ebenfalls Bilder vor sich sah. Den Kreislauf von Aufstieg und Fall der Nachkommen Darias und Decimus'. Auf immer an das gebunden, was ihre Ahnin vor Jahrhunderten ausgesprochen hatte.

Marcus' Blick klärte sich, er kehrte in die Gegenwart zurück und fuhr sich über den Bart. »Und wie gedenkst du, Tochter der Edoni, diesen ewigen Kreislauf zu durchbrechen?«

Caldea lächelte vorsichtig. »Daria war eine Edoni, meine Urahnin.« Sie genoss die Erkenntnis in Marcus' Augen, ehe sie es aussprach: »Auch in meinen Adern fließt ihr Blut. Ich kann damit meinen Wunsch auf die Tontafel schreiben und uns so den Kelch der Einheit zurückholen. Princeps und Princepa besäßen dann nicht mehr die damit erzwungene Loyalität der Palastbewohner.«

Marcus schüttelte den Kopf. »Dennoch herrschen die beiden weiterhin über das Imperium.«

»Nicht, wenn sie tot sind.« Sie ließ den Satz durch das Innere des Zeltes schweben, selbst die Fackeln schienen unter den Worten zu erzittern. Caldea hatte vor, den Princeps und die Princepa zu ermorden, dafür müsste sie auf der Stelle hingerichtet werden.

»Wir müssen den Kreislauf durchbrechen, Marcus, Fürst der Teren«, mischte sich nun Agrippa ein. »Wenn wir unsere und weitere Horden einen, können wir es schaffen und nach Dariana ziehen. Oder willst du darauf warten, dass beim nächsten Tributszug Lucan mitgenommen wird?« Agrippa sah zu Lucan, der daraufhin zusehends kleiner wurde. »Bisher scheint er davon verschont geblieben zu sein.«

Luna schluchzte auf, und Marcus presste seine Frau fest an sich. Agrippa sah zwischen dem Sohn und den Eltern hin und her und verstand: »Ihr habt bereits einen Sohn an den Palast verloren, nicht wahr? Oder eine Tochter?« Agrippas Art war sicher nicht die taktvollste, aber die effektivste. Luna nickte unter Tränen. Auch Marcus' Augen glänzten verdächtig.

»Auch ich habe meinen Bruder Aquila an Dariana verloren«, erklärte Caldea. »Nur aus diesem Grund gelte ich als Hordenfürstin, obgleich er diese Rolle mit Leib und Seele ausfüllen würde.« Sie verschwieg den wahren Grund: dass sie schon damals die Welt hatte erkunden wollen – die anderen Völker kennenlernen. Niemand sollte ihr fehlenden Patriotismus nachsagen.

Marcus' Schweigen wurde zu drückender Stille, die nur von Lunas immer wiederkehrenden bebenden Atemzügen durchbrochen wurde. Caldea wusste, wie es im Inneren der Frau aussehen musste. Ihr war ein Teil ihres Herzens genommen worden, den sie niemals würde auffüllen können. Instinktiv griff sich Caldea an die Brust, als könne sie so das Loch in ihrem eigenen Herzen verschließen.

Nach mehreren tiefen Atemzügen öffnete Marcus den Mund. Doch er kam nicht mehr dazu, die wohlüberlegten Worte auszusprechen. Der Boden erbebte, einer der Weisen taumelte zur Seite, stieß dabei an eine Fackel, und seine Kleidung fing Feuer. Das Knirschen des Holzes war selbst unter seinen Schmerzensschreien zu hören, die Stützpfeiler des Zeltes erzitterten und neigten sich langsam zur Seite.

Caldea sprang auf, zerrte Agrippa auf die Beine, die in ihrem untauglichen Kleid viel zu lange dafür gebraucht hätte, dann stürzte sie sich auf Lucan und stieß ihn mit voller Kraft zur Seite. Im nächsten Augenblick brach der erste Pfeiler ein und landete genau an der Stelle, an der Lucan gesessen hatte. Nun gaben auch die anderen Stützen nach. Marcus brüllte ein »Raus hier!«, und gemeinsam stürmten sie zum Eingang des Zeltes, das nur wenige Atemzüge nach ihrer Flucht in sich zusammenfiel wie eine Luftblase in den Gewässern der großen Weite.

Im Lager der Horde herrschte Chaos. Schreie erklangen. Erwachsene schleppten Kinder und Alte ins Freie, Caldea sah Männer und Frauen mit blutenden Schrammen. Es entwickelte sich mehr und mehr Rauch, weil die Stoffe und Felle über den Fackeln zusammengebrochen waren. Die Luft stank nach verbranntem Fleisch, Leder und Stoff. Krieger eilten von einer in sich zusammengesunkenen Behausung zur nächsten und zerrten weitere Hordenmitglieder hervor.

So ungern Caldea die Situation auch ausnutzte – hier war der Beweis, dass sie handeln mussten. Als Einheit. Indem sie Marcus am Arm packte, sicherte sie sich dessen Aufmerksamkeit.

»Du weißt, was das bedeutet«, rief sie ihm über den Lärm und die Schreie hinweg zu. »Die Krönung ist nahe oder bereits vollzogen. Wenn die Princepa bald ihren Wunsch schreibt, wird es zu spät sein für Veränderung. Sie wird weiterhin siegreich sein. Triumphieren.«

»Ich muss meine Horde beschützen«, gab Marcus zu. Die Verantwortung lastete schwer auf seinen Schultern, während er seinen Blick über das zerstörte Lager schweifen ließ. »Ich wollte dir soeben mitteilen, dass sich die Teren nicht an deinem Feldzug beteiligen.« Er schwieg, und Caldea fürchtete, sie hätte es wieder einmal nicht geschafft. Den Kathen lag im Blut, ihre eigene Horde zu beschützen. Nur deshalb hat Meridia ihnen den Kelch der Einheit geschenkt. Sie seufzte und hoffte, dass Pallas beim Ausspionieren der nächsten Horde mehr Erfolg gehabt hatte als Agrippa und sie. Ihnen blieb nicht mehr viel Zeit, um Verbündete zu gewinnen.

Dann räusperte sich Marcus. »Ich konnte jedoch meine eigene Tochter nicht beschützen. Jetzt habe ich die Möglichkeit, den nachfolgenden Generationen ein sicheres Leben und Frieden zu verschaffen. Die Teren werden hinter dir stehen, Caldea, Tochter der Edoni, Erbin der Daria.«

Caldea senkte den Kopf in einer dankbaren Geste, und um sich ihre tiefe Erleichterung nicht anmerken zu lassen, die Marcus im nächsten Atemzug wieder vernichtete.

»Wir werden jedoch nicht offen mit dir gegen Dariana ziehen. Aber wir werden dir helfen und unsere Verbindungen zu Dariana nutzen, um dich in die Stadt zu bringen.«

7
Aries

Die Sonne stand noch hoch am Himmel, doch anstatt des bunten Treibens, das um die Mittagsstunde sonst in der Hauptstadt herrschte, traf Aries überall auf eine beunruhigende Stille. Während Val und er in den Palast zurückgekehrt waren, hatte sich die Kunde von der drohenden Mobilmachung der Heere offenbar schneller verbreitet als ein Feuer. Viele der Geschäfte im Forum hatten ihre Auslagen eingeholt und die Türen geschlossen, jenseits der dicken Mauern der Villen im Zentrum der Stadt glaubte Aries das Tuscheln zu hören, das von Dienstboten, Mägden oder den Hausherren selbst weitergetragen wurde. Erneut stand Dariana vor einem Krieg. Angst und Furcht sickerten durch Türen und Fenster auf die Straßen im Zentrum, doch je schmaler die Gassen wurden, je weiter Aries Dariana hinabstieg, desto ferner schien der Krieg. Jenseits der Stadtmauer, in der Unterstadt, machte es keinen Unterschied, ob reiche Gardisten oder Centurionen einberufen wurden. Dort herrschten immer Hunger, Durst und Krankheit, wie sie die Oberstadt nur im Krieg treffen würden.

Aries verbrachte den gesamten Nachmittag damit, die Westländer aufzuspüren. Er fragte sich von einem der Bewohner der Unterstadt zum nächsten, bei jedem hungrigen Wimmern, das an seine Ohren drang, bei jedem Schrei eines Kindes oder dem verzweifelten Ausruf einer Mutter zog sich seine Brust zusammen. Er schämte sich dafür, nur an sich selbst gedacht und nichts zu essen aus dem Palast mitgebracht zu haben. Weil seine Gedanken allein Lena galten.

Er folgte Hinweisen auf den Aufenthalt der Heilerin, doch

sie verliefen alle im Sand. Selbst Jamahi, die sonst immer alles wusste, war ihm keine Hilfe. So kehrte er weit nach Sonnenuntergang unverrichteter Dinge durch den alten Tunnel hinter der Garnison unter der Mauer hindurch zurück in die Stadt. Nur wenige Fackeln brannten im äußeren Ring am Fuß des Berges, auf dessen Spitze der zerstörte Palast thronte. Aries bog in die unscheinbare verschlungene Gasse ab, in der seine einzige Hoffnung ruhte. Seine Schritte beschleunigten sich, hallten von den eng stehenden Gebäuden wider. Schon kurz hinter der nächsten Biegung war sein Ziel zu hören. Vereinzelte Rufe der Händler wurden laut, die den drohenden Krieg zur Steigerung ihres Verkaufs nutzten.

»Beschafft euch noch heute Vorräte!«

»Heute gibt es zwei zum Preis von einem!«

Aries ignorierte die Händler, warf ein paar Münzen in die fast leeren Schalen der Musiker und Schausteller, die es heute nicht schafften, die Bevölkerung abzulenken. Kaum dass er ein gewisses Zelt erspäht hatte, überquerte er zielstrebig den Platz und hielt auf die Stoffbahnen zu, hinter der die Alte ihre Weissagungen machte, die Aries Nacht für Nacht in seinen Träumen einholten. Er war sich sicher, dass sie tatsächlich in die Zukunft sehen konnte. Dass sie bereits bei seinem gemeinsamen Besuch mit Lena hier wusste, dass sie Meridia nicht aufhalten konnten. Aber jetzt war sie Aries' einzige Chance. Bis zuletzt bewahrte er sich einen kleinen Funken Hoffnung. Doch beim Nähertreten erkannte er, dass jenseits der Leinenbahn kein Feuer brannte. Die letzte Zuversicht erstarb, als er die Bahn beiseitestreifte und nur kahles Mauerwerk vor sich sah. Die gruselige Alte, nach der Aries seine Getreuen und Spione Ausschau halten ließ, war noch immer nicht zurückgekehrt. Mit bloßer Faust schlug er auf den rauen Stein ein, hieß den Schmerz willkommen, der seinen Arm emporkletterte. Wie hatte er annehmen können, dass sich eine alte Hexe, die in die Zukunft sehen konnte, weiterhin hier aufhielt, wo der Stadt der Untergang drohte? Er ließ die Stoffbahn los und wandte sich mit hängenden Schultern ab.

»Wer gibt dir das Recht, eine weitere Weissagung zu erhalten?« Das raue Krächzen, das ihm Gänsehaut bescherte, hatte für Aries noch nie so gut geklungen. Binnen eines Wimpernschlags hatte er sich wieder umgedreht und hob die Hand zum Eingang des Zelts der Alten. Konturlose Schatten tanzten auf dem Leinen.

Sie war zurückgekehrt, für ihn.

»Ich brauche deine Hilfe, das Imperium braucht deine Hilfe!«, sagte Aries und schob die Zeltbahn beiseite. Wie in seinem Traum saß die Alte gebeugt da und sah aus ihren fast weißen Augen zu ihm auf.

»Ich kann dir nicht helfen«, sagte sie, und Aries glaubte, Bedauern in ihrer Stimme zu hören. »Ich kann dir nicht geben, was du begehrst.« Ihr starrer Blick glitt geradewegs durch Aries hindurch.

Er trat näher, würde sich auf die Knie werfen und ihr alles versprechen, was sie verlangte. Doch die Alte hob nur ihre knochigen gekrümmten Finger.

»Ich habe keine Kontrolle über Gefühle.«

»Aber kannst du mir sagen, was ich tun muss?«, fragte Aries weiter.

Sein Herzschlag trommelte vor Aufregung bis in seine Ohren. So konnte er vierzig Schläge zählen, in denen er die Luft und die Hoffnung in seinem Inneren festhielt.

»Du musst nur dein Herz sprechen lassen«, krächzte die Hexe und fuhr mit ihrem langen Zeigefinger durch die kleinen Knochen vor sich auf dem Tisch.

»Wie soll …«

»Gefühle können nicht genommen werden, junger Krieger. Sie können nur eingehüllt und abgeschirmt werden. Was auch immer dich mit ihr verbindet, ist noch da. Es muss nur freigelegt werden.«

»Wie?«, wollte Aries wissen und rückte näher zum Tisch. Eine sturmgleiche Böe ließ die Zeltwände erzittern, löschte das Feuer und hinterließ nichts als Dunkelheit. Wie von einem Schlag getroffen, torkelte Aries rückwärts, durchbrach die Zeltbahn und stolperte über das unebene Pflaster. Im nächsten Moment saß er auf dem Nachtbasar und blickte auf die kahle Mauer.

Erneut war die Hexe keine wirkliche Hilfe gewesen. Aries erhob sich, klopfte den Schmutz von der Kleidung, schimpfte auf die Gottheiten – allen voran Meridia – und schob sich, der letzten Hoffnung beraubt, zwischen den Besuchern des Nachtbasars hindurch. Wie viel Zeit war vergangen? Der Platz schien nun wieder so belebt wie bei seinem Besuch mit Malena, es gab sogar Paare, die zur fröhlichen Musik tanzten. Kopfschüttelnd umrundete er sie, fragte sich jedoch, ob sie vielleicht am weisesten von allen handelten. Sie genossen jeden Moment, der ihnen blieb. Mit wehmütigem Blick sah er einem barfüßigen Jungen und einem lachenden rot gelockten Mädchen hinterher – und prallte gegen einen massigen Körper. Sofort fuhr er herum, eine Entschuldigung auf den Lippen, da sah er sich Auge in Auge jenem Händler gegenüber, der Lena und ihm die seltsame Blüte verkauft hatte. Erkennen stand in dessen Blick, das breite Grinsen entblößte verfärbte Zähne und sorgte dafür, dass Aries die Entschuldigung in der Kehle stecken blieb.

»Wo ist deine Geliebte, Centurio?« Diese eigentlich belanglose Frage ließ Aries die Finger ballen, überrollt von der Scham, die Aries damals getroffen hatte. Indem Malena den Händler bezahlt hatte, hatte sie zugegeben, dass seine Ware besser war als ein Kuss – was der Händler natürlich beschämenderweise auf Küsse von Aries bezogen haben musste. Nur dass weder Malena noch Aries zu dieser Zeit gewusst hatten, wie ein Kuss schmeckte.

»Begehrst du Nachschub, Centurio?« Der Händler grinste noch immer und zuckte mit den buschigen Augenbrauen.

»Nein«, stieß Aries gepresst hervor und wollte den Händler bereits umrunden, doch sein von bunten Stoffen bedeckter Arm hielt ihn zurück. Goldketten um seinen Hals klimperten. Aries trieb seine Fingernägel weiter in die Handflächen und atmete tief durch. Anschließend machte er einen weiteren Versuch, den aufdringlichen Händler einfach stehen zu lassen.

»Manchmal braucht es einen kleinen Schubs, um Erinnerungen freizulegen«, sagte dieser. Irritiert erkannte Aries, dass das abfällige Grinsen einem ernsten Ausdruck gewichen war und die Aussage des Händlers in Aries' Innerem Anklang fand, wo sofort eine Idee reifte.

»Gib mir mehr von diesen Blüten«, verlangte er.

Offenbar bedauernd schüttelte der Händler den Kopf und sah auf seine mit etlichen Ringen geschmückten Finger hinab. »Meine Quelle ist versiegt, ich bekomme keinen Nachschub mehr.«

Aries' Idee fiel in sich zusammen wie ein Sandgebilde im Regen. Der Händler schlug ihm freundschaftlich auf die Schulter. »Aber für meine besten Kunden habe ich natürlich noch Ware übrig.«

Aries hatte nicht gesehen, dass der Mann seine Hand nach irgendwohin ausgestreckt hatte. Dennoch öffnete er mit einer drehenden Bewegung seine Faust und offenbarte eine einsame reinweiße Blüte, die eingebettet in ein Stück Stoff auf der Handfläche des Händlers ruhte.

»Es ist die letzte«, warnte er Aries.

Dieser griff bereits zu dem Beutel mit den noch übrigen

Münzen an seinem Gürtel, doch der Händler schüttelte den Kopf.

»Du hast Großes damit vor. Denk an uns alle, wenn du dich deiner Aufgabe stellst.« Aries nahm sorgsam die Blüte an sich, wickelte sie in den Stoff und verschloss ihn mit einem Lederband, das sein Gegenüber ebenfalls wie aus dem Nichts zauberte. Den provisorischen Beutel hängte er sich um den Hals und verbarg die Blüte unter seiner Tunika, direkt über seinem Herzen.

Nun trat der Händler zufrieden beiseite und neigte respektvoll den Kopf.

»Ich hoffe, wir sehen uns wieder, junger Krieger.«

Junger Krieger, dachte Aries nur und kam nicht umhin, sich den gesamten Weg hinauf zum Palast zu fragen, ob die Hexe und der Händler zusammenarbeiteten, um ihn auf den richtigen Weg zu bringen.

8
Caldea

ZWEI MONDE ZUVOR

Sie waren erst wenige Tage unterwegs, und die Stimmung in ihrem überschaubaren Lager war noch immer angespannt.

»Ich hätte eine Armee gebraucht, nicht *das.*« Caldea blickte den Felsbrocken hinab, auf dem sie seit Errichten des Nachtlagers saß, direkt auf die drei Zelte, bei denen ihre Pferde grasten. Zu ihrer Linken saß Pallas, rechts neben ihr Agrippa, erneut in ein vollkommen untaugliches Kleid gehüllt.

Pallas legte Caldea den Arm über die Schultern und drückte sie an sich. »Er ist besser als nichts, oder?«

Caldea genoss die tröstliche Umarmung, die Geborgenheit, für die ihr bester Freund sorgte. Sie konnte sich gar nicht mehr an eine Zeit erinnern, in der sie ohne Agrippa oder Pallas gewesen war. Sie hatte beide erst getroffen, nachdem sie die Edoni verlassen hatte. Und doch waren sie mehr Familie als alle anderen. Sie hatten einen Teil der klaffenden Lücke gefüllt, die Aquilas Verschleppung verursacht hatte. Nicht zuletzt, weil Pallas so aussah, wie sie sich Aquila in dem Alter vorstellte. Caldea konnte es kaum erwarten, bis auch der Rest dieses Lochs wieder gefüllt war und sie ihren Bruder in die Arme schließen konnte. Koste es, was es wolle.

Bei jeder Horde, bei der sie vorgesprochen hatten, um Hilfe für ihr Vorhaben zu erbeten, waren sie auf Ablehnung gestoßen. Jeder Kathenfürst sorgte sich um seine eigenen Leute, um die eigene Horde, die eigene Familie. Caldea konnte es ihnen nicht einmal verdenken. Zu ihrer Schande musste sie sich eingestehen, dass sie – wäre Aquila nicht in ihren jungen Jahren verschleppt worden und sie damit zur späteren Hordenfürstin geworden – vielleicht ähnlich gedacht und gehandelt hätte. Sie wäre vielleicht derselben Gleichgültigkeit verfallen, wenn es um die Verlorenen ging. Verluste und Entbehrungen gehörten zum Leben der Horden dazu, und es galt, im Jetzt zu leben und nicht zurückzublicken. Wäre Aquila noch bei ihr, hätten sie beide sicher alles dafür gegeben, ihre Horde zu schützen – wie all die anderen Fürsten und Fürstinnen. Niemand von ihnen dachte an Einheit, jeder kämpfte für das eigene Überleben, hoffte darauf, keinen Tribut an Dariana abgeben zu müssen. Meridia war trotz ihres Geschenks vergessen worden. Hatte die Göttin selbst ihr Volk aufgegeben und betrachtete nun die Bewohner Darianas als ihre Kinder? Segnete sie Princeps und Princepa?

In jeder Horde war Caldea auf denselben Schmerz des Verlustes gestoßen – und doch wollte sich niemand ihrem Vorhaben anschließen. Fürst Marcus trug dieselbe Wunde in der Brust wie Caldea. Er hatte sie verstanden, war aber erst durch das Beben überzeugt worden. Auch Lucan, den sie in ihrem Übungskampf besiegt hatte und der im Moment mit seinem Stock gegen unsichtbare Gegner kämpfte, wie Caldea es ihm aufgetragen hatte, kannte jenen Schmerz, einen Teil der Familie verloren zu haben. Und doch war er alles, was sie von Marcus erhalten hatte.

Sie musste nun den Aufpasser für einen Jüngling spielen – Lebensschuld hin oder her –, weil sie ihn beim Beben gerettet hatte. Caldea ballte die Hand zur Faust, was Agrippa offenbar nicht entging.

»Was starrst du den Kleinen so an?«, fragte sie.

Caldea fühlte sich ertappt.

Pallas schritt ein: »So klein ist er gar nicht. Lucan zählt fast achtzehn Sommer.«

»Das glaube ich dir nicht. Du suchst doch nur eine Rechtfertigung, ihm ständig schöne Augen zu machen.« Agrippa beugte sich über Caldea hinweg, um in Pallas' Gesicht die erwartete Antwort zu lesen.

»Glaub, was du willst, meine Hübsche. Ich tue wenigstens mein Bestmögliches, nicht jede Nacht allein auf meinen Fellen zu liegen.«

»Und was ist mit der ›wundervollsten Frau aller vier Himmelsrichtungen‹ geworden?«, konterte Agrippa, woraufhin sich die beiden giftige Blicke über Caldeas Schoß hinweg zuwarfen, sodass sie sich nicht mehr auf Lucans Training konzentrieren konnte.

Caldea schob die beiden auseinander und sprang von dem schulterhohen Felsbrocken, der mitten in einem Meer aus knöchelhohen Gräsern stand, die eine kleine Senke in der *Weiten Steppe* begrünten – dem größten Teil des Landes der Kathen. Meridia, die Göttin des Südens, hatte ihnen ein großes Land geschenkt, doch ihr Volk war nicht dafür geschaffen gewesen, an einem Ort zu bleiben, Felder zu bewirtschaften oder sesshaft zu werden.

Wie einst die Mitglieder des Urvolkes, reisten die verstreuten Horden auch heute noch in einem durch Territorialschlachten grob abgesteckten Gebiet umher, streiften so durch die sich stets verändernde *Weite Steppe* und folgten Tierfährten zu Wasserlöchern.

»Du hältst den Stock vollkommen falsch«, sagte Caldea und trat zu Lucan. Er zuckte zusammen wie ein aufgescheuchtes Tier. Sofort hatte Caldea Gewissensbisse, zu hart mit ihm umgesprungen zu sein. »Ich sehe, du hast dir Lederbänder um die Hände geschlungen. Sehr gut.« Es fühlt sich falsch an, den Kleinen für etwas zu loben, das eigentlich selbstverständlich sein sollte. Er war der Sohn eines Hordenfürsten, der Erbe der zweitgrößten Horde nach den Edoni. Wie hatte Marcus es vernachlässigen können, ihn vernünftig zu trainieren?

Lucan sah sie an, seine so ungewöhnlichen grünen Augen waren klar und spiegelten die bald untergehende Sonne. Sein Unterkiefer schob sich hin und her, und Caldea erkannte den Moment, in dem er einen Entschluss fasste. »Ich weiß, dass du mich nicht dabeihaben wolltest und für einen Schwächling hältst.« Er sah zu Pallas und Agrippa hinauf, die sich noch immer lachend zankten. »Aber ich musste etwas unternehmen. Meine Mutter hat mir verboten, mit unseren Kriegern zu trainieren. Sie hat mich überbehütet, mich … versteckt, damit ich …«

Damit ihn nicht dasselbe Schicksal ereilte wie seine Schwester. Oder wie Aquila. Es war nur natürlich, dass seine Mutter Lucan beschützen wollte. Aber Caldea glaubte nicht, dass sie ihm damit einen Gefallen getan hatte.

»Deshalb hast du deinem Vater vorgeschlagen, die Lebensschuld einzulösen und mit uns zu reisen?«

Lucan nickte. »Ich habe schon öfter Verhandlungen mit anderen Horden geführt, darunter auch welche, die laufend Handel mit Dariana treiben. Ich kenne mich aus.«

Caldea war sich nicht sicher, ob die Strategie, die Marcus und so viele andere Horden verfolgten, die richtige war. Sie entsprach dem Gegenteil von dem, was sich Meridia für ihr Volk erhofft hatte. Sie hatte ihnen nicht grundlos den Kelch der Einheit geschenkt. Doch mehr als das lederne Siegel, das Lucan nun mit sich trug und das ihn als verhandlungsberechtigt auswies, war Marcus nicht gewillt gewesen zu geben. Caldea hatte daraufhin mit Agrippa und Pallas einen neuen Plan erarbeitet. Sie würden sich mit Lucans Hilfe Einlass durch die Tore von Dariana verschaffen und dort weitere Erkundigungen einziehen. Sobald sie mehr wussten, war es ihnen vielleicht möglich, tatsächlich Krieger von den Horden zu akquirieren.

»Dann zeig mir, was du inzwischen draufhast«, sagte Caldea, griff nach einem weiteren in der lockeren Erde steckenden Stab und stellte sich Lucan entgegen. Der Junge lächelte, sein Gesicht leuchtete regelrecht auf, und Caldea konnte erkennen, welche Veränderung sich in seiner Erscheinung bereits vollzogen hatte. Er glich nicht mehr annähernd dem Kind, gegen das sie in der Arena angetreten war. Den Rest würden sie vielleicht auch noch hinbekommen.

Die Tage vergingen immer nach demselben Muster: Aufstehen, Training, Marsch, Nachtlager, Jagd, Essen, Training, Schlafen. Der Mond wurde schmal und wieder voll. Ihr Weg führte sie von der Horde der Teren, die nahe der Grenze zur westlichen Provinz gelagert hatten, Richtung Nordosten, bis sie die Via Meridians erspähten, jenen bis zum Horizont reichenden befestigten Weg, dem die Tribute nach Dariana folgten.

Je weiter sie reisten, desto kühler wurden die Nächte. Es war nicht so kalt wie in den Erzählungen über das Volk des Nordens, dessen Göttergabe, die ewige Flamme, einst das Überleben sicherte. Aber es war kühl genug, um in den Zelten zu schlafen, obwohl Caldea es immer genoss, die Sterne am Himmel funkeln zu sehen. Auf dem Rücken zu liegen und sich zu versichern, dass egal, was tagsüber geschehen war, die Sterne nachts wiederkehrten, hatte etwas Beruhigendes an sich.

Früher hatte man den Edoni-Kindern immer erzählt, dass diejenigen, die von ihnen gegangen waren, von dort oben aus über sie wachten. Damals war Caldea noch klein gewesen. Sie hatte nicht begriffen, warum Aquila fortgegangen war. Sie hatte den Unterschied zwischen dem Tod und der grausamen Verschleppung der Tribute durch Dariana nicht gekannt. So hatte sie dem hellsten Stern, jenem, der als Erstes am Firmament auftauchte, den Namen gegeben, mit dem Aquila sie immer geneckt hatte: Mondfunke. So war ihr liebster Moment des Tages der, in dem die Sonne hinter den Horizont sank und Mondfunke im Abendrot erschien. Auch an diesem Abend blickte sie hoch zu Aquilas Stern und versprach dasselbe wie jeden Abend: dass sie ihn befreien würde.

Und schon bald sollte es so weit sein.

In den vergangenen Tagen hatten sie Lucans Training verkürzt und waren stets länger geritten. Dabei hielten sie sich immer etwas abseits der Via Meridians, auf der man Aquila und all die anderen Edoni-Kinder in den Jahren danach ihrer *Bestimmung* zugeführt, sie verschleppt und schnellstmöglich in den Palast geführt hatte. Hin und wieder mussten sie die Straße jedoch kreuzen, um Wasser für ihre Pferde zu finden. Lucan hatte von Marcus eine detaillierte Karte der Steppe und des weitläufigen Territoriums zwischen dem besiedelten Reich der Kathen und dem zu Dariana gehörenden Umland mitgegeben. Jeder Kontakt zum glatten Pflaster schürte Caldeas brodelnden Hass auf Dariana, auf den Princeps und die Princepa.

Caldea wartete allein mit ihren Gedanken am Wasserloch. Sie lag bäuchlings im niedrigen Gras, ihren Bogen in der Hand und Pfeile neben sich. Sie war eine geduldige Jägerin und gern allein, das Gegenteil von Agrippa, die den Zustand keine hundert Herzschläge lang erduldete.

Lucan war diese Tatsache jedoch nicht gerade unangenehm, wie sich auch wenig später wieder zeigte. Nachdem Caldea erfolgreich einen Hasen erlegt und ihn ausgenommen hatte, traf sie Lucan und Agrippa in eine Unterhaltung vertieft am Lagerfeuer an. Caldea reichte ihnen die Beute. Es hatte sich so eingespielt, dass die beiden sich um die Zubereitung dessen kümmerten, was Caldea oder Pallas erlegten.

»Der ist aber etwas klein geraten, findest du nicht?«, neckte Pallas und warf einen abfälligen Blick auf Caldeas Beute, ehe er zu ihr trat und ihr ins Ohr flüsterte: »Meiner ist viel größer.« Was Caldea ein Schnauben entlockte.

»Hast du nicht letztens behauptet, dass es nicht auf die Größe ankommt?«, mischte sich Agrippa ein, die einfach alles mitbekam und selbst ein Flüstern in hundert Schritt Entfernung vermutlich noch besser verstand als Caldea einen lauten Ruf derselben Person. Deshalb war sie auch die beste Spionin, die es gab. Lucan neben ihr sah plötzlich überallhin, fand selbst das spärliche Steppengras zwischen den Zelten interessanter als ihr Gespräch. Caldea schmunzelte, während Pallas den Eingeschnappten mimte. Seine Talente lagen definitiv nicht in zivilisierter Gesprächsführung. Bettstattgeflüster war oftmals eine noch bessere Informationsquelle als der Tratsch, den Agrippa immer und überall aufschnappte. Und ganz offensichtlich hatte Pallas sehr viel Spaß daran, seinen gut gebauten Körper und sein äußerst attraktives Gesicht für ihre Sache zur Verfügung zu stellen.

Lucan wollte dieses Gespräch offenbar nicht fortführen. Inzwischen war der schüchterne, schlaksige Jüngling verschwunden, die Reise durch die große Steppe hatte nicht nur sein Äußeres verändert. Auch wenn er nach wie vor Gesprächen wie diesem aus dem Weg ging und mit den spielerischen Avancen von Pallas noch nicht zurechtkam, war er an der ihm gestellten Aufgabe gewachsen. »In wenigen Tagen werden wir Dariana erreichen.« Er zog die lederne Karte aus seinem Bündel und deutete auf etwas, das Caldea für einen Berg gehalten hatte, bis Lucan ihr den Aufbau der Hauptstadt erklärt hatte. Oben auf dem großen Hügel stand der

Palast, je höher das Ansehen der Bewohner von Dariana, desto näher an diesem Zentrum durften sie ihr Lager errichten. »Wie werden wir vorgehen, wenn wir vor den Toren eintreffen?«

Normalerweise hielt es sich so, dass Caldea Pallas oder Agrippa vorausschickte. Sie nutzten ihre Talente, um abzuschätzen, wie die Menschen auf Caldea, die Tochter der Edoni, reagieren würden. Doch nun würden sie keiner weiteren Horde entgegentreten. Caldea konnte sich nicht in einem Schaukampf beweisen und beeindrucken. All das zählte in Dariana nicht. Deshalb hatte sie sehr lange darüber gegrübelt, was sie tun konnten, um ihrem Ziel näher zu kommen.

Sie erläuterte ihren Plan erst, als die vier zusammen beim Essen saßen. Und erntete die erwartete Reaktion.

9
Malena

Du weißt, dass es die richtige Entscheidung ist.« Circe sah Malena mit vor Wut funkelnden Augen an, ehe sie sich auf das Liegesofa fallen ließ und die Bänder um ihre Sandalen löste, die sie nach der neuen darianischen Mode über die weit geschnittene Hose geschnürt hatte. Sie waren eben von der Senatssitzung zurückgekehrt, und Circe hatte sich den gesamten Rückweg lang nur über die grauhaarigen Senatoren ausgelassen, die selbst dann nicht reagieren würden, wenn ihnen eine Bedrohung direkt ins Gesicht spränge.

Malena setzte sich weit gemächlicher auf den gepolsterten Hocker neben Circe und griff nach der Schale mit Früchten, die vom Tisch aus ihren Duft im Raum verbreiteten.

»Wir müssen die Gardistinnen anweisen, sich ab sofort für den Auszug bereitzuhalten.« Circe beugte sich nach vorne und angelte ein paar Trauben aus Malenas Schale.

»Aber siehst du denn wirklich eine Bedrohung?« Malena hatte sich die Unterlagen der Senatoren und ihrer Späher geben lassen, doch nichts deutete darauf hin, dass die südliche Provinz als Einheit gegen Dariana vorrücken könnte. Der Süden war gespalten wie eh und je, sie versuchten, Kontakte zu knüpfen, aber keine der Bemühungen war bislang von Erfolg gekrönt. »Ich bezweifle, dass sie wirklich eine Bedrohung sind. Du bist ihre Göttin, auch wenn du weiterhin Circe genannt werden willst. Wenn wir dich an unserer Seite haben …«

Circes Augen funkelten auf, und Malena schloss sofort den Mund.

»Sei vorsichtig, mit dem, was du sagst, Principa. Die Wände haben Ohren.« Ihr Blick ruckte hin und her, ehe er sich in Malena bohrte. »Es muss unser Geheimnis bleiben, dass ich mich auf eure Seite geschlagen habe.« Sowohl das leichte Zusammenkneifen ihrer sonst so großen strahlend dunkelblauen Augen als auch der verbissene Zug um ihre vollen Lippen ließen Malena stumm nicken.

»Aber siehst du im Süden tatsächlich eine Bedrohung?«, wollte Malena ernsthaft wissen. Womöglich gaben die Fakten, die ihr weitergereicht worden waren, nicht das her, was Circe mit ihrer göttlichen Kraft sah.

»Ich habe dem Volk der südlichen Provinz einst die Macht gegeben, über die anderen Völker zu herrschen, und doch haben sie es nicht geschafft«, erwiderte Circe, und Malena fiel auf, dass Circe nicht von *ihrem* Volk sprach, obgleich sie doch die Göttin des Südens war. Pure Enttäuschung verdüsterte ihre Stimme. »Ich hatte so große Pläne mit den Kathen, stand ihnen, im Gegensatz zu meinen Geschwistern, immer zur Seite. Und was haben sie getan? Sie haben mich enttäuscht.« Circes schmale Nasenflügel bebten. »Es war nicht schwer, bei den anderen Völkern kleine Intrigen rund um das ach so tolle Geschenk meines Bruders zu spinnen und einen Krieg um die Tontafel anzuzetteln. Das war die Chance, die ich mir herbeigesehnt hatte.« Circes Blick schweifte in die Ferne, doch der grausame Zug um ihre Lippen blieb. »Und was hat *mein Volk* getan?« Sie spuckte die Worte aus wie einen bitteren Traubenkern. »Sie haben *mein Geschenk* benutzt, um sich einigermaßen zu *verteidigen.*« Malena verstand, dass Circe das Volk des Südens nicht länger als ihr Volk ansehen wollte, und es wurde mit jedem Wort der Enttäuschung deutlicher. »Niemand von ihnen strebte nach mehr. Vereint hätten sie über die anderen Völker, über meine Geschwister gesiegt. Nichts hätte sie aufhalten können, und doch zogen sie sich immer wieder zurück, anstatt nach mehr zu streben.« Das für Circe seit ihrer gemeinsamen Jugend typische Schnauben entfuhr ihr. »Auf dem Schlachtfeld lernte ich Daria kennen, die als eine der wenigen noch vor jedem Kampf um meine Gunst und den Sieg betete. Ich stellte mich als Cassiopeia an ihre Seite, und ein neuer Plan reifte. Daria war bereit dazu, das Fundament für ein neues Volk zu legen. Gemeinsam reisten wir in den Osten, brachten Orientis' Gabe in unseren Besitz, und im Moment von Darias *Tod* legte sie den Grundstein für das Imperium.« Der verkniffene Zug um ihre Lippen wich einem wunderschönen Lächeln, und Malena lauschte gebannt Circes Erzählung. Bislang hatte sie nie so detailliert über ihre Vergangenheit gesprochen. Doch der Ruhm Darianas sprach für sich. Dann jedoch erinnerte sich Malena an die Erlebnisse im Norden.

»Die ewige Flamme«, begann sie, doch Circe wischte ihre Worte mit einer wegwerfenden Geste beiseite.

»Ich mochte Arktus immer am liebsten. Er war schon immer etwas eigenbrötlerisch und wollte nur seine Ruhe haben. Sein Volk strebte nach den gleichen Zielen. Erst als sie sich einmischen wollten, haben sie meinen Zorn zu spüren bekommen.« Plötzlich begannen die Tongefäße und Kelche auf dem Tisch zu klirren, ein leichtes Beben wie das erste, das Malena ausgelöst hatte, ließ den Palast erschaudern, war jedoch schneller vorüber, als dass irgendetwas hätte Schaden nehmen können.

»Du hast sie mit dem ›Zorn der Götter‹ bestraft«, schlussfolgerte Malena und erinnerte sich an all die Geschichten, die die Angst vor den Beben schürten und sie niemals vergessen ließen.

Circe nickte zufrieden. »Ich habe ihr Land in Stücke gerissen, auf dass sie nie wieder an Darianas Herrschaft zweifelten.« Sie biss von einer großen Traube ab und leckte sich den Saft von den Lippen. »Das, was die Menschen daraus gemacht haben, konnte ich ein jedes Mal nutzen, wenn Decimus' Nachkommen sich geziert haben, unserer Sache dienlich zu sein.«

Circe wartete, bis Malena sich selbst zusammenreimte, was sie damit aussagen wollte. »Die Princepas tragen nicht die Schuld an den Beben?« Malena dachte darüber nach und kam zu dem Schluss, dass dies eine wahrlich göttliche Möglichkeit war, weiterhin über das Imperium zu herrschen. Auch Val hatte bis zuletzt gezögert und riskiert, dass die Herrschaft ihrer Familie endete.

»Ich war immer in deiner Nähe, um deinem Ziehbruder vor Augen zu führen, was er riskiert, wenn er gegen meinen Willen arbeitet. Er hätte es sonst nicht begriffen.«

Malena nickte. Ihre Aufgabe war, die Herrschaft zu sichern und zu herrschen. Val war viel zu emotional, um distanziert erkennen zu können, was das Imperium brauchte. Im Gegensatz zu Circe und ihr.

»Wenn du uns rätst, die Gardistinnen zu mobilisieren, werde ich das Dekret unterzeichnen.«

Circe nickte ihr mit einem schwachen Lächeln zu, griff nach den beiden Kelchen mit verdünntem Wein auf dem Tisch und reichte Malena einen davon.

»Auf das Wohl des Imperiums und den Schutz der Herrschaft Daria …«

Ein Tumult jenseits ihrer Gemächer lenkte Malenas Aufmerksamkeit von Circes Trinkspruch ab.

Mit einem lauten Seufzen stellte Circe ihren Kelch wieder auf den Tisch. »Es ist der Vater deiner Tochter«, erklärte sie mit einem wahrlich ungöttlichen Augenverdrehen, erhob sich und ging barfuß zur Tür.

»Sie ist nicht zu sprechen«, hörte Malena Circe sagen.

»Ich möchte sie nicht sehen«, erwiderte Aries, und Malena zog die Augenbrauen zusammen. Aries' Stimme zupfte an etwas in ihrem Inneren, wie das Surren eines lästigen Insekts, das einfach nicht aufgab. »Ich will nur, dass du Lena das hier gibst.«

Lena.

Malena erinnerte sich an den Klang ihres Spitznamens. Halb gehaucht, halb gestöhnt war er ihr so tief unter die Haut gegangen. Ohne ihr Zutun spürte sie ein Zucken im Mundwinkel. Sie hob die Hand, tastete danach, und mit einer kurzen Drehung konnte sie sich im Spiegel zwischen den Fenstern sehen. Sie lächelte.

»Wenn du dann verschwindest, gebe ich ihr den Brief.« Circe klang genervt. Malena konnte sich so gut vorstellen, wie ihre Freundin gerade all ihre Konzentration dafür aufwand, Aries nicht ihren vollen göttlichen Zorn spüren zu lassen, was sie enttarnen würde.

»Vielen Dank«, hörte sie Aries noch sagen, ehe das Klatschen von Circes nackten Füßen auf dem Boden näher kam.

»Er ist lästiger als eine Stechmücke«, knurrte Circe und hielt Malena einen versiegelten Brief aus dickem Pergament hin. »Vermutlich will er dich an die ewige Liebe erinnern oder so.« Circe verdrehte erneut die Augen, und Malena war sich sicher, dass der Göttin dadurch bald schwindelig werden würde.

Malena griff nach dem Umschlag und fuhr über das darianische Siegel im purpurfarbenen Wachs. Vals Siegel.

»Vielleicht stimmt Valerian der Mobilmachung endlich zu«, sagte Malena und brach das Wachs entzwei.

»Hoffentlich. Ich lasse direkt das Dekret aufsetzen.« Circes Haare peitschten Malena fast ins Gesicht, weil sie sich so schnell abwandte. Das Patschen nackter Füße war nach drei Schritten verebbt, und Circes Sandalen befanden sich wieder perfekt geschnürt an ihren Füßen. Sie verließ Malenas Zimmer in dem Moment, in dem die Princepa das gefaltete Pergament aufklappte und ein so intensiver Duft zu ihr aufstieg, dass er ihr die Sinne vernebelte.

Von einem unerklärlichen Wunsch getrieben, sprang Malena auf und rannte zur Tür, lugte zwischen ihren Gardistinnen hindurch den Flur entlang, wo Circe gerade weit entfernt um eine Ecke bog. Am Eingang zu Valerians provisorischer Unterkunft in ihrer Seite des Palastes stand Aries und krümmte sich, als hätte er Schmerzen. Ihre Gardistinnen traten beiseite. Aries richtete sich wieder auf und sah sie direkt an. Auf die Entfernung konnte sie sein Gesicht nicht gut erkennen, selbst wenn sie die Augen zusammenkniff. Die Geste jedoch, die er mit der Hand vollführte, war klar zu sehen. Doch was wollte er ihr damit sagen?

Wieder und wieder tippte sich Aries mit zusammengepresstem Daumen und Zeigefinger auf die Handfläche der anderen Hand und führte sie anschließend zum Mund, den er kurz öffnete. Malena ahmte die Bewegung nach und tippte dabei gegen den Brief von Valerian. Eine weitere Duftwolke stieg auf, während Aries gestikulierte, sie solle den Brief öffnen, dann tippte er wieder auf die Handfläche und deutete danach auf seinen Mund.

Malena schlug die Seiten des Papiers auseinander. Auf dem Pergament lag eine Blume, die an Malenas Erinnerungen zupfte. Sie strich über die samtweichen Blütenblätter und sog tief den Duft der Blume, der *Wüstenblume,* ein. Dann rupfte sie ein Blütenblatt ab und legte es auf die Zunge. Schwindel erfüllte sie, sie riss die Augen auf, starrte noch ein letztes Mal zu Aries, ehe sie zurück in ihre Gemächer taumelte und sich gerade so lange auf den Beinen halten konnte, dass sie nicht mitten im Raum zusammenbrach. Sie ließ sich überwältigt von dem, was mit ihr geschah, auf ihr Bett fallen und riss dabei den zarten Stoff des Vorhangs mit sich.

Das süße Aroma der weißen Blüte beschleunigte Malenas

Herzschlag und zerrte Erinnerungen zutage, die Malena zuletzt für Gerüchte und Erzählungen gehalten hatte, weit entfernt von der Realität. Nun jedoch glaubte sie, die Musik des Nachtbasars zu hören. Exotische Klänge, begleitet vom Gelächter von Frauen und Männern, die tanzten, durchzogen von fröhlichen Rufen spielender Kinder …

Malena schloss flatternd die Lider und hieß die Bilder willkommen. Emporschießende Feuerzungen aus dem Mund eines Schaustellers, wirbelnde Feuerkugeln, die sich in den Augen der Zuschauer spiegelten und Malena vor Spannung und Ehrfurcht hatten erstarren lassen. Das Gesicht eines Händlers in bunt zusammengewürfelter Kleidung … Seine verheißungsvolle Stimme, die ihr versprach, dass die Blüte süßer schmecke als ein Kuss.

Malena spürte eine Berührung an den Lippen und riss die Augen auf. Gänsehaut zeichnete sich auf ihren Armen ab, ihr Herz donnerte gegen ihre Rippen. Es war ihr Finger, der ihren Mund berührte, auf ihren Lippen lag. Ihre Lippen, die sich erinnerten, wie sich ein Kuss von Aries ange*fühlt* hatte.

10
Aries

Aries war nervös wie nie zuvor in seinem Leben. Angstschweiß stand ihm auf der Stirn, als er sich zum Eingang von Vals Zimmer zurückzog und abwartete. Er hatte alles auf eine Karte gesetzt, Malena die gesamte Wüstenblume geschickt. Doch je länger er nun wartete, desto erdrückender wurde die Gewissheit, auch der letzten Hoffnung beraubt worden zu sein. Denn Circe stürmte mit einem siegesgewissen Lächeln aus Malenas Gemächern und jagte mit schnellen Schritten an ihm vorbei, ohne ihm auch nur einen Blick zuzuwerfen.

Aries' Sicht verschwamm, er presste die Stirn gegen den rauen Putz der Wand und stützte sich mit den Händen ab, während er um Atem rang. Circes Lächeln glich einem starken Schlag in den Magen, und Übelkeit stieg in Aries auf.

Das Klimpern der mehr dekorativen als praktischen Rüstungen der Gardistinnen erregte dennoch seine Aufmerksamkeit, und er sah auf. Die Leibwächterinnen der Princepa traten gerade zur Seite und legten so den Blick auf Malena frei, die einfach nur dastand und in seine Richtung starrte. Auf die Entfernung konnte Aries nicht erkennen, ob sie sich erinnerte. An den süßen Duft der Blüte, an die gemeinsame Nacht auf dem Nachtbasar, an …

Seine Brust drohte zu zerreißen, er krümmte sich beinahe erneut vor Schmerz, kämpfte jedoch dagegen an und richtete seinen Blick auf Malena.

Er versuchte, ihr deutlich zu machen, dass sie eins der Blütenblätter essen musste. Er wiederholte die Geste, bis Malena sie nachahmte. Sie öffnete das gefaltete Pergament, das er mit

Vals Siegel geschlossen hatte. Aries wagte es nicht, zu atmen, bis Malena ein zartes weißes Blatt in den Mund legte und selbst auf die Entfernung sichtbar die Augen aufriss. Wie von Ifrits der östlichen Provinz gejagt, verschwand sie in ihren Gemächern.

Aries sog die dringend benötigte Atemluft ein. Zusammen mit der Gewissheit, dass Malena, *seine* Malena, noch hinter der eiskalten Princepa versteckt existierte, durchströmte sie seine Adern und brannte Aries' Hoffnungslosigkeit aus seinem Körper.

Übrig blieb ein Plan, von dem er jetzt nur noch Val überzeugen musste.

11
Valerian

Val tigerte in seinem Zimmer umher und dachte über Aries' Schilderung nach. *Hoffnung.* Allein das Wort auch nur zu denken, kam ihm vor wie Blasphemie. Hoffnung war etwas, das Menschen dazu trieb, durchzuhalten, obgleich sich doch nichts ändern würde, der Versuch, die Hand nach der Sonne zu strecken, um sie vom Himmel zu holen.

»Der Plan ist verrückt!«, sagte er dann, blieb stehen und betrachtete seinen besten Freund.

»Du hättest sie sehen sollen, Val!« Aries klang nahezu euphorisch, und Val wusste, dass auf einen solchen Höhenflug nur Enttäuschung folgen konnte. »Sie hat etwas gefühlt, da bin ich mir ganz sicher«. Die kribbelnde Aufregung, die von Aries ausging, streckte sich nach Val und kratzte an seiner Haut. Dennoch musste er versuchen, seinen Freund zurückzuhalten.

»Nur weil du glaubst, sie sei vor ihren Gefühlen davongelaufen, heißt das noch lange nicht, dass sie tatsächlich etwas empfunden hat.« Val ballte die Hände, seine Stimme verkrampfte mit ihm. »Ich habe sie verflucht, zur Gefühllosigkeit verdammt. Es kann nicht sein, dass –«

Aries unterbrach ihn. »Diese alte Seherin, die Frau vom Nachtbasar, hat mir gesagt, dass Malenas Gefühle nicht verloren sind. Wir müssen sie nur freilegen. Und ich bin mir sicher, dass ein gemeinsamer Besuch mit ihr auf dem Nachtbasar alle Erinnerungen und die damit einhergehenden Gefühle zurückholen würde. Du musst mir vertrauen. Kannst du das?«

Ein seltsamer Ton schwang in den Worten mit, und ein verbitterter Zug huschte über Aries' Gesicht. Er hatte Val ins Anlitz gesagt, er sei enttäuscht von ihm, es war Zeit, zu erfahren, warum. »Wir müssen noch miteinander sprechen«, setzte Val an, und Aries runzelte die Stirn. »Du hast etwas, bist … verändert, enttäuscht von mir. Meine Entscheidung –«, stammelte Val, aber Aries schüttelte den Kopf.

»Das ist jetzt nicht wichtig«, würgte er jegliche Aussprache ab. »Wenn du etwas wiedergutmachen willst, dann hilf mir.«

Wie konnte Val ihm diesen Wunsch abschlagen? Konnte tatsächlich wieder alles so werden, wie es früher zwischen ihnen war? Wollte Val das überhaupt?

Er atmete tief durch und kaute auf der Innenseite seiner Wange herum, ging dabei seine Möglichkeiten durch. »Und wie genau willst du Malena auf den Nachtbasar bringen?«

Das Grinsen, das sich auf Aries' wohlgeformten Lippen zeigte, gefiel Val gar nicht. Mit jedem aufgeregt pochenden Schlag seines Herzens – der nicht unbedingt den Umständen geschuldet war, sondern von Aries' überwältigender Nähe herrührte – wanderte Vals Augenbraue weiter nach oben.

»Ich kenne diesen Blick«, warf er in den Raum, was Aries nur breiter grinsen ließ, ein Lächeln, das Val den Atem raubte.

»Dann weißt du ganz sicher auch, dass meine Pläne immer funktionieren.«

Val seufzte, dachte an die vielen verrückten Ideen und Pläne, die sie gesponnen und durchgezogen hatten, als sie jünger waren. Aries schien seinem Gedankengang zu folgen.

»Nun ja«, Aries rieb sich den Nacken. »Vielleicht nicht alle«, gab er zu. »Aber jetzt haben wir einen Vorteil. Circe weiß nicht, dass wir wissen, wer sie in Wirklichkeit ist. Das können wir zu unserem Vorteil nutzen. Du musst nur mit einer offiziellen Sache an sie herantreten. Als Zweite nach der Princepa ist sie die richtige Ansprechpartnerin für allerlei Angelegenheiten. Auf diese Weise kannst du sie ablenken, während ich …«

»… während du meine Schwester entführst und sie zur Stadtmauer verschleppst?« Vals Stimme klang noch skeptischer, als er sich ohnehin fühlte. »Es ist nicht nur gefährlich für sie dort draußen«, erinnerte er Aries. »Malena ist kein kleines Mädchen, das man einfach so überrumpeln und über die Schulter werfen kann«, gab er zu bedenken. »Sie ist eine starke Kriegerin, wenn ich nur daran denke, wie sie ihre beiden Gardistinnen …« Val rieb sich die Schläfen, wollte die Bilder des kaltblütigen Gemetzels kurz nach seinem Erwachen aus dem Gedächtnis löschen. Schlimmer jedoch war die Befürchtung, Lena könnte auch Aries dergleichen antun, wenn sie sich angegriffen fühlte.

Aries trat auf ihn zu und legte seine Hände auf Vals Schultern. Sein hektischer Atem streifte Vals Gesicht. Hastig blickte der nach unten, konnte Aries nicht in die Augen sehen, nicht, wenn Aries so nah war und Val glaubte, dass Aries in seinem Blick etwas entdecken könnte, dass er nicht zeigen durfte. Sein Herz pochte immer stärker, brachte sein ganzes Inneres in Aufruhr, wirbelte seine Gefühle durcheinander und ließ nichts als Sehnsucht übrig. Sehnsucht nach etwas, das er nicht haben durfte.

Schnell wich Val zurück, taumelte, bis er die weiche Matratze seiner Bettstatt an den Beinen spürte. Nach einem befreienden Atemzug, dem vermutlich ersten, seit ihm Aries so nah gekommen war, wandte er sich zu dem schmalen Schreibtisch und streckte sich nach der Feder. Ohne Aries anzusehen, sagte er: »Ich werde einen Boten zu Circe senden, mit der Nachricht, dass ich mich bei Sonnenuntergang mit ihr beraten möchte.«

»Danke«, flüsterte Aries leise, dennoch lag in diesem Wort so viel Hoffnung und gleichzeitig Schmerz, dass Val mit der frisch in Tinte getauchten Feder einen dicken Klecks auf dem Pergament hinterließ. Auch seine übrige Schrift war kaum wiederzuerkennen, seine Hände zitterten noch immer unter der Last der unterdrückten Gefühle.

»Ich werde alles vorbereiten.« Val drehte sich nicht zu Aries um, obwohl er dessen Blick auf sich spürte. Erst nach einem schwachen Nicken von Val hörte er Aries' Schritte leiser werden.

Val hatte noch keinen ganzen Satz geschrieben, da wurden die Schritte wieder lauter.

»Ist dir doch aufgefallen, dass es eine blöde Idee –« Val hielt inne, als er sich umgedreht hatte und nicht Aries, sondern Lothair im Durchgang stehen sah.

Der Priester war schon immer uralt gewesen, älter als jeder Mensch, den Val je gekannt hatte – aber in den Monden, die seit seiner und Lenas Krönung vergangen waren, war Lothair noch um ein Vielfaches gealtert. Die Last seines Wissens hatte schon immer seinen Rücken gebeugt und Furchen in sein Gesicht gegraben, doch die Schatten, die nun unter seinen Augen lagen, waren neu. Noch immer stand er einfach da, rührte sich nicht, starrte in Vals Richtung, sah ihn aber vermutlich nicht.

Val räusperte sich und löste den Priester aus seinen Gedanken. Nun blitzten die blassen Augen auf, der Geistliche suchte in Vals Gesicht nach irgendetwas.

»Willst du wirklich diesen Weg einschlagen?«

Val hatte mit Vorwürfen gerechnet wie immer, daher irritierte ihn die so freundliche, vielleicht sogar wohlgesinnte Frage.

»Was meinst du?«

Lothair atmete schwer. »Ich habe bereits deinem Vater und dessen Vater gedient«, begann er und schluckte hörbar. »Sie beide haben sich zunächst geweigert, ihren Wunsch zu schreiben, sind jedoch unter der Last und der Verantwortung für das Volk, die ihnen auf den Schultern lastete, zerbrochen. Es ist ein aussichtsloser Kampf.«

Val stieß ein bitteres Lachen aus. »Selbst wenn er noch so aussichtslos ist, werde ich kämpfen. Ich habe eine Schlacht verloren, aber ich werde nicht aufgeben. Ich werde mich nicht ergeben, diesem Schicksal, das …« Er rang nach Worten, suchte nach einer Möglichkeit auszudrücken, was er sich wünschte, ohne sich bloßzustellen. Ohne dem Priester zu sagen, dass ihm nicht nur widerstrebte, seinen Sohn nicht zum selben Schicksal zu verdammen, sondern, dass schon der Weg dorthin für ihn eine unmögliche Zukunft darstellte. Er *wollte* keine Gefährtin. »Ich werde niemanden mehr aus meiner Familie zu diesem Schicksal verdammen.« Seine Stimme klang fester und entschlossener, als er sich fühlte. Doch was immer Lothair eben noch in Vals Gesicht gesucht hatte, nun war er fündig geworden. Ein zwischen den Falten kaum sichtbares Lächeln legte sich um seinen Mund, ehe er entschieden nickte.

»Sofern es in meiner Macht steht, werde ich dir helfen, Dariana und das Imperium zu verändern.« Wie einer der Centurionen ballte Lothair die Hand und legte sich die Faust auf die Brust.

Val spürte die Macht dieser Worte und war sich sicher, dass kein Princeps zuvor sie je von einem obersten Priester gehört hatte.

»Dann bitte ich dich, Malenas erster Gardistin diese Einladung zu überbringen.«

Val schrieb hastig die Botschaft an Circe zu Ende. Als er

sie noch einmal überflog, sprang ihm aus jedem Buchstaben, jeder starken und geraden Linie, die nicht länger auch nur den Hauch eines Zitterns oder Zögerns zeigte, pure Entschlossenheit entgegen.

»Wir werden Dariana verändern.« Mit diesen Worten tauchte Val das darianische Siegel in das geschmolzene Wachs.

12
Caldea

KURZ VOR DEM ZWEITEN BEBEN

Caldea stand mitten auf der Via Meridians und verglich das Bild vor sich mit ihrer Vorstellung von Dariana. Es herrschte inzwischen finsterste Nacht. Sie hatte jedoch darauf bestanden, immer weiter zu reiten, den Lichtern der Hauptstadt entgegen, die schon von Weitem sichtbar waren.

Vor ihr, mitten am Nachthimmel schwebend, befand sich der Palast von Dariana. Die zahlreichen Fenster waren hell erleuchtet. So lichterfüllt, dass es schien, als strahlte jeder Mauerstein von innen heraus. Unterhalb befand sich die Palastmauer, wie Lucan ihr erklärte. Hin und wieder konnte Caldea Fackeln erkennen, Wachposten, die auf der Mauer patrouillierten. Die Stadt darunter leuchtete nicht ansatzweise in derselben Pracht. Nur sehr wenige Lichter, kaum imposant in ihrer Höhe. Wofür es jedoch in Caldeas Kopf keinen Vergleich gab, war das große Lager, das sich um die Stadt herum ausbreitete wie etliche Herden um ein Wasserloch. Caldea sah Lagerfeuer zwischen wehenden Zeltbahnen aufblitzen, Fackeln beleuchteten die teils skurrilen Gebilde, die wie windschiefe Abbilder von Häusern aussahen.

Auf dem weiteren Weg bis Dariana hatte sie von Lucan sehr viel über die Hauptstadt des Imperiums erfahren. Lucan, der nun neben ihr stand und sein Pferd tätschelte und dessen Blick ebenso auf die leuchtende Stadt vor ihnen gerichtet war, besaß ein wahrhaft enormes Wissen über alle Völker. Er hatte sich seit ihrem Aufbruch noch mehr verändert, war an seiner Aufgabe gewachsen, Caldea, Agrippa und Pallas zu unterrichten. Er sah es als seine Pflicht an, ihnen alles weiterzugeben, was er wusste, nachdem Caldea ihren Plan vorgestellt hatte.

Sie war bereit, sich als Tribut an den Palasttoren zu melden, die Pferde würden sie eintauschen, damit die anderen in der Stadt verweilen könnten. Sobald sie eine Anstellung gefunden hatte, würde sie sich auf die Suche nach Aquila machen.

Ihr Bruder, der schon so lange den Palast bewohnte, würde wissen, wo sich der Kelch der Einheit, das Geschenk ihrer Göttin, befand, aus dem alle Palastbewohner regelmäßig trinken mussten, um ihre Loyalität zu sichern. Caldea würde ihn stehlen, Lucan und Pallas würden ihn zu Marcus bringen. Er würde an ihrer statt die Horden einen und sie hierherführen, während sie dafür sorgte, dass Princeps und Princepa nicht länger Elend über die vier Himmelsrichtungen bringen konnten.

Caldea zupfte an dem Lederband ihrer linken Hand. Seit sie Dariana näher gekommen waren, war sie kampfbereit. Die geschliffene Spitze ihres Stabes reflektierte das Licht der Fackel in Pallas' Händen. Sie konnte es kaum erwarten, dass der neue Tag anbrach und sie sich an den Palasttoren als Freiwillige melden konnte.

Agrippa, Pallas und Lucan würden sich unter die Bevölkerung mischen, aufschnappen, was es auch immer zu hören gab.

»Können wir jetzt endlich irgendwo schlafen?«, sagte Agrippa begleitet von einem Gähnen. »Ich bin todmüde und mein Hintern schmerzt. Wenn ich nicht genug Schlaf bekomme, werden mich die Bewohner von Dariana für einen Geist halten.«

»Wer sagt denn, dass sie das nicht sowieso tun?«, neckte Pallas sie und lachte über seinen eigenen Witz – oder aber auch über den bösen Blick, den Agrippa ihm zuwarf. Lucan täuschte ein Hüsteln vor.

Ehe sich die beiden wieder stundenlang necken konnten, sagte Caldea: »Lasst uns dort, direkt neben der Straße, ein kleines Lager aufschlagen. Ich halte die erste Wache.«

Sie ging zu der Satteltasche ihres Pferdes und suchte nach dem Pflock, den sie in die Erde treiben konnten, um die Pferde anzubinden, die gerade das saftige Gras jenseits der Straße genossen. Caldea wäre in dieser Nacht sowieso nicht in der Lage, auch nur ein Auge zuzutun. Ihr ganzer Körper kribbelte vor Erwartung und Vorfreude, endlich ihren Bruder wiederzusehen. Sie zweifelte nicht einen Augenblick daran, dass sie ihn sofort wiedererkennen würde. Ganz gleich, wie viel Zeit inzwischen vergangen war. Aquila war ihr Bruder, ihr Blut. Sie würde ihn finden.

Agrippa trat gerade auf den unebenen Boden jenseits der befestigten Via Meridians, als ein Flattern die Luft erfüllte und Caldeas Pferd unruhig herumdribbelte. Sofort dachte Caldea an wehende Banner im Wind und sah sich schnell um, ließ den Haltepflock fallen und griff nach ihrem Kampfstab. Sie suchte nach potenziellen Angreifern, konnte jedoch nichts erkennen. Lautes Kreischen folgte dem Flattern.

Pallas deutete nach oben. Vor dem weißen Mond erhob sich eine schwarze Silhouette. Wie ein lebendiges Wesen tanzte der Vogelschwarm in der Luft über der leuchtenden Hauptstadt, nun wurden auch die anderen Pferde unruhig.

»Was bei Meridia ist das?«, fragte Agrippa mit erstickter Stimme und trat an Caldeas Seite.

Caldea hatte den Mund bereits zu einer Erwiderung geöffnet, doch es war Lucan, der antwortete: »Das sind Vögel!«

»Vögel, die fliehen«, ergänzte Pallas. Und noch während er die Stirn in Falten legte, erfuhren sie alle auch, wovor: Es begann leise, wie das Summen eines Insektenschwarms, das man nicht nur hörte, sondern im ganzen Körper spürte.

»Ein weiteres Beben!«, rief Caldea. »Setzt euch auf den Boden, damit ihr nicht stürzt und euch verletzt!«

Glücklicherweise hatten sie ihr Lager noch nicht errichtet. Es gab keine Zelte, die über ihnen einstürzen konnten, in ihrer Nähe befanden sich weder Bäume noch Felsen. Pallas, Lucan und Agrippa folgten Caldeas Rat, und gemeinsam ließen sie sich auf die befestigte Straße des Südens fallen. Lucans Pferd bäumte sich auf, und Pallas stieß ihn gerade noch rechtzeitig zur Seite, damit er nicht unter den gewaltigen Hufen zu Tode kam. Die Pferde flohen verängstigt, doch das kümmerte Caldea und ihre Mitreisenden nicht. Sie richteten den Blick nach oben auf das schattenhafte Wesen aus Abertausenden Vögeln, das vor dem vollen Mond tanzte wie ein Dämon des Ostens. Anschließend sahen sie wie eine Person auf die Stadt darunter, die bereits von diesem leichten Erzittern der Erde eingetrübt wurde. Die zuvor scharfkantigen Umrisse verschwammen hinter der nun von Staub getränkten Luft.

Dann bäumte sich die Erde auf. Ein tiefes Donnern rollte unter ihren Beinen heran, sprengte die Straße auf, sodass Caldea nur rasch zur Seite kriechen konnte. Jeder einzelne Pflasterstein vibrierte wie unter der Last von Tausenden Hufen. Schnell richtete sie sich auf, half auch Lucan auf die Beine, während Pallas Agrippa stützte, deren untaugliches Kleid zwischen den Steinen hängen blieb. Pallas machte kurzen Prozess und riss an dem Stoff. Ausnahmsweise beklagte sich Agrippa nicht darüber.

Es dauerte, bis der Wind die ersten Schreie zu ihnen trug und sie ihre Aufmerksamkeit wieder auf Dariana lenkten. Dariana, dessen Palast nicht länger über allem zu schweben schien, sondern auf die Erde stürzte. Eine Seite des mächtigen Gebäudes brach weg. Wo vorher noch regelmäßige Lichtflecke das Bild des Palastes umrissen hatten, war jetzt nichts als Schwärze. Auch in der Stadt darunter erloschen immer mehr Lichter, während in dem Lager rundum Flammen emporschossen. Getrübt vom aufsteigenden Rauch, wie ihn Caldea bereits beim ersten Beben in Marcus' Zelt im Lager der Teren erlebt hatte.

Caldea geriet immer wieder ins Stolpern, weil der Boden so sehr schwankte. Ein ums andere Mal griff sie nach Lucan oder wurde von Pallas oder Agrippa aufgefangen, um nicht zu stürzen. Ansonsten rührte sich keiner von ihnen. Sie alle sahen zu, wie die Hauptstadt des Imperiums auseinanderbrach.

Der Rauch verdichtete sich immer weiter, verdunkelte die letzten verbliebenen Lichter am Horizont.

Plötzlich hatte Caldea nur einen Gedanken: Sie musste dort hinein, um Aquila zu retten. Also rannte sie los.

Schwer atmend kam sie bei den ersten brennenden Behausungen an. Sofort verätzte der beißende Rauch ihre Kehle. Sie löste eins der dünnen Lederstücke, die sie an ihrem Beinkleid befestigt hatte, und drückte es sich vor das Gesicht. Der Gestank kroch dennoch zu ihr durch, und sie atmete fortan nur noch durch den Mund, bahnte sich einen Weg zwischen den zerstörten Hütten und Zelten hindurch, immer darauf bedacht, nirgendwo zu stolpern. Schreie übertönten allerorts das Knistern und Knirschen, mit dem sich das Feuer neue Nahrung suchte.

Caldea wollte sich an der Via Meridians orientieren, doch der Rauch verhinderte jegliche Sicht. Das Brüllen einiger Kriegerinnen und Krieger nach Ordnung verhallte unbeachtet. Sie stürmten an Caldea vorbei, und sie folgte ihnen. Die Erde zitterte noch immer, ein lautes Poltern raste aus der von Rauchschwaden wabernden Dunkelheit auf sie zu, es schien von allen Seiten zu kommen, und Caldea konnte nicht ausweichen. Sie sprang zur Seite, als direkt vor ihr große behauene Steine hinabstürzten und sich vor ihren Füßen tief in die Erde gruben. Vor ihr musste die Stadtmauer sein, die dem Beben nicht länger standhielt. Caldea wich schnell zurück, drehte sich um und rannte. Bei jedem Aufprall erschauderte die Stadt erneut, sprangen kleine Steinchen des Untergrunds gegen Caldeas Beine. Ihr Atem unter der ledernen Maske ging in immer schnelleren Stößen. Der Rauch wurde dichter, sie konnte nicht länger rennen, sondern musste sich vorsichtiger vorantasten, um nicht zu stolpern. Ihre Augen tränten, die Sicht wurde auch bei mehrmaligem Blinzeln nicht besser.

Ein weiterer Aufprall sandte Vibrationen Caldeas Beine hinauf. Die Wucht war so stark, dass etwas, das durch den Rauch verborgen war, ein lautes Knirschen von sich gab. Die Dunkelheit direkt neben ihr riss entzwei, als eine Behausung aus etlichen hölzernen Planken in sich zusammenbrach.

Caldea sprang nach hinten, prallte gegen eine harte Wand, wollte zur Seite weichen, konnte jedoch nirgendwohin. So sah sie zu, wie das verlängerte Dach der einstürzenden Baracke direkt auf sie zukam. Sie dachte an Aquila, an Mondfunke, und wappnete sich für den Schmerz, der sie in die Dunkelheit riss.

13
Taipa

Taipa atmete tief ein und reinigte mit dem Räucherwerk ihren Geist. Weiße Rauchschwaden waberten in dem neu errichteten Heilzelt im Schatten von Jamahis Wirkungsstätte. Die Ostländerin, die sich mit ihren guten Beziehungen um die Nahrungsversorgung der Unterstadt kümmerte, hatte begierig einer Umsiedlung zugestimmt und das Zelt errichten lassen, nachdem Taipa ihr mitgeteilt hatte, dass sie anders als geplant in Dariana bleiben wollte.

Nun suchten Cheveyo und sie Tag für Tag nach den drei Gefährten der südländischen Kriegerin, Caldea, doch nicht einmal Jamahi konnte ihnen weiterhelfen. Früher oder später kam jedoch jeder Bewohner der Unterstadt von Hunger und Durst getrieben zu Jamahi. Und so warteten sie, während Cheveyo Jamahi half und Taipa Verletzungen und kleinere Erkrankungen heilte.

»Die drei sind noch immer wie von der Erdenmutter verschluckt, sie müssen doch auch essen und brauchen sauberes Wass…«, sagte Cheveyo beim Betreten des Heilerzelts und wurde dann von einer heftigen Hustenattacke geschüttelt. Besorgt richtete sich Taipa auf und ging auf ihn zu. Trotz all der Erlebnisse stand Cheveyo aufrecht wie der stärkste Krieger ihres Stammes, mit dem stolzen Ausdruck eines künftigen Häuptlings in den mit jedem Mondlauf weniger runden Zügen. Sein langes schwarzes Haar hatte er wie die Bewohner der Hauptstadt nach hinten gebunden, sodass Taipa mehr denn je auffiel, wie kantig sein Gesicht inzwischen geworden war.

»Geht es dir nicht gut? In der nördlichen Unterstadt haben sich einige mit einem hartnäckigen Husten angesteckt, vielleicht –«

Cheveyo hob die Hand, räusperte sich noch einmal und sagte dann mit krächzender Stimme: »Das hat nichts mit einer Krankheit zu tun, sondern liegt an diesem widerlichen Zeug, das du hier verbrennst.« Begleitet von einem Naserümpfen durchschnitt er mit seiner Hand die dichten Rauchschwaden, und Taipa verdrehte die Augen. Cheveyo war nie ein Freund von Räucherwerk gewesen, hatte sich zu Hause in ihrem Stamm immer so weit als möglich von den Schalen entfernt gesetzt.

»Es reinigt den Geist. Solltest du auch mal versuchen.« Demonstrativ sog Taipa den würzigen Rauch tief in ihre Mitte und schloss dabei instinktiv die Lider.

»Ich bin der Geistkrieger, Vögelchen. Ich brauche das stinkende Zeug nicht.« Taipa riss die Augen auf, weil Cheveyo lautlos näher gekommen war. Sein Atem streifte nun ihre Wange, dicht an ihrem Ohr. Warm. Nah. Ihr Körper konnte sich nicht entscheiden, ob sie erstarren oder die Nähe genießen sollte. Erneut erblühten Erinnerungen in ihrem Geist, die Empfehlungen ihrer Großmutter Yanma, mit Cheveyo den mit der Erdenmutter geschlossenen Bund einzugehen. Taipa schüttelte den Gedanken ab. Er gehörte nicht hierher, gehörte in die Ferne jenseits der Via Occidens, in ein anderes Leben. Daher holte sie schnell Luft und schnaubte, ehe sie sich Cheveyo mit erhobener Augenbraue zuwandte.

»Ein Geistkrieger würde die Hilfe annehmen, die ihm die Erdenmutter mit der Natur bietet.« Sie trat einen Schritt zurück, um ihre Sinne nicht länger von Cheveyos Duft nach Feuer und Wald umnebeln zu lassen. Er roch noch immer so wie in jener Nacht, in der sie vor mehreren Mondläufen ihren Stamm im Schutze der Dunkelheit verlassen hatte. Selbst hier in der naturlosen Unterstadt haftete der Geruch nach Harz und taufeuchten Wiesen an ihm.

»Sie war seit etlichen Tagen nicht zugegen, oder hast du sie gespürt?« Er sah sie auffordernd an, Taipa unterlag kurz dem Gedanken, ihn anzulügen, schüttelte dann jedoch bedrückt den Kopf. »Vielleicht ist es nicht der Weg, den die große Mutter für uns gewählt hat. Vielleicht war es … ein Missverständnis, und du hast das Bild falsch gedeutet.«

Taipa sah all die Zweifel an ihr und der Erdenmutter über seine Züge huschen. Schnell schüttelte sie den Kopf. Sie wusste, dass sie auf der richtigen Fährte waren. Die Gewissheit strömte mit jedem Herzschlag durch ihren Körper, erfüllte sie mit jedem Atemzug.

Cheveyo seufzte, wirbelte dabei die Rauchschwaden umher. »Dann sind die drei vielleicht schon abgereist, zurück nach Hause.«

»Das glaube ich nicht. Sie haben auch nach dem großen Beben nach ihr gesucht. Sie sind loyal, werden nicht aufgeben.« Taipa horchte tief in sich hinein, suchte nach Bestätigung und fand sie in einer leichten Brise, mit der die kurzen Härchen unter ihrem Zopf ihren Nacken kitzelten. Doch ehe sie etwas sagen konnte, sprach Cheveyo weiter. Schon am Klang seiner Stimme, so hart wie die von Cheveyos Vater, Häuptling Akecheta, spürte Taipa die Veränderung in seinem Inneren.

»Es kann nicht im Sinne unserer Göttin sein, dass wir hier ein fremdes Mädchen retten, anstatt unseren Stamm, *unser Volk* dafür zu wappnen, was auch immer kommen möge. Wir sollten nicht länger hier sein, Taipa.« Ihr wahrer Name, nicht Vögelchen, fand irgendwo tief in ihrem Körper Resonanz, vibrierte mit einer Macht durch ihre Glieder, bis sie erschauderte. Cheveyo sah es nicht, weil er seinen Blick gesenkt hatte, während seine Stimme immer leiser geworden war. Taipa schmerzte der Vertrauensverlust. Aber noch mehr quälte sie seine Zerrissenheit. So wählte sie ihre Antwort weise, sandte sie vom Glauben an die Erdenmutter erfüllt über die Lippen:

»Ich kann mir nicht annähernd vorstellen, wie du dich fühlst. Dir wurde von unserer Kindheit an beigebracht, unseren Stamm zu beschützen, ganz gleich, welche Gefahr droht.« Cheveyo wollte etwas sagen, hob den Kopf, und Taipa sah ihr Spiegelbild in seinen sanften dunklen Augen. Schnell fuhr sie fort: »Ich hingegen wurde darauf vorbereitet, zu heilen. Nicht nur unseren Stamm, was wir mit der Entsendung von Jamahis Boten getan haben. Unser Volk wird sich mit dem Pulver des Natursteins selbst heilen. Aber meine Bestimmung geht darüber hinaus. Der Wunsch der großen Göttin ist, dass ich nicht nur unser Volk, sondern *unsere Welt* heile. Und dafür brauchen wir die junge Kriegerin. Die Erdenmutter hat mir den Auftrag gegeben, sie zu befreien, sie wird sich erst wieder zeigen, wenn wir bereit für die nächste Aufgabe sind.«

Während ihrer Ansprache achtete Taipa auf jede Regung in Cheveyos Gesicht, verfolgte, wie sich die Zweifel von seinen Zügen lösten. Am Ende blieb nur ein lichter Schleier übrig, das Ringen zwischen seiner und ihrer göttinnengegebenen Bestimmung. Er schürzte die Lippen, dann nickte er.

»Ohne sie sind wir also verloren?«

Taipa nickte ebenfalls. »Ist sie noch immer im Kerker? Ist sie wohlauf?«

»Als ich vergangene Nacht nachgesehen habe, war sie noch dort.« Sein Blick huschte umher, und Cheveyo wirkte, als hätten ihn die Stammesältesten beim Stehlen der frischen Süßholzbrote erwischt.

Taipas Misstrauen war sofort geweckt. Sie kniff die Augen zusammen und suchte nach der Ursache für sein schlechtes Gewissen.

»Du hast dem Princeps doch nichts von ihr erzählt, oder?«

Betreten kaute Cheveyo auf seiner Unterlippe.

»Er wird Aries davon erzählen und der –«

»Ich habe Valerian gesagt, dass er niemandem von der Kriegerin erzählen darf.«

Taipa wusste nicht, ob sie dankbar für seinen guten Geist sein oder ihn schlagen sollte, weil er so vertrauensselig war.

»Ich vertraue dem Princeps, er ist mir für die Rettung dankbar und würde nie … Außerdem ist es verdammt schwer, auf der Geistebene Geheimnisse zu bewahren.« Er verschränkte die Arme vor der Brust. Die an seiner Kleidung befestigten geschliffenen Steine klimperten, als sie aneinanderschlugen.

»Hoffen wir, dass Princeps Valerian ein Geheimnis bewahren kann. Wenn Aries erfährt, dass wir Caldea befreien wollen, wird er sie aufhalten. Er wird alles tun, um Malena zu beschützen. Er wollte die bewusstlose Kriegerin direkt töten, als er erfahren hat, dass sie eine Gefahr für die Princepa sein könnte! Und nun ist sie unser aller Hoffnung!« Die Worte strömten so schnell aus Taipas Mund, dass sie am Ende erst einmal tief Luft holen musste.

»Er wird ihm nichts sagen«, sagte Cheveyo sanft und griff nach Taipas Hand, um sie zu beruhigen. Einem Blitzschlag gleich fuhr eine Energie durch ihren Körper, die sie verwirrte. So lange, bis eine Stimme neben ihr sagte:

»Ihr seid noch hier?«

Taipa zuckte zusammen, wich schnell von Cheveyo zurück – als hätten sie etwas Verbotenes getan. Ihr hektischer Blick glitt zum aufgehaltenen Zelteingang, in dem Aries mit zusammengekniffenen Augen stand und die Rauschwaden mit der freien Hand nach draußen geleitete. »Habt ihr eine neue Botschaft eurer Göttin? Seid ihr deshalb noch nicht zurückgekehrt?«, fuhr Aries fort.

Was wusste er? Cheveyo fand seine Stimme, während Taipa noch die Hitze in ihren Wangen spürte und den Trommelschlag in ihren Ohren.

»Jamahi hat Vertraute in den Westen gesandt, die unserem Stamm das Pulver des Natursteins zur Heilung bringen.«

»Meine Schwester wird gesund sein, noch ehe wir zurückkehren«, bestätigte Taipa etwas zu enthusiastisch. Sie schimpfte im Stillen auf die große Weite und bat die Erdenmutter um Ausgeglichenheit.

Aries' Skepsis jedoch schien erweckt. Mit herausforderndem Blick lehnte er sich an den Stützpfeiler, an dem das Zelttuch des Eingangs befestigt werden konnte. Er sprach keine der Fragen aus, die ihm ganz offensichtlich im Geiste brannten. Was hatte er von ihrem Gespräch gehört?

Taipa beschloss, so nahe an der Wahrheit zu bleiben wie möglich. »Die große Erdenmutter«, begann sie, »sie hat mir mitgeteilt, dass meine Aufgabe hier noch nicht zu Ende ist.« Das entsprach der Wahrheit.

»Und welche Aufgabe hat sie euch aufgetragen?« Er musterte sie noch immer argwöhnisch. »Kann ich euch dabei … behilflich sein?«

Der oberste Centurio des Princeps hatte noch nie weniger hilfsbereit ausgesehen als in diesem Moment. Ein falsches Lächeln zierte seine Lippen. Er wusste definitiv mehr, als er zugab – was praktisch nichts war.

»Wir suchen nach …«, begann Cheveyo und fuhr eiskalt fort, ohne Taipas sengenden Blick zu beachten, »einer alten Frau, die laut den Bewohnern mit den Zungen der Gottheiten spricht.« Taipa war überrascht von dieser Antwort, wusste weder, von wem Cheveyo sprach, noch, warum in Aries' Blick Erkennen stand. Seine Augen weiteten sich für einen Moment, ehe er den Kopf schräg legte.

»Ihr sucht die Seherin?«

Cheveyo nickte eifrig. Zu eifrig, wie gerade erst Taipa. Eindeutig eine Lüge. Daher kam sie ihm zu Hilfe.

»Kennst du sie? Weißt du, wer sie ist?«

Aries schürzte die Lippen, stellte sich wieder aufrecht hin und trat einen Schritt ins Zelt, sodass sich der Eingang schloss. »Ich habe sie vergangene Nacht besucht. Und heute hoffe ich, sie wieder zu treffen.«

Taipa konnte ihm noch immer nicht folgen. »Wo hast du sie gefunden?«

Aries' Augen wurden zu Schlitzen. »Auf dem Nachtbasar«, erklärte er dann knapp, drehte sich um und verschwand aus Taipas Heilzelt. Cheveyo und sie sahen einander an.

»Woher wusstest du, dass Aries diese Frau sucht? Woher kennst du sie?«

Cheveyo tippte breit grinsend mit dem Zeigefinger gegen seine Schläfe. »Geistkrieger, weißt du noch? Ich überwache seine Träume, passe auf, dass er nicht auf allzu blöde Ideen kommt. Er träumt jede Nacht von dieser Frau. Sie verfolgt ihn regelrecht.« Er machte eine kurze Pause, als überlegte er, ob er Taipa mehr erzählen sollte. »Aber weißt du, was das Schlimmste ist?«

Taipa wartete die dramatische Pause ab, ohne nachzuhaken, was Cheveyo eindeutig missfiel. Nach einem kurzen Aufstöhnen sagte er: »Er ist kein bisschen ängstlich, während ich nach jedem Besuch minutenlang Gänsehaut habe. Diese Frau sieht aus wie Yihraki.« Er schauderte. Taipa wühlte in ihrem Geist nach den Legenden ihres Stammes, nach einer alten Geschichte, die ihre Großmutter Yanma schon den Kleinsten am Lagerfeuer erzählt hatte. Yihraki war eine uralte Hexe, die nahe der Grenze zur nördlichen Provinz wohnte. Sie war so schaurig, dass kein Stammeskind es je gewagt hätte, auch nur in ihre Nähe zu kommen – und somit in das Grenzgebiet zur eisigen Welt. Die Legende hatte funktioniert. Wann immer irgendein Kind fröstelte – sei es vom Wind oder durch einen leichten Kälteeinbruch –, rief man sich zu: »Yihraki kommt.« Kein Stammeskind wäre freiwillig der Grenze zum hohen Norden näher gekommen. Nun schauderte auch Taipa, als hätte Cheveyo die Nordhexe mit ihrem Namen herbeigewünscht.

»Immerhin hat Yihraki auch Aries verjagt«, sagte Cheveyo in bemüht lockerem Ton, dabei sah Taipa genau, wie er sich auffällig über die Unterarme rieb.

14
Aries

Das ist kein Plan, das ist Selbstmord«, sagte Val und sah kopfschüttelnd zu Aries auf, der soeben in den Palast zurückgekehrt war. Er saß wieder einmal an seinem kleinen Schreibtisch, notierte, wie sie vereinbart hatten, unzählige belanglose Dinge, die er bei den *Verhandlungen* mit Circe vorbringen wollte. Er deutete auf das oberste Pergament. »Ich habe all das hier geschrieben, um *Meridia* abzulenken, und du willst … was? In Malenas Gemächer spazieren und sie mit dir zerren?« Val fuhr sich mit beiden Händen durch die blonden Locken. »Ich hätte dich früher nach deinen genauen Plänen fragen sollen. Ich war wohl zu naiv zu glauben, dass du einen vernünftigen Plan hast.«

»Den habe ich«, sagte Aries. »Ich habe mit ihrer Kammerdienerin gesprochen.« Zu seinem Bedauern hörte man ihm die Gereiztheit an. Hielt Val ihn wirklich für so dämlich? Er atmete tief durch, dann fuhr er fort. »Die Princepa wird heute im Badehaus sein. Dort drinnen werden dann nur die Badehausmeisterin und eine ihrer persönlichen Badefrauen sein, weil Circe unabkömmlich ist.« Er gestikulierte in Vals Richtung, doch der schmetterte das Offensichtliche ab.

»Und vor dem Gebäude steht eine ganze Legion Gardistinnen. Du glaubst doch nicht ernsthaft, dass man dich einfach so hineinlässt, wenn das Badehaus für die Princepa reserviert ist.« Val nahm einen Schluck aus seinem Kelch.

Aries' Mundwinkel hoben sich, und er erklärte: »Niemand muss mich hineinlassen, ich werde diese eine persönliche Badefrau sein.«

Princeps Valerian verschluckte sich, hustete einen gefühlten Sommer lang und verdarb Aries so die Pointe. Noch bevor Val sich wieder beruhigt hatte, faltete Aries das Bündel auf, das er zuvor *beschafft* hatte. Eine schlichte lange Tunika, dazu ein Überwurf mit Kapuze, die er sich über den Kopf ziehen konnte.

Valerian verdrehte die Augen. »Natürlich musst du dich nur wie eine Frau kleiden, und keiner denkt, dass du ein Mann sein könntest. Ich habe Gerüchte von all diesen bärtigen Frauen dort draußen gehört.« Val hatte ganz offenbar seinen Sarkasmus wiedergefunden.

»Ich werde mich natürlich rasieren.« Aries verschwand mit dem Bündel auf dem Arm hinter den Paravent und stellte sich an den Waschtisch. Er hörte Val näher kommen, doch der Princeps verharrte jenseits des Paravents.

Vals kaum sichtbare helle Gesichtsbehaarung wurde allmorgendlich entfernt, daher lag alles bereit, was Aries benötigte. Er schäumte Seife auf und rieb sein Gesicht damit ein. Das geschliffene Messer kratzte über seine Haut. Anschließend entkleidete er sich und warf sich in das weite Gewand und den Umhang der Palastdienerinnen. Er betrachtete sich im Spiegel und zog die Kapuze des Überwurfs über den Kopf, sodass dieser seine Gesichtszüge im Schatten verbarg.

So trat er hinter dem Paravent hervor und sah sich seinem Herrscher gegenüber, der wie bei etwas Verbotenem ertappt mit schuldbewusstem Gesicht zurücktrat und Aries von oben bis unten musterte. Sein Antlitz befeuerte ganz offenbar Vals Humor. So gerne Aries ihn auch endlich einmal wieder lachen hörte, es versetzte ihm einen Stich, dass seine Erscheinung der Anlass dafür war.

»Ich kann nur hoffen, dass die Heizer viele heiße Steine nach oben schicken und genügend Dampf dafür sorgt, dass Malena dich nicht genauer ansehen kann.« Tiefe Sorgenfalten gruben sich nun wieder in Vals Stirn, und seine Stimme veränderte sich, wurde rauer, intensiver. »Wer dich nicht sofort als Mann erkennt …« Er schluckte und verwarf mit einem gequälten Zug um die Lippen den Rest des Satzes mit einem Kopfschütteln.

»Es ist eine Chance, und die werde ich nutzen«, sagte Aries bestimmt. »Ich werde im Badehaus auf sie warten, sie wird mit mir kommen, und wir werden ihre Gefühle zurückholen.« Er wollte sich bereits abwenden, sah Val dann aber noch einmal in die Augen und sagte: »Sei vorsichtig mit Circe. Lass dir nichts anmerken.«

Erst als Val geschlagen nickte, verließ Aries an Maximus vorbei das Zimmer und folgte mit gesenktem Kopf dem langen Flur bis zum Palasteingang. Weder die diensthabenden Gardistinnen noch seine Legionäre grüßten ihn. Sie sahen ihn nicht einmal an. Die schlichte Dienstbotenkleidung machte Aries praktisch unsichtbar.

Etwas schwieriger gestaltete sich der Zutritt zum Badehaus. Es war noch Tag, die Sonne stand hoch am Himmel, und das Bad war eine willkommene Zerstreuung für die wohlhabenden Bewohner der Oberstadt. So herrschte reger Betrieb, als Aries bei dem gewaltigen Gebäude ankam. Wachposten sandten ihn, ohne einen genaueren Blick auf seine Person zu werfen, zu einer Seitengasse, in die weitere Dienerinnen huschten, die gekleidet waren wie er. Aries folgte ihnen, hielt den Kopf stets gesenkt und atmete wenig später die von Wasserdämpfen schwere Luft ein.

Das konstante Raunen vieler Gespräche hallte von den kahlen Wänden jenseits der tragenden Säulen wider. In der Mitte des Kuppelsaals befand sich ein großes Becken. Eben stieg ein Mann die Stufen ins Wasser hinab, um die Hüfte hatte er ein Tuch geschlungen, das er sich jedoch schon über den Arm hängte, als seine Knie das Wasser berührten. Er gesellte sich zu einer blondhaarigen Frau mit aufwendig hochgestecktem Haar und zwei grauhaarigen Männern, die bereits auf den Bänken am Rand bis kurz unter der Brust im Wasser saßen. Befangenheit griff nach Aries, als er die nackten Brüste der Frau sah. Seit seiner Ankunft im Palast vor so langer Zeit war ihm eingeschärft worden, sich vom anderen Geschlecht fernzuhalten. Malenas Anblick – vollständig bekleidet! – hatte ihm zu Beginn schon den Atem geraubt, die tanzenden und sich küssenden Paare auf dem Nachtbasar hatten erst vor Kurzem sein Weltbild verändert.

Aries hatte Val immer in das kleine Badehaus seiner Palasthälfte begleitet, einem Bad, das nur den Männern zugänglich war. Malena musste sich bis zu Valerians Wunschsprechung ebenso in ihrem eigenen Badehaus reinigen. Nun verstand Aries auch, warum beide Palasthälften ein eigenes besaßen. Im öffentlichen Badehaus gab es keinerlei Befangenheit, obwohl Männer wie Frauen nackt waren, sich zur Wahrung eines Scheins vielleicht wie der Mann eben ein Tuch um die Hüfte geschlungen hatten. Dienerinnen in einfacher Kleidung gingen das Becken entlang und reichten den Gästen Getränke und Obst. In den Grotten zwischen den tragenden Säulen gab es weitere kleinere Becken, von denen Dampf aufstieg. In einer solchen im Palast hatten sich Val und er immer aufgehalten, waren von Dienern mit Schwämmen gesäubert worden. Es schien etliche Sommer her zu sein, dabei war der letzte gemeinsame Besuch mit Val am Abend vor der Krönungszeremonie gewesen. Ehe er sich abgeschottet hatte und später in Bewusstlosigkeit versunken war.

»Was stehst du hier so herum?« Jemand stieß Aries in den Rücken. »Wo ist dein Tablett?« Mit gesenktem Kopf wandte sich Aries der Frauenstimme entgegen, verbarg sein Gesicht und sah daher nur auf die in Sandalen steckenden Füße, die seinen nackten Zehen gegenüberstanden – einfache Badehausdienerinnen trugen kein Schuhwerk, weil sie oft ins Wasser mussten.

»Du bist neu, oder?«, fragte die Frau, und Aries nickte stumm. »Geh dort nach hinten, nimm eins der Tabletts und reiche es den Gästen.« Aries wandte sich schnell ab und ging in die genannte Richtung. Er beobachtete, wohin die Dienerinnen verschwanden und mit gefüllten Tabletts wiederkehrten, und schlich an ihnen vorbei. Am Ende des niedrigen Flurs befand sich eine Treppe. Schon aus großer Entfernung spürte Aries die Hitze von dort, und ein Schweißfilm legte sich auf seine Stirn. Er musste sich irgendwo verstecken und die Zeit hinter sich bringen, bis das Badehaus für den Besuch der Princepa für die Öffentlichkeit geschlossen wurde. Er fand eine Nische hinter zwei Feuerbecken, in denen Steine erhitzt wurden, die Männer mit rußigen Gesichtern in Eimer legten und mit einem Seilzug nach oben transportierten. Dort gaben die Badefrauen sie dann ins Wasser der Grotten.

Langsam versiegten die Feuer, immer weniger Heizer huschten durch die Katakomben. Es wurde ruhiger, bis irgendwann auch kein Stimmenrauschen mehr durch den Schacht für die erhitzten Steine drang. Könnte Aries nach draußen blicken, würde er dort sehen, dass Darianas Dächer inzwischen vom Abendrot geküsst wurden. Malena sollte nun bereits unterwegs sein.

Der leichte Stoff von Aries' Tunika war schweißgetränkt, als er sich im schummrigen Licht der noch glühenden Kohlen durch die Katakomben schob. Es war inzwischen gespenstisch still im Badehaus. Wie zu Vals Badezeit hier sah das Protokoll vor, dass die Heizer noch ein letztes Mal Steine aufwärmten und hinaufschickten, ehe sie ihren Dienst niederlegten. Aries schlich nach oben und hörte auf jedes Geräusch. Eine Stimme begrüßte die Princepa, dieselbe Frau, die Aries aufgefordert hatte, seine Arbeit zu erledigen.

Aus den Schatten heraus beobachtete Aries die Badehausmeisterin, die Malena zur größten Grotte führte. »Eure Badefrau kommt gleich, um Euch zu entkleiden und zu waschen, Principa.«

Das war Aries' Startschuss. Er wartete am Durchgang auf die angekündigte Dienerin und bat sie im Stillen um Verzeihung, während er ihr mit starker Kontrolle über die Kraft in seinen Händen die Kehle abschnürte und ihr langsam das Bewusstsein raubte. Er bettete sie sorgsam in einem Seitengang und trat mit gesenktem Kopf zur Badehausmeisterin.

»Sollten Sie noch irgendwelche Wünsche haben, Principa, zögern Sie nicht, diese an …«, Aries spürte den Blick der Frau auf sich, räusperte sich und flüsterte ein »Aria«, »Aria zu richten.«

Mit einer Verbeugung zog sie sich zurück. Aries wartete, bis die Schritte der Sandalen verhallt waren. Als er sich dann zur Grotte hin umwandte, sog er scharf die Luft ein. Er hatte zu lange gewartet. Die Principa hatte sich bereits eigenständig entkleidet. Ein Feuer brannte sich durch Aries' Adern, schlimmer als die Hitze in den Katakomben. Malena achtete nicht auf ihn, sondern ließ sich gerade ins dampfende Wasser der Grotte sinken. Das wohlige Seufzen, das sie ausstieß, als sie bis zur Brust eintauchte, hallte in Aries' Lenden wider. Seine Atmung geriet ins Stocken, Bilder fluteten seinen Geist. Malena und er in der Höhle im Norden, am Ende der ihnen bekannten Welt, ihr nackter Körper auf Fellen gebettet.

»Aries? Was tust du hier?« Malenas kalte Stimme, das Gegenteil der puren Verzückung, die in seinen Gedanken umherschwirrte, holte ihn in die Gegenwart zurück, ins Badehaus von Dariana.

»Hast du meine Botschaft bekommen?«, fragte er und ließ ihr Gesicht nicht aus den Augen. Er wagte nicht einmal, zu blinzeln, um keine Regung zu verpassen. Sein Herz hämmerte gegen seinen Brustkorb, sein Körper sehnte sich nach frischem Atem, doch auch dies versagte er sich, während er Malena beobachtete. Hätte er geblinzelt, hätte er verpasst, dass eine kurze Sehnsucht ihren strahlenden Augen mehr Tiefe verlieh. Aries schnappte nach Luft. Es hatte funktioniert. Er trat näher an die Grotte, kniete sich hin und musste entsetzt feststellen, dass Malena vor ihm zurückwich.

»Ich muss dir etwas zeigen, Lena.« Das Flehen in seiner Stimme erwärmte das Gesicht der eisigen Princepa nicht. Aries schluckte hart.

»Hat es mit der Bedrohung aus dem Süden zu tun?«, fragte sie, und in Aries' Kopf wirbelten die Gedanken durcheinander. Schnell entschied er sich für ein Nicken. Er musste sie belügen, um sie zu retten.

»Dann führe mich dorthin.« Malena erhob sich aus dem Wasser, bis sie nackt vor ihm stand. Nur wenige Handbreit lagen zwischen ihnen. Rinnsale liefen ihre dunkle Haut entlang, Tropfen sammelten sich zwischen ihren Brüsten, zogen eine Spur, der Aries nur zu gerne folgen würde.

Malena räusperte sich, nachdem sie aus dem Wasser gestiegen war, und deutete mit dem Kinn auf ihre Kleidung. Aries reichte sie ihr mit zitternden Händen, streng darauf bedacht, sie nicht zu berühren.

Malena legte ihre purpurfarbene Toga über das Unterkleid an. Es war kein leichtes Unterfangen, allein nahezu unmöglich, doch Aries wagte es nicht, näher zu treten, und bat die Gottheiten um Besonnenheit. Die Princepa zu überfallen und sie zu küssen, wäre der falsche Weg, ganz gleich, wie sehr sich jeder Teil seines Körpers nach ihr verzehrte. Er musste Geduld haben. Malena würde den Nachtbasar erkennen, die Seherin, den Händler, den Beginn ihrer gemeinsamen Zeit. Dann hätte all das ein Ende.

»Die Gardistinnen werden uns begleiten wollen«, überlegte Malena, und Aries fuhr zusammen.

»Es würde zu viel Aufmerksamkeit erregen, Princepa.«

Malena sah ihn an. Starrte geradezu. Erneut konnte Aries nicht das Geringste in ihrer Mimik lesen. Dann nickte sie knapp. »Ich weiß mich zu verteidigen. Trägst du eine Waffe bei dir?«

Aries sah an sich hinab, auf die gestohlene Uniform der Dienerin, und schob den präzise in Falten gelegten Stoff beiseite. Er würde Malena nie, ohne sie beschützen zu können, aus der Sicherheit ihrer Gardistinnen entfernen.

Malena schnürte derweil ihren Gürtel um und befestigte ihr Schwert daran. Die beiden schlichen an der Badehausmeisterin vorbei, und Aries führte die Princepa zum Dienstboteneingang. Sie huschten durch die Schatten der Arkadengänge, ließen schon bald das Forum hinter sich und näherten sich immer weiter der Stadtmauer. In Aries zupften die Erinnerungen an die gemeinsamen Nächte in den Gassen von Dariana, wohingegen Malena stur geradeaus sah und steif voranschritt, sodass Aries sich beeilen musste, um mitzukommen. Misstrauen war ein Gefühl, das Malena nun ebenso fern war wie positive Empfindungen. So machte sie auch nicht kehrt, als sie in die schmale Gasse zum Nachtbasar traten. Sie sah sich lediglich aufmerksam um, suchte nach den von ihm genannten Rebellen aus dem Süden.

»Führ mich zu ihnen«, befahl Malena, und Aries deutete ans andere Ende des Platzes, auf die von innen beleuchtete Zeltbahn der Seherin.

Malena überquerte den Nachtbasar ohne jeglichen Blick nach rechts oder links. Sie durchschnitt die tanzende, fröhliche Menge, die erstarrte und ihr fassungslos hinterhersah, nachdem sie das Purpur ihrer Toga erkannt und zugeordnet hatte. Malena riss die Stoffbahn beiseite und sah sich kahlem Mauerwerk gegenüber.

Während Aries fieberhaft nach einer weiteren Idee, einem gemeinsamen Erlebnis suchte, das Malenas Erinnerungen zutage fördern könnte, tastete die Princepa die Mauer ab, glitt mit der Handfläche über den scharfkantigen Stein.

Nicht weit entfernt ging eine kleine Gasse vom Platz ab, die zur Stadtmauer und diese entlang zur nächsten Garnison führte. Aries zögerte, sandte ein Stoßgebet an die Gottheiten und eilte an Malena vorbei in die Gasse. »Hier entlang, Princepa«, er deutete eine Verbeugung an. »Folge mir.« Die Schatten verschlangen sie beide. Aries wollte sich eben zu Lena umdrehen, sie küssen, auf den Knien anflehen, sich das Herz herausreißen – nur um ihr irgendeine emotionale Reaktion zu entlocken. Doch als er seinen Mund öffnete, hörte er das Geräusch von geschliffenem Metall, das aus der Scheide gezogen wurde.

Anstatt sie zu küssen, riss er Malena herum und schob sie hinter sich, während seine Rechte die Waffe zog und gegen den Angreifer richtete.

Das Knirschen von Metall auf Metall ähnelte in der Finsternis der Gasse dem Knurren eines wilden Tiers.

15
Caldea

Düstere Bilder von Dunkelheit und Zerstörung bestimmten Caldeas Welt. Bis zu dem Moment, in dem ein Mann aus der westlichen Provinz auftauchte. Er durchschnitt die Düsternis, und Caldea wusste, dass er ihr wohlgesonnen war. Sie sahen sich an, inmitten der Trümmer, die um sie beide herum aufragten. Sie sah, was er sah. Wie ihre Gedanken, ihre Wünsche und Ziele sich in seinen dunklen Augen spiegelten. Sie sollte sich entblößt fühlen, doch das tat sie nicht. Sie spürte, dass er alles wissen musste, dass sie ihm genauso vertrauen konnte wie Pallas, Agrippa und Lucan.

Dann war der Westländer verschwunden, ließ sie in der zerstörten Welt allein. Caldea ging los, machte sich auf die Suche nach dem Mann oder nach überhaupt irgendjemandem in dieser Ödnis. Sie lief und lief und lief. Es schien keinen Tag und keine Nacht zu geben, aber zumindest herrschte seit dem Auftauchen des langhaarigen Mannes ein Zwielicht, das ihr half, sich genauer umzusehen. Sie besorgte sich einen Stock, um sich vor potenziellen Angreifern schützen zu können, und setzte ihren Weg fort. Ohne die auf- und untergehende Sonne war es Caldea unmöglich, zu bestimmen, wie lange sie bereits durch die zerstörte Welt gelaufen war, ehe ein modrig feuchter Geruch die ewig trockene Luft ersetzte. Sie folgte dem Gestank, hielt ihren Stab bereit – und landete an einem breiten Abgrund, aus dessen Tiefe, oder der gegenüberliegenden Seite des Abgrunds, der Geruch stammte. Das einzige Zeichen von Leben. Caldea folgte dem breiten Spalt, suchte nach einer Möglichkeit, ihn zu überqueren. Doch so weit sie auch ging, zog er sich durch die Erde, stets zu breit, um ihn mit einem Sprung – selbst mit dem Stock – zu überwinden.

Caldea überlegte nicht lange und machte sich an den Abstieg. Es kostete sie enorme Kraft, sich an den nur spärlichen Haltemöglichkeiten festzuklammern, ihre Arme zitterten bereits. Der Stock, den sie mit einem ledernen Band an ihrem Rücken befestigt hatte, löste sich und fiel.

Sie wartete auf das Geräusch des Aufpralls, doch der Stock prallte nur von den Wänden ab, diese Kluft schien kein Ende zu haben. Caldea sah nach oben, wo sie unter größter Anstrengung noch die Kante des Abgrunds vom Zwielicht des Himmels unterscheiden konnte. Sie musste umkehren, ehe ihr die Kraft ausging. Der Weg nach oben war beschwerlicher, ihre Arme zitterten immer mehr, Schweiß rann ihren Körper hinab, ließ ihre Hände rutschig werden. Unter Aufbietung der noch vorhandenen Kraftreserven schob sie sich dennoch immer weiter. Doch ihr Ziel kam einfach nicht näher, ganz gleich, wie weit sie sich nach oben schob, wie sehr ihre Arme und Beine schmerzten, wie sehr sie sich die Hände und Finger aufschrammte. Sie schloss die Lider, sog noch ein letztes Mal den modrigen Geruch ein, dann ließ sie los und fiel. Ihr Magen hob sich, ein unpassendes Glücksgefühl durchströmte sie. Im Gegensatz zu ihrem Stock prallte sie nicht gegen die scharfkantigen Felsen unter ihr. Nein, sie flog. Es war eine Wohltat, nicht länger die Gliedmaßen anstrengen zu müssen, keine Leiden mehr zu haben. Sie streckte sich, genoss die Schwerelosigkeit ihres Körpers, ehe der Schmerz sie einholte.

Es begann in ihrem Kopf. Ein Brummen, so intensiv, als würde jemand mit einem schweren Stock auf ihren Schädel einschlagen. Dann kam die alles umfassende Kälte, die von ihrem Rücken ausging und sich durch ihren gesamten Körper fraß. Ein Schwall Wasser raubte ihr die Möglichkeit zu atmen, und Caldea riss die Augen auf. Rang nach Luft und prustete das Wasser, das sie aus dem Schlaf gerissen hatte, aus Mund und Nase.

Eine in einen goldenen Harnisch gekleidete Kriegerin, hübscher als Caldea je eine Frau gesehen hatte, stand ihr gegenüber, einen leeren Eimer in der Hand.

»Wird auch langsam Zeit«, sagte sie mit herausfordernder Stimme, in der ein Hauch Belustigung mitschwang.

Caldea versuchte, sich aufzurappeln, aber ihre Glieder folgten dem Wunsch nicht. Alles, was sie zustande brachte, war ein Stöhnen.

»Caldea, Tochter der Edoni«, begann die Kriegerin dann und reichte Caldea ihren schlanken, aber durchaus muskulösen Arm. Alles in Caldea sträubte sich dagegen, sich aufhelfen zu lassen, aber nach einem weiteren gescheiterten Versuch nahm sie die dargebotene Hand an.

»Woher weißt du, wer ich bin?«, fragte sie und musterte ihr Gegenüber genauer. Die Frau trug ihr langes dunkelbraunes Haar in einem Zopf, ein schmuckloses, einfaches Lederband hielt die kleinen Strähnen aus dem Gesicht, perfekt für einen Kampf vorbereitet, was Caldea imponierte. Unter dem Harnisch trug die Frau eine schlichte Tunika, die den Blick auf die beeindruckenden Beine zog, die in hochgeschnürten Sandalen endeten. Sie sah aus wie eine Göttin.

»Ich weiß so einiges«, sagte die Kriegerin, und ein Funkeln trat in ihre Augen, das Caldea nur von Pallas kannte. »Ich bin Circe, erste Gardistin der Princepa.«

Caldeas Puls beschleunigte sich. Ihr Blick huschte umher, fiel auf die kargen Wände, das winzige Fenster mit fest verankerten Gitterstäben, die einzige Tür, die verschlossen hinter Circe lag. Caldea befand sich in einem Kerker. Lucan hatte ihr davon erzählt, von den gemauerten Unterkünften für Verbrecher des Imperiums.

Die höchste Strafe bei den Horden der südlichen Provinz war es, zurückgelassen zu werden. Ohne die Gemeinschaft war jeder zum Tode verdammt, was schon Meridia gewusst und ihrem Volk den Kelch der Einheit geschenkt hatte. Niemand musste Räume erschaffen, um jemanden einzusperren.

»Überrascht, Tochter der Edoni?« Das Lächeln auf den vollen Lippen machte Circe noch hübscher. Caldea konnte nicht sagen, ob es echt war oder herablassend. Ob sie gerade von dieser wunderhübschen Kriegerin ausgelacht wurde.

Aber sie wusste, dass sie aus diesem Kerker ausbrechen musste. Circe mochte ja die oberste Gardistin sein, ihrem gepflegten Aussehen und den weichen Händen nach zu urteilen, war ihre Stellung vermutlich eher repräsentativer Natur. Lucan hatte erzählt, dass Dariana sehr viel Wert auf Stand und Außenwirkung legte, dass in der Hauptstadt des Imperiums etliche Intrigen gesponnen und Vetternwirtschaft betrieben wurde. Caldea würde diese Frau besiegen wie Colossus in der Arena. Ihre Muskeln spannten sich an, ihre Schmerzen blendete sie aus. Sie verlagerte das Gewicht, suchte sich einen perfekten Stand. Circe trug keinerlei Waffen, der goldene Harnisch würde sie in ihrer Bewegung einschränken, Caldea hatte gute Chancen, sie zu besiegen. Was jenseits der hölzernen Tür lag, könnte sie später herausfinden. Ein Schritt nach dem anderen. Dem Grundsatz waren Agrippa, Pallas und sie lange gefolgt, und Caldea würde es auch weiterhin so halten.

Sie straffte die Bänder um ihre Hände, die man ihr gelassen hatte, fixierte Circe und holte dabei tief Luft. Bereit zum Angriff, brachte Circe sie aus dem Konzept.

»Du musst dich mir nicht hier beweisen, Tochter der Edoni. Deine Zeit wird kommen. Du wirst Meridia stolz machen. Bis dahin solltest du dich erholen.«

Und ehe Caldea ihren Sprung ausführen und sich auf Circe stürzen konnte, war sie zurückgewichen und durch die nun geöffnete Tür getreten, die sich wieder schloss, noch ehe Caldea dort ankam.

Durch eine Klappe unterhalb der Tür wurden eine dampfende Schüssel und ein Becher zu ihr geschoben. Der Duft waberte im Verlies herum, bis Caldea ihrem knurrenden Magen nachgab und binnen weniger Augenblicke beides geleert zurück durch die Klappe schob. Caldea glaubte, ein Lachen von draußen zu hören. Abfällig, verhöhnend. Sie legte sich auf den Bauch und hob die Klappe vorsichtig an. Ihr Blick fiel auf zwei Paar haariger Männerbeine in Sandalen, wie Circe sie getragen hatte.

»Die Kleine hat wohl ziemlichen Hunger«, sagte einer der Männer. »Vielleicht sollten wir ihr Nachschub holen. Sie könnte sich dafür revanchieren.«

Ein bitterer Geschmack legte sich auf Caldeas Zunge, und Übelkeit stieg in ihr auf. Wer glaubten diese Männer zu sein? Natürlich wusste sie, dass im Palast eine Trennung von Männern und Frauen herrschte, sie nicht zusammenlebten wie in den Horden im Süden. Mit einem Grinsen auf den Lippen ersann sie ihren Fluchtplan. Der erste Schritt bestand darin, ein leises Wimmern auszustoßen und um mehr Nahrung zu bitten.

Die Kerkertür öffnete sich, und ein unförmiger Mann, den Caldea trotz seines ledernen Harnischs und des Schwerts an der Seite niemals als Krieger bezeichnen würde, schob sich in die Öffnung. Caldea beruhigte ihre Instinkte, ihn sofort zu erledigen, lockte den bärtigen Mann, über dessen Kordel um die Taille sich der wohlgenährte Bauch wölbte, in ihr Verlies.

Noch während der zweite Mann jenseits des Verschlags einen Ruf zur Vorsicht ausstieß, hatte Caldea den Mann überwältigt. Er sackte lautlos zu Boden.

»Portus?« Der zweite Mann erschien im Durchgang, war aber offenbar wesentlich intelligenter als der andere und schloss blitzschnell die Tür. Ein dumpfer Schlag und ein Aufprall später öffnete sie sich wieder.

Noch ehe Caldea Gesichter sah, hörte sie Agrippas Schimpfen: »Musstest du ihn in meine Richtung niederschlagen? Sieh dir mein Kleid an!«

Pallas hatte sich Agrippa zugewandt, als er die Tür aufstieß und Caldea ihn endlich erblicken konnte. Er war gekleidet wie die beiden Männer, die sie bewachen sollten. Offenbar hatten sich ihre Gefährten so Zugang verschafft.

»Bei Meridia, dir geht es gut!«, hallte Agrippas Stimme dann durch das Verlies und vermutlich den ganzen Kerker, weshalb Pallas ihr sofort die Hand auf den Mund legte. Agrippa jedoch riss sich los und stürmte auf Caldea zu, die unter der Umarmung aufstöhne.

»Ihr könnt eure Wiedersehensfreude und mein Lob auf später verschieben«, sagte Pallas, begrüßte Caldea kurz und winkte sie dann auf den Flur hinaus.

Agrippa brachte Caldea auf den neuesten Stand. Offenbar waren seit dem Beben zwei Tage vergangen. Zwei Tage, in denen sie finstere Träume gehabt hatte – jedoch war wohl nicht alles nur ein Traum gewesen. Sie passierten etliche geschlossene Türen, während sie sich leise unterhielten. Caldea überlegte, sie zu öffnen und die Gefangenen, vielleicht Menschen wie sie, zu befreien. Doch das musste sie auf später verschieben.

»Dieser Mann aus der westlichen Provinz ist also real?«

Pallas nickte finster. »Er hat dich verraten. Anders kann es nicht sein. Wieso solltest du sonst direkt nach der Begegnung mit ihm hier gelandet sein?«

Caldea konnte es nicht glauben, dachte an ihre Begegnung im Traum zurück, an das Vertrauen, das sie gespürt hatte, den Drang, ihm einfach alles erzählen zu können. Sie schluckte, dann sprach sie:

»Er weiß, weshalb wir hier sind. Wir müssen Aquila so schnell wie möglich finden.«

Sie kamen erneut an einer Abzweigung an, Agrippa deutete nach rechts, und Caldea lugte vorsichtig um die Ecke. Schnell zog sie sich zurück.

»Gibt es einen anderen Weg?« Sie betete zu Meridia, die sie lenken möge.

Doch Agrippa und Pallas schüttelten den Kopf.

Caldea zupfte ihre Bänder zurecht und stürmte los, um die Gruppe Kriegerinnen zu überrumpeln und endlich eine Waffe an sich zu bringen. Doch im Gegensatz zu den unfähigen Männern, die vor ihrem Verlies postiert worden waren, waren die Frauen würdige Gegner, bewaffnet – und in der Überzahl.

»Das ist deine Schuld«, grummelte Agrippa, verschränkte die Arme vor ihrem Kleid, das inzwischen mehr Risse und Löcher hatte als Nähte. Im Kampf hatte sie sich gut geschlagen wie immer – aber gegen die endlos nachströmenden Frauen hatten sie zu dritt keine Chance gehabt. »Du bist nicht klug genug vorgegangen.«

»Natürlich ist es meine Schuld«, gab Pallas pikiert zurück. »Es ist immer meine Schuld, wenn etwas schiefgeht, aber dein Verdienst, wenn unser Plan funktioniert.«

Dem konnte Caldea nicht widersprechen. Agrippa war sehr schnell mit Schuldzuweisungen. In Wahrheit aber hatten beide besondere Talente, die ihnen immer geholfen hatten.

Die Frage war, welches davon die drei aus dem Verlies befreien konnte, in dem sie nun gemeinsam saßen. Pallas hatte sich direkt auf das Lager aus Stroh geworfen, um sich »nach dem Kampf auszuruhen«, Agrippa hatte sich an der Mauer zu Boden sinken lassen und strich über ihr vormals hübsches darianisches Kleid, während Caldea im Raum auf und ab lief und die Göttin um Hilfe anflehte.

So konnte es nicht enden. Sie hatte weder ihren Bruder gefunden noch die Princepa und den Princeps getötet.

Als hinter dem Fenstergitter allmählich die Nacht hereinbrach und sich Ruhe über den Kerker legte, lief Caldea in der schmalen erhellten Schneise, die der Mond in den Kerker warf, immer noch auf und ab. Pallas und Agrippa lagen friedlich beieinander, nachdem sie sich gegenseitig mit Sticheleien in den Schlaf gemurmelt hatten. Seit dem Beben hatten sie davon kaum ausreichend gefunden und zuletzt gar nicht geschlafen, sondern ihren Plan zur Befreiung Caldeas ersonnen. Lucan hatte sie aufhalten wollen, daher war er zurückgeblieben.

Caldea hing an den Fenstergittern und sah nach den Sternen, suchte nach *Mondfunke* und dem Gefühl von Geborgenheit, das sie allabendlich umfing. Trotz der ausweglosen Lage schlich sich ein leichtes Lächeln auf ihre Lippen. Es war noch nicht vorbei. Sie hatten es in den Palast geschafft. Der Rest würde sich finden. Sie glaubte an ihren Plan und die Unterstützung durch Meridia.

Tag um Tag verging, Mahlzeiten wurden gebracht, und einmal erbebte wieder die Erde. Pallas und Agrippa stritten sich mit jedem Tag mehr. Letztere hatte es sich zur Aufgabe gemacht, die Dauer ihrer Gefangenschaft mit Linien in die Wände zu ritzen. Über ein Mond war vergangen, seit sie ihren Alltag mit körperlicher Ertüchtigung füllten. Caldea war sich nun sicher, dass Circe sie mit dem Stolz Meridias verhöhnt hatte. Dennoch betete Caldea Nacht für Nacht um die Hilfe ihrer Göttin, wie auch in dieser.

Wie zum Zeichen, dass sie erhört wurde, erklangen sich nähernde Schritte jenseits der Tür. Eine männliche Stimme war zu hören. Der Schein eines Feuers kletterte unter der Tür hindurch über den unebenen Untergrund.

Caldea weckte Pallas und Agrippa, die sich wie immer beschwerten, ehe sie so wach waren, dass sie wieder erkannten, wo – und in welcher Lage – sie sich befanden.

»Und Aries hat dir aufgetragen, alle drei zu sich zu bringen?«, fragte ein Mann, als der Schlüssel im Schloss gedreht wurde. Caldea positionierte sich hinter der Tür, bereit, wen auch immer anzugreifen, der es wagte, sie zu irgendwem zu bringen.

»Er sagte, ich kann nur dir vertrauen.« War das etwa Lucans Stimme? Caldea spürte ein Kribbeln in ihren Fingerspitzen, wartete gespannt ab, ob ihre Sinne sie trogen. Doch auch Agrippa und Pallas waren näher getreten, lauschten der Stimme jenseits der noch immer geschlossenen Tür.

»Aries kann nicht allzu lange an unserem Treffpunkt bleiben.« Lucans Stimme wurde drängender. »Und ich ebenso wenig hier. Wenn deine Loyalität deinem Centurio gilt, musst du die Tür öffnen.«

»Meine Loyalität gilt dem Imperium.« Der Schlüssel wurde wieder im Schloss umgedreht, und Caldeas Schultern sackten nach unten. Sie erwartete schon, dass Lucan gleich ebenso zu ihnen ins Verlies gedrängt wurde, als sich die Tür öffnete, aber zu ihrer aller Überraschung grinste Lucan sie an.

»Los! Helft mir, ihn einzuschließen«, wies er die noch immer erstarrten Pallas und Agrippa an und legte eine Fackel auf den Boden. Pallas löste sich als Erstes, klopfte dem Jungen auf die Schulter und sagte, wie stolz er doch auf ihn war, ehe er sich die Arme des Wachmanns schnappte und Lucan half, den schmächtigen Mann in den Raum zu tragen.

»Wo bei Meridia hast du gesteckt?«, fragte Agrippa nach getaner Arbeit.

»Ich habe spioniert wie du. Nur besser«, neckte er zum ersten Mal ihre Gefährtin. Pallas klopfte ihm auch dafür auf die Schulter und grinste Agrippa herausfordernd an. »Ihr seid zu vorschnell gewesen, ich habe es euch gesagt.«

»Ja, ja«, winkte Pallas nun ab. »Hast du auch einen Plan, uns hier rauszubringen? Wir waren bereits einmal so weit.«

»Bei Tag!« Lucans Stimme ließ keine Zweifel, dass er die beiden gewarnt hatte. »Nachts sind viel weniger Wachen unterwegs. Kommt!« Er nahm die Fackel vom Boden auf und leuchtete ihnen den Weg.

Caldea folgte ihm, hörte hinter sich geflüsterte Sticheleien von Agrippa und Pallas, die sich darüber stritten, nach wem der beiden Lucan wohl kommen würde. Lucan ging so zielstrebig voran, als hätte er alles Recht der Welt, im Kerker von Dariana herumzuspazieren. Sie trafen nur zweimal auf Wachen, die sie überwältigen konnten, ehe jemand Alarm schlug.

»Nicht nach oben!« Lucan griff nach Caldeas Arm und hielt sie davon ab, auf eine geöffnete Tür zuzustreben, hinter der eine hell erleuchtete Treppe steil nach oben führte. »Der Eingang zum Kerker liegt dort hinten.« Er deutete die etlichen Verliestüren entlang, an deren Ende jenseits einer Feuerschale ebenfalls Stufen zu erkennen waren.

»Über uns ist der Palast, oder nicht?« Caldea war nicht bei Bewusstsein gewesen, als man sie hierhergebracht hatte, aber Lucans Erzählungen nach befand sich der Kerker unterhalb des Palastes von Dariana, ihrem Ziel.

»Ja, natürlich. Aber –«

Caldea schnitt ihm das Wort ab. »Ich muss meinen Bruder finden. Er ist dort oben. Ebenso der Princeps und die Princepa.« Sie drängte an ihm vorbei durch die offene Tür.

Lucan holte sie schnell ein. »Die Princepa ist gerade nicht mehr im Palast. Sie wurde von ihren Gardistinnen ins Badehaus gebracht. Dann konnte ich beobachten, wie sie jemand nach draußen geführt hat. Sie waren beide verhüllt, aber ich bin mir sicher, dass der oberste Centurio Aries bei ihr war. Taipa, die Heilerin, und der westländische Junge, der dich im Traum besucht hat, haben mir erzählt, wo Aries hinwill. Er ist unser Zutritt in den Palast. Ihn müssen wir finden.« Lucan flehte mit seinem Blick Agrippa und Pallas um Unterstützung an.

Bei der Erwähnung des Westländers aus ihrem Traum, den sie nicht als Jungen beschreiben würde, und dem Wissen, das Pallas und Agrippa ihr über ihn zugetragen hatten, änderte sie ihren Plan. »Dann führ mich dorthin.«

Die immer schmaler werdenden Gassen kamen Caldea vor wie eine Falle. Sie sah sich unentwegt um, überall gab es Geräusche, die ihr so fremd waren, von denen ihr Körper nicht sagen konnte, ob er Alarm schlagen und zur Flucht raten sollte. Die Stadtmauer von Dariana wuchs immer weiter hinter den eng stehenden Gebäuden empor, die den Himmel verschlangen und Caldea niederzudrücken schienen. Nach einer Biegung machten emporschießende Feuerzungen die Nacht zum Tag.

»Bei Meridia!«, keuchte Agrippa und schlug sich die Hand gegen die Brust. Nach dem ersten Schreck schien sie aber mindestens so angetan von dem Jungen, der oberkörperfrei mit Feuer um sich spuckte und zu einem fremden Rhythmus tanzte, wie Pallas. Dem stand der Mund offen, und Caldea erwartete, dass er jeden Moment zu sabbern begann.

»Seht nicht ihn an, sondern sucht nach der Princepa!«, befahl Caldea mit einem Wink zu dem Feuerspeier und erntete von beiden entrüstete Blicke. Lucan grinste nur.

Sie zerstreuten sich auf dem Markt, Caldea ging zielstrebig an Händlern vorbei, die ihr allerhand Waren anboten, von denen sie noch nie gehört hatte. Die Auslagen waren rund um den Platz auf Tüchern am Boden vor den Hauswänden drapiert.

Caldea folgte ihrem Instinkt, während sich Pallas, Agrippa und Lucan unter die Bewohner Darianas mischten, die Caldea nicht mit den Beschreibungen Lucans zusammenbringen konnte. Es herrschte eine Ausgelassenheit auf dem Platz wie bei Feierlichkeiten ihrer Horde. Dennoch ließ sie das Gefühl nicht los, dass Meridia sie hierhergeführt hatte. Sie war auf dem richtigen Weg. Ihr Blick erfasste alles, jede Bewegung, jeden Schwung der Tanzenden. So viele Geräusche und fremde Laute drangen an ihr Ohr. Caldea sortierte sie, vertraute auf Meridia und ließ sich führen. An den größeren Menschengruppen vorbei, zum Ende des Platzes. Die Fackeln reichten nicht bis dorthin, tauchten alles in eine traumähnliche Kulisse aus Schatten. Schatten, in denen sich jemand kaum merklich bewegte. Eine Feuerzunge am anderen Ende des Platzes tauchte die dunkle Nische für einen Moment in Licht, und Caldea sah eine dunkelhaarige Frau in einer purpurfarbenen Robe. Die Farbe, die laut Lucan nur Princeps und Princepa tragen durften. Die Frau verschwand gerade in einer zuvor von der Dunkelheit verschluckten schmalen Gasse.

Ehe Caldea darüber nachdenken konnte, rannte sie zu deren Eingang, griff dort nach dem Schwert, das sie einer Wache im Kerker abgenommen hatte, und stürzte sich auf die Princepa.

Doch ein Mann wirbelte ihr Ziel herum und stellte sich Caldea in den Weg. Er zog seine Waffe schneller, als Caldea es je zuvor gesehen hatte, und verhinderte ihre Attacke. Der dunkelhaarige Mann war hinter der Princepa im Schatten verborgen gewesen und drängte Caldea nun immer weiter in die Finsternis der Gasse zurück. Sie wurde von der Dunkelheit umarmt, und ihre Freunde würden sie nicht mehr sehen können. Doch gleichermaßen schien es, als wollte der Mann, der in seltsame Kleidung gehüllt war, keine Aufmerksamkeit erregen, was Caldea als Schwäche erkannte und lautstark nach Pallas, Agrippa und Lucan rief, während sie seine gezielten Schläge konterte. Endlich gewöhnten sich ihre Augen vollständig an die Dunkelheit.

Ihr Ruf hallte in der Gasse wider, kehrte mit der Macht von Hunderten Stimmen zu ihr zurück. Noch ehe er verstummt war, fuhr ein sengender Schmerz durch Caldeas Bein. Der Krieger hatte sie am Oberschenkel verletzt. Mit zusammengepressten Lippen stieß sie die Luft aus, konterte den nächsten Schlag und fingierte einen weiteren Angriff. Ihr Gegner sah ihre Finte voraus und hielt leichtfüßig dagegen. Er war nicht nur schnell, sondern schaffte es, Caldeas Hiebe vorherzusehen. Sie war im Schwertkampf ungeübt, während die Waffe ihres Gegenübers Teil seines Armes war. Sie folgte seinen geschmeidigen Bewegungen, versuchte, sich die Abläufe einzuprägen, und wünschte sich ihren Kampfstab herbei. Die Klinge traf sie am Oberarm, sie musste zur anderen Hand wechseln, die Schläge des Kriegers drangen in immer schnelleren Abständen auf sie ein. Sie hörte noch herbeieilende Schritte, Agrippas Rufe, und stemmte sich mit dem verletzten Bein fest in den Boden. Mit nur einer einzigen Bewegung nahm der dunkelhaarige Krieger Caldea das Schwert ab, noch ehe ihre Freunde bei ihr waren.

Fetzen der Musik und der Menschenmenge schwappten in die Gasse. Caldea blieb reglos stehen, ihr Atem ging schnell. Sie roch das Blut, ihr Blut, als sich die Klinge ihres Gegners gegen ihre Kehle presste, während die rauen Steine der Mauer, gegen die sie ihr Gegner getrieben hatte, ihr den Rücken aufrieben.

Caldea hatte versagt. Mehrere Herzschläge lang rührte sich der Krieger nicht. Es wurde immer stiller in der Gasse. Der Lärm des Kampfes war inzwischen genauso verhallt wie die Schritte von Agrippa, Pallas und Lucan, die sofort stehen geblieben waren, als ihnen Caldeas Lage bewusst geworden war. Lucan trug eine Fackel, die ihren Lichtschein auf Caldeas Freunde warf und die Hälfte des Gesichts ihres Gegners beleuchtete. Ausgerechnet in diesem Moment fiel Caldea die Ähnlichkeit des Kriegers zu Pallas auf. Fast hätte sie bei dem absurden Gedanken losgelacht. Pallas trug sein Haar länger und rasierte sich nicht so oft, aber ansonsten könnten er und der Mann vor ihr Geschwister sein.

»Flieht!«, presste sie schnell hervor. Die Klinge schlitzte dabei ihre Haut auf. Caldea spürte, wie ihr Blut warm den Hals entlangrann. Ihre Freunde hörten natürlich nicht auf ihren Befehl. Das taten sie nie. Wenn es ihr möglich gewesen wäre, hätte Caldea gestöhnt. Ihre Gefährten sollten nicht mit ihr in den Tod gehen. Sie selbst hatte versagt, hatte weder die Princepa töten noch Aquila finden können.

»Verzeih mir«, flüsterte sie nur für ihn bestimmt, schloss die Augen und brachte ein letztes »Mondfunke« über die Lippen, auf dass ihr Bruder sie in die Arme Meridias führte.

16
Aries

Aries erstarrte bei dem Wort »Mondfunke« und lockerte den Druck der Klinge. Die Angreiferin hob blinzelnd die Lider, der Schein der Fackel tanzte über ihr Gesicht, beleuchtete ihre Augen, in denen Aries Ungläubigkeit, Verwirrung und Zögern ausmachte.

Angetrieben von dem gehauchten Wort »Mondfunke«, erkannte sich Aries in diesen Augen wieder, in der Form und der leichten Neigung. Nicht zuletzt in dem Kampfeswillen, der trotz der ausweglosen Situation in ihnen ruhte. Sein eben noch lodernder Zorn verpuffte ob dieser Unmöglichkeit. Er musterte die Südländerin nun mit zusammengekniffenen Augen, was diese mehr zu irritieren schien als die Klinge, die weiterhin auf ihre Kehle gerichtet war.

»Aquila?«, fragte eine Stimme hinter ihm, und Aries fuhr herum. Nur dank jahrelanger Körperkontrolle schnitt er der Kriegerin dabei nicht die Kehle durch.

Ein junger Mann, der Begleiter der Südländerin, den Aries bereits in Taipas Heilzelt gesehen hatte, sah ihn mit geneigtem Kopf an und wiederholte seinen Namen. Den Namen, den er am Ende der Via Meridians abgelegt hatte.

»Woher kennst du diesen Namen?« Aries spürte, wie seine Hand zu zittern begann. Sein gesamter Oberkörper verkrampfte, als er im Augenwinkel sah, dass Blut von der Kehle der Kriegerin rann. Er nahm die Waffe etwas zurück, hielt sie aber nach wie vor auf ihren Hals gerichtet. Ihre Miene zeigte keinerlei Anzeichen von Schmerz.

»Ich bin …«, krächzte sie. Sie stieß einen gequälten Laut aus, ehe ihr klarer Blick von Tränen getrübt wurde. Aries erhöhte den Druck der Klinge wieder, und sie verstummte sofort.

»Das hier ist Caldea, Fürstin der Edoni«, begann der grünäugige Junge, und Aries' Augen weiteten sich, während jegliche Wärme aus seinem Körper wich. Sein Blick huschte umher, suchte in den Zügen der Kriegerin nach dem kleinen pausbäckigen Mädchen, das sie einst gewesen war. Nach dem zarten Ding, das er Mondfunke genannt hatte. Nach seiner jüngeren Schwester Caldea.

Aries' Lippen bebten, er ließ das Schwert fallen und fasste an Caldeas Schultern – um sie anzusehen oder sich selbst abzustützen, konnte er nicht sagen.

»Was tust du hier?«, brachte er leise hervor, während er immer wieder fassungslos den Kopf schüttelte.

»Dich retten«, erwiderte sie mit gebrochener Stimme, und Tränen, die sie wegzublinzeln versuchte, rollten aus ihren Augenwinkeln.

Aries warf über ihre Schulter hinweg einen Blick zu Malena, die ihn erhobenen Hauptes aus einiger Entfernung beobachtete und langsam zurückwich. Bei den Gottheiten!

»Lena, warte!«, stieß er aus, ließ seine für immer verloren geglaubte Schwester los und wandte sich an die Princepa. Keinerlei Gefühlsregung zeigte sich auf ihrem Gesicht. Pure Kälte ging von ihr aus, waberte durch die Gasse und brachte Aries zum Erstarren. Hinter sich hörte er, wie eine Klinge über das steinerne Pflaster schabte. Er hielt mitten im Schritt inne, wollte nicht bedrohlich wirken, daher musste er zusehen, wie Malena sich von ihm abwandte und losrannte, ohne auch nur ein einziges Mal zu ihm zurückzublicken.

Die Qual wollte Aries' Kehle entweichen, doch stattdessen legte er die Kraft dieses zerstörerischen Gefühls in einen harten Schlag gegen die Mauer neben ihm. Er hieß den Schmerz willkommen, der das Aufplatzen seiner Haut und das Knirschen seiner Knöchel begleitete.

»Wir müssen ihr folgen!«, sagte Caldea und rannte mit erhobener Klinge los. Das einst so kleine Mädchen mit den wilden Haaren. Die Erkenntnis, dass er seine Schwester wieder an seiner Seite hatte, klärte Aries' Geist. Doch er hatte zu lange gezögert.

»Caldea!« Aries rannte hinterher, die Angst um Malena trieb ihn zu Höchstleistungen an. Er versuchte, seine Schwester mit Worten zu beschwichtigen, doch Caldea hörte nicht auf Befehle.

»Sie darf nicht fliehen!«, knurrte sie.

Aries holte sie ein und stellte sich ihr in den Weg. »Nein!«

Caldea versuchte, sich an ihm vorbeizuschieben, das Gesicht vor Wut verzerrt. In ihren Augen brannte ein Feuer, das Aries nur allzu gut kannte. »Wenn du sie verfolgst, fühlt sie sich bedrängt. Sie steht auf unserer Seite.«

Caldea lachte auf, dass es von den Wänden widerhallte. Bösartig, falsch.

Aries setzte die Bruchstücke an Erinnerungen zusammen, bis sie ein Bild ergaben. Cheveyo hatte im Geist seiner Schwester gesehen, dass sie eine Gefahr für Malena darstellen könnte. Deshalb hatte Aries sie inhaftieren lassen. Nun sahen Taipa und Cheveyo in ihr die einzige Möglichkeit auf ihrer aller Rettung. Wie diese aussah, konnte er am Gesicht seiner Schwester erkennen. Caldea war nicht für eine zivilisierte Aussprache nach Dariana gekommen. Im Gegenteil.

Caldea riss sich los und stürzte der Princepa hinterher. Aries folgte ihr sofort, aber seine Schwester war wahnsinnig schnell, und Malena hatte es aus Mangel an Furcht nicht sehr eilig gehabt, wegzukommen.

»Circe hatte recht!«, sagte Malena mit anteilnahmsloser Stimme, die Aries dennoch erschaudern ließ, als er bei den

Frauen ankam, deren Klingen wieder und wieder aneinanderprallten. Seine Schwester war eine talentierte Kämpferin. Malena jedoch ebenso.

»Das hatte sie nicht. Lena, hör mir zu«, begann Aries, doch sein Einwurf fand keine Beachtung.

»Glaubtest du etwa, du könntest mit Worten etwas bewirken?«, entgegnete Caldea mit spöttischem Ton, ehe sie eine gekonnte Drehung vollführte und das Schwert auf Malena niedersausen ließ. Sie tanzten einen gar fieberhaften Tanz, tasteten sich vor, zogen sich zurück. Aries wollte keine von ihnen verletzen und war daher dazu verdammt, sich zurückzuhalten.

Der Junge, der seine Schwester begleitete, trat zu ihm und stellte sich als Lucan vor. Ohne die kämpfenden Frauen aus den Augen zu lassen, beantwortete Aries die Salve an Fragen, die der Junge auf ihn abfeuerte, bis Aries ihm Einhalt gebot. Er wollte dieses Verhör gerade beenden, da hob Malena ihre Klinge zu spät, wich nicht schnell genug zurück. Aries schrie auf, als das polierte Metall von Caldeas Schwert die Toga der Principa durchtrennte, sodass das weiße Unterkleid sofort rot getränkt war.

Caldea hielt nicht inne. Mit lautem Keuchen holte sie erneut aus, ignorierte weiterhin Aries' Versuche, die beiden Frauen friedlich zu trennen.

»Jetzt reicht es!«, sagte eine weibliche Stimme, die Circe so ähnlich war, dass Aries sich umschaute, um zu sehen, ob Meridia herbeigeeilt war. Auch Lena sah in Richtung der Stimme. Caldea nutzte die Ablenkung und traf sie erneut.

»Bei Meridia!«, schimpfte die Stimme. »Caldea, hör sofort auf!«

Entgegen Aries' Erwartung griff Caldea nicht weiter an, hielt die Waffe aber weiterhin zwischen sich und Malena, während diese in kleinen Schritten zurückwich.

»Warum sollte ich?« Die Frage war schon fast ein Knurren, was die Wildheit seiner Schwester deutlich unterstrich.

»Weil wir deinem Bruder glauben. Das solltest du auch. Er ist dein Fleisch und Blut.« Die Frau deutete mit dem Finger von Aries zu Caldea und zurück.

»Er hat aus dem Kelch getrunken«, entgegnete Caldea, taxierte Malena wieder, die inzwischen mehrere große Schritte entfernt war. Aber auch sie hatte ihre Schwertspitze noch immer auf Aries' Schwester gerichtet.

»Ich habe vor Jahren, bei meiner Ankunft, aus dem Kelch getrunken«, erklärte Aries. »Später … Val hat mich nie dazu gezwungen. Er war … ist mein bester Freund … Ich habe ihn gerettet, um damit meine …« Er warf einen kurzen Blick in die Gasse, in der Malena soeben in die Dunkelheit tauchte, ehe er sich wieder an seine Schwester wandte. »Nun muss ich sie – und das gesamte Imperium – retten. Das bin ich ihr schuldig.«

Nun sah Caldea das erste Mal länger als nur einen Augenblick zu ihren Gefährten, zu Agrippa, die mit geneigtem Kopf zwischen Pallas und Lucan stand und sie vorwurfsvoll ansah, was Caldea verunsicherte.

»Glaubt ihr ihm etwa?«, fragte sie an die drei gerichtet.

Lucan nickte, ehe er sagte: »Er hat uns gesagt, was der zweite Wunsch Darias war, und wie sie uns damit alle verdammt hat.«

In Caldeas Augen erlosch das Feuer. Sie senkte ihre Waffe ganz langsam, ließ dabei jedoch die immer mehr mit den Schatten verschmelzende Malena nicht aus den Augen.

Aries trat zu ihr und entwand ihren Fingern den Schwertgriff und nahm die Waffe an sich. Seine Hand blutete noch immer. Der äußere Beweis des Schmerzes, der in seinem Inneren tobte.

»Ich erkläre dir alles, du hast mein Wort.« Er ballte seine

Hände zu Fäusten und schlug die Handgelenke vor seiner Brust zusammen. Ein Ritual, das er von Kindesbeinen an täglich gesehen und doch vergessen hatte. Ein Brauch der südlichen Provinz, seiner – Aries' Gedanken gerieten ins Stocken – Heimat? Die Geste schien Caldea jedoch zu beruhigen.

Dann griff er nach der Hand seiner Schwester und bettete sie sanft zwischen seine Handflächen. Aries' Augen suchten ihren Blick. »Du darfst ihr nichts tun. Die Princepa ist verflucht. Ich werde ihr Herz befreien, damit sie wieder die gütige, liebevolle und mutige Frau sein kann, als die ich sie kennengelernt habe. Sie besitzt mein Herz, und sie trägt mein Kind in sich.«

Jegliche Farbe wich aus Caldeas Gesicht.

17
Malena

»Circe!« Malena brüllte den Namen ihrer ersten Gardistin, kaum dass sie in den Palast zurückgekehrt war. Ihr Herz trommelte gegen ihre Brust, so schnell war sie den Weg hierhergerannt. Ein Hinterhalt! Malena war in einen Hinterhalt der südlichen Rebellen geraten. Sie hatte sich ablenken lassen. Es war ein kurzer Zug in ihrem Bauch gewesen, ein flatterhaftes Gefühl, das sie so sehr verwirrt hatte, dass sie die Angreiferin nicht bemerkt hatte. Vals Centurio hatte ihr das Leben gerettet, indem er Malena gegen die Kriegerin aus dem Süden verteidigt und sie festgehalten hatte. Aber er hatte sie nicht direkt getötet. Vielleicht hatte er versucht, weitere Informationen über die Rebellion zu erhalten, ehe sie ihm entkommen war.

»Circe!« Malenas Ruf hallte den Flur entlang, zur Antwort hörte sie das Klirren und Rascheln der Gardistinnen und Vals Wachmännern, die ihr entgegenkamen, um sie zu retten.

»Sie bespricht sich noch immer mit Princeps Valerian, Princepa«, sagte eine fiepsende Stimme kaum hörbar. Die junge Palastdienerin, in eine schlichte Tunika gekleidet wie Aries im Badehaus, sah zu Boden.

Malena stürmte an ihr vorbei, schob den Erdgeborenen Maximus beiseite und betrat die Gemächer des Princeps.

Valerian sah stirnrunzelnd von den Papieren auf, die zwischen ihm und Circe auf dem Tisch lagen. Circe hingegen schenkte Malena ein wissendes Lächeln.

»Du hast es gewusst, oder?«, fragte Malena, und Circe zögerte.

»Nicht *gewusst,* aber vermutet«, sagte Circe noch immer lächelnd. »Du musstest es mit eigenen Augen sehen.«

Valerian sah zwischen den beiden Frauen hin und her.

»Mobilisiere die Gardistinnen und bereite alles für einen Angriff vor. Wir werden schnellstmöglich in den Süden ziehen.«

Valerian sprang von seinem Stuhl auf. Schock und Unglaube standen auf seinem Gesicht. Die Naivität ihres Ziehbruders reichte offenbar bis jenseits der Grenzen ihrer Welt.

»Was … warum … was ist passiert?«, stammelte er, das Gegenteil eines Würdenträgers, eines Anführers. Sein Gesicht war noch bleicher als sonst, seine Lippen bebten. Armselig.

Dennoch besaß Malena die Freundlichkeit, ihm eine Erklärung zu geben. »Die Südländer haben mich soeben attackiert. Sie wollten mich töten.«

18
Caldea

»Du musstest aus dem Kelch der Einheit trinken, oder?«, fragte Caldea, die Worte hallten von den Wänden der Gasse wider. »Es ist nicht das, was *du* willst. Sie haben dich damit zu ihrer Marionette gemacht!«

Aquila ließ sich nicht aus der Ruhe bringen. »Es ist ganz anders, als du denkst. Wir müssen das Imperium retten. Und dazu müssen wir zusammenarbeiten.«

Caldeas Gedanken rasten, sie versuchte, zu verstehen, wie ihr eigener Bruder, der an ihrer statt Fürst der Edoni werden sollte, etwas Derartiges auch nur denken, geschweige denn aussprechen konnte. Die Princepa war inzwischen in die Dunkelheit der Gasse eingetaucht. Bei Meridia!

Caldea fluchte, und Agrippa trat näher. Aquila wich vor ihrer aufrechten Gestalt zurück, als hätte sie eine ansteckende Krankheit. Für diese Geste bestrafte Agrippa ihn mit einer erhobenen Braue und sagte kokett: »So schüchtern bei Berührungen, Bruder der Caldea?«

»Was ziemlich schade wäre«, fügte Pallas hinzu und musterte ihren Bruder so genau, dass Caldea am liebsten dazwischengetreten wäre, um ihm die Sicht zu rauben.

Lucan war außer ihr offenbar der einzig Vernünftige hier. Und neugieriger denn je: »Das rührt von der Geschlechtertrennung im Palast her, oder?«, fragte er.

Aquila sah ihn aus zusammengekniffenen Augen an und bestätigte mit einem Nicken.

»*Ich* habe nichts gegen eine solche Trennung einzuwenden.« Pallas grinste unverschämt, und Caldea konnte schwören, dass Aquila errötete. Wie ein Darianer!

»Schluss mit dem Unsinn!«, sagte sie zu ihren Freunden. »Wie kannst du sie einfach weitermachen lassen?«, sprach sie dann Aquila direkt an.

»Es ist weit komplizierter, als es im ersten Moment aussieht.« Aquila fuhr sich durch die Haare. »Ich erzähle dir alles in Ruhe, aber für heute muss ich zurück in den Palast. Val ist in Gefahr.«

Caldea schnaubte. Immer wieder warf sie einen Seitenblick zu Pallas. Die beiden sahen sich einfach wahnsinnig ähnlich. Hatte Caldea Pallas deshalb vom ersten Moment an vertraut, obwohl er zu jener Zeit noch ein Dieb war, der sie mit seinem Charme hatte einlullen und ihren Proviant stehlen wollen? Sie blinzelte und konzentrierte sich wieder auf ihren Bruder.

»Ihr müsst zu Jamahi gehen. Ich werde euch morgen dort aufsuchen. Deine Gefährten«, Aquila sah zu Lucan und Pallas, »und deine Gefährtin«, er blickte zu Agrippa, die mit einem koketten Lächeln antwortete, das ihn offenbar verunsicherte, »wissen, wo sie zu finden ist.«

Agrippa nickte, ließ Aquila keinen Moment aus den Augen, die geradezu funkelten.

»Und wie sieht dein Plan aus?«, fragte Caldea von ihrer letzten Hoffnung getragen.

»Ich werde mich bei Val … dem Princeps erkundigen, wie Circes Pläne aussehen, damit wir entscheiden können, wie ich Malena retten kann.«

Caldeas Augen brannten. Ihr Bruder hoffte es offensichtlich von ganzem Herzen. Sein Geist war gebrochen worden, und der Kelch der Einheit, Meridias Göttergabe, wurde dazu missbraucht, seine Loyalität zu sichern. Eiskalte Wut auf den Princeps und die Princepa löschte das Brennen der ungeweinten Tränen, und Caldea nickte, um ihr hartes Schlucken zu tarnen. »Dann sehen wir uns morgen?«, fragte sie noch, suchte dabei nach Resten des Bruders aus ihrer Erinnerung. Doch Aquila war verloren. Ihr gegenüber stand nur Aries, ein Soldat des Imperiums.

Aries nickte, legte noch einmal die Handgelenke vor der Brust zusammen und ging davon. *Aries* hatte kein Recht, die Geste ihrer Horde zu nutzen.

»Hör mit dem Zähneknirschen auf!«, sagte Agrippa, als Aries in der Dunkelheit verschwunden war, und erschauderte demonstrativ.

»Wir werden also alles tun, was … dein Bruder uns sagt?«, fragte Pallas skeptisch.

»Dieser Mann ist nicht mein Bruder«, erwiderte Caldea. »Er ist ein Höfling, ein Kind Darianas. Wir bleiben bei unserem Plan. Wir werden den Kelch der Einheit finden und anschließend die Unterjochung durch Princeps und Princepa beenden.«

19
Aries

Auf schwankenden Beinen durchquerte Aries die Gasse. Er hatte seine Schwester wieder, und sie würde ihm helfen, Malena zu retten. Sein Körper fühlte sich plötzlich so leicht an, als könnte er fliegen. Welcher Gott ihm auch immer beistand, er dankte ihm im Stillen und fühlte zum ersten Mal in seinem Leben so etwas wie Wärme bei einem derartigen Gebet.

Die Musik, Stimmen und das Gelächter von Kindern wurden immer lauter, dann tauchte Aries in den Nachtbasar ein. Nie zuvor konnte er die Freude der Menschen praktisch spüren, sein eigenes Glück ließ ihn das der anderen viel mehr empfinden. Er stand am Rand des Platzes, beobachtete das bunte Treiben, die positive Lebenseinstellung, die sich die Bevölkerung trotz der widrigen Umstände behalten hatte. Zum ersten Mal überquerte er den Basar nicht mit schnellen Schritten, um zu einem Ziel zu gelangen, sondern schlenderte langsam die Hausmauern entlang, die den Platz umsäumten. Er genoss das Lachen vorbeirennender Kinder und den verliebten Blick in den Augen zweier Frauen, ehe sie sich küssten.

Aries wusste einfach, dass sich nun alles zum Guten wenden würde. Die Gottheiten hatten ihm seine Schwester geschickt. Er spürte erst, dass er lächelte, als seine Wangen zu schmerzen begannen. Er entspannte sein Gesicht und ging nahezu beschwingt weiter.

Da packte eine eiskalte Hand seine Schulter und riss ihn nach hinten. Er stolperte völlig überrumpelt, verfluchte seine Unachtsamkeit, während er sein Gleichgewicht suchte.

Die Berührung verschwand so schnell, wie sie gekommen war. Aries positionierte seine Beine, wappnete sich für einen weiteren Überfall, einen Angriff. Sein Herz schlug schneller und schneller, schärfte die vom Glück betäubten Sinne wieder. Rasch sah er sich um. Er befand sich im Zelt der Seherin. Sie saß auf ihrem Stuhl, gebrechlich und eingefallen wie eh und je. Hatte er sich tatsächlich von ihr überrumpeln lassen? Diesen Umstand musste er Val auf jeden Fall verheimlichen, sonst würde er sich das noch ewig anhören dürfen.

Zögernd trat Aries näher, bis die Alte die knorrige Hand hob und ihm Einhalt gebot. Mit ihren trüben weißblauen Augen musterte sie zunächst ihn, dann die Knochen auf dem Tisch vor sich. Ohne zu ihm aufzusehen, sprach sie: »Nun bist du bereit.«

»Bereit wofür?«, wollte Aries wissen, tat instinktiv einen Schritt nach vorne, doch sein Körper erstarrte. Die nun vollkommen weißen Augen der Frau richteten sich auf ihn.

»Mit der ewigen Flamme wirst du dein Ziel erreichen.«

»Sprich klare Worte, Seherin«, sagte Aries barsch. »Redest du von der ewigen Flamme des Nordens, Arktus' Göttergabe?«

Die Alte bewegte kaum merklich den Kopf, Aries konnte es nur als Nicken deuten, aber vielleicht antwortete sie ihm auch gar nicht.

»Die ewige Flamme ist nicht in Dariana. All das ist eine Lüge«, er verzog das Gesicht, als ihn die Erinnerung an den Moment der Erkenntnis übermannte. Er hatte Seite an Seite mit Malena den beiden durch die Flamme unbesiegbaren Nordländern gegenübergestanden. »Wie soll ich sie finden oder an mich bringen?«

Die Augen der Seherin begannen unter den kaum sichtbaren hellen Wimpern zu leuchten. Gefangen zwischen Faszination und Grauen rührte sich Aries nicht. Daher bemerkte er zu spät, wie im Inneren des Zeltes Nebel aufzog, an der Alten emporkletterte, inmitten der Knochen auf dem Tisch herumwaberte und zuletzt auch seinen Körper einhüllte.

Er konnte nichts mehr sehen, konnte sich nicht rühren. Angst trieb ihre scharfen Krallen in seine Gedärme.

»Nachdem sie Alania erschaffen hatten«, drang die Stimme der Frau von allen Seiten auf Aries ein, »und den Krieg ihrer Völker hatten mit ansehen müssen, trafen sich die vier Göttinnen und Götter, um über ihr weiteres Vorgehen zu entscheiden.«

Vor Aries' Augen veränderte sich der weiße Nebel und wurde zu einem weitläufigen gepflasterten Platz, der ein perfektes Quadrat formte. Seiner Gliedmaßen nun wieder mächtig, drehte er sich um die eigene Achse und war überwältigt von der Schönheit dieses Ortes.

Die eine Seite des Platzes könnte aus der Hauptstadt stammen. Säulen monumentalen Ausmaßes strebten zum strahlend blauen Himmel empor, die Sonne spiegelte sich in goldenen Wappen, und ihr Licht wurde von zahlreichen Edelsteinen, die in Säulen und Mauern eingelassen waren, zurück auf den Platz geworfen. Aries musste in göttlichen Gefilden gelandet sein, denn im Vergleich zu dem Bauwerk waren der Palast und der Tempel von Dariana regelrechte Baracken – selbst vor dem Beben.

Diesem Gebäude gegenüber befand sich ein gläserner Palast, der im Sonnenlicht funkelte, sodass Aries nur mit zusammengekniffenen Augen hinsehen konnte, um nicht geblendet zu werden. Sämtliche tragenden Elemente waren aus hauchdünnem Metall geschlagen, das auch überall zur Zierde diente.

Die Seiten dazwischen könnten sich ebenfalls nicht noch mehr voneinander unterscheiden. Zu seiner Rechten ragten unzählige einzelne Türmchen in unterschiedlichen Rottönen hinter einer sandfarbenen Mauer empor, deren Zinnen so behauen waren, dass sie den zwiebelförmigen Dächern der Türme glichen. Diese funkelten so, dass sie aus purem Gold bestehen mussten.

Linker Hand wuchs der größte Baum, den Aries je gesehen hatte. Sein Wurzelwerk ragte wellenförmig so weit aus der Erde, dass es eine natürliche, mehrere Mann hohe Mauer bildete. Unzählige Äste reckten sich der Sonne entgegen. Inmitten dieser glaubte Aries, verborgen vom Blattwerk eine Art Hütte zu erkennen. Schlicht, aber in vollkommenem Einklang mit dem Baum, der sie trug.

Aries zuckte zusammen, als die Stimme der Alten über den Platz hallte.

»Nach dem Krieg ihrer Völker beschlossen die Gottheiten, sich komplett von ihrer Schöpfung zurückzuziehen, doch Meridia, die kriegerischste der vier, stellte sich dem Wunsch ihrer Geschwister entgegen.«

Die Härchen auf seinen Unterarmen richteten sich auf, als er beobachtete, wie eine schemenhafte, gold leuchtende Gestalt vor dem Gebäude mit den etlichen Säulen erschien. Drei weitere bauten sich Seite an Seite ihr gegenüber auf. Aries stand zwischen ihnen.

»Wir können uns nicht weiter in die Belange der Menschen einmischen. Sieh doch, wohin uns das gebracht hat«, sagte eine sanfte männliche Stimme, und die leuchtende Hand deutete von den drei Gottheiten zu der einsam dastehenden Meridia auf der anderen Seite. Aufgrund des Gebäudes mit den vielen Goldhauben tragenden schlanken Türmen auf seiner Seite hielt Aries die Gestalt für Orientis.

»Wir haben entschieden, ihnen die Gaben zu lassen, aber wir werden uns zurückziehen.« Die eiskalte Stimme konnte nur dem Gott des Nordens, Arktus, gehören. Er stand neben Orientis.

»Ich liebe den Kontakt zu meinen Kindern«, sagte die dritte Gestalt, Occidenta, mit einer Stimme, die Aries an das Flüstern von Blättern im Wind und gleichzeitig an das Raunen eines Bachs erinnerte. »Aber wenn es unser gemeinsamer Weg ist, werden wir ihn gehen.«

Meridia jedoch straffte ihren leuchtenden Körper und trat einen Schritt auf ihre Geschwister zu. »Dann schließen wir einen Kompromiss. Wir ziehen uns zurück, wählen aber einen Menschen unseres Volkes, über den wir informiert bleiben können und der eine besondere Verbindung zu uns hat, eine Divina oder einen Divinus.«

»Die drei Gottheiten beratschlagten und stimmten Meridias Vorschlag dann zu«, erklärte die Stimme der Alten, während das Bild um Aries herum verblasste und sich auch der Nebel zurückzog. »Seit jener Zeit gibt es in Alania stets vier Göttliche, die Divini, die eine besondere Verbindung zu ihren Gottheiten und deren Göttergabe besitzen.«

»Und so kann ich die Flamme aufspüren? Bin ich …« Aries ging auf die Alte zu, brach dann mitten im Satz ab, weil er anstatt weiter auf die Seherin zuzugehen, direkt gegen die raue steinerne Mauer prallte. Die Frau war ein weiteres Mal verschwunden, der Morgen graute bereits, und der zuvor noch belebte Platz lag so still da, als hätte sich Aries den Nachtbasar nur eingebildet.

Dann rannte er los.

Er hatte ein Versprechen einzulösen. Er würde Malenas Gefühle befreien.

20
Valerian

Val hatte die ganze Nacht kein Auge zugetan. In der Öllampe auf seinem Schreibtisch schwappte nur noch ein kleiner Rest Flüssigkeit. Seit Stunden brütete er darüber nach, was schiefgelaufen war.

Circe – Meridia! – hatte *ihn* hingehalten, obwohl es doch andersherum hätte sein sollen. Val war die Ablenkung gewesen, damit Aries Malena mit zum Nachtbasar nehmen konnte. Also hatte er versucht, Circe mit seinen vermeintlichen Gründen und Taktiken zu überzeugen. Sie hatte seinen Ideen sogar hin und wieder zugestimmt, und Val war schon fast berauscht vom Gedanken daran gewesen, dass er seine Arbeit noch besser machte als gedacht, hatte Hoffnung geschöpft, den Krieg zu vermeiden.

Wie naiv er doch gewesen war.

Circe hatte sich dann mitten in seiner Schilderung aufgerichtet, erleichtert gelächelt, ihre Unterlagen zusammengerafft und bereits Abschiedsworte gemurmelt – was Val deutlich gemacht hatte, dass *er* hingehalten worden war. Denn noch ehe sie vom Verhandlungstisch aufgestanden war, hatte er Malena Circes Namen durch den Palastflur brüllen hören. Der Rest war eine Abfolge aus Gerüchten und Palastgeflüster, die von einem zum anderen Raum getragen wurden.

Nun saß er hier, in dem Wissen, dass Malena angegriffen worden war, ein Militärschlag gegen den Süden unmittelbar bevorstand und Aries noch immer wie vom Erdboden verschluckt war. Letzteres bereitete Val die meisten Sorgen. Aries neigte zu überstürzten Handlungen, und so konnte Val nicht abschätzen, auf welche Gedankenlosigkeit sein bester Freund nun wieder gekommen war.

Schwere Schritte im Flur erregten Vals Aufmerksamkeit. Er starrte zu Maximus, der wie immer im Durchgang stand. Kurz darauf schlüpfte Aries an ihm vorbei. Val seufzte erleichtert auf und erhob sich. Seine Beine fühlten sich an wie von tausend Nadeln gepiesackt.

»Wo warst du? Malena mobilisiert die Gardistinnen. Sie wurde angegriffen und wertet dies als kriegerischen Akt der südlichen Rebellen.« Val holte tief Luft, nachdem er Aries mit so vielen Worten überfallen hatte.

»Es ist etwas komplizierter«, begann Aries, und Val versuchte zu ergründen, was der seltsame Ausdruck im Gesicht seines Centurios zu bedeuten hatte.

»Ich … Lena und ich waren … ich …« Aries schluckte hörbar, Val trat näher und wünschte sich, er könnte etwas tun, das Aries beruhigte, ohne dass es ihn selbst schmerzte. »Ich habe einen Fehler gemacht.« Aries holte tief Luft und erläuterte Val die Geschehnisse des Vorabends.

Angst legte sich auf Vals Schultern, schlang sich um seine Brust, umgriff ihn immer fester und machte ihm das Atmen schwer. Er war auf das Liegesofa gesunken und folgte Aries' stetiger Bewegung. Dieser verharrte keinen Moment, während er erzählte.

»Deine … Schwester?«, unterbrach Val, versuchte dabei vergeblich, sich eine weibliche Version von Aries vorzustellen. Nicht einmal mit der Kleidung der Dienerin, die er noch immer trug, sah Val in Aries eine Frau. Inzwischen konturierte auch wieder ein leichter Bartschatten sein markantes Gesicht. »Und sie ist diejenige, die Cheveyo gesehen hat?«

Ein weiteres Nicken.

Val fuhr sich durch die Haare, versuchte, gedanklich einen

Schritt zurückzutreten, hin zu Aries' und seinem Vorhaben, Malena zu retten, indem sie beide ihr Herz befreiten.

»Und nun glaubst du, du könntest etwas schaffen, das nicht einmal Daria, die Eroberin, geschafft hat? Du willst die ewige Flamme an dich bringen?«

Aries blieb endlich stehen, richtete sich zu seiner vollen Größe auf und legte sich seine Faust aufs Herz. In seiner Stimme schwang keinerlei Zweifel mit. »Die Seherin hat mir dieses Wissen erst geschenkt, nachdem ich Caldea wiedergefunden habe. Es muss eine Bedeutung haben. Wir müssen gemein…«

»Ich habe die Anweisung, Sie nicht aus den Augen zu lassen, Princeps. Lothair darf nicht zu ihm«, meldete sich Maximus zu Wort, was nur bedeuten konnte, dass jemand zu ihm wollte, der Maximus nicht kannte und ihm eine Frage gestellt hatte.

Val sah zum Eingang und hörte, wie jemand auf Maximus einredete. Aries durchquerte mit schnellen Schritten den Raum, sagte etwas, das Val nicht verstehen konnte.

Kurz darauf schoben sich vier Personen an Maximus vorbei. Val sprang auf, suchte nach seiner Waffe, aber Aries war schneller. Er trat zu ihm, verdeckte dabei Vals Sicht auf die Ankömmlinge und lächelte das wohl schönste Lächeln, das Val je an ihm gesehen hatte. Er spürte einen Stich in der Brust, der ihn zusammenzucken ließ. Aries nahm seine Hand und führte ihn ein paar Schritte weiter in den Raum hinein, ohne auch nur die geringste Ahnung zu haben, was diese Geste in Val auslöste.

»Darf ich dir meine Schwester vorstellen?« Aries ließ Vals Hand los und trat zur Seite. Val sah sich nun einer Frau gegenüber, die nicht annähernd dem Bild entsprach, das er sich zusammengesponnen hatte.

Aries' Schwester könnte einer der unzähligen Fresken im Gemeinschaftsraum vor dem Lehrzimmer entsprungen sein, die Daria im Kampf zeigten. Sie hatte rostrotes Haar, das sie in mehreren Zöpfen zurückgebunden hatte, die Augen waren mit Kohle umrandet, und halb verwischte schwarze Krallenspuren zogen sich von der rechten Braue bis zur Wange hinab.

»Caldea, das ist Princeps Valerian, mein bester Freund«, sagte Aries mit einem Lächeln.

Caldeas wachsamer Blick kroch über Val hinweg, sodass er das Gefühl hatte, nackt zu sein. Kurz bevor er es nicht mehr aushielt, schob eine weitere Frau Caldea etwas beiseite und öffnete Val die Sicht auf die zwei Männer, die sie ebenfalls begleiteten.

Val vergaß zu atmen. Seine Kehle wurde trocken, als er den Älteren der beiden sah. Sein Blick huschte zu Aries und wieder zurück zu diesem Mann – und Vals Herz raste.

»Guten Morgen, Princeps, mein Name ist Agrippa«, stellte sich die andere Frau mit hochgesteckten Locken und einem fast schon palasttauglichen Kleid vor. Dabei vollführte sie einen ungeschickten Knicks, der Val zum Schmunzeln brachte. »Das hier sind Lucan und Pallas.« Agrippa schob die beiden Männer rechts und links von ihr nach vorne. Der Jüngere von ihnen, mit den wohl grünsten Augen, die Val je gesehen hatte, stolperte und fiel ebenfalls in einen steifen Knicks. Pallas hingegen neigte den Kopf und musterte Val unverhohlen von den hellen Locken bis zu den nackten Füßen. Dabei lächelte er, dass Vals Herz mindestens einen Schlag auszusetzen schien, während er instinktiv Pallas' Lächeln spiegelte. Es kam ihm vor, als würde die Zeit stillstehen, die ganze Welt nur auf den Raum zwischen Pallas und ihm zusammenschrumpfen, sodass Val diesem Mann zwar nah, aber dennoch viel zu weit von ihm entfernt war. Val holte stockend Luft, blinzelte, und der Rest der Welt rückte wieder an seinen angestammten Platz.

»Val?«, Aries hatte ihn offenbar nicht zum ersten Mal angesprochen. Val räusperte sich und wandte sich seinem besten Freund zu. Die Gesichtszüge, sie … Erneut sah er zu Pallas. Die beiden könnten Geschwister sein, wohingegen Caldea so anders aussah, dass er den familiären Zusammenhang nicht greifen konnte.

»Verzeih mir. Was hast du gesagt?« Vals Stimme klang belegt. Wann immer er kurz zu Pallas schielte, zupfte ein Schmunzeln an dessen Mundwinkel, etwas, das er bei Aries schon lange nicht mehr gesehen hatte. Val rief sich zur Disziplin auf. Dieser Mann verwirrte ihn.

»Wir werden so schnell wie möglich aufbrechen«, wiederholte Aries und deutete mit dem Kinn zu seiner Schwester.

»Ich werde euch begleiten«, stieß Val sofort aus.

Aries schüttelte den Kopf. »Du musst hier in Dariana bleiben, im Palast.«

Val verdrehte die Augen. »Weil ich ›nur hier sicher bin‹?« Er verschränkte die Arme vor der Brust und erhielt für seine Stimmimitation von Aries ein Auflachen, das in Vals Brust nicht so warm nachhallen sollte. Pallas tarnte es in einem Husten.

»Bei den Gottheiten, nein!«, sagte Aries. »Du bist der Einzige, der den Senat überzeugen kann, Circes Pläne zu vereiteln. Deine Mission ist sogar gefährlicher als unsere.« Sorge schlich auf seine Züge, und dem Zucken seiner Stirn nach zu urteilen, war er nicht ganz so entschlossen, wie er vorgab.

Pallas trat vor. »Dann sollte jemand bleiben, um ihn zu beschützen.«

»Ich muss nicht besch…«, polterte es aus Val hervor, er brach dann jedoch abrupt ab, weil Pallas ihn breit anlächelte.

»Ich bin die Reiserei eh leid.« Pallas zuckte mit den Schultern. »Und da ich noch nie einen Princeps beschützt habe …« Er vollführte mit weit ausgebreiteten Armen eine Drehung.

Agrippa lachte, Caldea verdrehte die Augen, der Jüngling, Lucan, sah betreten zu Boden, während Aries offenbar über diesen Vorschlag nachdachte. Er musterte Pallas genauer, sah wie auch Val die gestählten Muskeln, die sich unter dem weiten Hemd abzeichneten. Er mochte unschuldig wirken, aber Val war sich sicher, dass er sich oft genug im Kampf bewiesen hatte.

»Bist du einverstanden?«, fragte Aries seine Schwester, die auf Pallas' flehenden Blick hin zustimmte. Vals Magen fühlte sich an wie nach dem Genuss von zu vielen sauren Früchten, war in Aufruhr, und er verdrängte schnell den Gedanken, dass es nicht ausschließlich mit den bevorstehenden Ereignissen zu tun haben könnte.

»Ich werde bleiben und alles in meiner Macht Stehende tun, um Lena und Circe aufzuhalten. Ich muss meinen Fehler wiedergutmachen.« Val legte sich die Faust aufs Herz. Die angespannte Stille fraß sich in seine Haut, er spürte die Blicke, die hin und her schossen wie Wurfmesser.

»Und ich werde dir dabei helfen.« Pallas sprang herbei und legte Val die Hand auf die Schulter. Doch anstatt sich zu beschweren, wie unziemlich ein Berühren des Princeps war, genoss Val für einen Moment die Hitze, die von dieser Stelle ausging.

»Pallas ist einer der besten Spione, die ich kenne«, sagte Caldea dann an Aries gerichtet, ehe sie zu Pallas sah. »Er wird ihm eine große Hilfe sein.« Ihre Stimme war kühl, beinahe wie die von Malena, seit Val sie verflucht hatte. Ein Schaudern raste durch seinen Körper. Der eindringliche Blick, mit dem Caldea Pallas während ihrer Aussage bedachte, bereitete Val Sorgen. Auch Aries hatte ihn bemerkt.

»Du hast Maximus.« Aries sah kurz zum Durchgang, wo

der Erdgeborene noch immer reglos unter dem Bogen stand und zu Val starrte. »Vielleicht sollte Pallas uns doch besser begleiten?«

»Nein«, entschied Val und ließ sich nicht länger verunsichern. Er schlüpfte wieder in die altbekannte Rolle des Princeps, straffte die Schultern und brachte etwas Abstand zwischen sich und Pallas. »Lasst uns alles für eure Abreise vorbereiten.«

21
Taipa

Du hältst es für einen guten Plan?« Taipa hörte Cheveyos Zweifel in jeder Silbe, legte die Schale mit Kräutern, die sie eben einpacken wollte, wieder auf den aus losen Brettern bestehenden Tisch und drehte sich zu ihm um. Sie waren allein im Zelt, seit ihrer Rückkehr aus dem Norden hatte es keine schlimmen Verletzungen mehr gegeben, die einer dauerhaften Behandlung im Heilzelt bedurften.

Cheveyo stand da wie immer, wenn Häuptling Akecheta ihn zu etwas aufgefordert hatte, das er nicht tun wollte. Die Arme an die Seite gepresst, den Kopf nach vorne geneigt, sodass sein langes Haar über die Schultern fiel und sich mit den unzähligen Perlen an seiner Kleidung mischte. Dabei sah er unter den dichten Wimpern hervor zu Taipa, in den Augen lag eindeutig Zweifel an ihrer Zurechnungsfähigkeit.

»Wir vertrauen auf die Führung der Erdenmutter«, begann Taipa und hob die Hand, als Cheveyo etwas entgegnen wollte. Sie trat näher zu ihm. »Sie hat uns aufgetragen, für Caldeas Befreiung zu sorgen. Sie ist wichtig für den großen Plan der Göttin. Denn durch ihre Rettung hat Aries von seiner Bestimmung erfahren.«

Cheveyos Kiefermuskulatur arbeitete, und an seiner Schläfe zuckte es. »Und was ist mit diesen … Divini, von denen er erzählt hat? Spricht die Erdenmutter deshalb zu dir?«

Dieselbe Frage hatte sich Taipa ebenfalls gestellt. Wenn ihr wahrer Name tatsächlich ihre Bestimmung war, so konnte es nicht anders sein, als dass sie Occidentas Divina war. Daher nickte sie schwach. Der alte Name der Göttin klang schon in ihren Gedanken so ungewohnt, dass sie das Gesicht verzog. Für sie würde die Göttin immer die Erdenmutter bleiben.

»Du zweifelst.« Cheveyo trat näher, hob die Hand – vielleicht, um ihr Kinn anzuheben und ihr in die Augen sehen zu können –, dann überlegte er es sich jedoch anders. Die Luft zwischen ihnen vibrierte vor Energie, die Taipas Herz zu Höchstleistungen antrieb. Cheveyo schien mit sich zu ringen, ballte die Finger zusammen und ließ die Hand langsam wieder sinken. Es kostete Taipa sämtliche Kraft, ihn nicht aufzuhalten. Sie blinzelte mehrmals, um ihren Geist zu sortieren.

»Wir könnten versuchen, die Erdenmutter zu kontaktieren«, schlug Cheveyo vor, seine Stimme rau und dunkel. »Vielleicht kann sie uns einen Hinweis geben, wie Aries Arktus' Göttergabe aufspüren kann.«

Taipa zögerte. Es kam ihr nicht richtig vor, die große Göttin aufzusuchen, anstatt gehorsam auf ihre nächste Weisung zu warten. Ein Windstoß ließ jedoch den Eingang des Heilzelts flattern und strich Taipa über das Haupt. Das war eindeutig, daher stimmte Taipa mit einem Nicken Cheveyos Vorschlag zu.

Er griff sofort zu seinem Gürtel, an dessen Seite er in einem kleinen Lederbeutel stets die Reste des roten Staubs bei sich trug. Den größten Teil des Pulvers – einer Absonderung des Natursteins, der Göttergabe ihres Volkes – hatten sie Jamahis Boten mitgeschickt, der die Reise auf der Via Occidens angetreten war, um Taipas Schwester zu helfen. Taipa glaubte fest daran, dass es noch nicht zu spät für Lana war.

Cheveyo setzte sich auf eines der Krankenlager und sah mit einem Lächeln zu ihr auf. Eine Böe versetzte Taipa einen leichten Stoß, und sie ließ sich ihm gegenüber auf die Strohmatte sinken. Cheveyo hatte bereits den Beutel geöffnet und wartete nur noch, bis Taipa ihren Geist geklärt hatte, um der

Göttin gegenüberzutreten. Würde es tatsächlich so weit sein? Taipa hörte ihren Herzschlag in den Ohren rauschen, als sie nach Cheveyos Hand griff, und die Energie, die eben noch zwischen ihnen pulsierte, toste nun durch ihre Adern.

»Bereit?«, vergewisserte er sich, und auf Taipas zögerliches Nicken hin tauchte Cheveyo die Fingerspitze in das rote Pulver. Kaum dass Cheveyo es abgeleckt hatte, senkte er flatternd die Lider. Taipa wusste, dass darunter nun nichts als Weiß zu sehen war. Auch Taipa schloss ihre Augen, und nur einen Schlag ihres rasenden Herzens später war sie von purem Weiß umgeben. Sie drehte sich um ihre eigene Achse, Panik stieg in ihr auf, eine Angst, die sie zuvor noch nie empfunden hatte. Aufgewachsen in einem Stamm, der eine einzige große Familie war und in der jede Frau und jeder Mann sich um die anderen kümmerte, war man nie allein. Nun aber fühlte sie sich einsam. Die Angst legte sich wie ein festes Lederband um ihre Brust, schnürte sie immer weiter ein – und riss, als sie Cheveyos vertraute Stimme hörte, die von allen Seiten auf sie eindrang. Im nächsten Moment stand er vor ihr – und doch wieder nicht. Es war, als sähe sie eine ältere Version von Cheveyo, als blickte sie in die Zukunft. Die letzten kindlichen Züge waren aus seinem Gesicht verschwunden. Der stets präsente Trotz und sein Hang zur Leichtfertigkeit waren Weisheit und Anmut gewichen.

Taipa war nicht in der Lage zu sprechen. Sie sah Cheveyo an, den Freund, der ihr von Kindesbeinen an zur Seite gestanden hatte und der nun seinem wahren Namen folgte, seiner Bestimmung: Geistkrieger.

»Hat es dir die Stimme verschlagen, Vögelchen?«

Taipa schnaubte. Offenbar hatte sich doch nicht alles verändert, worüber sie froh war.

»Du siehst anders aus«, konnte sie nun problemlos aussprechen.

Cheveyo hob fragend die Braue, sah dann an sich hinab.

»Nicht die Kleidung.« Taipa schüttelte den Kopf. »Du … bist älter«, sagte sie. Natürlich verschwieg sie ihm ihre wahren Gedanken.

»Nur älter?« Cheveyos Ton war eine einzige Herausforderung. Das Schmunzeln auf seinen Lippen ließ ihn wieder etwas jünger erscheinen, aber Taipa wurde klar, dass sie hier nichts vor ihm verbergen konnte. Sie waren im Geist miteinander verbunden.

»Wir sollten nun versuchen, die Erdenmutter zu rufen«, krächzte Taipa, und Cheveyos Grinsen wurde breiter. Hitze brannte auf Taipas Wangen, und sie wollte sich bereits abwenden, als eine vertraute Stimme erklang, die Taipa Tränen in die Augen trieb.

»Ihr müsst sie nicht rufen, Taipa«, sagte Yanma und tauchte mit einem Lächeln auf den Lippen neben einer ebenso weisen Frau wie Taipas Großmutter selbst auf.

»Yanma?« Taipa hatte nie geglaubt, Yanma noch einmal zu sehen. Sie stürzte zu ihr, wollte sie in die Arme reißen, doch ihre Hände fuhren durch sie hindurch.

»Ich möchte euch jemanden vorstellen«, sagte Yanma dann und deutete auf die andere Frau. Erst nachdem Taipa die Tränen weggeblinzelt hatte, sah sie den goldenen Schein, der die Frau umgab. Sie wagte nicht, nachzufragen, und schluckte stattdessen.

»Ich grüße dich, Taipa. Es ist schön, dir endlich gegenüberzustehen.« Taipa spürte die Berührung des Windes in ihrem Nacken, die sie sonst angeleitet hatte. In ihre Nase stieg der Duft nach Moos, Blüten und Holz. Ein entferntes Zwitschern drang zwischen dem Rauschen von Blättern im Wind an ihre Ohren. Taipas Brust fühlte sich an, als wäre nicht genug Platz darin für all das Glück und die Liebe, die sie nun erfüllte. Sie blickte von der Erdenmutter zu Yanma, weiter zu Cheveyo und wieder zurück zur Göttin. War sie wahrhaftig hier? Bei Taipa? Und konnte sie ihr helfen, Meridia aufzuhalten?

»Das kann ich«, antwortete die große Mutter auf ihre Gedanken. Die göttliche Stimme glich einem fröhlich gluckernden Bach. »Daher habe ich noch eine letzte Aufgabe für dich, Wegbereiterin.« Nun wurde das Gesicht der Göttin ernst. »Du musst mein Geschenk an dich bringen und nach den anderen Divini suchen. Denn nur wenn alle Göttergaben mit ihren Divini vereint sind, kann die Verbindung zu den Gottheiten gekappt werden.«

Taipas Gedanken schossen wie Blitze umher, unmöglich einzufangen und so schnell, dass man sie bis ins Detail sehen konnte. Doch sie erhellten Taipas Geist, sodass mitten im Gewirr ihrer Gedanken eine Person ins Licht getaucht wurde. Lana. Lana, wie Taipa sie verlassen hatte. Auf dem Krankenlager, Schweißperlen auf der Stirn und das Haar feucht vom Fieber.

»Mach dir keine Sorgen um deine Schwester, Taipa. Der Bote hat den Stamm erreicht.«

Taipa sah nun, wie ihre Schwester wohlauf war, wie sie mit weiteren Geheilten auszog, um die anderen Stämme im Westen aufzusuchen. Das Glück drohte sie erneut zu zerreißen. Freudentränen benetzten Taipas Wangen, und das Hochgefühl brach als Schluchzen hervor, das sich mit einem Lachen mischte. Sie spürte Cheveyos stützenden Arm um ihre Taille, der sie davon abhielt, vor Erleichterung zusammenzubrechen.

»Lana geht ihren eigenen Weg, du kannst stolz auf sie sein.«

Das war sie!

»Nun folgt eurer Bestimmung. Vereint die Divini mit den Gaben.« Die Erdenmutter nickte erst Taipa, dann Cheveyo zu, ehe sie zu Yanma sah. »Es ist Zeit für uns zu gehen.«

Das Licht wurde wieder allumfassend. Taipa schlug die Augen auf, blinzelte die Tränen weg und spürte, dass sie unentwegt lächelte.

»Du lächelst viel zu selten«, sagte Cheveyo, nun wieder mit der jugendlichen Weichheit in den Gesichtszügen. *Ihr* Cheveyo, nicht der Geistkrieger.

Verwirrt von dem Gedanken, dass sie ihn als *ihren* Cheveyo bezeichnete, wollte sie zurückweichen, kippte dabei nach hinten und stützte sich gerade noch auf ihre Hände auf.

»Hast du plötzlich Angst vor mir?«, fragte Cheveyo und runzelte die Stirn, ehe sich seine Augen weiteten und er begleitet von einem Grinsen sagte: »Ich würde auch vor Ehrfurcht erstarren, wenn ich mir begegnet wäre.« Er legte sich die Hand auf die Schulter, als würde er sich selbst loben.

Taipa schüttelte den Kopf, war ihm aber gleichermaßen dankbar, dass er nicht auf das zu sprechen kam, was er womöglich in ihrem Geist gesehen hatte – und welche Sehnsucht mit diesen Bildern einhergegangen war.

Doch ehe sie etwas erwidern konnte, hörte sie jenseits der Zeltwand laute Stimmen und das Klappern und Klirren von Waffen.

22
Caldea

Nachdem sie die Gemächer des Princeps verlassen hatten, folgte Caldea an Pallas' Seite dem schier endlosen Flur. Lucan und Agrippa tuschelten vor ihnen, aber Caldea hörte kaum zu, sondern sah nur von einem Frauengesicht zum nächsten. All die ehemaligen Princepas, an denen sie vorbeigingen, hatten Unmenschliches angerichtet, und mit jedem Abbild von ihnen wurde Caldeas Wut befeuert. Und ausgerechnet *Aries,* ihr Fleisch und Blut, verteidigte die Herrschenden noch immer. Die Enttäuschung schmeckte so bitter, dass Caldea den Geschmack nicht loswurde. Aber sie musste weise handeln, um ihr Volk an sein Ziel zu bringen.

»Gib es zu, du bist beeindruckt«, sagte Pallas und zog ihre Aufmerksamkeit auf sich.

»Wovon denn?« Agrippa drehte sich um und ging rückwärts weiter. Sie hatte ihre Ohren einfach überall. »Von der Demonstration deiner Faulheit?« Sie lachte. »Du schmeichelst dich beim Princeps ein, damit du hier im Luxus leben kannst.« Lucans Schultern bebten, aber Caldea hörte sein Lachen nicht.

»Ich war einfach schneller als du.« Pallas grinste, vollkommen mit sich zufrieden.

Agrippa warf ihm einen bitterbösen Blick zu, der deutlich machte, dass Pallas nur allzu richtiglag. Demonstrativ wandte sie sich wieder um und hakte sich bei Lucan unter.

Sie stiegen eine geschwungene Treppe hinab und verließen den Palast.

»Willst du, dass ich dich begleite?«, fragte Pallas leise,

während sie den Weg, den sie gekommen waren, zurückgingen.

Caldea dachte darüber nach, schüttelte dann den Kopf. »Du hast für unsere Sache gehandelt und die Chance ergriffen, deine besonderen Talente einzusetzen, um den Kelch zu finden. Das ehrt dich.«

»Sag das Agrippa.« Pallas biss sich auf die Unterlippe.

»Sie wird es verstehen. Es ist dein Talent, deinem Gegenüber mit deinem … Charme alles zu entlocken. Agrippa ist aber die Beste im Spionieren.«

»Die allerbeste«, rief Agrippa aus mehreren Schritten Entfernung, und ihre Stimme hallte von den hohen Gebäuden der breiten Hauptstraße zurück, die sie nach Verlassen des Forums betreten hatten.

»Ihr Gehör ist einfach unschlagbar«, gab Pallas anerkennend zu.

»Ich weiß«, sang Agrippa, und das Echo wurde von Lucans Lachen unterbrochen.

Sie näherten sich der Stadtmauer und dem Durchgang unter der Garnison. Je weiter die Gebäude auf sie eindrangen, desto schwerer drückten die finsteren Gedanken auf Caldea. Es hätte alles so einfach sein können! Sie hatte ihren Bruder finden, ihn dem Bann des Kelches entreißen und Princeps und Princepa töten wollen, damit das Imperium ein für alle Mal von der Herrschaft Darianas befreit war. So hatte sie es all den Hordenfürsten erzählt.

Und was tat sie nun? Sie half ihrem Bruder, der glaubte, die verfluchte Princepa zu lieben und in Princeps Valerian einen Freund zu haben.

Sie war eine Enttäuschung.

Agrippa beschwerte sich sogleich über Caldeas Zähneknirschen.

Je länger die Begegnung mit dem Princeps her war, desto

klarer schienen ihre Gedanken zu werden, und die Enttäuschung über sich selbst überschwemmte sie. Sie hätte die Gelegenheit nutzen müssen. Der Princeps und Aries waren nur zu zweit, sie hingegen waren bewaffnet und zu viert gewesen!

Aber Caldea kannte die Wahrheit. Sie hätte erst ihren Bruder töten müssen, ehe sie zum Princeps gelangt wäre. Und trotz allem hätte sie dies nicht gekonnt. Dennoch hätte sie sich nicht auf dieses irrwitzige Vorhaben einlassen sollen.

»Bei Meridia! Warum habe ich nur zugestimmt?«, fragte sie eher sich selbst als Pallas. Ihre Stimme wurde immer lauter, während sie sich dem Gebäude näherten, in dem die Ostländerin Jamahi sie untergebracht hatte. »Warum habe ich nicht abgelehnt? Selbst wenn wir den Princeps nicht direkt hätten töten können, habe ich mir selbst die beste Möglichkeit geraubt, sein Leben zu beenden, wenn mein Bruder, sein oberster Krieger, sich nicht zwischen uns stellt. Wir hätten ihn getötet, den Kelch genommen und ihn in den Süden bringen können, damit wir der Principa bei ihrem Angriff als Einheit gegenübertreten und sie besiegen können.«

Caldea trat gegen eine eingefallene Baracke, und das Scheppern von Metall hallte über den Platz vor ihrer Unterkunft, auf dem auch das Heilzelt der Westländerin stand. Das Geräusch hatte diese offenbar aufgeschreckt. Die Zeltbahn glitt zur Seite, und Taipa trat zu ihnen. Anstatt zu grüßen, antwortete sie auf Caldeas Frage.

»Weil es keine Chance auf einen Sieg gibt, wenn wir in der Schlacht einer Göttin gegenüberstehen.«

Die darauffolgende Stille wurde nur von dem entfernten Krächzen einer Krähe durchbrochen. Kälte kroch von allen Seiten auf den Platz, und Caldea erschauderte.

Die Westländer baten sie in das Zelt. Der Eingang glitt hinter ihnen zu, und Caldea fragte barsch:

»Wovon sprichst du?«

Sie erhielt eine Antwort, die sie für unmöglich gehalten hatte. Weder Caldea noch ihre Freunde unterbrachen Taipas und Cheveyos wechselnde Schilderung der Ereignisse, während Caldea hier in diesem Zelt geschlafen, später im Kerker erwacht und dort von Pallas und Agrippa aufgesucht worden war.

»Die oberste Gardistin der Princepa ist Meridia?« Pallas stieß einen leisen Pfiff aus, nachdem Taipa dieses letzte Detail ans Licht gebracht hatte.

»Und es wird nie Frieden für alle Völker geben, solange Meridia ihre Hand über die Princepa hält«, erläuterte Cheveyo.

»Und ihr haltet die Princepa für Meridias … Stellvertreterin, die mit der Göttergabe vereint werden muss?«, fragte Lucan und rieb sich den Nacken. Caldea wusste, dass er nie an die Gottheiten geglaubt hatte – nun mit einer lebenden Göttin konfrontiert zu werden, stimmte ihn offensichtlich nachdenklich.

»Divina«, verbesserte Taipa. »So haben sowohl die Seherin, die Aries seine Aufgabe übermittelt hat, als auch unsere Göttin sie genannt. Und ja, wir halten Malena für Meridias Divina.«

»Und was hat eure Göttin Occidenta von euch verlangt?«, wollte Agrippa wissen. Die tiefe Falte zwischen ihren Augenbrauen unterstrich ihren Unglauben.

»Ich habe den Auftrag erhalten, den Naturstein an mich zu bringen«, begann Taipa.

Cheveyo fügte hinzu: »Taipa ist die Wegbereiterin, die Divina der Erdenmutter. Weil Aries den Auftrag hat, die ewige Flamme zu holen, muss er Arktus' Divinus sein.«

»Wenn wir nun die Flamme und den Naturstein an uns bringen, dann sind alle vier Göttergaben in Dariana, und wir könnten Meridias ewigen Triumph endlich beenden.« Taipa nickte Cheveyo voller Hoffnung zu.

Caldea hingegen sah ihre Freunde an, blickte von einem bleichen Gesicht zum nächsten. Sie konnte förmlich hören, wie sie versuchten, sich ein Bild ihrer derzeitigen Situation zu machen – und ihren Platz darin zu finden.

Die Stimmen im Zelt wurden immer leiser, während sich Caldea an den Besuch der ersten Gardistin bei ihr im Kerker erinnerte, und dass sie tatsächlich gedacht hatte, sie gleiche einer Göttin. Dann fiel ihr ein, was sie gesagt hatte.

»Du musst dich mir nicht hier beweisen, Tochter der Edoni. Deine Zeit wird kommen. Du wirst Meridia stolz machen.«

Sie würde Meridia stolz machen. Der Gedanke wuchs rasant, überschwemmte ihr Innerstes und ließ Caldeas Brust schwellen. Caldea war sich sicher, dass nicht Malena Meridias Divina war, sondern sie selbst. Sie war dazu bestimmt, ihrer Göttin zu helfen. Wieso sonst hätte sie Caldea im Kerker besuchen sollen? Sie sah nur eine Möglichkeit. Meridia muss von der Princepa befreit werden. Caldea musste sie töten. Das war ihre Aufgabe als Meridias Divina. Doch um ihr nahe genug zu kommen, musste sie sich erst ihrem Bruder gegenüber beweisen.

23
Aries

Glaubt mir, ihr werdet die zusätzlichen Felle brauchen«, erwiderte Aries auf Agrippas Beschwerde hin. »Wir waren bereits einmal dort oben und waren froh über jeden Schutz gegen die Kälte.«

Er sah sich in dem Raum in Jamahis Unterkunft um, in dem normalerweise das Essen ausgegeben wurde. Auf den langen, zusammengeschusterten Tischen und Bänken lag alles, was sie in den Norden mitnehmen mussten. Nahrung, Waffen, zusätzliche Umhänge. Letzteres konnte oder wollte Agrippa einfach nicht verstehen.

»Er hat recht«, sagte Lucan. »Die Legenden berichten von Atem, der vor den Lippen gefriert.« Aries befand, dass der Junge zu fasziniert war. Aber er besaß großes Wissen, das ihnen allen vielleicht weiterhelfen konnte, und würde daher eine Bereicherung für ihre Reisegruppe sein.

»Wir sollten uns heute früh schlafen legen, damit wir direkt bei Sonnenaufgang aufbrechen können«, sagte Aries gerade, als sich die Tür hinter ihnen öffnete.

Jamahi trat in den Raum, gefolgt von Val.

»Was bei allen Gottheiten tust du hier?«, fragte Aries und sah sich nach Centurionen um, Leibwächtern oder irgendjemandem, der den Princeps beschützte. »Allein!«

Val zuckte bei dem Vorwurf zusammen, fegte dann mit einer Geste die Worte beiseite und fuhr sich durch die goldenen Locken.

»Er ist nicht allein«, mischte sich Pallas ein, der nun mit einem Stück Brot in der Hand eintrat. »Ich nehme meine Aufgabe sehr ernst.«

Aries runzelte die Stirn. Er wusste noch immer nicht, was er von dem Südländer halten sollte.

»Ich komme direkt vom Senat«, sagte Val. »Keiner von den anderen hat gegen die Aufrüstung gestimmt, Aries.« Verzweiflung rötete Vals Augen. »Ihr müsst euch beeilen. Ich werde den Krieg nicht mehr lange hinauszögern können.«

»Wir brechen direkt bei Tagesanbruch auf.« Aries holte tief Luft. »Du musst durchhalten, Val. Lass dich nicht von ihnen überstimmen. Du bist der Princeps.«

Val nickte und wirkte irgendwie verloren. Aries trat zu ihm und umarmte seinen besten Freund.

»Ich begleite dich noch ein Stück.« Die Hand auf Vals Rücken gelegt, schob Aries den Princeps zur Tür und weiter nach draußen. Pallas folgte ihnen auf dem Fuße. Kaum dass sie nach draußen getreten waren, blieb Aries stehen und blinzelte ins Tageslicht, weil er an eine Sinnestäuschung glaubte. Doch die Person, die direkt vor Taipas Zelt stand, verschwand nicht. Aries' Herz klopfte immer schneller.

»Lena?«

Das Lächeln, das sie ihm schenkte, wärmte sein Herz und entschädigte Aries für all den Schmerz der vergangenen Tage.

24
Malena

»Du hast vollkommen richtig gehandelt, Princepa. Ich werde den Senat von unserer Entscheidung unterrichten.« Circes Lächeln war grausam, und Malena spürte wieder diesen Kloß in ihrem Hals und diese unbestimmte Gewissheit, dass sie eine falsche Entscheidung getroffen hatte, auch wenn sie nicht wusste, woher dieses beängstigende Gefühl kam. Circes Lachen hallte noch immer in ihren Gemächern nach, da durchsuchte Malena bereits ihre Kommode. Doch sie fand das Pergament mit der Wüstenblume nicht. Hatten die Dienstmädchen es weggeschafft, oder war es Circe gewesen?

Malena wühlte sich durch die Tücher und Schals, zog ein Stück nach dem anderen heraus und warf es zu Boden, doch die getrocknete Blüte war nirgendwo zu finden. Als das letzte Tuch zu Boden segelte, lag auf dem Grund der Schublade ein einsames weißes Blütenblatt. Malena legte es sich auf die Handfläche und sah es an wie die Kostbarkeit, die es war.

Sie schloss die Augen, erinnerte sich an das erste Blütenblatt, das sie gekostet hatte, nachdem Aries ihr die Blüte in dem versiegelten Brief überreicht hatte. Sie sah wieder die Bilder vor sich, die davon wachgerüttelt worden waren, begleitet von einer Wärme, wie sie nur Gefühle hervorrufen konnten. Sie sah den Nachtbasar, sie sah sich und Aries. Aries! Sie führte das Blatt zum Mund und ließ das süße Aroma auf der Zunge zergehen. Im nächsten Moment trafen sie die Gefühle mit voller Wucht. Val! Sie musste Val alles erzählen, musste ihm berichten, dass es keinen Fluch gab. Dass alles, was ihrer beider Familien an Leid ertragen hatten, auf

Circes – Meridias – Taten zurückzuführen war. Und nun hatte auch Malena einem Krieg zugestimmt.

Mit Tränen in den Augen rannte sie aus ihrer Kammer, den Flur entlang und zu Val. Er war nicht da.

Die Senatssitzung! Circe hatte Malena erzählt, dass Val versuchen wollte, die Senatsmitglieder umzustimmen.

So schnell sie konnte, rannte sie aus dem Palast und auf das Senatsgebäude zu. Da sah sie Val und einen Mann, der zum Gefolge ihrer Angreiferin gehörte. Was hatten die beiden miteinander zu schaffen? Malenas Misstrauen wuchs, während sie den beiden folgte, bis sie durch den Tunnel in die Unterstadt gelangten.

Zahlreiche Erinnerungen an ihre Erlebnisse fluteten Malenas Geist. Ihre Beine wollten nachgeben, doch sie kämpfte sich weiter und weiter. Auf dem Platz vor Jamahis Unterkunft verlor sie die beiden. Waren sie zu Taipa gegangen, oder hatten sie das Gebäude betreten?

Malena ging zum Zelt, schlug das Tuch beiseite und trat ins von Rauchschwaden durchzogene Innere. So sehr sie auch das schummrige Dunkel zu durchdringen vermochte, sie fand weder Val noch diesen Südländer. Der Rauch benebelte ihren Geist, etwas, das sie gerade nicht gebrauchen konnte.

Schnell machte sie kehrt und trat ins Freie, wo sie erst einmal tief durchatmete.

Sie spürte seinen Blick auf sich, noch ehe sie ihn sah. Aries war eben an der Seite von Val aus Jamahis Unterkunft getreten. Die Zeit krümmte sich, zog sich um sie beide zusammen, und tiefe Verbundenheit, unerschütterlich geglaubte Liebe flutete Malenas Inneres und platzte als Lächeln aus ihr heraus.

Aries blieb reglos stehen, neigte den Kopf zur Seite und sah sie einfach nur an.

Malenas Herz pochte immer schneller, frohlockte. Sie glaubte, innerlich zu verglühen. Ihr Körper drängte zu ihm, jede Faser ihres Seins wollte ihm näher kommen. Wie hatte sie dieses unbeschreibliche Gefühl nur vergessen können? Es war so absurd.

Aries machte noch immer keine Anstalten, auf sie zuzugehen, daher gab sie dem Drängen ihres Körpers nach und rannte auf Jamahis Unterkunft zu.

Zwei von Malenas Schritten lang verharrte Aries weiter reglos. Dann huschte seine Hand zum Schwertknauf, und er kniff die Augen zusammen. Kurz nachdem sie sich weiteten und auf seinen Lippen das schönste Lächeln des Imperiums erschien, war sie bei ihm und schlang ihre Arme um ihn.

Im ersten Moment versteifte er sich in ihrer Umarmung, dann wurde sein gesamter Körper weich, und sie spürte seine starken Arme, die sie an ihn pressten. Seine Hand tastete ihren Rücken entlang, als könnte er nicht begreifen, dass sie tatsächlich hier war, real.

»Was ist … geschehen?«, murmelte er in ihr Haar. Seine raue Hand umgriff ihr Gesicht, und er schob sie sanft von sich, sah sie mit ungläubigem Blick an.

»Ich habe noch ein Blütenblatt gefunden. Ich brauche mehr davon, damit ich … mich nicht wieder verliere«, stammelte sie, ihre größte Angst ergriff Besitz von ihr, und Gänsehaut breitete sich auf ihren Unterarmen aus.

Aries schloss die Augen. Doch Malena hatte den Schmerz darin noch aufblitzen sehen.

»Es war die letzte Wüstenblume.« Mit einem Seufzen wischte er all ihre Hoffnungen hinfort.

Malena holte bebend Luft. Sie musste ihm erzählen, was sie wusste. Ihm und Val. Schweren Herzens löste sie sich aus der Umarmung.

»Ich muss mit euch sprechen.« Sie winkte Val zu sich, in

dessen Blick so viel Sehnsucht lag, dass es Malena das Herz zerriss. »Circe ist …«

»Meridia«, vollendete Aries den Satz. »Das wissen wir bereits.«

Val trat zu ihnen, zögernd, als bäte er um Erlaubnis. Malena umarmte ihn und spürte, wie seine Schultern bebten.

»Meridia hat die Beben verursacht. Schon immer. Es gibt keinen Fluch.«

Val erbleichte. »Dann habe ich dich ohne Grund verdammt?«, stammelte er.

»Woher sollten wir es wissen? Sie hat einst an Darias Seite gestanden und von da an alle manipuliert. Aus diesem Grund hat die Erde nie gebebt, als wir im Norden unterwegs waren. Selbst wenn ich meine Gefühle auch dort nicht immer gänzlich unter Kontrolle hatte. Weil wir Circe als meine Stellvertreterin im Palast zurückgelassen haben.« Malena wischte hastig die Tränen beiseite. »Ich weiß nicht, wie lange …«, sie wagte es nicht, es auszusprechen, aber Aries und Val verstanden sie auch ohne Worte.

»Ihr müsst es beenden, falls ich es nicht kann. Verdammt nicht noch eine Generation. Ich hatte die Falsche um Hilfe gebeten, Circe den Eid abgenommen, mich nach unserer Rückkehr aus dem Norden zu töten, aber dann …« Sie schluchzte. »Ich wollte das nicht. Nicht für dich«, sie sah zu Val, dessen Augen bereits von ungeweinten Tränen gerötet waren, dann weiter zu ihrem Liebsten, dem Vater ihres ungeborenen Kindes, »und auch nicht für dich, Aries.«

Aries zog sie in eine weitere Umarmung. Der südländische Krieger, der Val begleitet hatte, trat zu ihm und legte ihm die Hand auf die Schulter.

»Wer ist er? Er hat die Frau begleitet, die mich töten wollte.« Malena erinnerte sich daran, als wäre es in einem anderen Leben geschehen oder als hätte ihr jemand von dem Angriff berichtet. Sie verband keinerlei Gefühle damit, nur reines Kalkül.

»Das ist Pallas«, erklärte Aries, und Malena spürte, dass er nach den nächsten Worten suchte. »Das Mädchen, das dich angegriffen hat …«, fuhr er fort, und wie von ihm heraufbeschworen, trat die junge Kriegerin aus dem Gebäude und gesellte sich zu Val und Pallas, »ist meine Schwester Caldea.«

Aries legte Malena den Arm um die Taille und schob sie sanft auf die Gruppe der anderen zu und stellte sie nacheinander vor. Caldeas Augen sprühten Funken, sie sah noch immer aus wie in jener Nacht, in der sie auf Malena losgegangen war. Sie würde es wieder tun, da war sich Malena sicher. Für den Moment beschwichtigte die Frau namens Agrippa die Kriegerin. Aber es würde nicht von Dauer sein.

Val berichtete den anderen sogleich von Meridias Taten der Vergangenheit, und Entschlossenheit breitete sich in der Gruppe aus, und sie begannen zu diskutieren.

Aries zog sie behutsam mit sich in das Gebäude, das einst als Kaserne gedient hatte, die Jamahi nun mit eiserner Hand führte. Malena fühlte einen Stich in der Brust ob der Tatsache, dass Aries nicht wollte, dass sie die Pläne mit anhörte. Aber er handelte rechtens. Sie war eine Gefahr für alle dort draußen, sobald die Wirkung der Wüstenblume nachließ, die sie in ihren positiven Erinnerungen und Gefühlen verankerte.

»Ihr verlasst die Stadt?«, flüsterte Malena in die Dunkelheit des Flures. Aries drückte sie an sich, seine Finger bohrten sich beinahe schmerzhaft in ihre Seite.

»Wir müssen.« Seine Stimme bebte.

»Ich weiß«, sagte sie nur, und der Schmerz in ihrem Inneren wurde immer gewaltiger. »Ich …« Sie konnte es nicht aussprechen, konnte es nicht von ihm verlangen. Daher sah sie schnell zu Boden.

Aries hob sanft ihr Kinn an. Nur so weit, dass sie weiterhin entscheiden konnte. Aber sie fasste den Mut und sah zu ihm auf.

»Sag mir, was immer du zu sagen hast.« Die Ehrlichkeit in seiner Stimme brachte Malenas Vorsatz ins Wanken. Sie stoppte die Worte mit ihren Lippen, presste sie fest aufeinander.

»Bitte, Lena«, hauchte er, hob ihre Hand und drückte den Mund auf ihre Finger, ehe er seine Wange damit bedeckte.

Ihre Vorsätze zerfielen zu Staub. Malena legte auch die andere Hand an sein Gesicht, streckte sich ihm entgegen und küsste ihn. Die Gefühle, die diese nur kurze Berührung ihrer Lippen verursachten, glichen dem Funkenschlag, der die Welt verbrennen könnte.

Der Kuss vertiefte sich, ihr Mund öffnete sich seiner Zunge, und mehr stolpernd als laufend kamen sie an einem der Zimmer an, die Jamahi immer für Neuankömmlinge frei hielt. Sie tasteten sich, ohne voneinander abzulassen, durch den Raum und ließen sich auf eine alte Strohmatratze sinken.

Malena genoss jeden Augenblick, jede Berührung, jeden Blick, mit dem Aries sie beschenkte, als wäre sie der größte Schatz des Imperiums. Sie sog alles in sich auf, speicherte es ab und ließ den finsteren Gedanken nicht zu, dass sie all diese Empfindungen vielleicht nie wieder teilen würden.

Als Malena am nächsten Morgen erwachte, war der Platz an ihrer Seite leer und die Kälte in ihrem Herzen zurück.

Sie fragte sich, wie sie Circe, ihre Vertraute, hatte belügen können, und fand den gesamten Weg zurück in den Palast keine Antwort darauf.

25
Caldea

»Vertraust du ihnen?«, fragte Caldea ihre beste Freundin, nachdem sich Agrippa bei ihr am Lagerfeuer niedergelassen hatte. Dabei deutete sie auf ihre Reisegefährten der vergangenen Tage. Auch heute waren sie von Sonnenaufgang bis Sonnenuntergang auf der Via Borealis unterwegs gewesen, hatten sich unterhalten, von ihrer Vergangenheit erzählt. Caldea war oft neben Taipa gegangen, doch ihre Kultur und ihre Beweggründe, in Dariana zu bleiben, konnte sie noch immer nicht ganz greifen. Nach einem reichhaltigen, von Caldea erlegten Essen hatten sich alle in ihre Schlafrollen zurückgezogen. Caldea und Agrippa hatten die erste Wache übernommen. Von den anderen waren nur noch tiefe Atemzüge zu hören, die hin und wieder von Cheveyos' Schnarchen unterbrochen wurde, bis Taipa, die neben ihm lag, ihn anstieß.

»Vertraust du deinem Bruder?«, stellte Agrippa die Gegenfrage und rückte näher ans Feuer.

»Ich kenne ihn nicht einmal mehr.« Caldea sprach leise, aber Agrippa bemerkte natürlich den Schmerz in ihrer Stimme. Die vergangenen Tage hatte Aries mehrmals versucht, ihr wieder näherzukommen, hatte über seine gemeinsame Jugend mit Val gesprochen, ihr erzählt, dass er ein gutes Leben gehabt hatte. Doch anstatt sich für ihn oder über ein Wiedersehen zu freuen, fühlte sich jedes Lächeln, das auf Aries' Lippen lag, wann immer er in die Vergangenheit eintauchte, an wie ein Stich.

»Er hat sich zu einem stattlichen Mann entwickelt«, versuchte Agrippa, Caldea aufzuheitern, scheiterte jedoch.

Caldea warf ein Scheit ins Feuer und stocherte in den Flammen herum, damit Agrippa nicht mehr fror.

»Ich hatte mir unser Wiedersehen anders vorgestellt. Niemals hätte ich erwartet, dass es ihm in seinem Gefängnis gefällt und er freiwillig im Palast geblieben ist und noch immer für die Princepa kämpfen würde.« Caldeas Stimme brach. »War unser Vorhaben falsch?«

Agrippa überlegte mehrere Herzschläge lang, ehe sie langsam den Kopf schüttelte. »Nein, es war nicht falsch, deinen Bruder aufzusuchen. An den Hürden, die dir die Göttin in den Weg legt, wirst du wachsen.«

Caldea sah ihre Freundin an. Agrippa zuckte mit den Schultern.

»Ist die Princepa zu töten und meinem eigenen Bruder das Glück zu rauben eine davon?« Caldea dachte daran, wie fest die Gewissheit inzwischen geworden war, dass dies der Weg Meridias war.

»Es ist eine Prüfung«, sagte Agrippa schlicht, aber vollkommen überzeugt.

»Was ist mit Taipa und Cheveyo? Was passiert mit ihrem Volk, wenn ich die Horden eine? Wenn ich es schaffe, der Herrschaft durch Princeps und Princepa ein Ende zu bereiten und den Kelch der Einheit an der Seite meines Bruders nach Hause bringe? Wie wird es weitergehen? War Meridias Plan nicht, über die anderen Völker – Taipas Volk – zu siegen?« Es tat gut, all die verwirrenden Gedanken endlich auszusprechen, die Zweifel, ob der Weg der Göttin der richtige war. Ehe Caldea ihre Mitreisenden kennengelernt hatte, waren ihre Ziele so klar gewesen wie die eiskalten Seen der vergangenen Tage. Selbst im Kerker des Palastes hatte sie eindeutig gewusst, was sie tun musste.

Taipa mochte Malena für Meridias Divina halten – aber Caldea war sich sicher, dass der Besuch Meridias bei ihr im

Kerker kein Zufall war. Sie hatte ihr in Gestalt der ersten Gardistin gesagt, Meridia wäre stolz auf sie. Sie hatte ein Auge auf Caldea. Sie musste ihre Divina sein und ihre wahren Wünsche umsetzen – im Gegensatz zur Principa, die gegen den Süden kämpfte, Meridias Volk.

Aber was war mit den anderen Provinzen? Taipas Volk? Konnte Caldea über das Wissen, dass Taipa all das für ihre kranke Schwester tat, hinwegsehen? Caldea sah zu den schlafenden Westländern und entschied, dass auch sie nach wie vor für ihr Volk kämpften. Sie wollten den Naturstein an sich bringen, was sie bei ihrer letzten Reise nicht geschafft hatten. Ganz gleich, was sie nach außen vorgaben: Sie handelten noch immer für ihr Volk, nicht zum Allgemeinwohl. Taipa war Occidentas Divina und wollte deren Göttergabe besitzen. Diesem Beispiel versprach sich Caldea zu folgen. Sobald sie zurück im Palast waren, würde sie den Kelch an sich bringen, die Göttergabe, die sie als Meridias Divina aufspüren würde. Danach könnte sie endlich die Horden gegen Dariana einen.

Agrippa zitterte und zog ihren Umhang fester um sich.

»Ich bin froh, dass du uns begleitest und dafür extra auf deine Kleider verzichtest«, sagte Caldea mit einem Grinsen auf den Lippen, anstatt sich für das Gespräch zu bedanken.

Agrippa schnaubte. »Ich hoffe, du weißt mein Opfer zu würdigen. Ich habe überall Druckstellen von dieser unbequemen Kleidung.«

Sie scherzten noch ein wenig, und Agrippa schlief später an Caldea gelehnt ein. Sie war die schlechteste Nachtwache des Imperiums, aber die Gespräche, die sie führten, bevor Agrippa einschlief, waren Caldea heilig.

Irgendwann weckte sie Aries und Lucan, die die nächste Wache übernehmen sollten, und gemeinsam trugen sie die tief schlafende Agrippa auf ihr Nachtlager.

Während Caldea in einen traumlosen Schlaf glitt, besah sie sich in Gedanken noch einmal den Weg, der vor ihnen lag. Wenn die Westländer den Naturstein zu Occidentas Volk zurückbrachten, würde Caldea den Kelch der Einheit in den Süden zurückbringen und die Horden einen. Nur so konnten sie sich gegen die Macht Darianas und der Naturgeister und Spirits des Westens wappnen – genau wie Meridia es mit ihrer Göttergabe geplant hatte.

26
Taipa

Es kam Taipa vor, als hätte sie diesen Platz erst am Vortag verlassen, dabei war inzwischen so viel Zeit vergangen und so viel geschehen. Nun blickte sie auf das abrupte Ende der Via Borealis, die verwitterten Karren am Wegesrand, die Überreste ihres Lagerfeuers von ihrem letzten Besuch vor über einem Mond. Erneut waren sie so lange gereist, hatten sich in immer mehr Felle gehüllt, um der ansteigenden Kälte zu trotzen. Wie beim vorherigen Mal.

Seit dem frühen Nachmittag spürte Taipa auch wieder dieses leichte Ziehen im Bauch, das sie bei der vergangenen Reise für die Anwesenheit der Erdenmutter gehalten hatte. Es war stets stärker geworden, und nun, da sie in der Nähe des Natursteins waren, konnte Taipa das Ziehen ihrer Verbindung zur Göttergabe ihres Volkes zuordnen.

Aries erkundete wie immer die Gegend, Cheveyo machte sich an dem zurückgelassenen alten Karren zu schaffen, der einst die Pflastersteine die Straße entlang befördert hatte, und trug Holz für das Feuer herbei. Caldea ging mit Lucan auf die Jagd, während Agrippa vertrocknete Gräser pflückte und damit ein erstes spärliches Feuer entzündete.

Taipa beobachtete die gemischte Gruppe. Sie hatten sich alle anstehenden Aufgaben eingeteilt. Sie arbeiteten zusammen, jeder war wichtig.

Agrippa schimpfte laut, weil der Wind ihre zarten Flämmchen auspustete, ehe sie auf das kalte Holz hatten übergreifen können. Taipa ging zu ihr und schirmte die Feuerstelle zusätzlich mit ihrem Körper ab.

Doch das Feuer wurde immer wieder vom Wind gelöscht.

Wind, der an Taipas langen Zöpfen zog und ihr in den Nacken fuhr, dass die Schmucksteine an ihrem Gewand unter den Fellen gegeneinanderschlugen.

Die Erdenmutter! Taipa riss die Augen auf. Wie hatte sie blind für die Kontaktaufnahme ihrer Göttin sein können? Sie schloss schnell die Lider und entschuldigte sich in Gedanken.

»Na endlich!«, sagte Agrippa. Taipa öffnete die Augen und sah, wie die Flammenzungen sich bereits in das Holz fraßen.

Sofort rief sie nach Cheveyo, der gerade mit Holzbrettern von einem der Karren auf dem Arm zu ihr kam.

»Vögelchen?«, neckte er, während er das Holz neben dem Feuer stapelte. »Hast du mich bereits vermisst?« Taipa hatte weder Zeit für die Antwort, die er verdient hätte, noch für das kribbelnde Gefühl in ihrem Magen.

»Wir müssen die Erdenmutter kontaktieren. Sie versucht, mir etwas zu sagen.«

Caldea kam eben mit einem toten Hasen in der Hand zurück zum Lager und musterte Taipa mit skeptischem Blick. Auch Lucan trat nun ans Feuer, und so lag die gesamte Aufmerksamkeit auf Cheveyo und Taipa, die sich auf den Boden setzten. Cheveyo holte den Beutel mit dem Pulver des Natursteins unter den dicken Fellen hervor, Taipas Blick glitt währenddessen über ihre neugierigen Zuschauer.

Sie wollte eben nach Aries' Verbleib fragen, da ergriff Cheveyo schon ihre Hand und riss Taipa ins Licht. Instinktiv schloss sie die Augen. Doch anstatt einer körperlosen Stimme oder der Gestalt der Erdenmutter, die sich ihnen zuletzt gezeigt hatte, blickte Taipa auf ein Schlachtfeld.

Wie bei den bisherigen Erlebnissen in der Geistwelt war Taipa körperlos, sah jedoch alles, was um sie herum geschah. Sie schaute von der raumgroßen Karte auf einem Holztisch auf und erblickte die Princepa neben ihrer ersten Gardistin.

Meridia trug nicht länger die Palastuniform der Gardistinnen, sondern könnte direkt einer alten Legende der kriegerischen Göttin entsprungen sein. Ebenso Malena neben ihr. Anstatt wallender Toga und Diadem erinnerte nur noch die kurze mit einer Brosche geschlossene purpurfarbene Stola über ihren Schultern an ihren Stand. Darunter befand sich ein perfekt an ihre Rundungen angepasster lederner Brustpanzer, der direkt in einen Gürtel überging, an dem ein Schurz aus metallbeschlagenen Lederstreifen hing. Das enge Beinkleid darunter steckte in hohen Stiefeln.

Meridia schob mehrere Holzfiguren, stilisierte Gardistinnen, über die Karte.

»Die ersten Truppen sind auf dem Weg. In weniger als drei Monden werden wir bereit sein.«

Die Princepa griff sich an den Unterleib. Noch konnte man ihr die Schwangerschaft nicht ansehen, aber wenn Taipa richtig gerechnet hatte, würde sich ihr Bauch schon bald wölben.

»Du zweifelst doch nicht etwa an der Notwendigkeit?«, Meridia sah die Princepa mit zusammengekniffen Augen an. »Lag es etwa an jener Nacht mit dem Vater deines Kindes, bevor er aus Dariana verschwunden ist? Hat er dich beeinflusst?«

Die Princepa lachte finster auf und schüttelte den Kopf. »Ich lasse mich von nichts und niemandem beeinflussen. Unsere Erkundungen haben ergeben, dass sich die Horden sammeln. Uns bleibt keine Wahl.«

Meridia schien bereits erleichtert, dann jedoch fuhr die Princepa fort: »Nur was sagt mir, dass du Dariana nicht ebenso verrätst wie einst die Kathen, das Volk des Südens – dein Volk?« Mit ausdruckslosem Blick sah sie zur Göttin.

»Ich habe in deinen Ahninnen, in *dir* mein Volk gefunden und stehe treu an Darianas Seite.« Meridia legte sich die Faust aufs Herz.

Das schien Malena zu genügen. Sie nickte, blickte wieder auf die Karte hinab und fragte: »Wann ziehen wir los?«

»Im Laufe des nächsten Mondes«, erwiderte Meridia und schob eine purpurfarbene Figur auf der Karte von Dariana in Richtung Süden. »Wenn wir reiten, holen wir die Truppen ein, ehe sie alle versammelt sind.«

Das Bild um Taipa löste sich auf und wurde wieder zu dem weißen Nichts. Sie riss die Augen auf, entzog Cheveyo ihre Hand und suchte nach Caldea. »Wir haben einen Mond Zeit, um die Princepa und Meridia aufzuhalten.«

Caldea sprang auf und sah sich um. »Wir müssen sofort zurück.« Wen auch immer sie ansprechen wollte, sie fand die Person nicht. »Wo ist mein Bruder?«

Taipa fragte sich, wann sie Aries das letzte Mal gesehen hatte.

27
Aries

Der Druck auf seine Brust wurde immer größer, je näher er der Grotte kam, in der Malena und er … Nein, er verbat sich jeden weiteren Gedanken daran. Es würde ihn zerstören, von innen heraus auffressen. Und dennoch war er hier, ging ohne Zutun zwischen den scharfkantigen mannshohen Steinen am Ende der Via Borealis hindurch auf den Fels zu, auf dessen Nordseite der Zugang zur Grotte lag.

Kaum dass sie ihre Bündel auf den Boden gelegt und noch ehe sich die anderen routinemäßig ihren Aufgaben gewidmet hatten, war Aries von der Grotte angezogen worden. Da er die Umgebung immer nach Feinden sondierte, war es niemandem seltsam vorgekommen, dass er sich allein von ihnen entfernte.

Mit jedem Schritt pochte sein Herz schneller, als würde es sich allein an der Erinnerung erfreuen, was zuletzt in der Grotte geschehen war. Aries hatte den Fels umrundet und betrat die selbst im Abendrot dunkle Höhle.

Sein tiefer Atemzug hallte von den Wänden wider. Er sah direkt zu der Stelle, an der er die Felle ausgebreitet hatte, doch entdeckte weder die kleinen weißen Blüten noch das moosähnliche Gewächs, das Malena und ihn weicher als Stroh gebettet hatte. Nichts als Dunkelheit. Dunkelheit, die sich zu einem Schemen formte.

Aries griff an die Seite und legte die Hand fest um den Schwertgriff.

»Willkommen zurück, Südländer.« Lysanne, die Nordländerin, der Aries bereits einmal begegnet war, trat aus den Schatten.

Aries wägte seine Chancen ab. Lysanne war wieder in die weißen Felle gekleidet, die das Abendrot reflektierten. Auch ihre bloßen Arme funkelten, wie sporadisch von Metall überzogen. Geschmiedet in der ewigen Flamme, hatten weder Aries' Schwert noch Mameidas Speer diesem Panzer etwas entgegenzusetzen gehabt.

»Ich werde dir nichts tun«, sagte Lysanne und lächelte. Ihre Lippen waren blass, fast schon bläulich. Doch sie schien nicht zu frieren. »Aber ich weiß, weshalb du gekommen bist. Als Prinzessin des Nordens muss ich es wissen.«

Aries zögerte nicht lange, ließ sich auf ein Knie fallen und sah zu Lysanne hinauf. »Prinzessin des Nordens, ich bitte dich um Herausgabe der ewigen Flamme, um das Imperium zu retten.«

Lysanne lachte auf. »Steh auf, Krieger!« Sie runzelte die Stirn, als wüsste sie nicht, wie sie seine Demutsgeste interpretieren sollte. Also erhob er sich.

»Es gibt nur eine Möglichkeit, die Flamme tragen zu dürfen«, sprach Lysanne, und ihre Stimme hallte in der Grotte wider. »Die Herausforderung des bisherigen Hüters der Flamme.«

Ein Kribbeln überzog Aries' Körper, und er wusste, dass dies seine Chance war. Er schlug mit der Faust auf die Brust und sagte in feierlichem Ton: »Ich werde die Herausforderung annehmen.«

Lysanne nickte, ein wissendes Lächeln umspielte ihre Lippen, ehe sie zum Ausgang der Grotte deutete, der in diesem Moment von zwei gigantischen Reittieren mit weißem Fell und Stoßzähnen verschlossen wurde. »Steig auf. Sie bringen dich nach Arcadia.«

Doch allein das gestaltete sich weitaus schwieriger als erwartet.

28
Caldea

Wo steckte Aries nur? Caldea hatte ihn das letzte Mal direkt nach dem Ablegen ihrer Taschen gesehen. Nun war die Sonne bereits untergegangen, und diffuses Licht ließ die Schatten anwachsen. Aries war wie jeden Abend losgegangen, um sich umzusehen, nach Gefahren zu suchen. Seither hatte ihn niemand mehr gesehen. Caldea entzündete eine Fackel am Lagerfeuer und ging los. Ein Instinkt, dieses Ziehen im Bauch, das Caldea auch von der Jagd kannte, führte sie weg vom Lager, an etlichen zerstörten Karren am Ende der gepflasterten Straße vorbei, zwischen spitzen Felsen hindurch zu einer kleinen Höhle.

Selbst mit ausgestreckter Hand konnte der Schein des Feuers nicht das gesamte Innere erfassen.

»Aries?«, rief sie, und das Echo ihrer eigenen Stimme antwortete ihr. Ehe sie einen Schritt in die Höhle wagte, wechselte sie die Fackel in die andere Hand und legte die Rechte um den Schwertgriff.

»Er ist bereits auf dem Weg in den Norden«, erwiderte eine weibliche Stimme, und eine Frau trat in den Lichtkreis des Feuers.

Es war die schönste Frau, die Caldea je gesehen hatte. Ihre Haare waren von noch hellerem Gold als die Sonne, ihr Gesicht so zart und beinahe so weiß wie eine einzelne Wolke am Himmel. Doch am allerschönsten waren ihre stolze Haltung und das Funkeln in ihren hellen blauen Augen. Vor ihr stand eine Kriegerin, eine mächtige Kriegerin. Wild und ungezähmt – wie sie selbst. Doch egal, ob Caldea gefiel, was sie vor sich sah. Diese Frau wusste von Aries.

»Hast du meinen Bruder verschleppt?« Sie kniff die Augen zusammen und trat erhobenen Hauptes auf die Fremde zu. Der Schein des Feuers streichelte die Wange der Kriegerin.

»Nein, er ist aus freien Stücken in den Norden gereist, um sich der Herausforderung zu stellen.« Ein sanftes Lächeln umspielte die Lippen der Nordländerin.

»Welcher Herausforderung?« Caldea machte einen weiteren Schritt in die Höhle hinein, auf die Kriegerin zu – wie von einer unsichtbaren Macht angezogen. Die Fackel beleuchtete nun das gesamte Innere.

»Er wird kämpfen, um Arktus' Gunst zu prüfen. Sollte er siegen, wird er zum Hüter der ewigen Flamme.«

»Wer bist du?« Ein weiterer Schritt. Caldea war nur noch etwas mehr als eine Armlänge von der Fremden entfernt. Das gesamte Innere der Höhle schien zu vibrieren. Die Härchen an ihren Unterarmen richteten sich auf, und ihr Nacken prickelte.

»Ich bin Lysanne, Prinzessin des Nordens.« Ein strahlendes Lächeln erleuchtete die hellen Augen der Nordländerin. Caldeas Herzschlag beschleunigte sich. Sie blinzelte träge, versuchte, herauszufinden, was hier gerade passierte. Sie hob die Fackel etwas weiter an, und plötzlich tanzten rote Punkte über die Wände der Grotte.

»Du spürst ihn«, sagte Lysanne und drehte ihr den Rücken zu. Offenbar hatte sie keine Angst davor, dass Caldea ihr Schwert oder den Dolch an ihrem Oberschenkel ziehen und sie in Lysannes Rücken rammen würde.

Direkt vor der Wand blieb sie stehen und sah in eine kleine Einkerbung, die die Lichtflecken nun in ein warmes rotes Licht tauchten.

»Was ist das?«, fragte Caldea, nahm die Hand vom Schwertgriff und trat ohne ihr Zutun direkt neben Lysanne – als hätte sie keine Kontrolle mehr über ihren Körper.

»Das ist Occidentas Göttergabe. Der Naturstein des Westens. Alle Divini spüren die Magie der Gottheiten und werden von ihr angezogen.«

Unwissentlich bestätigte Lysanne somit Caldeas Vermutung, sie sei Meridias Divina. In ihrem Geist festigten sich ihre Pläne. Sie würde den Wünschen ihrer Göttin entsprechen und sie stolz machen. Sie würde das Volk des Südens von der Diktatur Darianas befreien. Davor würde sie den ganzen Palast auf den Kopf stellen, um den Kelch der Einheit zu finden. Sie hob die Hand und wollte nach dem Naturstein greifen, um ihn Taipa zu geben, der Divina ihres Volkes.

Lysannes Finger schlossen sich schneller um Caldeas Handgelenk als eine Sandviper in der südlichen Provinz.

»Bist du dir sicher, dass du deine Pläne weiterverfolgen willst?« Lysanne war so nah, dass ihr heißer Atem Caldeas Gesicht streifte. Ihr Handgelenk glühte unter der Berührung. Caldeas Mund war trockener als nach einem Tagesmarsch durch die Steppe. Was wusste die Prinzessin schon von ihren Plänen? Beinahe hätte Caldea aufgelacht. Doch sie nickte und griff zu. Lysanne ließ ihre Hand sinken, sagte nichts mehr, und dennoch verspürte Caldea den inneren Drang, sich zu erklären. »Wir müssen die Göttergaben vereinen, um uns alle zu befreien«, presste sie die Lüge hervor. Sie schaffte es jedoch nicht, auszusprechen, dass der Plan der anderen lautete, Meridia – ihre Göttin – zu töten.

Lysanne senkte den Kopf. Caldea hatte die Enttäuschung in ihrem Gesicht dennoch gesehen. Es war derselbe Ausdruck, mit dem auch ihr Vater sie bedacht hatte, nachdem sie die Position der Fürstin der Edoni abgelehnt hatte. Ein bitterer Geschmack stieg in ihrem Mund auf. Sie öffnete bereits die Lippen, um sich zu entschuldigen, weiter zu erklären, zu begründen, weshalb es ihre einzige Möglichkeit war – doch sie schloss ihn wieder. Für so etwas hatte sie keine Zeit.

»Du könntest uns begleiten«, sagte sie stattdessen. »Dein Volk hat sich Dariana seit jeher entgegengestellt. Gemeinsam haben wir …«

Lysanne schüttelte langsam den Kopf. »Es ist noch nicht an der Zeit für ein Einschreiten.«

Caldea presste fest die Zähne aufeinander, bis sie schmerzten, und nickte. Dann bewegte sie sich rückwärts, ließ Lysanne in Erwartung eines Angriffs nicht aus den Augen. Jeder Schritt verursachte ein dumpfes Grummeln in ihrem Unterleib, und der bittere Geschmack ließ auch nicht nach, als sie zum Lager zurückkehrte.

29
Aries

Das störrische Biest unter seinen Beinen war Aries nicht wohlgesinnt. Allein das Aufsitzen wäre ohne Lysanne nicht möglich gewesen. Sie redete dem Tier gut zu, beruhigte es, bis Aries es schaffte, sich an dem weichen zotteligen Fell nach oben zu ziehen. Noch ehe er Lysanne nach einer Haltemöglichkeit fragen konnte, preschte das Tier – angetrieben von einem Klaps von Lysanne – los, und Aries konnte nur noch reagieren, die Oberschenkel zusammenpressen und sich im Nackenfell des Reittiers festkrallen. Er rief Lysanne die Frage zu, wie man das Tier lenkte, aber sie antwortete nur lachend, dass Flocke den Weg kenne. Aries bemerkte erst viel zu spät, dass Lysanne ihm nicht folgte, und schaffte es nicht, Flocke zur Umkehr zu bewegen. Kurz erwog er, sich zur Seite gleiten zu lassen und zu Fuß zurückzukehren, aber ein Blick nach hinten zeigte ihm, dass sie sich bereits zu weit von der Grotte entfernt hatten. Die Sicht war schon jetzt sehr eingeschränkt, als hätte Arktus selbst einen eisigen Vorhang zugezogen.

Seither wurde er durchgerüttelt. Der Wind peitschte ihm Schnee und Eissplitter ins Gesicht, sodass er nur wenige Armlängen sehen und die Umgebung kaum betrachten konnte. Seine Hände und Füße wären längst erfroren, wäre nicht beides durch das zottelige Fell des Reittieres geschützt. Aries lehnte sich inzwischen weit nach vorn, um sein Gesicht vor den Eisgeschossen zu verbergen.

Auf einmal wurde Flocke langsamer und trottete schon fast gemütlich durch den Schnee. Aries richtete sich auf und traute seinen Augen kaum. Der Vorhang aus Eis und Schnee hatte sich gelichtet. Flocke blieb stehen, damit Aries den Anblick in sich aufnehmen konnte.

Am Ende des Horizonts wuchs eine Stadt aus Schnee aus der weißen Wüste empor. Ein in der roten Sonne funkelndes Schloss aus Eis stach mit Dutzenden speergleichen Türmchen in den blutenden Himmel. Aries verschlug es die Sprache – nicht, dass er außer Flocke jemanden zum Reden gehabt hätte.

Er rieb sich über das Gesicht und durch die Haare, und Eis rieselte auf Flockes Fell hinab.

Aries war sich sicher, dass es hier, nahe an dieser glitzernden Stadt, die dem Gebäude aus der Vision der Seherin ähnelte, wärmer war als bei ihrer Lagerstätte an der Grenze zu Arktus' Reich. Die Legenden mussten wahr sein. Die ewige Flamme sicherte den Bewohnern des Nordens das Überleben. Noch immer vollkommen fasziniert von diesem Anblick, bemerkte Aries erst sehr spät, dass drei Reiter auf ihn zupreschten und den Schnee der sich bis zur Stadt am Horizont erstreckenden Fläche vor ihm aufwirbelten. Sein erster Instinkt riet ihm zur Flucht. Doch Flocke ließ sich weder lenken noch antreiben, sondern tauchte die Nase in den Schnee vor seinen säulendicken Beinen und kaute anschließend genüsslich auf irgendetwas herum.

Während Aries auf die drei Reiter wartete, legte er sich eine Erklärung zurecht, die er jedoch gar nicht brauchte.

»Lysanne hat dich bereits angekündigt«, rief ein Mädchen, das kaum älter sein konnte als zehn Umläufe. Auf den ersten Blick fiel Aries die Ähnlichkeit zu Lysanne auf, dann revidierte er seine Gedanken. Auch die anderen beiden Nordländer, zwei Jungen im Alter des Mädchens, hatten weißblondes Haar, das mit komplizierten Zöpfen nach hinten gebändigt war, und eine sehr blasse Haut. Nicht länger abgelenkt von der so anderen Erscheinung, als er es gewohnt war, konnte Aries die Unterschiede in ihren Gesichtszügen erkennen. Lysanne, die Prinzessin des Nordens, besaß eine schmalere Nase und stark erhobene, konturierte Wangenknochen – auf den Gesichtern ihm gegenüber lagen noch kindliche Rundungen.

»Wie konnte sie sicher sein, dass ich –«

»Unsere Schwester hat eine Botschaft gesendet«, sagte einer der Jungen und deutete nach oben, wo ein paar Vögel kreisten.

»Du bist Lysannes Bruder?«, fragte Aries.

»Wir alle«, das Mädchen zeigte von den Jungen zu sich, »sind ihre Geschwister. Wie jedes Kind aus Arcadia. Ich bin Yvonne, das sind Ben und Tjark.«

»Wir müssen los«, drängte der Junge, den Yvonne als Ben vorgestellt hatte. »Lysanne hat gesagt, dass er beim Kampf antreten wird. Ohne erwählt zu werden, hat er nicht die geringste Chance.«

Yvonne und Tjark nickten und wendeten ihre Tiere bereits. Aries wollte nachhaken, aber Ben kam ihm zuvor.

»Komm mit, wir erklären dir auf dem Weg alles Weitere.«

Die Tiere beschleunigten, und Arcadia rückte immer näher. Aries fühlte sich getäuscht, denn unterwegs konnte niemand auf irgendeine Weise kommunizieren. Das Stampfen der Beine brachte den Schnee zum Erzittern und Aries' gesamten Körper gleich mit.

Erst als sich die ersten kleineren Gebäude der Stadt vom Rest unterscheiden ließen, wurde die Gruppe langsamer.

»Das«, Ben deutete auf eine von einer mannshohen Schneemauer umringte Schneefläche und den angrenzenden Schneebau, der die Ausmaße des Palastes von Dariana hatte, »sind die Stallungen der Hamingjur.«

Aries sah zu dem Gebäude und dann auf die vielen verschiedenen Tiere, die sich innerhalb der weißen Mauer aufhielten. Es gab von Pferden bis zu den Reittieren, auf denen sie im Moment saßen, alles, was Aries an Tieren kannte – und weit mehr. Gestreifte überdimensionierte Katzen, Geschöpfe, die wie eine verzerrte Version von Pferden aussahen, und Schlangen, die an der Mauer emporkletterten. Er vermutete, dass Hamingjur die nordische Bezeichnung für Tiere war, wurde dann aber eines Besseren belehrt.

Kaum dass die vier innerhalb der Tore der Freifläche von den Rücken ihrer Tiere geglitten waren, trotteten sie davon. Noch während sie gingen, verwandelten sie sich. Aus Flocke wurde ein kleiner Hund, der bis zum Bauch im Schnee versank. Yvonnes Tier wurde zu einer gescheckten Katze. Die Hamingjurs von Ben und Tjark wurden zu einer Schlange, die sofort unter dem Schnee verschwand, und einem adlergroßen Vogel, der mit drei Flügelschlägen hoch in die Lüfte stieg und sich anschließend auf dem Dach der Stallungen niederließ.

»Sie sind …« Aries fiel kein Begriff dafür ein.

»Gestaltwandler«, beendete Tjark seinen Satz und warf einen Blick zu dem Adler hinüber. »Hamingjurs verwandeln sich von ihrer bevorzugten Hülle immer in das, was man von ihnen braucht.«

»Egal, ob man sie als Reittier, für Arbeiten oder als Nahrung braucht«, ergänzte Yvonne.

Aries war überwältigt und vergaß darüber beinahe die Tatsache, dass ihm noch immer niemand erklärt hatte, von wem er erwählt werden musste. Daher stellte er schnell die Frage danach, während sie an den Stallungen vorbei auf einer pflasterstein-gemusterten Schneestraße in Richtung der ersten Wohnhäuser gingen.

»Natürlich von einem von ihnen.« Ben deutete zurück zu den Hamingjurs. »Nur *Vertraute* verwandeln sich in das, was man von ihnen verlangt.« Die Stimme des Jungen klang überheblich, als hätte Aries so etwas doch wissen müssen. Er presste fest die Zähne zusammen, um sich die verdiente Erwiderung zu verkneifen.

»Woher sollte er es wissen, Ben«, kam Yvonne ihm zu Hilfe. »Er kommt aus dem Palast von Dariana. Dort kennen sie nicht einmal die Unterschiede zwischen Frauen und Männern.«

Tjark und Ben kicherten, was Aries endgültig aus der Fassung brachte. »Wir kennen die Unterschiede sehr wohl«, knurrte er beinahe, und nun fiel auch Yvonne in das Lachen der anderen ein. Er war der erste Centurio des Princeps und wurde von drei Halbstarken ausgelacht. Vielleicht war dies ja schon Teil seiner Prüfung. Er holte tief Luft und entließ den Ärger über die ihm gegenüber gehegten Vorwürfe in einem langen Atemzug. Er kondensierte nicht zu einer Wolke wie draußen bei den Stallungen. Mit jedem Schritt wurde es wärmer, und als sie die ersten Häuser passierten, die Blöcken aus Schnee glichen, in die man Fenster und Türen eingesetzt hatte, legten die Kinder bereits ihre weißen Felle ab. Darunter trugen sie leichte tunikaähnliche Kleider, Tjarks war sogar ärmellos. Ihre Umhänge rollten sie zusammen und schnürten sie mit zwei Lederriemen auf ihre Rücken.

»Du solltest das auch ausziehen«, empfahl Ben und musterte Aries, der drei Lagen Felle trug.

»Es geht schon«, erwiderte er knapp. Ihm war inzwischen angenehm warm, aber er schwitzte keinesfalls. Doch selbst wenn, dann würde er deshalb noch lange nicht in seiner darunterliegenden Centurionen-Uniform in einer fremden Stadt herumspazieren wollen. Einer Stadt, die auf den Plänen in Dariana nicht einmal existierte. Dort endete die Welt kurz hinter der Via Borealis, etwa bei der Grotte, in der Occidentas Göttergabe lagerte. Wer hätte auch nur erahnen können, dass in Gegenwart der ewigen Flamme eine solche Stadt aus dem Schnee wachsen konnte. Dasselbe galt für die

Vegetation. Die Gebäude aus Schnee und Eis waren teils mit aufwendigen Schnitzereien verziert oder bunt gefärbt. Je enger sie sich an der Straße aufreihten, desto mehr wurden einfache Schneeskulpturen vor den Gebäuden von echten Pflanzen ersetzt. Um sie vor der Kälte zu schützen, waren die meisten von ihnen in gläserne Gehäuse eingeschlossen. Nein, Eis, korrigierte sich Aries, als er eins davon berührte, in dessen Innerem ein Schössling aus dem Schnee wuchs.

»Die Sonne schmilzt Arktus' Eis nicht«, sagte Yvonne, die Aries' Faszination mit einem Lächeln verfolgte. »Ebenso wenig wie die Gebäude oder die Straße. Aber manche Pflanzen brauchen mehr Wärme, als wir ihnen hier bieten können. Unter Eis verstärkt sich die Sonnenstrahlung, und die Pflanzen können wachsen und Früchte treiben.«

Für ein Kind wusste sie sehr gut Bescheid. Aries runzelte die Stirn. Er hatte bislang kaum Erwachsene gesehen, obwohl sie inzwischen vielen Bewohnern Arcadias begegnet waren. Und selbst die wenigen Erwachsenen, die er gesehen hatte, waren höchstens ein paar Sommer älter als er selbst. Wenn er da an die Senatsmitglieder dachte – oder die Seherin –, die waren alle weitaus älter.

»Wo sind eure Alten?«, fragte Aries.

»Die Kälteresistenz verliert sich mit den Jahren«, erklärte Ben. »Die Älteren bleiben im Palast, die Jungen erledigen alle Arbeiten draußen.«

Mit einer großen Portion Sarkasmus bemerkte Aries, dass es in Dariana kaum anders war. Die Alten ruhten sich im Senat aus, und die Jungen wurden in den Krieg geschickt.

»Vater ist der älteste von ihnen«, ergänzte Yvonne. »Zu ihm bringen wir dich jetzt. Ihm musst du deine Bitte, den Hüter der Flamme herauszufordern, vortragen.«

»Und wenn er ablehnt?« Kälte kroch nun wieder in Aries' Felle.

»Das wird er nicht. Es ist immer ein großes Spektakel um Arktus' Gunst.« Das Grinsen auf Tjarks Lippen gefiel Aries nicht.

»Wie lange wird es dauern, eine Verbindung zu einem Hamingjur aufzubauen?« Die Zeit drängte. Er musste das Eis um Malenas Herz schmelzen, um sie und das Imperium zu retten. Ihr Name in seinen Gedanken sorgte für einen Stich in seiner Brust.

»Mindestens einen Mond lang«, antwortete Ben. »Bei Neumond werden die neuen Verbindungen gefeiert. Und vor zwei Tagen war Neumond.«

»Das ist zu lange!« Panik schwang in Aries' Worten mit. »Es könnte zu spät sein. Bringt mich zu eurem … Vater, ich werde es klären.«

»Wenn du meinst …« Mehr sagte Yvonne nicht, aber Aries ahnte, dass sein Drängen nichts ändern würde. Wie richtig er damit lag, erkannte er nach Betreten des Eispalasts.

Wohin Aries auch sah, überall war Eis, manchmal durchscheinend wie Glas, manchmal milchig für die Wände, die die Kammern der Ältesten bildeten. Yvonne, Ben und Tjark erklärten Aries, dass die Türme entsprechend den aktuellen Bewohnern gebaut, erweitert oder verkleinert wurden, damit jede alte Frau und jeder alte Mann hier ein Zuhause hatte.

Die älteste lebende Person wurde zum »Vater« oder zur »Mutter« von Arcadia und bewohnte den Thronsaal. Aries legte sich bereits Worte zurecht, wollte dem Herrscher der Stadt genug Gründe liefern, die Herausforderung vorzuziehen oder zumindest die Verbindung mit seinem Hamingjur.

Doch mit Betreten des Thronsaals wurde ihm klar, dass er alles vorbringen konnte, was er wollte – der Vater würde ihm keine Änderung des geltenden Rechts genehmigen. Der Greis lag auf einer Bettstatt, die einem Thron ähnelte. Er war älter als die Seherin. Nur am langsamen Heben und Senken der Decke über seiner Brust war zu erkennen, dass er noch lebte. Aries' Hoffnungen schmolzen, wie es das Eis angesichts der Fackeln, die im kreisförmigen Thronsaal rundum angebracht waren, tun sollten. Doch nirgendwo tropfte Wasser. Ob eine der Fackeln die ewige Flamme war?

»Sie ist dort oben«, schien Yvonne seine Gedanken zu lesen. Aries legte den Kopf in den Nacken. Hoch oben, mehrere Mann über dem Vater, schwebte eine Flamme. »Nur der Hüter der Flamme kann sie herunterbitten und damit neue Gebäude oder Räume formen.« Yvonne schob Aries näher zu dem Vater und sank auf die Knie. Ben und Tjark machten es ihr nach, daher folgte auch Aries ihrem Beispiel. Nichts geschah, bis Yvonne Aries ihren Ellbogen in die Seite stieß.

»Ich bitte darum, den Hüter der Flammen herauszufordern«, brachte Aries hervor und fühlte sich dabei unwohl. Wie sollte der Herrscher ihm denn die Erlaubnis erteilen?

Ein Stöhnen drang zwischen den Decken und Kissen hervor, und ein paar Funken schossen aus der ewigen Flamme, fielen nach unten und legten sich auf das Gesicht des Vaters. Sogleich öffnete er die Augen und wandte ihnen den Kopf zu. »Die Bitte sei dir gewährt. Wähle ein Hamingjur, wähle weise.«

Aries öffnete den Mund, wollte mehr sagen, doch der Vater schloss die Augen wieder. Die Funken stoben auf wie etwas Lebendiges und zogen sich in die Flamme zurück.

»Du hast ihn gehört«, sagte Tjark und erhob sich wie auch die anderen. »Lass uns eine Ausrüstung suchen und mit deinem Training beginnen.«

»Ich bin Centurio, ich bin trainiert und vorbereitet«, verteidigte sich Aries.

»Nicht auf das, was dich erwartet.« Yvonne schmunzelte, und ein freudiger Glanz trat in ihre Augen.

Aries entwickelte schnell eine Routine. Bereits an seinem zweiten Tag in Arcadia kehrte Lysanne zurück und trieb ihn dazu an, durchzuhalten, und unterstützte ihn bei seinem Vorhaben, von einem der Gestaltwandler erwählt zu werden.

Nun saß er den fünften Tag in Folge auf der Freifläche der Hamingjurs im Schnee und wartete. Wartete darauf, dass sich eins der Tiere seiner erbarmte. Sein Körper war in mehrere Felle gehüllt, und trotzdem waren seine Gliedmaßen allabendlich steif gefroren. Jeden Tag kostete es ihn mehr Energie, zu verharren. Von Sonnenaufgang bis Sonnenuntergang waren seine Gedanken bei Malena, schickte er endlose Gebete zu den Gottheiten, dass es nicht zu spät sein würde. Aries dachte dabei viel nach und kam zu dem Entschluss, dass die Seherin aus der nördlichen Provinz kam und ihm seinen Weg aufgezeigt hatte, weil er Arktus' Divinus war. Deshalb sollte er die ewige Flamme nach Dariana bringen.

Mit fellbesetzten kleinen Beuteln, die er sich über die kalten Finger gestülpt hatte, drückte er unentwegt Dellen in den Schnee. Er schloss die Augen und sah den Moment seiner Rückkehr vor sich, malte ihn sich bis ins Detail aus.

Er würde auf einem Hamingjur in seiner kolossartigen Gestalt nach Dariana einreiten, die ewige Flamme in der Hand. Meridia würde sich ihm entgegenstellen, doch Malena an ihrer Seite würde wieder fühlen können und sich gegen die Göttin stellen. Er und Malena würden endlich wieder vereint sein. Aries' Wangen schmerzten. Er lächelte. Die Gefühle für Malena hatten Aries die Kälte um sich herum vergessen lassen. Die Liebe hüllte ihn ein wie ein warmer Umhang, der sich schwer gegen seinen Rücken drückte. Der Geruch von Schnee, den er inzwischen tatsächlich wahrnehmen konnte, war durch etwas anderes ersetzt. Aries riss die Augen auf.

In dem Moment leckte ihm eine gigantische Zunge über die Haare. Er widerstand dem Drang, zu fliehen, wie Lysanne es ihm eingebläut hatte, und ließ das Abtasten des Hamingjurs zu. Der ähnelte im Moment einem weißen Löwen, der in etwa so groß sein musste wie Aries und ihn mit seinem warmen Fell wärmte. Aries kannte Löwen nur von Abbildungen und Erzählungen und ließ völlig fasziniert zu, wie die eiskalte Nase des Hamingjurs gegen seine Wange stupste und sich dann schnüffelnd unter seinen Schal schob. Die Mähne kitzelte in Aries' Nase. Das Tier drückte so fest, dass er rücklings in den Schnee fiel. Von irgendwoher erklang ein Lachen, das eindeutig Lysanne gehörte. Der Hamingjur schnüffelte weiter an ihm herum, stupste ihn an, versuchte, ihn auf die Seite zu rollen – und Aries folgte all den Aufforderungen.

»Die Verbindung beruht auf Gleichgewicht, auf Gegenseitigkeit«, hatte Lysanne gesagt. *»Du musst fühlen, was der Hamingjur will, dann kann er auch spüren, was du brauchst.«*

Also ließ sich Aries im Schnee herumrollen und ablecken, bis er deutlich dazu aufgefordert wurde, weiterzugehen. Die Schnauze des Löwen stupste gegen das Fell, das seine Hände vor der Kälte schützte. Aries saß inzwischen wieder, lockerte hastig das Band am Handgelenk und zog den Kälteschutz ab. Der Hamingjur drückte sofort seine kalte Nase an Aries' Handfläche. Aries' Herz schlug schneller. Die Schnauze entfernte sich ein wenig, und Aries hob langsam den Arm, näherte seine Hand dem Kopf des Gestaltwandlers. Die runden Ohren zuckten. Aries sah dies als Aufforderung und strich sanft dahinter entlang. Das Fell des Hamingjurs erzitterte, und das Tier war weg. Es hatte sich vor seinen Augen aufgel-

Nein, eine kleinere Version davon, etwa katzengroß, aber mit Mähne, rollte sich eben auf seinem Schoß zusammen und begann zu schnurren wie die Katze des Palastkochs, die sich zu schade zum Mäusejagen war und stattdessen immer um Aries' Beine strich. Aries kraulte den Minilöwen hinter den Ohren, und das Tier schnurrte lauter. Pures Glück schien Aries' Brust sprengen zu wollen. Er lächelte und fuhr mit den Fingern weiter durch das Fell des Minilöwen, bis ein Klatschen den erfüllten Moment zerstörte.

Lysanne trat näher und strahlte ebenfalls vor Freude. »Wie willst du deinen Hamingjur nennen?«

Aries blickte auf das Fellknäuel hinab, sah mehr Mähne als restlichen Körper, und ihm fiel nur ein Name ein: »Leo.«

»So sei es.« Lysanne nickte ihm anerkennend zu. »Dann können wir morgen mit dem Training beginnen.«

30
Taipa

Sie hatten sich mit Fackeln aus runden Hölzern, den Speichen der Räder der alten Karren, in alle Richtungen zerstreut, um Aries aufzuspüren. Doch mit Einbruch der Nacht war es zu gefährlich, unterwegs zu sein. Taipa erinnerte sich an die seltsamen Tiere, die sie beim letzten Besuch hier im Norden gesehen – und gegessen – hatten. Auch Caldea war noch nicht zurückgekehrt. Sie saßen nun allesamt unruhig um das Lagerfeuer herum und nagten an den Fladen, die Agrippa und Lucan zubereitet hatten. Taipa spürte eine nervöse Energie in der Luft, die konstant zunahm.

»Da!«, sagte Lucan in die angespannte Stille hinein und fixierte einen Punkt hinter Taipa.

Sie wandte sich sofort um und erkannte den Schein einer Fackel, der die emporragenden Felsnadeln noch scharfkantiger aussehen ließ. Lucan war bereits aufgesprungen und hatte seine Waffe gezückt. Binnen eines Herzschlags stand er Seite an Seite mit Agrippa und Cheveyo. Abwartend, jeder Muskel angespannt und bereit zum Angriff.

»Es ist Caldea.« Agrippa seufzte erleichtert ihren Namen. Laut rief sie jedoch: »Wo bei den Gottheiten hast du gesteckt?« Sie bemühte sich sichtlich, ihr Lächeln zu verbergen.

Die Energie, die Taipa von Beginn an gespürt hatte, wurde stärker, je näher Caldea kam. Sie erfüllte die Luft um Taipa herum, brachte sie in Schwingung und richtete sämtliche Haare an ihrem Körper auf.

Als Caldea dann zu ihnen ans Feuer trat, hatte Taipa Gewissheit. Noch ehe Caldea die Hand aus einer eingenähten

Tasche ihres Umhangs zog, wusste Taipa, dass die Macht der Erdenmutter zugegen war.

»Du hast ihn gestohlen?«, fragte sie Caldea und sah über deren Schulter hinweg in Erwartung, dass Lysanne und ihr Gefährte aus der Dunkelheit auftauchten.

Doch Caldea schüttelte den Kopf. »Eine Kriegerin, Lysanne, hat ihr Einverständnis gegeben.«

Taipa murmelte ihre Verwunderung darüber, dass Lysanne nun bereit gewesen war, ihnen die Göttergabe zu überlassen, aber Caldea reagierte nur mit einem Schulterzucken und überreichte Taipa die Göttergabe der Erdenmutter.

Der Naturstein fing sofort das Licht des Lagerfeuers auf und liebkoste all ihre Gesichter. Küsse ihrer Göttin. Caldea erzählte auf Agrippas und Lucans Drängen hin, wie sie Lysanne getroffen hatte. Taipa warf Cheveyo einen Seitenblick zu, nachdem auch Agrippa mit erhobener Augenbraue der beinahe schwärmerischen Erzählung über die eiskalte Kriegerin lauschte. Cheveyo hatte den Kopf geneigt, und ein Lächeln umspielte seine Lippen, das ihn wieder so jung wirken ließ wie vor ihrem Aufbruch. Taipa sehnte sich zurück in die Wälder, in die ungezähmte Natur des Westens. Sie umklammerte die Göttergabe der großen Mutter mit beiden Händen und bat um das Stillen der Sehnsucht nach ihrem Zuhause, nach ihrer Schwester, ihrem Stamm.

Cheveyo bemerkte, wie verkrampft sie war, und rückte ein Stück näher. Seine Gegenwart beruhigte Taipa. Sie konzentrierte sich wieder auf Caldea und das Gespräch, das sich natürlich um ihre Begegnung drehte.

»Ist dein Bruder also tatsächlich Arktus' Divinus?«, fragte Lucan.

Caldea zuckte mit den Schultern. »Ich weiß es nicht. Aber er erhält die Chance, die ewige Flamme zu erkämpfen. Ich bin mir sicher, dass er siegreich sein wird«, sagte sie voller

Zuversicht. »Wir sollten morgen aufbrechen und nach Dariana zurückreisen. Wir müssen die Princepa aufhalten.« Sie sah in die Runde, blieb dann an Taipa hängen. »Wir haben die Göttergabe eures Volkes, Aries besorgt die des Nordens. Die Tontafel und der Kelch der Einheit sind im Palast. Wir müssen sie finden.«

Taipa beobachtete jede Regung auf Caldeas Gesicht, begegnete ihrem Blick, und Taipa sah, wie angespannt Caldeas Kiefermuskulatur war. Auch ihre Finger zuckten unentwegt, bis sie sie in dem dicken Fell ihres Umhangs versenkte. Caldea verbarg etwas, vertraute ihnen nicht.

Taipa wägte ab, ob sie nachbohren sollte, doch Agrippa richtete das Wort an Cheveyo.

»Könntest du Kontakt zu eurer Göttin aufnehmen und sie fragen, ob wir es schaffen, noch rechtzeitig nach Dariana zurückzukehren?«

Taipa war sich sicher, dass Agrippa nur gesprochen hatte, um von der Unsicherheit ihrer Gefährtin abzulenken, doch Cheveyo ging direkt auf die Frage ein. »Wir können es versuchen.« Er sah zu Taipa, die schwach nickte und ihm den Naturstein reichte. So konnten sie testen, ob die Göttergabe selbst es Cheveyo noch leichter machen würde, die Welt des Geistes zu betreten. Dann wären sie auch nicht länger auf den abgesonderten Staub des Steins angewiesen.

Cheveyo nahm ihn an sich, und im Moment der Berührung wurden seine Augen weiß, und sein Körper spannte sich an. Die Hand mit dem Naturstein ruhte auf seinem Oberkörper. Sein Kopf ruckte hin und her, als würde er sich umsehen.

Sie alle warteten reglos ab, bis das warme Braun wieder in Cheveyos Augen zurückkehrte. Die Hand mit der Göttergabe zitterte leicht. Taipa spürte es, weil Cheveyos gefaltete Beine ihre berührten.

»Was ist los?«, fragte sie leise, doch in der erwartungsvollen Stille, die nur vom Knistern des Feuers unterbrochen wurde, konnte sie jeder verstehen.

Cheveyo antwortete nicht, sondern griff an seinen Beutel, tauchte ohne hinzusehen die Fingerspitze hinein und führte sie zum Mund. Er schloss die Augen, wurde dann immer angespannter. Ein leises Knirschen seiner Zähne untermalte die immer tiefer werdenden Furchen auf seiner Stirn. Cheveyo überanstrengte sich. Taipa griff nach seiner Hand, um ihn zu beruhigen. Sofort wurde sie in das Weiß der Geistwelt gezogen und sah sich dem Geistkrieger Cheveyo gegenüber.

»Was tust du hier?«, fragte er.

»Du überforderst deinen Körper«, antwortete sie. »Du musst zurückkommen.«

Cheveyo schüttelte den Kopf. »Ich kann sie nicht einmal hören. Nicht einmal ein leises Flüstern des Windes oder ein Blätterrascheln.« Panik schwang in seiner Stimme mit. »Wann immer ich hierherkomme, ist irgendwo etwas von der Erdenmutter. Doch jetzt ist es …«, er drehte den Kopf, als lauschte er angestrengt in alle Richtungen, »… es ist absolut still. Sie ist nicht mehr da, Taipa.«

Taipa versuchte, sich die Angst, die sich nun in ihrem Nacken festbiss und von dort aus die Klauen in ihre Haut schlug, nicht anmerken zu lassen. Aber sie hatte vergessen, dass Cheveyo ihren Geist berührte.

Er reagierte direkt auf ihre Gedanken. »Sie wird wiederkommen, wenn es an der Zeit ist.« Auch ohne seinen Geist zu berühren, konnte Taipa mit Sicherheit sagen, dass es eine Lüge war, um sie zu beruhigen. Sie war dankbar für den Versuch, aber er minderte ihre Sorge nicht.

Noch ehe sie es ihm sagen konnte, wurde sie aus der Geistwelt gerissen und blinzelte ins Feuer.

»Und?«, fragte Caldea.

Cheveyo stieß Taipa sanft mit dem Knie an, ehe er sagte: »Wenn wir direkt im Morgengrauen aufbrechen, könnten wir es schaffen.«

Taipa erkannte seine Mühe, die Angst nicht weiter zu schüren. Eine weise Entscheidung, eines Häuptlings würdig. Sie unterstützte ihn direkt: »Sobald wir in Dariana sind, werden wir dir helfen, den Kelch der Einheit zu finden.«

»Was ist mit deinem Bruder?«, fragte Lucan Caldea.

»Er wird siegreich sein«, erwiderte Caldea und stach mit einem Stock so stark ins Feuer, dass Funken in alle Richtungen stoben und Agrippa aufschrie. »Er muss es einfach sein.«

31
Aries

Viele Tage vergingen. Der Mond wurde voll, nahm dann immer weiter ab. Das von Lysanne forcierte Training glich nichts von dem, was Aries als solches kannte. Es war keine Ausbildung für ihn, für seine Muskulatur, seine Kondition oder das Führen einer Waffe. Das Üben mit Leo war anstrengender als alles, das Aries kannte. Die geistige Verbindung musste gestärkt werden, Leo musste schnell verstehen, in was er sich verwandeln sollte, was nicht so leicht war, denn sein Hamingjur war eigensinnig und stur.

»Die Hamingjurs sind wie ihre Verbündeten«, neckte Lysanne immer, während sie damit angab, wie schnell Flocke, ihre Verbündete, die Gestalt wechselte.

Je genervter Aries wurde, desto fahriger wurden auch die Verwandlungen von Leo. Die gewünschte Schlange hatte Federn, oder der angedachte starke Raubvogel glich einem flugunfähigen Huhn.

Es waren nur noch zwei Tage bis Neumond, bis zur Herausforderung des Hüters der Flammen, um den die gesamte Bevölkerung von Arcadia ein Geheimnis machte. Aries schaffte es noch immer nicht, Leos Verwandlung wirklich zu kontrollieren, es glich eher einem Glücksspiel. Dabei stand einfach alles auf dem Spiel.

»Du kannst dich noch immer nicht vollständig öffnen.« Lysanne schüttelte missbilligend den Kopf.

»Ich *habe* mich ihm geöffnet«, knurrte Aries. Dass er jemals ein Gespräch über das gegenseitige Öffnen führen würde, hätte er auch nie geglaubt.

»Nein, hast du nicht.«

»Doch«, entgegnete er vehement. »Ich fühle sein Befinden, ich spüre sein …«

Ihre erhobene Augenbraue ließ den Rest seines Satzes auf den Lippen zerbersten. »Hörst du dir selbst zu?«, fragte sie. »Du musst zulassen, dass Leo auch dich spüren kann.«

Aries sah auf das Huhn hinab, dem inzwischen Fell am Rücken wuchs. Er ging in die Hocke und strich sanft darüber. Leo erschauderte und stieß einen wohligen Laut aus, der irgendwo zwischen Schnurren und Seufzen lag. Der Schnabel war inzwischen einer Schnauze gewichen. Wann immer Aries den Hamingjur berührte, spürte er die Verbundenheit. Aber noch immer hinderte ihn etwas daran, sie auch komplett zuzulassen.

Lysanne hielt es für eine Nachwirkung seiner Erziehung, die Geheimniskrämerei im Palast von Dariana, die verhinderte Beziehung zu seiner Familie … Täglich führte sie einen anderen Grund auf, was ihn blockieren könnte.

»Es gibt da eine Legende«, begann sie nun, ließ sich gegenüber Aries fallen und stach mit dem Finger Löcher in den Schnee. Sie saß in einer ärmellosen Ledertunika neben ihm, während er in drei Lagen Fell gekleidet war, ohne dass er auch nur ein bisschen schwitzte.

»Reya, ein Kind Arktus', war unfähig, eine Verbindung zu ihrem Hamingjur aufzubauen. So stellte Vater ihr eine Herausforderung. Zunächst sollte sie nach der Liebe suchen. Reya fand ihre Partnerin in einem der damals noch existierenden Dörfer im Süden, nahe der Grenze, Seite an Seite stellten sie sich den Feinden in der Völkerschlacht entgegen. Sie liebten sich von ganzem Herzen, und Reya nahm sie mit sich nach Arcadia und trat vor Vater. Er gab beiden ein vom ewigen Feuer geschmiedetes Schwert und einen Schild in die Hand und forderte sie zu einem Kampf auf Leben und Tod heraus.«

Aries erschauderte, sah sich und Malena einander gegenüberstehen. Lysannes hellblaue Augen starrten in die Ferne. Sie machte drei schwere Atemzüge, bis sie fortfuhr. Drei Atemzüge, in denen Aries Zeit hatte, zu durchdenken, wie er sich von Malena töten ließ und wie er zögerte, sie zu töten.

»Reya und ihre Partnerin warfen im selben Moment die Waffen nieder. Hätte eine von ihnen gezögert, wäre das der Untergang der anderen gewesen. Denn dieses Gegenteil von blindem Vertrauen hätte sie auf weit grausamere Weise getötet, als es das Schwert vermocht hätte.«

Lysanne ließ die Worte zwischen ihnen in der Luft stehen. Aries hatte blindes Vertrauen nie kennengelernt. Nie empfinden dürfen. Valerian war sein engster Vertrauter gewesen, sein bester Freund. Doch je mehr er gespürt hatte, dass Val etwas vor ihm verheimlichte, desto mehr hatte auch Aries sich zurückgehalten. Seine Finger schwebten über die Schuppen, die an Leos Hundekopf saßen. Er schloss die Augen und suchte nach der Verbindung zu seinem Hamingjur. Er stellte sich diese Verbindung wie einen schmalen Pfad in ihrem Geist vor. Doch nach Lysannes Erzählung sah er auch die Tür, die zwischen ihnen existierte und die nur einen Spaltbreit aufstand, sodass er einen Blick auf den Hamingjur erhaschen konnte. Er spürte Leos freudige Erwartung.

Dann stieß er die Tür auf und überlegte, in welches Geschöpf sich Leo verwandeln sollte.

»Aries!«, rief Lysanne, und er riss die Augen auf. Er sah, welche Gestalt Leo angenommen hatte, und sein Herz begann zu rasen.

Vor Aries stand Malena. Ausgestattet mit Schwert und Schild – und noch vollkommener als je zuvor.

»Es ist …«, stammelte Lysanne. Es war vermutlich das erste Mal, dass Lysanne die Worte fehlten. »Seit Generationen hat kein Hamingjur mehr die Gestalt eines Menschen angenommen.« Sie lief um Leo herum, klopfte gegen den Schild und strich ihm die Haare über die Schulter. »Sie sieht aus, wie ich sie in Erinnerung habe, als sie sich uns vor mehreren Monden entgegengestellt hatte.«

Aries blickte dem Hamingjur ins Gesicht. Rein äußerlich hatte Leo Malena perfekt getroffen, direkt aus Aries' Vorstellung gepflückt. Aber es waren nicht die Augen, in denen reine Liebe stand, die sich vor Verlangen geweitet hatten und die ihm bis in die Seele geblickt hatten. Es waren noch immer die von Leo, die voller Stolz glänzten.

Dennoch schmerzte ihn der Anblick, und er bat seinen Vertrauten, die Gestalt eines Falken anzunehmen. Im nächsten Moment stieß Leo einen spitzen Schrei aus, und mit donnernden Flügelschlägen erhob er sich weit über ihre Köpfe.

»Nun bist du bereit. Die Herausforderung wird heute bei Sonnenuntergang stattfinden.«

Aries sah Lysanne an. »Es ist noch kein Neumond.«

»Der ist auch nicht nötig. Aber der Druck, etwas zu schaffen, das langsam von innen heraus wachsen muss, ist leichter zu ertragen, wenn man das Zeitfenster von einem Mond vor sich hat.« Sie lächelte verschmitzt, und Aries ballte die Hände zu Fäusten, weil er dieser Aussage nicht zustimmte. Etwas mehr Druck hätte ihn früher die Tür entdecken lassen. Oder?

Lysanne schickte Flocke als Vogel mit einer Botschaft zu Yvonne, die alles für die Herausforderung vorbereiten sollte. Den Rest des Tages bat Aries Leo um allerlei Verwandlungen, bis ihm kein Tier mehr einfiel, dessen Gestalt Leo noch annehmen konnte.

Bei Sonnenuntergang folgte Aries dem geebneten Weg zur Arena, Leo hopste in seiner neuen Lieblingsgestalt, dem weißen Löwen in Katzengröße, neben ihm her. Die Arena glich dem Kolosseum in Dariana, nur dass sich über dem gesamten Schneebau eine Kuppel aus Eis erhob. Kaum senkte sich die Sonne hinter den Horizont, erschienen am Himmel grüne Nebelschwaden, die sich bewegten wie etwas Lebendiges. Aries war fasziniert von dem Anblick, stand mitten auf dem Weg und verfolgte das Schauspiel.

»Das Arktusleuchten«, erklärte Ben, der ausgeschickt worden war, nach dem Herausforderer zu suchen. »Wann immer die ewige Flamme genutzt wird, sieht man Arktus' Gunst am Himmel.«

»Wofür wurde die Flamme genutzt?«, fragte Aries, nachdem er sich von dem Anblick hatte losreißen können und sie den Weg fortsetzten.

Ben deutete auf die Arena. »Die Kuppel wurde gebaut, damit auch Vater und die Ältesten bei der Herausforderung des Hüters dabei sein können.«

»Dann wurde die Kuppel … mit der Flamme erbaut?«

Ben nickte, trat zur Seite und deutete Aries an, vor ihm den Gang in die Arena zu betreten. Sofort drangen Hunderte Stimmen auf ihn ein, wurden lauter, je weiter er den Tunnel unter den Rängen entlangging. Er begann zu schwitzen und sah auch, wie Bens Stirn glänzte, obwohl er nur wie Lysanne immer ein leichtes ärmelloses Hemd trug.

»Du solltest das ausziehen.« Ben deutete auf Aries' schweren Fellumhang und wischte sich über die Stirn.

Aries ließ ihn von den Schultern gleiten, und Leo stürzte sich sofort darauf und versenkte die kleine Schnauze darin.

Erst als Aries weiterging, folgte sein Hamingjur mit schnellen Schritten, sah sich dann wie auch Aries am Ende des Ganges in der Arena um. Die Ränge waren voll besetzt, und es herrschte eine ungewohnte Hitze, die Aries an Dariana erinnerte und für ein kurzes Ziehen in der Brust sorgte.

»Los, stell dich ihnen vor.« Ben schubste Aries praktisch in die Arena, und Applaus wurde laut. Leo wuchs binnen eines Wimpernschlages auf die Größe eines normalen Löwen und schlang seinen Körper, so weit es ging, um Aries, weil er dessen Unwohlsein spürte.

Aries sah nach oben zur gläsernen Kuppel, hinter der das Arktusleuchten seine Bahnen zog. Direkt darunter schwebte die ewige Flamme und erinnerte ihn an seine Aufgabe, sein Ziel. Er musste den Hüter der Flamme besiegen, um Arktus' Göttergabe zu erhalten. Damit würde er Malena zurückbekommen.

Zehn Schritte bis zur Mitte der Arena. Mit jedem davon festigte sich sein Entschluss, alles für die Flamme zu tun.

»Der Herausforderer: Aries von Dariana«, verkündete eine Aries vertraute Stimme. Er suchte nach Yvonne, die ihm von einer Loge aus zuwinkte. Ihre Worte hallten in der gesamten Arena wider. Nicht mehr als höflicher Beifall floss von den Rängen zu ihm in den Schnee.

»Wird er es schaffen, die derzeitige Flammenhüterin zu bezwingen?«, fragte Yvonne, und laute Rufe, die allesamt Aries' Niederlage versprachen, tanzten bis zur Kuppel.

»Lysanne von Arcadia, präsentiere deine Hamingjur.« Yvonnes Stimme wurde bei jeder Silbe lauter, um den Jubel der Anwesenden zu übertrumpfen. Aries stand stocksteif da. Wie hatte er nicht einmal auf die Idee kommen können, dass Lysanne Hüterin der Flamme war?

Ein gigantischer Vogel schoss direkt über Aries' Kopf, streifte sein Haar und brachte mit einem spitzen Schrei sein Trommelfell beinahe zum Bersten. Alle Aufmerksamkeit galt nun Lysanne, die soeben die Arena betrat.

Sie trug so wenig Leder am Oberkörper, dass ihre Brüste gerade so bedeckt waren, ein schmaler Streifen Fell zierte ihren Unterleib, kaum länger als die metallbeschlagenen Zierriemen an Aries' Gürtel. Ihre Haut glänzte schon jetzt vor Schweiß, obwohl ihre nackten Füße Abdrücke im Schnee hinterließen. Für alle Jungen, die noch resistent gegen die

Kälte waren, musste es in der Arena unerträglich heiß sein. Ein Opfer, das jeder hier erbrachte, um den Vater und die Ältesten bei sich zu haben. Es zollte Aries großen Respekt. Er verneigte sich vor Lysanne und legte seine Faust auf die Brust, die noch immer in einem dicken Fellkleid steckte.

»Macht euch bereit für die Herausforderung«, rief Yvonne, und Aries wartete darauf, dass wie bei Schaukämpfen in Dariana die Waffen verkündet wurden, und besah sich Lysanne genau. Sie war an so vielen Stellen verletzbar, dass es für ihn ein Leichtes sein würde, sie zu Fall zu bringen. Sie trug nicht einmal den geschmiedeten fellartigen Schutz, der sie damals bei der Grotte vor einer Verletzung durch Mameidas Überraschungsangriff bewahrt hatte. Wie konnte sie so leichtsinnig sein?

»Tretet an den Rand der Arena«, befahl Yvonne, und Aries stellte sich gegenüber Lysanne direkt vor der Schneewand auf, hinter der weit über seinem Kopf die Ränge mit ihrem Publikum begannen.

»Lysanne beginnt.«

Aries sah sich fragend um, suchte nach Waffen, zu denen Lysanne greifen würde. Doch stattdessen stürzte sich Flocke auf ihre ausgestreckte Hand und setzte sich darauf. Behutsam ließ Lysanne den Falken in den Schnee hüpfen, wo sich der Hamingjur mit einem lauten Brüllen in einen gigantischen weißen Bären verwandelte, der sofort durch den Schnee auf Aries zustürmte. Nein, nicht auf ihn, sondern auf den im Vergleich zum Bären kleinen Löwen. Aries verstand die Art der Herausforderung und befahl Leo sofort, sich in einen Vogel zu verwandeln, der den Klauen des Bären im letzten Moment entkam.

Angst um seinen Vertrauten lähmte Aries, als er zusehen musste, wie der Bär wieder zum Falken wurde und mit einem Flügelschlag, der Aries die Haare ins Gesicht peitschte, hinter Leo herjagte. Er brauchte ein Tier, das Flocke gewachsen war, er brauchte – doch ganz gleich, in was sich Leo verwandelte, Lysanne und Flocke reagierten immer schneller, Leo kam nie aus der Defensive und war unentwegt der Gejagte.

Aries musste hilflos mit ansehen, wie sein Vertrauter immer schwächer wurde, die Sprünge kürzer, die Flügelschläge lahmer. Er ließ Leo zu einer Schlange werden, doch das war ein Fehler.

Flocke wurde zu einem noch größeren Raubvogel, drehte eine Runde unter der Kuppel und stürzte kreischend auf die sich windende Schlange hinab.

Aries' könnte beschwören, dass sein Herz aussetzte, ehe ihm die hoffentlich rettende Idee kam. Er konzentrierte sich und zeigte Leo bis ins kleinste Detail, was er von ihm wollte.

»Seit Generationen hat kein Hamingjur mehr die Gestalt eines Menschen angenommen.« Lysannes Aussage kreiste in Aries' Kopf.

Sein Vertrauter reagierte sofort, und Flocke versuchte, den Sturzflug auf das exakte Abbild von Lysanne zu bremsen, geriet dabei ins Straucheln.

»Jetzt!«, rief Aries laut, anstatt über ihre geistige Verbindung, und Leo verwandelte sich erneut, wurde zu dem schneeweißen Bären, den Flocke zu Beginn des Kampfes zur Schau gestellt hatte. Er erhob sich und hieb mit seiner Pranke nach dem taumelnden Greifvogel und schleuderte ihn in den Schnee.

In der Arena war es plötzlich totenstill. Jedes Augenpaar unter der Kuppel verfolgte, wie Flocke sich mit letzter Energie in einen kleinen roten Vogel verwandelte.

»Sieg für den Herausforderer!«, verkündete Yvonne, und Lysanne am anderen Ende der Arena warf Aries ein dankbares Lächeln zu, ehe sie zu Flocke rannte.

Aries folgte ihr gemächlich, Leo buhlte als hopsender Minilöwe um seine Aufmerksamkeit.

»Danke, dass du sie nicht getötet hast«, flüsterte Lysanne, den kleinen Vogel in ihre Hände gebettet.

»Du hättest … Leo getötet?« Aries' ganzer Körper zitterte.

»Nicht, wenn er sich vorher ergeben hätte.« Lysanne schüttelte den Kopf. Ihre Wangen glänzten feucht, und Aries war sich sicher, dass es nicht nur Schweiß war.

»Ich könnte deinem Vertrauten nie etwas antun«, sagte er.

Lysanne nickte nur knapp. »Wir brechen im Morgengrauen in den Süden auf.«

»Wir?«, hakte Aries nach.

»Ich bin nicht nur Hüterin der Flamme, Aries von Dariana. Ich bin Arktus' Divina und werde seine Göttergabe nicht aus den Augen lassen.«

Auf den Hamingjurs, die zu ihrer Geburtsform gewechselt waren, wie Lysanne es nannte – den zotteligen Kolossen mit den Stoßzähnen –, war der Rückweg nach Dariana innerhalb weniger Tage bewältigt.

Kurz vor der Unterstadt bat Aries Leo um die unauffällige Gestalt eines kleinen Katers ohne Mähne, Flocke wurde zu dem kleinen roten Vogel, der sich auf Lysannes Schulter niederließ. Doch auch ohne die gigantischen Reittiere zog Lysanne die Aufmerksamkeit eines jeden Bewohners auf sich. Sie war so knapp bekleidet wie in der Arena, haarfeine Metallglieder überzogen ihre Haut und schimmerten bei jeder Bewegung auf. Ein in der ewigen Flamme geschmiedetes Netz, das Aries in der Arena nicht gesehen hatte. Ein Panzer, der jedes Schwert aufhalten würde, das nicht aus dem Norden stammte. Lysanne klebten Haarsträhnen an den Schläfen und im Nacken, ihr Gesicht war von der für sie vermutlich unerträglichen Hitze stark gerötet.

Unter stetigen Blicken und Ausrufen all jener, die Aries erkannten, zogen sie in die Oberstadt und betraten das Forum. Mit jedem Schritt beschleunigte sich Aries' Herzschlag. Er konnte es kaum erwarten, Malena aufzusuchen, ihr die Flamme entgegenzuhalten und sie wieder zu der Frau werden zu lassen, der er sein Herz geschenkt hatte.

Doch bereits am Palasttor erwartete ihn Valerian mit zusammengepressten Lippen und einem Kopfschütteln.

»Lena und Circe haben den Palast vor einem halben Mond verlassen.«

Aries' letzte Hoffnung zerbrach, als seine Knie haltlos auf das Pflaster zu Vals Füßen prallten. Es war alles umsonst gewesen.

32
Valerian

Val sah auf seinen schlafenden besten Freund hinab, und trotz aller Umstände dankte er den Gottheiten, dass sie ihn heil zu ihm zurückgebracht hatten. Ein kleiner Kater hatte sich in einer Kuhle in der Decke über Aries' Körper eingerollt und war nicht zum Weggehen zu bewegen. Aries hatte ihn als Leo vorgestellt, seinen Verbündeten. So wie der Kater aussah, konnte Val sich kaum vorstellen, dass es ihm möglich war, sich in etwas anderes zu verwandeln.

»Wie geht es ihm?«, fragte Pallas und trat neben Val. Sofort vibrierte die Luft von seiner Gegenwart, was in den gemeinsamen Tagen immer stärker geworden war. Val schluckte, ehe er sprechen konnte.

»Er glaubt, er habe versagt.« Val atmete in einem langen Zug aus, um Pallas' Nähe besser ertragen zu können. Er war ihm wahrhaft eine Stütze gewesen, in jener Zeit der Ungewissheit, ob die anderen überhaupt noch lebten. In Pallas' Gegenwart war es schwer, Princeps und nicht einfach nur Val zu sein. So verdammt schwer.

Val konzentrierte sich auf den schlafenden Aries. Er war direkt beim Palasttor vor Verzweiflung zusammengebrochen, hatte Malena umgehend hinterherreisen wollen. Heiler hatten ihm auf Vals Wunsch hin ein Tonikum ins Getränk gemischt, das ihn zum Schlafen zwang, derselbe Trank, den Taipa für Lothair hergestellt hatte. Sein Körper brauchte die Erholung.

Val wappnete sich seit Sonnenaufgang für den Moment, in dem Aries erwachen und seiner Enttäuschung über diese Entscheidung Luft machen würde.

»Es wird alles gut werden«, sagte Pallas leise, aber seine Stimme schien durch Vals Haut bis zu seinen Knochen zu dringen. »Du hast richtig entschieden. Eines Hordenfürsten angemessen.«

Val lächelte. Nicht über die Aussage selbst, sondern über das schon fast unerschütterliche Vertrauen, das Pallas ihm seit der Abreise der anderen entgegenbrachte.

»Danke«, flüsterte Val, sah aber weiterhin zu Aries. »Danke, dass du …«

Er brach ab, weil Aries sich regte. Seine Lider flatterten zunächst, dann hoben sie sich träge. Blinzelnd sah sich Aries um – und richtete sich schnell wie ein Pfeil auf.

Die Enttäuschung, für die Val sich gewappnet hatte, traf ihn mit voller Wucht. Nichts als Vorwurf stand in Aries' Augen. Der kleine Kater erhob sich ebenfalls, und Val war sich sicher, dass sich Aries' Wut in den Zügen des Tieres spiegelte. Die Nackenhaare sprossen in die Länge, und plötzlich saß ein winziger weißer Löwe auf Aries' Schoß und fauchte in Vals Richtung. Dieser konnte sich nicht entscheiden, ob er das Tier niedlich finden oder über den Beweis des Gestaltwandlers, eines Wesens aus Legenden, schockiert sein sollte.

»Wie niedlich!«, kam Pallas ihm zuvor und sah mit einem Blick auf das Tier hinab, der Val einen kleinen Stich versetzte. Doch er kam nicht mehr dazu, sich weitere Gedanken darüber zu machen.

»Du hast mich betäubt?« Aries' Worte bebten in der Luft, Leo wuchs unentwegt und hatte inzwischen die Größe eines großen Hundes. Sein Knurren wurde tiefer.

»Ich musste dich schützen«, erwiderte Val.

Pallas verteidigte ihn. »Er hat es für dich getan.«

Aries' Kiefermuskeln spannten sich an, er befreite seine Beine unter Leo und stellte sie auf den Boden.

»Du wärst völlig erschöpft und kopflos in den Süden geritten«, kam eine Stimme hinter Val. Lysanne, die Prinzessin des Nordens. »Ich habe das Vorhaben unterstützt.«

Ein Knurren erklang, und Val konnte nicht sagen, ob es von Leo oder Aries stammte, der sich nun vom Bett erhob.

»Ich habe dir mein Leben lang vertraut.« Die Enttäuschung, die in Aries' Grollen lag, während er sich direkt vor Val aufbaute, traf ihn mit voller Wucht.

»Es wäre überstürzt gewesen, unbesonnen.« Val richtete sich auf und straffte die Schultern. »Ich bin dein Princeps und ich kann keine Selbstmordmission dulden.«

Aries' Nasenflügel bebten, dann schnaubte er. »Es ist mein Leben. Und es geht um die Rettung deiner Schwester.«

»Würdest du wollen, dass ich kopflos in eine Rettungsmission für deine Schwester aufbreche, die mit dem sicheren Tod enden würde?« Val verstand Aries' Verzweiflung, aber er konnte ihn nicht in den Tod rennen lassen. Das ging einfach nicht.

Aries atmete tief durch und rieb sich über das Gesicht, Leo schrumpfte wieder. »Ist Caldea schon mit dem Kelch auf dem Weg in den Süden?«

Val wollte nicht noch weitere schlechte Nachrichten überbringen, aber die Realität war nicht zu beschönigen.

»Der Kelch ist nicht hier«, kam ihm Lysanne zuvor.

Val sah zu ihr, beobachtete, wie sie durch den Raum schritt. Ein kleiner roter Vogel saß auf ihrer Schulter, ihre Haut glänzte vor Schweiß, und etwas darauf reflektierte die einfallenden Sonnenstrahlen. Sie stellte sich neben Aries.

»Woher weißt du das? Wir mussten dafür den gesamten Palast auf den Kopf stellen. Anschließend sogar den Tempel.« Der vergangene Mondlauf zog in Bildern vorüber. Jeden Tag hatten Taipa, Cheveyo, Caldea, Lucan, Pallas und er sich einen anderen Raum vorgenommen und ihn bis in den letzten Winkel durchsucht. »Wir wollten Lothair danach fragen, doch der ist kurzfristig zum Alterssitz meines Vaters gereist.«

»Ich kann ihn nicht spüren«, erwiderte Lysanne knapp auf seine Frage. Ehe Val nachhaken konnte, stürmte Caldea in Aries' Schlafgemach und prallte beinahe in Val hinein. Pallas fing die junge Kriegerin noch rechtzeitig ab.

»Ich weiß ja, dass du dich mir immer am liebsten an den Hals werfen würdest, aber wir sind hier im Palast, hier geht es …«, Pallas sah sich im Raum um und senkte die Stimme, die dennoch laut genug war, dass alle es hören konnten, »… etwas anständiger zu.« Pallas' Hände blieben etwas zu lange auf ihren Schultern ruhen, und er grinste verschmitzt. Caldea verdrehte die Augen, ein Schnauben hinter Val kündigte Agrippa an.

Seit der Rückkehr der Südländer aus dem Norden war Val fasziniert von ihrem Umgang miteinander. Sie berührten sich ohne Hemmungen, machten Anspielungen, bei denen Val anfangs die Röte ins Gesicht geschossen war und die er erst dank Lucan richtig zuordnen konnte. Genau so hatten Lena und er sich die Zukunft für den Palast immer vorgestellt. Die Südländer lebten ihren gemeinsamen Traum.

Aries räusperte sich, und Caldea schälte sich aus Pallas' Umarmung. »Du verschmähst mich? Das verletzt mich zutiefst.«

Lucan und Agrippa traten an Val vorbei und direkt zu dem schmalen Liegesofa hin. Beide verdrehten die Augen in Pallas' Richtung, während sie sich setzten.

Caldea ging zu Aries und ließ sich neben ihn auf die Bettstatt sinken. »Wurdest du bereits über unseren Misserfolg informiert? Wir konnten unsere Göttergabe nirgendwo finden.«

Aries nickte, sah dann zu Lysanne. »Und wir wissen auch, weshalb.«

Caldeas Augen weiteten sich, dann folgte sie seinem Blick. Aries forderte Lysanne mit einem Nicken auf, fortzufahren, wo sie unterbrochen worden waren. Sie öffnete gerade den Mund, da betraten Taipa und Cheveyo den Raum, der nun deutlich überfüllt war.

»Sollen wir noch auf weitere Gäste warten?«, fragte Lysanne, sah sich um und strich über das winzige gefiederte Köpfchen des roten Vogels auf ihrer Schulter.

»Ich denke, das sind alle«, antwortete Val amüsiert, und Lysanne erzählte.

»Wie ich eben bereits gesagt habe, können alle Divini die Göttergaben spüren.« Ihr Blick streifte Taipa, blieb dann aber auf Caldea hängen. »Die Nähe der ewigen Flamme gleicht einem stetigen Prickeln auf meiner Haut. Doch auch die Anwesenheit des Natursteins spüre ich wie ein Echo davon.« Sie sah zu Cheveyo, der sofort den Beutel an seinem Gürtel mit der Hand bedeckte. »Eine weitere Göttergabe befindet sich«, sie schloss die Augen, drehte sich um die eigene Achse und blieb zum Flur gerichtet stehen, »in dieser Richtung, nicht weit von hier entfernt.«

»Das kann nicht sein«, warf Val ein, und sie öffnete die Augen, schenkte ihm einen Blick, der dem seines Vaters sehr nahe kam, wenn Aries und er etwas angestellt hatten. »Der Tempel liegt in dieser Richtung.« Er deutete zum Fenster.

»Was du spürst, ist die Tontafel«, sagte die vom Alter raue Stimme von Lothair, der soeben den Raum betrat, das Val nur allzu bekannte Purpurbündel unter dem Arm. Val verzog den Mund angesichts Lysannes übertriebenem Siegeslächelns und dem Blick, anstelle dessen sie auch genauso gut in den Raum hätte rufen können, dass sie es doch gewusst hatte.

Val wandte sich sofort an den Priester. »Wo hast du gesteckt? Wir brauchen den Kelch der Einheit.«

In seiner gebückten Haltung durchquerte Lothair den Raum, ohne auch nur den kleinsten Funken Respekt zu zeigen. Dann setzte er sich schwer atmend auf den Hocker vor Aries' Waschtisch.

»Es war noch nicht an der Zeit.« Lothair richtete sich auf und unterband Vals Einwurf mit einer Handbewegung. »Ich habe Vorbereitungen getroffen.« Lothair schnaufte, als würde ihn der Tod jeden Moment zu sich holen, und Val bemerkte erst jetzt, wie stark der Priester seit Malenas Auszug in den Süden gealtert war. Er war für Val schon immer uralt gewesen, älter als die Senatoren, aber nun stand sein halber Körper bereits im Hain der Gottheiten.

Pallas strich sanft über seine geballte Faust, was Val vollkommen aus dem Konzept riss, ihn verwirrte, zugleich aber beruhigte. »Wo befindet sich der Kelch der Einheit?«, fragte er nach einem Blinzeln erneut, aber mit weniger Nachdruck. »Der rituelle Umtrunk hat doch erst bei Vollmond stattgefunden.«

Alle Anwesenden sahen zwischen ihm und Lothair hin und her.

»Der Kelch befindet sich seit mehreren Sommern nicht mehr in Dariana.«

Caldea sog scharf die Luft ein. »Wo ist er dann?«

»Woraus trinken die Neuankömmlinge?«, wollte Val zur selben Zeit wissen, während Aries fragte: »Dann ist die Loyalität der Palastbewohner … Zufall?«

Lothair hob zitternd den Arm, ließ ihn dann fallen, als hätte er nicht mehr die Kraft, ihn oben zu halten. Taipa ging sofort auf ihn zu, reichte ihm einen Kelch mit Wasser. Die Anspannung aller Anwesenden stieg, solange Lothair trank. Taipa tupfte mit einem Tuch vorsichtig das Wasser von Lothairs Kinn, der ihr daraufhin dankbar zulächelte. Ein Lächeln, das kaum seine faltigen Mundwinkel veränderte, das

Val aber dennoch nie an dem Priester gesehen hatte. Mit Taipas Erwiderung des Lächelns kroch die Sonne in den Raum, und Lothair atmete sogleich entspannter.

»Die Neuankömmlinge trinken seit etlichen Sommern aus einer Replik des Kelchs der Einheit. Der Glaube, dass sie die echte Göttergabe vor sich haben, reicht aus, um sie nie an ihrer Loyalität zweifeln zu lassen.«

Val bemerkte, wie Caldea die Stirn in Falten legte und zu Aries sah. Ihre Kiefer mahlten, was ihr ein Stöhnen von Agrippa einbrachte.

Lothairs blasse kleine Augen hefteten sich an Val. »Dein Vater, Princeps Sargon, hat versucht, Malenas Mutter, Principa Anthea, zu schützen, indem er jegliche Konflikte aus dem Imperium bannen wollte. Er hat den Kelch auf Reisen geschickt, doch er ist in der östlichen Provinz … verloren gegangen.«

All ihre Pläne, Meridia aufzuhalten, zerstoben in dem kollektiven Aufkeuchen. Selbst die Sonne verschwand wieder hinter einer Wolke, und sämtliche Farbe schien aus dem Raum zu weichen. Es war unmöglich, die Göttergaben zu einen, wenn der Kelch der Einheit verschollen war.

Sie hatten keine Möglichkeit, Meridia aufzuhalten. Val hatte keine Chance, Malena zu retten. Seine Beine begannen zu zittern, fühlten sich an, als wäre ihnen jegliche Kraft entzogen worden. Der Schmerz in seiner Brust war unerträglich.

Bis sich eine flache Hand auf seinen Rücken legte und damit einen Teil der Pein von Val fortnahm.

»Wir werden sie retten«, flüsterte Pallas voller Zuversicht. »Du musst nur daran glauben, dass Wünsche wahr werden.«

Val sah zu ihm. Ein sanftes Lächeln zierte Pallas' perfekt geschwungene Lippen. In seinen Augen sah Val etwas, das er nicht zuordnen konnte, das ihm aber tatsächlich Hoffnung schenkte. Er schluckte, die Kraft kehrte in seine Beine zurück, und er richtete sich auf. Nachdem er Pallas' Lächeln erwidert hatte, verschwand die stützende Hand an seinem Rücken. Die Kälte fraß sich bis zu seinem Herzen.

Dennoch wollte er Pallas' Worten Glauben schenken und kämpfen. Bis zum Ende.

33
Caldea

Caldeas bisher weiteste Reise in den Osten war zu einem Ort, den man die »Verlorene Stadt« nannte. Sie waren auf der Suche nach den Verani gewesen, einer Horde, die als ihr Territorium die karge Wüste des Ostens in Anspruch genommen hatte. Der Stammesfürst Aulus hatte Caldea belächelt wie so viele andere. Sie legte keinen Wert darauf, ihm und seinen Schergen noch einmal zu begegnen. Allein bei der Erinnerung, wie der Stamm seine Frauen und vermeintlich Schwachen behandelte, zog sich ihr Magen zusammen. Die Verani vertraten die bei allen Horden längst überholte Meinung, Frauen wären den Männern unterlegen, hätten ihnen zu Diensten zu sein und würden nicht für den Kampf taugen. Caldea hatte nicht einmal die Gelegenheit bekommen, gegen einen Kämpfer der Verani anzutreten und Aulus vom Gegenteil zu überzeugen. Schnell konzentrierte sie sich wieder auf den Hohepriester Lothair, ein kleiner weißhaariger Mann, den Caldea nicht einschätzen konnte, der aber älter war als jeder Bewohner der südlichen Provinz.

»Ich habe mich in ein Refugium zurückgezogen und Kontakt zu Informanten gesucht«, fuhr der Alte mit der Erklärung über seinen Verbleib fort. »Der Kelch muss sich im Palast der östlichen Provinz befinden.«

Caldea sah sofort zu Lucan, der wissend nickte.

»In Zahra, der Hauptstadt jenseits des Flusses?«, fragte er, und der Priester nickte, nicht sehr begeistert von der Unterbrechung.

»Ihr müsst den Kelch suchen und nach Dariana bringen.

Setzt euch mit Jamahi in Verbindung, sie kann euch bei der Reise in den Osten führen.«

Der Priester tupfte sich mit einem Tuch über die glänzende Stirn, während Caldea überlegte, warum ausgerechnet die Frau, die ihnen in der Unterstadt Obdach gewährte und für die Nahrungsverteilung zuständig war, ihnen helfen konnte.

»Sie kommt aus dem Osten«, erklärte Cheveyo auf Caldeas unausgesprochene Frage.

Der Hohepriester nickte. »Und sie ist noch eng mit dem Osten und der Sultanin verbunden.«

»Wir können nicht alle in den Osten reisen«, sagte Aries und erhob sich vom Bett. Caldea sah zu ihm auf. »Wir müssen Malena folgen, damit der Krieg ein Ende hat.«

»Er wird kein Ende haben, wenn nicht alle Göttergaben vereint sind und wir die Verbindung zu Meridia gekappt haben.« Taipa hob das Kinn, und ihre Haare tanzten in einem Wind, den Caldea nicht spüren konnte.

»Dann teilen wir uns auf«, schlug Aries vor, drehte sich kurz um, damit er auch Caldeas Blick einfangen konnte. »Ein Teil von uns begleitet Jamahi in den Osten, die anderen folgen Malena.« Er sah zu Taipa und Lysanne. »Ihr könnt den Kelch spüren, oder?«

Lysanne nickte überzeugt, Taipa schloss die Augen, als horchte sie in sich. Für einen Moment war es still im Raum, dann ergriff Lysanne das Wort.

»Ich werde den Kelch aufspüren«, sagte sie zu Aries, der nickte, »wenn Caldea mich begleitet.«

Caldeas Herzschlag beschleunigte sich. Dutzende von Gedanken rasten durch ihren Kopf. Lysanne sah sie lange an, ihr Blick bohrte sich in ihren Geist, rief die Bilder ihres letzten Treffens in der Grotte im Norden hervor. Wusste Lysanne, dass Caldea Meridias Divina war? Sie hielt Lysannes Blick stand, hob ihr Kinn immer weiter an. Der Kelch war Meridias Gabe an ihr Volk. Ihre Möglichkeit, ihre Bestimmung zu erfüllen und die Horden zu einen. Das Ziel direkt vor Augen, straffte sie die Schultern und erhob sich.

»Ich werde helfen, den Kelch der Einheit aufzuspüren.« Sie kreuzte die Handgelenke vor der Brust und sah von ihrem Bruder zum Princeps.

»Nimm die Tafel, Valerian«, sagte der Priester mit seiner krächzenden Stimme und nestelte um Atem ringend an einem purpurfarbenen Bündel, das er mit sich trug. Der Princeps schluckte.

Caldea spürte die prickelnde Energie der Göttergabe, wie Lysanne sie beschrieben hatte. Doch sie widerstand dem Drang, sich die Gänsehaut von den Armen zu reiben. Niemand sollte wissen, dass sie Meridias Divina war und nicht Malena.

Der Hohepriester erhob sich mit Taipas Hilfe, trat zum Princeps und reichte ihm das Bündel. »Ihr solltet deinen Soldaten so schnell wie möglich folgen«, empfahl er, ehe er den Raum verließ.

Die nachfolgenden Stunden verbrachten sie im Kartenraum des Palastes. Hier gab es nichts als einen großen Tisch mit einer Karte und zahlreiche weitere davon, die die Wände zwischen den hohen Bogenfenstern pflasterten.

»Diesen Ort haben Cheveyo und ich gesehen«, hatte Taipa direkt nach dem Betreten gesagt. »Hier standen die Princepa und die Kriegsgöttin und haben sich zum Auszug in den Süden entschieden.«

Nun stand Caldea, Fürstin der Edoni, die ihren Titel abgelehnt hatte, neben Aquila, nun Aries, Fürst der Edoni, der seinen Titel nie hatte annehmen können, um den großen Tisch mit der detaillierten Karte des Imperiums. Im Vergleich dazu war die Karte, die Lucan bei sich trug, die nicht maßstabsgetreue Kohlezeichnung eines Kleinkindes. Die Dimensionen des Imperiums, das sich vor ihr ausbreitete, waren gigantisch, obwohl der Tisch kurz hinter der Felsansammlung im Norden, in der sich die Grotte befand, die sie bereits besucht hatten, endete. Der Westen des Imperiums war von etlichen Bäumen überzogen, die Via Occidens schnitt mitten hindurch und zog sich bis zu einer Gebirgskette, hinter der das Land noch ewig weiterging. Caldea kam sich klein vor in Anbetracht des gewaltigen Reiches. Sie fuhr mit dem Finger über den Süden, ihrem Zuhause. Hölzerne Pferdefiguren waren auf den ersten Blick unordentlich auf der Karte verteilt, doch bei genauerem Hinsehen erkannte Caldea die eingeritzten Stammesnamen – und dass sie auf ihrem jeweiligen Territorium standen. Der Untergrund war in verschiedenen Grüntönen gestaltet und zeigte die fruchtbareren Steppen an.

Hölzerne Figuren, die laut Aries die einzelnen Truppen der Gardistinnen darstellten, waren größtenteils auf einer Fläche jenseits des steinernen Plateaus aufgestellt, das im Süden seitlich der Via Meridians lag. Ihr Bruder positionierte eben weitere Figuren, die Princeps Valerians Legionen zeigten, an die zuletzt bekannten Positionen. Ein Soldat hatte ihm Nachrichten der Späher gebracht.

Caldea sah sich den Weg, den Lysanne und sie auf der Via Oriens würden zurücklegen müssen, lange an. Wenn die Maßstäbe der Karte stimmten, war die Straße in den Osten länger als alle anderen. Erst am Ende, jenseits eines breiten Flusses, befand sich die Hauptstadt. Allein für den Hinweg würden sie mehr als einen Mondlauf brauchen. Selbst mit Pferden. Die Wüste war eine beschwerliche Gegend.

»Wir werden den Kelch nicht zurück nach Dariana bringen«, sagte sie dann und hob den Blick von der Karte. »Wir bringen ihn direkt in den Süden, und dann treffen wir uns dort.« Sie deutete grob mit dem Finger einen Weg von der Via Oriens zu den Truppenfiguren der Principa. Diese Route würde ihnen einiges an Zeit ersparen.

Aries und Valerian sahen sich an, der Princeps nickte, und Caldea sah ihre Bestimmung klarer werden. Sie würde die Horden gegen Dariana einen, wie sie es Lucans Vater, Hordenfürst Marcus, versprochen hatte.

»Gibt es einen Treffpunkt im Süden, den wir allesamt aufsuchen können?«, griff Lysanne ihren Vorschlag auf.

Lucan deutete auf mehrere spitz zulaufende Dreiecke auf der Karte. »Das hier sind die Himmelsnadeln«, sagte er. »Sie sind von Weitem sichtbar. Hier könnten wir uns treffen.«

Princeps Valerian nickte zustimmend, offenbar hatte er ebenfalls von ihnen gehört, da warf Cheveyo ein: »Wir benötigen keinen Treffpunkt. Wir werden zu unterschiedlichen Zeiten dort ankommen. Aber mit dem Naturstein können wir regelmäßig über die Geistebene kommunizieren. Ich werde euch über eure Träume auf dem Laufenden halten.« Er sah zu Caldea und Lysanne. Letztere sah fragend zu Caldea, bis diese zustimmend nickte.

Taipa lächelte voller Stolz und nickte Cheveyo zu, dessen Wangen sich daraufhin dunkler färbten.

Sie kamen überein, dass dieser Vorschlag am günstigsten wäre. Lysanne und Aries unterhielten sich noch über die zusätzliche Möglichkeit, ihre Hamingjurs auszusenden, sollte es einen Notfall geben. Was sie darüber hinaus besprachen, konnte Caldea nicht hören, weil Agrippa, Pallas und Lucan lautstark diskutierten und ihre Aufmerksamkeit auf sich zogen.

»Ich werde dich in den Osten begleiten«, sagte Lucan bestimmt und trat zu Caldea.

Sie schüttelte sofort den Kopf. »Wir wissen nicht, was uns dort erwartet. Ich war noch nie so weit im Osten.«

»Und genau deshalb brauchst du uns«, erwiderte Agrippa und gesellte sich ebenfalls zu ihr. »Ich bin Meisterin im Spionieren, weißt du noch?«, sagte sie mit einem Lächeln. »Und der Kleine hier«, Lucan warf ihr daraufhin einen vorwurfsvollen Blick zu, auf den Agrippa mit einem Luftkuss reagierte, »kennt sich nicht nur aus, sondern ist perfekt im Verhandeln.« Sie zögerte, ehe sie hinzufügte: »Außerdem ist er inzwischen ein ganz passabler Kämpfer.«

Lucan schnaubte, etwas, das er sich ganz offensichtlich von Pallas abgeschaut hatte. Aber die Tatsache ließ sich nicht leugnen. Er und Caldea hatten auch auf ihrer Reise in den Norden und zurück nach Dariana sein Training fortgesetzt. Lucan ähnelte nicht mal mehr ansatzweise dem Jungen, den sie nicht hatte bei sich haben wollen, als er ihr von Hordenfürst Marcus an die Seite gestellt worden war.

Wie in einer kalten Brise wurde Caldeas Rücken kühl. Lysanne trat näher. »Man kann nie genug Vertraute um sich haben«, flüsterte sie dicht an Caldeas Ohr. Es fühlte sich an wie ein eisiger Kuss des Nordwinds, und Caldea erschauderte.

»Was ist mit dir?«, fragte Caldea Pallas. Er würde ihre Truppe erst vollzählig machen. Sie sah, wie hin- und hergerissen er war. Er schürzte die Lippen, schluckte, als er zum Princeps sah, und seine Augen leuchteten kurz auf. »Wenn du es erlaubst, werde ich den Princeps begleiten«, sagte er dann.

Caldea fühlte kurz den Stich der Enttäuschung. Dann sah sie, wie Princeps Valerian die Luft ausstieß, als hätte er sie seit ihrer Frage angehalten. Die beiden verband etwas, das Caldea Pallas nicht nehmen wollte. »Du musst mich nicht um Erlaubnis bitten«, sagte sie mit einem Lächeln, das hoffentlich weniger traurig aussah, als es sich anfühlte. Sie hatten eine so lange Zeit zusammen verbracht, hatten einander geholfen, sich gegenseitig aus brenzligen Situationen gerettet. Doch seit ihrer Rückkehr aus dem Norden hatte Caldea Pallas' Veränderung bemerkt, er war reifer geworden, ernster. »Pass gut auf dich auf«, fügte sie leise hinzu.

Pallas nickte mit einem Lächeln, dann sprang er zu ihr und presste sie an sich. Caldea blinzelte hastig die Tränen fort. Agrippa ließ sie zu, wie auch Lucan, die beide nacheinander von Pallas erdrückt wurden.

Caldea wusste nicht, wie sie sich von ihrem Bruder verabschieden sollte, der sie verhalten anlächelte. Auch er zögerte, kam dann jedoch zu ihr und blieb mit genügend Abstand vor ihr stehen. Trotz all der gemeinsamen Zeit schlug die geschlechtergetrennte Erziehung im Palast noch immer in seinem Verhalten durch. Er klopfte sich zunächst mit der geschlossenen Hand auf die Brust, dann erhob er beide Fäuste und kreuzte sie an den Handgelenken. Die Ehrerbietung im Süden. Caldea wiederholte die Geste.

»Pass auf dich auf, Fürst der Edoni«, sagte sie leise. Aries zuckte bei dem Titel zusammen, dann hoben sich seine Mundwinkel. Das Lächeln stieg jedoch nicht bis zu seinen Augen. Caldea sah ihm an, dass ihn etwas beschäftigte. Und sollte ihr Bruder Caldea nur ein Stück ähnlich sein, würde er eine Dummheit anstellen. »Ich kann meinen Bruder nicht noch einmal verlieren«, mahnte sie.

»Ist es nicht meine Pflicht, diese Worte an dich zu richten, Mondfunke?« Aries schenkte ihr ein noch verzweifelteres Lächeln, und das Brennen in ihren Augen wurde stärker. Ebenso wie das Gewicht ihrer Bestimmung.

Sie musste sich beeilen, musste den Kelch der Einheit holen und die Horden einen, um ihren Bruder vor Dummheiten und dem sicheren Tod zu bewahren. Der Preis erhöhte sich, die Zeit drängte.

34 Aries

In Aries' Geist stritten sich zwei Versionen seiner selbst. Die eine wollte unbedingt die kleine Schwester beschützen, die er doch erst wiedergefunden hatte. Die andere zerrte an ihm und beharrte darauf, Malena zu retten, auf der ein Fluch lastete, wohingegen Caldea eine Kriegerin war und nicht mehr das kleine rundgesichtige Mädchen, das er Mondfunke getauft hatte.

Die Worte der alten Seherin vom Nachtbasar zogen wieder und wieder durch seinen Kopf. *»Mit der ewigen Flamme wirst du dein Ziel erreichen.«*

Er konnte nicht zulassen, dass Lysanne die Göttergabe mit auf die Reise in den Osten nahm. Daher überzeugte er sie davon, dass er als Sieger über die Hüterin der Flamme in Arktus' Gunst stand und sie ohne Ablenkung durch die Anwesenheit einer weiteren Göttergabe den Kelch der Einheit besser aufspüren könnte.

Lysanne horchte in sich hinein – oder auf die Worte ihres Gottes? – und übergab ihm anschließend das eiskalte Metallgefäß, das einer der an Ketten hängenden Räucherkugeln im Tempel ähnelte und in dem die Flamme für die Reise aufbewahrt wurde. Er band sie an seinen Waffengurt und plante seine nächsten Schritte. Valerian schien bei Caldeas Begleiter Pallas gut aufgehoben zu sein, was Aries' schlechtes Gewissen etwas linderte.

Bei der Verabschiedung seiner Schwester hatte er das Gefühl, dass sie wüsste, was er vorhatte. Er brachte schnellstmöglich Abstand zwischen sich und ihr, und an der Tür verspürte er beinahe Erleichterung – gefolgt von einem noch schlechteren Gewissen. Nun war er sogar dankbar, dass Pallas Val ablenkte, der Aries seine Pläne sicherlich angesehen hätte. Doch er durfte sich nicht aufhalten lassen.

Cheveyo hatte ihm den allerletzten Anstoß gegeben: Er könnte ihn in seinen Träumen auf dem Laufenden halten. Der direkte Kontakt zu Val und seinen Legionen war nicht länger nötig.

Und so gab Aries vor, noch immer müde von der Reise zu sein, und zog sich in seine Kammer zurück. In eine einfache Tunika gekleidet, packte er die nötigsten Sachen und setzte Leo in einen kleinen Beutel, den er vor der Brust unter seinem Umhang mit Kapuze befestigte. Gemeinsam machten sie sich im Schutze der Nacht auf den Weg zur Stadtmauer, nahmen den Tunnel unter der Garnison und schlüpften durch die Schatten der Unterstadt. Niemand erkannte den Mann mit einfacher Kleidung und Kapuze. Vielleicht schützten ihn die Gottheiten auf seinem Weg, seinem Vorhaben, das eisige Herz der Princepa mit der ewigen Flamme zu schmelzen.

35
Caldea

Ein Bote kündigte Jamahis Eintreffen an, und sie waren bereit für den Aufbruch. Princeps Valerian und Aries hatten alle Vorbereitungen treffen und ihre Bündel packen lassen.

Am Palasttor verabschiedeten sie sich von den anderen. Noch trugen Lysanne, Jamahi, Agrippa, Lucan und Caldea ihr Gepäck selbst. Sie durchquerten das östliche Stadttor, das von Aries' Legionären geöffnet wurde, die ihnen die Ehrerbietung brachten und die Faust aufs Herz schlugen.

Immer mehr Menschen säumten die Straßen, und Agrippa hörte, dass eine Seherin jeden Bewohner und jede Bewohnerin dazu angehalten hatte, ihren Auszug zu segnen. Glückwünsche aus allen Teilen des Imperiums begleiteten sie durch die Unterstadt.

Als sie die letzten Baracken hinter sich gelassen hatten und sich die Via Oriens vor ihnen in den Horizont erstreckte, blieb Lysanne stehen und ließ ihr Gepäck neben sich fallen. Ihre Haare waren schweißgetränkt. Caldeas Hand ruckte gerade zu ihrem Trinkschlauch, da reichte Jamahi Lysanne bereits Wasser, das sie dankend ablehnte.

Lysanne stupste mit dem Finger den kleinen roten Vogel auf ihrer Schulter an. Der hopste sogleich zu Boden, wo er binnen eines Wimpernschlags zu einem gigantischen Wesen heranwuchs, dessen baumstammdicke Beine die Erde erzittern ließen. »Flocke kann sich mit so vielen Reitern nicht sehr schnell fortbewegen, aber immer noch besser als Pferde.« Sie zerrte Gurte aus ihrem Gepäck hervor, schnallte ihre Bündel und die Vorräte an den Seiten des Giganten fest, ehe sie das Tier bat, sie aufsitzen zu lassen. Der Rücken des Tieres war so lang, dass sie alle fünf darauf sitzen konnten. Caldea nahm den Platz hinter Lysanne, Jamahi saß rücklings und Agrippa zugewandt hinter Caldea. Bis zum Ende der Via Oriens waren ihre Führerkenntnisse nicht notwendig. Lucan war sich des gefährlichen hintersten Platzes offenbar sehr bewusst. Er erbleichte, als sich das Tier zunächst mit den Vorderbeinen aufrichtete, während Lysanne »Festhalten!« rief und laut lachte. Ein Klang, der Caldea direkt unter die Haut fuhr. Lucan krallte sich wie auch Caldea im Fell des Giganten fest, das kühl war wie ein Schwert in der Nacht.

Dann begann ihre Reise mit der sich bereits senkenden Sonne im Rücken – und in Agrippas Gesicht – auf der längsten Straße des Imperiums, immer dem Horizont entgegen.

Im Laufe der nächsten Sonnenläufe lernte Caldea viel über den Osten des Imperiums. Jamahi war eine gute Erzählerin, jeder ihrer Berichte glich den Geschichten, die man sich im Süden an den Feuern erzählte.

Jamahi war eine Geliebte der Sultanin gewesen, nach denen die Hauptstadt immer benannt wurde, war jedoch von unstillbarer Neugier und daher von Zahra als Botschafterin in die Hauptstadt entsandt worden. Doch noch ehe sie Kontakt zu den Verantwortlichen in der Stadt aufgenommen hatte, hatte sie ihren Diener zurück zu Zahra geschickt, um mit einer anderen Aufgabe betraut zu werden. Die Sultanin verstand ihren Wunsch, Stellung in der Unterstadt zu beziehen und den Menschen zu helfen, wie es seit jeher im Osten oberste Pflicht aller war. Es war einst Orientis' Gebot, niemandem Hilfe zu verwehren und sich um andere zu sorgen wie um sich selbst, weshalb der Gott des Ostens seinem Volk auch die Tontafel geschenkt hatte. Je mehr Jamahi von sich preisgab, desto sicherer war sich Caldea, dass sie Orientis'

Divina war. Sie bekam so viel mit, ging ständig in sich wie Taipa und achtete auf vielerlei Kleinigkeiten.

Die allumfassende Stille der Wüste um sie herum machte Unterhaltungen einfach. Allabendlich frischte der Wind auf, den Caldea von ihrem einzigen Besuch in der östlichen Provinz in Erinnerung hatte, und riss ihnen die Worte von den Lippen. Wann immer es so weit war, setzten sie das Gespräch beim Nachtlager fort. Sonnenlauf für Sonnenlauf.

An jedem Morgen hatte einer von ihnen Nachricht von Cheveyo über den Stand der Aufrüstung der Legionäre, und unaufhaltsam setzten sie ihre Reise auf der Via Oriens fort, der Morgensonne entgegen. Die Frage, über die sie alle grübelten, blieb jedoch unbeantwortet – niemand konnte in Erfahrung bringen, wie genau die Verbindung zu den Gottheiten gekappt werden konnte. Was hatten die Divini zu tun? Wie konnten sie besagte Verbindung trennen?

An einem Abend passierten sie die »Verlorene Stadt«, zahlreiche Ruinen, die aus den Sandhügeln der sich bis zum Horizont erstreckenden Wüste herausragten.

»Nach dem ›Zorn der Götter‹, wie das große Beben, das den Norden zerklüftete, vor Generationen in Dariana genannt wurde«, erklärte Jamahi beim Aufbau ihres Nachtlagers, »veränderte sich das Klima, und die einstigen Oasen verloren ihre Quellen. Die Bewohner mussten sich zum Alhaya zurückziehen.«

»Das ist der große Fluss, den wir überqueren müssen, um Zahra zu erreichen?«, fragte Lucan, und Jamahi nickte. Er sog weiterhin jegliches Wissen in sich auf wie der heiße Wüstensand das Wasser. Gemeinsam mit Jamahi und Agrippa bereitete er die Fladen zu, die sie in einer Kuhle im Sand buken, und füllte die Wasservorräte auf. Jamahi hatte bereits in den ersten Ausläufern der Wüste kleine Käfer gesammelt, die sie Wassersucher nannte. Einen dieser Käfer zog sie bei einer Rast aus ihrem Beutel, und er rannte gezielt auf das nächste von Sand bedeckte Wasserloch zu. Mit den Händen gruben sie den Käfer aus, schürften weiter, und wenig später füllte sich die Kuhle mit Wasser.

Caldea und Lysanne bauten in der Zeit die einfachen Zelte auf, die ihnen Schutz vor dem teils umherpeitschenden Sand, aber auch der Kälte der nächtlichen Wüste boten. Lysanne war in den kühlen Stunden der Nacht aktiver, gab jedoch nicht zu, dass die Hitze sie anstrengte.

Auf dem Rücken von Flocke sah Caldea tagtäglich vor sich, wie Lysannes leichter Umhang zum Schutz vor Verbrennungen schon kurz nach Sonnenaufgang schweißgetränkt war. Wann immer Lysanne sich zu ihr umwandte, widerstand Caldea dem Drang, ihr die Schweißperlen über der Oberlippe abzutupfen oder sie mit Wasser aus ihrem Trinkschlauch zu kühlen. Ein jedes Mal, wenn sie die Prinzessin des Nordens so nah vor sich sah, brannte sich die Hitze auch durch Caldeas Körper.

»Morgen erreichen wir den Alhaya, direkt dahinter liegt Zahra«, sagte Lysanne und beendete endlich ihre rastlose Wanderung rund um ihr Lager, das sie nahe einem Wegestein – einem schulterhohen würfelförmigen Felsen – errichtet hatten, und lehnte sich unter die für Caldea kryptische Markierung. Flocke saß in Vogelgestalt auf ihrer Schulter. So waren sie beide weit genug vom Feuer aus den Hinterlassenschaften des gigantischen Flocke entfernt, und Lysanne entspannte sich mit dem Temperaturabfall immer weiter.

Caldea, die gerade mit einem kargen Ast in den Flammen herumstocherte, um sie am Leben zu halten, nahm ihren Umhang und schlang ihn sich um die Schultern, damit sie neben Lysanne nicht fror. Sie setzte sich zu ihr, und beide starrten in den unendlichen Sternenhimmel.

Es gab verschiedene Formen von Stille. Die quälende Stille der Einsamkeit. Die erwartungsvolle Stille vor einem Kampf. Totenstille.

Die Stille zwischen Lysanne und ihr war von einer surrenden Energie erfüllt, die Caldea bis zu ihrer ersten gemeinsamen Nachtwache nicht gekannt hatte. Inzwischen sehnte sich Caldea täglich mehr den Nachtstunden entgegen – so wie früher dem Auftauchen von Mondfunke am Himmel.

»Geht es dir gut?«, fragte Caldea wie jeden Abend und wandte langsam den Kopf zu Lysanne, die ihr bereits das Gesicht zugewandt hatte.

»Ohne diese unerträgliche Hitze geht es mir immer gut«, erwiderte sie wie in jeder gemeinsamen Nachtwache und lächelte, was Caldea jegliche Kälte vergessen ließ.

Caldea verspürte allabendlich den Drang, sich Lysannes Gesicht bis ins kleinste Detail einzuprägen. Als würde ein Teil von ihr in die Zukunft blicken können. In eine Zukunft, in der keine Zeit blieb, Erinnerungen zu schaffen. Ob dies eine Gabe der Divini war?

Selbst im warmen Licht des Feuers war Lysannes Gesicht blass wie der Mond. Nicht einmal die Sonne des Ostens hatte es geschafft, auch nur einen Hauch Farbe auf ihre hohen Wangenknochen zu zeichnen. Ihre langen weißen Haare hatte sie wie immer zu einem Knoten am Hinterkopf gebunden, weil ihr sonst noch wärmer wäre. Nun tanzten kleine Strähnen in der Abendbrise um ihr Gesicht.

Lysanne war die beeindruckendste Frau, die Caldea je gesehen hatte. Sie war geschickt im Kampf, blendete Unwägbarkeiten wie die für sie unerträgliche Hitze aus, jeder Muskel an ihrem drahtigen Körper war perfekt definiert. Sie war der wahr gewordene Traum einer Kriegerin. Lysanne mochte sich zwar Prinzessin nennen, aber wie Caldea war sie einfach nur Teil eines Stammes, wenngleich Lysannes Stamm ein ganzes Volk umfasste. Wenn Caldea ihr Ziel aber erreichte, würde auch sie die geeinten Horden, alle Kathen, anführen können.

Caldea erschauderte bei dem Gedanken an ihr nahes Ziel.

»Ist dir kalt?«, fragte Lysanne, und ihr Blick huschte zum Feuer. Sie sah so besorgt aus. Besorgt um Caldea! Die Tatsache wärmte ihr Herz. Caldea wollte keine Ausflüchte mehr hören. Ihr Gefühl drängte sie dazu, noch einmal Erinnerungen zu schaffen.

»Wir können näher ans Feuer rücken«, fuhr Lysanne fort und machte bereits Anstalten, sich zu erheben. »Ich weiß, dass dir meine Gegenwart unangenehm is…«

Caldea beugte sich zu Lysanne und stahl die letzten Buchstaben von Lysannes weichen Lippen.

Sofort zog sie sich wieder zurück, schalt sich dafür, Lysanne so überfallen, nicht um Erlaubnis gebeten zu haben.

Lysannes Augen waren weit aufgerissen. Sie sah Caldea an, hob den Finger zu ihrem Mund und tastete offensichtlich nach dem Gefühl, das auch noch auf Caldeas Lippen kribbelte.

Nie zuvor hatte Lysanne so verletzbar ausgesehen. Aber im Gegensatz zu Caldea, die eine solche Außenwirkung ängstigte, lächelte Lysanne, und ihre leuchtenden Augen spiegelten das Feuer wider.

»Das hat nicht ausgereicht, Tochter des Südens«, sagte Lysanne mit einem verschmitzten Grinsen. »Ich brauche mehr.«

Doch dazu sollte es nicht mehr kommen.

Ein lautes Brüllen schreckte beide Frauen hoch, ließ sie aufspringen und nach ihren Waffen greifen. Noch ehe ihre Mitreisenden begriffen hatten, was vor sich ging, schlug Caldea den ersten Angreifer nieder, der gemeinsam mit anderen im vom Abendwind erhobenen Sand auf ihre Gruppe zustürmte.

An den aneinanderklirrenden Knochen um die Hälse ihrer ausschließlich männlichen Gegner erkannte Caldea, dass es sich um Mitglieder der Verani handeln musste. Jene frauenunterdrückende Horde, an deren Fürst Aulus sich Caldea schon beim Blick auf die Karte im Palast erinnert hatte. Obwohl sie ihn am liebsten aus ihren Gedanken getilgt hätte.

Seite an Seite kämpften Lysanne und Caldea gegen den Strom an Männern, ließen sich beabsichtigt immer weiter zurückdrängen, und näherten sich so dem Feuer, wo Agrippa, Jamahi und Lucan inzwischen ihre Waffen gezogen hatten.

»Wo steckt euer Fürst?«, fragte Caldea zwischen einem Hieb mit dem Kampfstab in die Flanke eines bärtigen Mannes. Ein Stöhnen kam aus seiner Kehle, ehe er wild attackierte. »Verschwindet, oder wir werden euch töten!«, legte Caldea nach. Doch ihre Gegner schienen unbeeindruckt.

»Du kennst diese Männer?«, fragte Lysanne und riskierte durch ihren langen Blick zu Caldea einen Schwerthieb auf ihren Arm. Glücklicherweise schützte das zarte Gespinst aus Metallfäden sie vor einer Verletzung.

»Leider«, gab Caldea nach einer Parade zurück.

Hinter ihr murmelte Agrippa: »Sie sind der widerlichste Abschaum, den die Kathen je hervorgebracht haben.«

Die fünf standen Rücken an Rücken und widersetzten sich dem Strom der Angreifer, die endlos wie Sand im Sturm auf sie einhieben. Caldea merkte, wie ihre Kräfte nachließen. Wie musste es erst Agrippa gehen oder gar Jamahi? War sie kampferprobt? Caldea warf einen Blick über die Schulter. Die Ostländerin schlug sich gut, aber ihre Hiebe waren nicht gerade kraftvoll.

»Also können wir sie vernichten?«, versicherte sich Lysanne. Die beiden Verani, gegen die sie sich zeitgleich zur Wehr setzten, lachten laut los.

»Ja, können wir«, rief Agrippa. »Sie haben den Tod verdient. Für jede Frau und jeden Mann, denen sie Leid angetan haben, weil sie sie für zu schwach hielten.«

Mehr Erklärung benötigte Lysanne offenbar nicht. Sie pfiff mit den Fingern, und das Brüllen eines riesigen Raubtiers zerschnitt die Luft, übertönte die Schlachtrufe der Verani um Längen. Caldeas Gegner sah sich um. Nicht schnell genug. Eine Löwin in der Größe ihres Reisetiers hieb mit ihrer Pranke nach ihm und schleuderte ihn in die Gruppe weiterer Angreifer. Sie gingen zu Boden wie Kegel, ehe sich Flocke auf sie stürzte, das große Maul zu einem weiteren Brüllen gen Himmel öffnete, ehe darin der halbe Körper eines Mannes verschwand. Flocke schüttelte den Kopf, Blut troff von ihren Lefzen. Sie spuckte den Verani aus und riss dem nächsten den Kopf ab.

Caldea und Lysanne hatten nicht mehr viel Arbeit, sie jagten lediglich den Männern hinterher, die vor Flocke flohen. Die Verani hatten trotz ihrer Übermacht keine Chance gegen ihre Gruppe. Es dauerte nicht lange, dann war der Sand vom Blut der Männer getränkt, und Caldea besah sich das Chaos rund um ihr Lager, ging von Mann zu Mann, um den Fürsten der Horde zu finden.

»Wir sollten das Lager woanders aufschlagen«, schlug Lucan vor und wischte sich am Schweiß festgeklebten Sand aus dem Gesicht.

»Aulus ist nicht unter den Opfern«, stellte Caldea fest, nachdem sie die leblosen Körper nach dem Fürsten abgesucht hatte.

»Und was bedeutet das?«, fragte Jamahi.

»Dass er vielleicht noch einen Angriff mit weiteren Männern plant«, sagte Agrippa, »oder dass …«

»… er sich irgendwo feige versteckt, vermutlich zwischen den Frauen und Alten der Horde«, zischte Caldea.

»Sie haben Frauen?«, fragte Lysanne, und ihr Blick huschte über die Leichen. »Warum kämpfen sie nicht?« Sie sah erneut zu den leblosen Körpern, als müsste sie sich noch einmal vergewissern, dass unter den Angreifenden tatsächlich keine Frauen waren.

»Weil Aulus glaubt, Frauen wären dafür zu schwach und existierten nur, um den Männern dienlich zu sein«, spuckte Caldea aus.

Lysannes ohnehin schon große Augen weiteten sich.

»Als wir durch die Gegend gezogen sind, um die Unterstützung der verschiedenen Horden zu sichern, habe ich seine Bekanntschaft gemacht. Damals hatten sie ihr Lager an der Grenze zur östlichen Provinz aufgeschlagen.« Der bittere Geschmack auf Caldeas Zunge kratzte an ihren Stimmbändern. Die Horde musste immer weiter in den Osten gereist sein. »Pallas und Agrippa ist es zu verdanken, dass wir es geschafft haben, zu fliehen, ehe sich die gesamte Horde an meinem Körper vergreifen konnte.«

Eiskalte Wut flammte in Lysannes Augen auf. Flocke, noch immer in Gestalt einer Löwin, legte den Kopf in den Nacken und brüllte auf. »Such weitere dieser Männer!«, befahl Lysanne mit eiskalter Stimme. »Folge ihrer Spur, damit du uns zu ihnen führen kannst.«

Flocke eilte mit großen Sprüngen davon und schleuderte ihnen Sand entgegen. Jamahi hatte gerade den Trinkschlauch mit Wasser geöffnet, um ihnen allen die Möglichkeit zu geben, sich Blut und Schweiß aus dem Gesicht zu wischen, da kehrte Flocke zurück. Selbst Caldea erkannte, dass sie fündig geworden war und den Erfolg mit ihrer Verbündeten teilte, ehe sie sich flach in den Sand legte, damit sie alle aufsteigen konnten.

Caldea zögerte nicht und zog sich auf Flockes Rücken. Das Fell war von Blutspritzern überzogen. Mit Reitern auf dem Rücken glitt Flocke langsamer dahin, hielt im Schutz der Dunkelheit immer weiter auf die »Verlorene Stadt« zu, die sich hinter einer Düne erhob, von wo aus sie die Lage auskundschaften konnten. Zwei Wachposten der Verani lungerten am Portal der halb zerfallenen Stadtmauer herum. Geblendet von ihren eigenen Fackeln, die im Sand steckten, sahen sie die Gruppe nicht kommen. Caldea und Lysanne huschten im Mantel der Dunkelheit bis zur Mauer und an deren Fuß entlang bis zum Durchgang. Noch ehe die Wachposten sie bemerkten und Alarm schlagen konnten, rann ihnen das Blut aus den Kehlen.

Sobald Agrippa, Lucan und Jamahi zu ihnen gestoßen waren, sandte Lysanne Flocke als Vogel aus, nach den Verani zu suchen. Sie folgten dem Hamingjur über die von Sand überzogenen Gassen der aufgegebenen Stadt. Die Ruinen erhoben sich zum Teil nur zur Hälfte aus dem Sand, der kleine rote Vogel flatterte eifrig vor ihnen her, verschwand kurz und kehrte zurück, um ihnen den weiteren Weg zu weisen.

Sie gelangten an die ehemalige Tempelanlage der Stadt. Die imposanten Säulen, die einst vermutlich das Vordach über der breiten Treppe zum Eingang gestützt hatten, waren umgestürzt. Das Dach lag in Trümmern an der Seite.

»Das könnte auch ein Tempel aus Dariana sein, wie kommt er in die östliche Provinz?«, fragte Jamahi und sah sich um.

»Vielleicht stammt er noch aus der Zeit, als die Völker sich noch mehr austauschten?«, mutmaßte Lucan. Sein Blick huschte umher wie Caldeas, die in jedem Schatten, der durch die Bewegungen ihrer Fackeln umhertanzte, einen angreifenden Verani sah.

Langsam stiegen sie über den Schutt hinweg zum Portal des Tempels. Sie brauchten ihre versammelte Kraft, um die Tür aufzustoßen. Gestank von Unrat, Blut und vergorenem Essen wölbte Caldeas Magen um. Agrippa würgte und bot an, den Eingang zu bewachen, blieb dann aber doch an ihrer Seite.

Caldea schwenkte die Fackel umher, kaum dass sie den ersten Schritt in die Dunkelheit des Tempels gewagt hatte. Leises Rascheln, nur schwach hörbares Wimmern, geflüsterte Worte.

»Ihr braucht keine Angst zu haben«, sagte Caldea mit fester Stimme, versuchte, die Herkunft der Geräusche zu ergründen, doch der Widerhall in dem hohen Tempelsaal machte es ihr unmöglich. Das Licht der Fackel reichte nur wenige Schritte weit, danach wurde es von der Finsternis verschluckt. »Ich bin Caldea, Fürstin der Edoni. Wir haben die Männer der Verani getötet«, erklärte sie, und das Flüstern wurde zu einem Raunen, Ungläubigkeit wogte Caldea entgegen.

»*Fürstin* der Edoni«, erklang eine männliche Stimme hinter ihnen, die vor Spott nur so triefte. Das sirrende Geräusch von gezogenen Schwertern hallte durch den Tempel, drang von allen Richtungen auf sie ein, sodass es unmöglich war, die genaue Herkunft zu bestimmen. Caldea umgriff ihren Kampfstab fester.

Lautes Stampfen folgte, vermutlich beabsichtigt, um sie weiter zu verwirren. Die Knochenketten der Verani klapperten, während sich Caldea und ihre Freunde erneut Rücken an Rücken aufbauten.

»Sie kommen durch zwei Gänge uns gegenüber und rechts von uns«, rief eine unbekannte Stimme, auf die ein dumpfes Keuchen folgte. Dann ein waffenloser Kampf? Caldeas Kopf ruckte hin und her, weil auch jene Stimme von allen Seiten auf sie eindrang. Aufgeregtes Flüstern folgte dem Ruf.

»Sie sind hinter mir«, flüsterte Agrippa in Caldeas Rücken.

»Bist du dir ganz sicher?«, hakte Lucan seitlich von Caldea nach.

»Natürlich bin ich das«, entgegnete Agrippa brüskiert. »Das Flüstern ist zu leise für ein Echo.«

Caldea vertraute Agrippas feinem Gehör und machte sich bereit. Sie zog eine weitere Fackel aus ihrem Beutel und entzündete sie, ehe sie sie in die von der Stimme angegebene Richtung schleuderte. Direkt auf drei Verani zu, die kurz überrascht waren, dann jedoch angriffen. Das Klirren von Waffen tanzte unter der hohen Decke. Durch den Eingang strömten weitere Hordenmitglieder. Caldea hielt ihrem Angriff stand. Dem Zischen von Lysannes Peitsche folgten Schmerzensschreie der Verani. Dazwischen erhob sich immer lauteres Raunen irgendwo in Caldeas Rücken. Dumpfe Schläge glitten durch den Raum. Gerade als sie nach der Herkunft fragen wollte, schob sich ein ihr bekanntes Gesicht zwischen den angreifenden Verani hindurch in den Schein der am Boden liegenden Fackel. Aulus, der Anführer der abscheulichen Horde. Zorn raste durch Caldeas Körper, und ohne auf ihre Flanke zu achten, stürmte sie los.

»Caldea!«, rief Lysannes Stimme und tanzte über ihrem Kopf. Es folgten ein paar dumpfe Schläge, ehe Lysanne an ihre Seite kam und mit Caldea kämpfte. Flocke, in einer nicht ganz so imposanten Gestalt wie unter freiem Himmel, stieß ein Knurren aus und stürzte sich auf Lysannes stummen Befehl hin auf die Angreifer.

»Der da gehört mir!«, sagte Caldea leise und ließ Aulus nicht aus den Augen, während sie langsam näher trat. Lysannes Peitschenhiebe, das Knacken von Knochen zwischen Flockes Zähnen und die Schmerzenslaute rückten in weite Ferne. Mit Genugtuung erkannte Caldea die Angst in Aulus' Gesicht. »Du bist eine Schande für unser Volk«, stieß sie hervor und meinte es mit jeder Faser ihres Körpers. Der Mann vor ihr trat jeden Fortschritt mit Füßen, er und seine Horde von grausamen Männern erhoben sich über andere. »Du hältst dich für stärker als mich«, Caldea übte den ersten Schlag aus, schwach wie in den Arenakämpfen, bis ihr ein würdiger Gegner entgegengestellt wurde, und Aulus konterte mit einem siegesgewissen Lächeln.

Doch es war Caldea, die schnell zur Seite trat, mit dem Kampfstab herumwirbelte und mit der metallbewehrten Spitze auf seine noch vom Heben seiner Waffe ungeschützte Seite einstach. »Dabei bist du Abschaum und weniger wert als alle anderen.«

Aulus brach zusammen und krümmte sich vor Schmerzen, Blut rann aus einer tiefen Wunde in seiner Seite. Er sah sich stöhnend um, doch niemand kam ihm zu Hilfe, niemand schützte ihn.

»Sind da noch mehr Männer?«, fragte Caldea, während Lysanne ihr die Hand auf den Rücken legte. Lysanne sah Flocke an, diese legte den Kopf schräg, witterte in der Luft.

»Wir hatten Unterstützung«, rief Agrippa, und am Ende des Raums wurde eine Fackel entzündet. In schmutzige Lumpen gekleidete Männer und Frauen standen Seite an Seite mit Jamahi, Agrippa und Lucan. Zu ihren Füßen lagen ebenfalls tote Verani. Die Gefangenen hatten sich zur Wehr gesetzt und ihren Freunden geholfen!

»Flocke ist sich sicher, dass der hier der einzige Überlebende ist«, sagte Lysanne. Sie musterte Caldea kurz. »Ist das der Mann, der dir Leid antun wollte?«

»Nicht nur mir«, entgegnete Caldea und fühlte sich gar ohnmächtig angesichts der Erinnerungen, die sie zu überschwemmen drohten. Sie fühlte wieder die Fesseln an ihren Armen und Beinen, den widerwärtigen Blick in den Augen des Fürsten, die Tränen all der Menschen, die dasselbe durchzustehen hatten, weil Aulus sie für schwach hielt. Caldea erinnerte sich an die Explosion, die Agrippa und Pallas ausgelöst hatten, um die Verani abzulenken, damit sie Caldea befreien konnten. Ein Schaudern durchfuhr sie, als sie an die Rufe all derer dachte, die sie nicht hatten retten können. Caldea blinzelte, dann richtete sie die Spitze ihres Kampfstabs auf Aulus' Kehle. Sein Wimmern glich dem der von ihm und seiner Horde verschleppten und gequälten Menschen. Es wäre so leicht, ihn einfach zu töten. Ihm ein Ende zu bereiten. Sie müsste nur einen Schritt nach vorne machen, und das geschliffene Metall würde in seine Kehle eindringen, sodass er lautlos verbluten würde.

Caldea trat einen schnellen Schritt zurück.

»Soll ich …«, bot Lysanne an, aber Caldea schüttelte den Kopf. Sie sah zu ihren Freunden, die gerade die letzten Fesseln der Gefangenen lösten.

»In unserem Volk gibt es keine größere Strafe, als ausgestoßen zu werden. Die Strafe des Alleinseins. Das ist, was Aulus verdient hat.« Ihre Stimme rieb sich an der Last dieser Entscheidung. In ihrem Inneren kämpfte sie gegen den Drang an, den Mann zu ihren Füßen zu töten.

»Dann soll es so sein«, erwiderte Lysanne mit einem verständnisvollen Nicken. »Lasst uns aufbrechen. Ich will hier nicht länger sein.«

»Wir müssen sie alle mitnehmen«, sagte Caldea schnell und deutete zu ihren Freunden, die bereits ihre Trinkschläuche herumreichten. »Dieses Mal können wir sie retten.«

Agrippa nickte begeistert. Sie wusste, wie elend es Caldea damals zumute war, die anderen zurückgelassen zu haben. Nun konnten sie es vielleicht ein wenig wiedergutmachen.

Caldea band ihren Stab auf den Rücken und hob die Fackel vom Boden auf. Sie schritt weiter in den Raum hinein, bis der Lichtschein die Fackel von Agrippa einfing. Ein junger Krieger stellte sich ihr in den Weg, als sie weitergehen wollte. Hinter ihm erfasste das Licht ein blasses, schmutziges Gesicht.

»Wir werden euch nichts tun«, versicherte Caldea und musterte den Krieger. Sie konnte kein Hordensymbol ausfindig machen. »Sag mir, wer du bist und woher du kommst.«

Der Krieger kreuzte die Handgelenke vor der Brust, doch sein umherhuschender Blick strafte all die Ehrerbietung Lügen. Er hatte Angst. »Ich bin Vasili, Mitglied der Docàn.«

»Ihr seid in Sicherheit«, betonte Caldea erneut. »Wir danken euch für eure Hilfe im Kampf.« Sie deutete vage zu den toten Verani auf dem Boden.

»Ihr hättet uns nicht gebraucht«, erwiderte Vasili kühl.

»Eine Horde braucht jeden. Der Süden braucht jeden«, sagte Caldea bestimmt und kreuzte ebenfalls die Handgelenke vor der Brust.

»Was habt ihr mit uns vor?« Eine Frau, den muskulösen Armen nach eindeutig eine Kriegerin, schob sich an Vasili vorbei und drückte dabei ein kleines Mädchen an ihre Seite. Ihr folgten immer mehr Frauen und ein paar Männer, was Caldea das Versprechen, sie alle zu versorgen, in der Kehle stecken bleiben ließ. Es mussten Dutzende sein, nicht eine Handvoll wie damals, als sie in Gefangenschaft gewesen war.

»Wir bringen euch in Sicherheit«, sagte Jamahi und trat an Caldeas Seite. »Wir sind auf dem Weg nach Zahra, dort wird man euch allen helfen.«

»Flocke kann nicht so viele tragen«, warf Lysanne ein.

»Dann wird sie nur diejenigen tragen, die zu schwach sind, selbst zu gehen«, schlug Jamahi vor.

»Wir werden viel länger brauchen«, konterte Lysanne, sah zu Caldea, wie um sich rückzuversichern.

»Das werden wir. Aber ich bin mir sicher, im Sinne der Gottheiten zu handeln, indem wir diese Menschen retten«, antwortete Caldea von purer Gewissheit durchflutet.

Kaum hatte sich die Sonne über den Horizont geschoben, verteilten sie einen großen Teil des Proviants an die insgesamt vierzig Frauen, Männer und Kinder, die von den Verani im alten Tempel gefangen gehalten worden waren. Sie berichteten, dass der größte Teil der Docàn, ihrer Horde, dem Ruf der Teren zum gemeinsamen Kampf gegen Dariana gefolgt war. Nur wenige Kämpferinnen und Kämpfer waren bei den Schwächeren zurückgeblieben, die der Übermacht der barbarischen Verani nichts entgegenzusetzen hatten.

Sie ließen Aulus allein im Tempel zurück und traten in das Zwielicht eines neuen Tages, während Caldea die Bestätigung hatte, dass der Süden tatsächlich dabei war, sich zu einen.

Um ihre Vorräte aufzustocken, sandte Jamahi Wassersucher aus. Sie fanden eine Quelle unweit des Tempels, im Zentrum der Ruinen, die einen großen Platz ähnlich dem Forum von Dariana umringten. Dort wuschen sie sich alle, füllten die Trinkschläuche, und einer Prozession gleich zeichneten sie Spuren in den Sand, die bereits bei der Ankunft auf der Via Oriens vom Wind davongetragen worden waren.

36
Caldea

Sie benötigten drei Sonnenläufe statt des einen geplanten. Am vierten Tag hatten sie keinerlei Proviant mehr, ihre Mägen knurrten, und die kleineren Kinder weinten vor Erschöpfung. Dennoch liefen sie weiter.

Schon vor dem höchsten Stand der Sonne endete die Via Oriens an einer Brücke. Die karge Wüste war mit jedem ihrer letzten Schritte grüner geworden, inzwischen beschatteten Palmen seitlich der Straße des Ostens ihre Schritte auf dem Pflaster. Caldea schwitzte dennoch unter der Last des Gepäcks auf ihrem Rücken. Jamahi hatte Lysanne gebeten, Flockes Gestalt zu einem weniger bedrohlichen Tier wechseln zu lassen. Sie wollte niemandem Angst machen, schließlich mussten sie zum Palast von Zahra.

Mit dem Handelssiegel, das Marcus Lucan mitgegeben hatte, durften sie die Brücke ohne weitere Untersuchungen passieren, auch die Frauen, Männer und Kinder, die ihnen in einer schier endlosen Reihe folgten.

»Warum sagst du nicht, wer du bist?«, fragte Agrippa Jamahi, die daraufhin mit einer Antwort zögerte.

»Weil nicht jeder … erfreut darüber war, dass ich, anstatt unsere Sultanin glücklich zu machen, unser Land verlassen habe«, erklärte sie, während sie die lange hölzerne Brücke überquerten, die bei jedem Schritt leicht federte. Am anderen Ende entdeckte Caldea bewirtschaftete Felder, kleine Kanäle und dahinter eine sandfarbene Mauer, hinter der zahlreiche Türmchen aufragten.

»Viele halten mich für eine Verräterin«, fuhr Jamahi fort. »Dabei wollte ich doch nur eine bessere Zukunft für uns alle.«

Caldea verstand Jamahi. Sie selbst wollte nur das Beste für ihr Volk. Niemand sollte mehr seine Kinder als Tribut in den Palast schicken müssen. Sie musste es einfach schaffen, den Kelch zu finden, die Horden zu einen und die Princepa zu besiegen. Dann würde Meridia, deren Divina sie war, an ihrer Seite stehen und ihrem Volk den immerwährenden Sieg gewähren. Sonst wäre sie doch nicht als Divina erwählt worden, oder?

Caldea blinzelte sich aus ihren Gedanken. Ihr Blick traf Jamahi, die noch immer traurig lächelte, während sie alle weitergingen. Inzwischen hatten sie die Mitte des Alhaya erreicht.

Caldea sah zu Lysanne. Ihre Lippen prickelten bei der Erinnerung an die Nachtwache vor dem Angriff der Verani, und Hitze stieg in Caldeas Wangen. Wie von selbst hoben sich ihre Mundwinkel, was Lysanne spiegelte.

Wenn sie siegreich war, ihr Plan zur Vollendung kam, würde ihr Volk dann wirklich über die anderen triumphieren? Sie sah von Jamahi neben Lysanne zu Agrippa an der Seite von Lucan. Würde sie sich entscheiden müssen? Zwischen ihrem Volk und den anderen?

Sie schluckte den immer größer werdenden Kloß in ihrer Kehle hinunter, während sie das Ende der Brücke erreichten und einem breiten Weg folgten, der sie direkt zur Stadtmauer führte.

Caldea rieb sich immer wieder über die Unterarme. Sie hatte ständig das Gefühl, irgendwelche Insekten würden darüberkriechen.

Am Tor angekommen, wo Lucan das Siegel vorzeigte, stoppte Lysanne Caldeas Kratzen mit ihrer Hand. »Das ist die Nähe der Göttergabe«, raunte sie ihr zu, und Caldea hätte sich am liebsten getreten, weil sie es nicht erkannt hatte – im Gegensatz zu Lysanne. Caldea hatte sich verraten. Lysanne brachte sie durcheinander, verwirrte sie, brachte ihre Überzeugungen und Ziele ins Wanken.

Jamahi führte die überlebenden Docàn zu einer Unterkunft ähnlich derjenigen, die sie in Dariana errichtet hatte. Dort würden sie alle versorgt werden. In ihrer ursprünglichen Fünfergruppe zogen sie weiter.

Erst bei den Wachposten am Tor einer dunkelroten Mauer mit goldenen Zinnen, die den Wogen der Dünen der Wüste glichen, stellte sich Jamahi mit ihrem Namen vor und bat um Einlass. Die beiden wachhabenden Frauen waren in langärmelige eng anliegende beigefarbene Stoffe gekleidet, die aussahen, als beständen sie aus einem einzigen Stück. Darüber trugen sie einen gleichfarbigen Umhang, der sie zusätzlich vor der Hitze schützte, wie Jamahi ihnen erklärte. Agrippa verbarg ihre Begeisterung nicht und redete unentwegt auf Lucan ein, der nur skeptisch lächelte und dabei alle Details ihrer Umgebung in sich aufsog. Es herrschte ein großer Tumult, überwiegend Frauen waren unterwegs, trugen fast alle dieselbe Kleidung wie die Wachposten, aber in allen Farben des Regenbogens. Vereinzelt waren auch Männer in bodenlangen Tuniken unter ihnen, die Köpfe gesenkt, huschten sie zwischen den Frauen hindurch. Der von Jamahi Souk genannte große Platz vor dem Palast war ein einziges buntes – und lautes! – Treiben, das Caldea nach der Stille der Wüste überforderte. Sie starrte nur auf das hölzerne Tor und war dankbar, als es sich hinter ihnen schloss und einen Teil des Lärms mit sich nahm.

Auf Agrippas begeisterten Ausruf hin hob Caldea den Blick und sah den kompletten Palast von Zahra vor sich, ein tonfarbenes imposantes Gebäude mit zahlreichen Balkonen auf vielen Etagen, aus dem etliche kleine Türmchen emporwuchsen.

»Wenn der abendliche Wind einsetzt, singen die Türme das Lied der Nacht«, erklärte Jamahi, und Lucan ratterte eine ganze Liste an Fragen herunter, noch ehe sie im Inneren, in dem es erstaunlich kühl war, von Dienern in unscheinbaren bodenlangen Tuniken in Empfang genommen und zur Sultanin geführt wurden.

Sultanin Zahra stand gerade von einem gepolsterten Sessel auf, als sie eintraten. Sie trug weite Beinkleider, die Caldea bereits an Frauen in Dariana gesehen hatte, die aber ebenso nahtlos in den hautengen Stoff an ihrem Oberkörper übergingen wie bei den Wachposten. Bei jedem Schritt bewegte sich ihre Hüfte, ein mit zahlreichen funkelnden Steinen besetzter durchscheinender Umhang glitt mit einem leisen Rascheln hinter ihr über den Boden.

»Jamahi!«, rief die Sultanin so laut aus, dass ihre dunkle Stimme von den mit Stoffen behängten Wänden hallte.

Jamahi legte sich beide Hände auf die Schultern der anderen Körperseite. Lysanne, Agrippa, Lucan und Caldea folgten dieser Geste des Respekts, die Jamahi sie gelehrt hatte. Jamahi stellte sie nacheinander vor.

Ein bitterer Geschmack legte sich auf Caldeas Zunge, als die Blicke der Sultanin zuletzt ganz langsam über Lysannes schweißnassen Körper glitten. Für sie war es selbst im kühlen Inneren des Palastes zu warm. Das haarfeine Netz aus in der ewigen Flamme geschmiedetem Metall ließ ihre weiße Haut in den durch die schmalen hohen Bogenfenster einfallenden Sonnenstrahlen aufleuchten. Die Sultanin trat näher zu Lysanne und berührte, ohne um Erlaubnis zu bitten, Lysannes Oberarm und strich sanft über das Netz.

Caldea sah, wie Lysanne sich anspannte, die Sehnen an ihren Knöcheln traten hervor, so fest ballte sie die Hände, die dadurch nicht mehr auf ihren Schultern lagen.

Caldea war weniger beherrscht als die nordische Prinzessin und öffnete bereits den Mund, doch Jamahi kam ihr zuvor. »Zahra, das ist Lysanne, eine Prinzessin des Nordens.«

Als wäre ihr erst jetzt bewusst geworden, was sie da tat,

zog die Sultanin schnell ihre Hand zurück und sah betreten auf ihre nun verschlungenen Finger hinab. »Verzeih mir, Lysanne. Ich bin noch nie jemandem aus der nördlichen Provinz begegnet.«

Lysanne fuhr mit der Zunge an der Innenseite ihrer Unterlippe entlang, dann nickte sie. »Ich akzeptiere.«

»Nein, es ist unentschuldbar«, korrigierte sich die Sultanin dann mit einem Kopfschütteln. »In unseren Annalen wird von solchen Übergriffigkeiten berichtet, die Frauen zu Zeiten der Männerherrschaft ertragen hatten. Wir dürfen nicht …«, sie stieß ein verzweifeltes Seufzen aus, »ich hätte nie gedacht, dass ich selbst irgendwann genauso handeln würde. Es tut mir mit Leib und Seele leid.«

Caldea wusste nicht, was in jenen Annalen stand, aber die Entschuldigung bestand hoffentlich nicht nur aus leeren Worten.

»Ich gewähre dir einen Wunsch«, sagte die Sultanin dann, und Jamahi keuchte auf.

Lysanne starrte die Sultanin an. Jamahi erklärte: »Das Versprechen, einen Wunsch zu gewähren, geht noch auf die Zeit der Wunschtafel zurück. Jeder hatte damals drei Wünsche frei. Stand man in einer großen Schuld bei einem anderen, gewährte man ihm einen dieser Wünsche.«

Caldea hörte ein Flüstern hinter sich und sah sich zu Lucan um: »Man darf sich alles wünschen?«

Die Sultanin nickte: »Wenn es in meiner Macht steht, werde ich dir den Wunsch gewähren.«

Agrippa trat einen Schritt nach vorne und forderte: »Wünsch dir den Kelch!«

Die Sultanin zog die zart geschwungene Linie ihrer Augenbrauen zusammen. »Welchen Kelch?«

»Deshalb sind wir hier, Zahra.« Jamahi trat näher zur Sultanin. »Wir müssen ganz Alania retten und brauchen dafür

Meridias Göttergabe, den Kelch der Einheit. Würdest du ihn uns überlassen?« Sie legte erneut die Hände ihrer verschränkten Arme auf die Schultern.

»Ich … kann nicht«, erwiderte die Sultanin. »Ich weiß nichts über den Verbleib des Kelchs der Einheit.«

Erneut erkannte Caldea keine Lüge in den Augen der Sultanin. Aber die aufgestellten Härchen auf ihren Unterarmen zeugten von der Nähe einer Göttergabe.

Lysanne straffte die Schultern. »Dann wünsche ich mir, dass meine Gefährtinnen, unser Gefährte und ich uns umsehen dürfen. Sollten wir den Kelch finden, fordere ich freies Geleit für uns alle.«

Kurz huschte der Blick der Sultanin zwischen Lysanne und Jamahi hin und her. Caldea glaubte bereits, dass die Sultanin ablehnen würde, doch auf Jamahis Lächeln hin nickte sie.

»So sei es. Ich stelle euch darüber hinaus Dienstmänner zur Verfügung, solltet ihr Unterstützung bei der Suche benötigen.«

»Das ist nicht nötig, Sultanin«, sagte Lysanne.

»Nenn mich Zahra, ich stehe noch immer in deiner Schuld.«

Mit freiem Geleit war es für Lysanne und Caldea ein Leichtes, der Energie der Göttergabe nachzuspüren. Je mehr Caldea sich darauf konzentrierte, desto stärker spürte sie diese besondere Spannung in der Luft. Sie schritt eilig voran, ihr Ziel kam näher und näher.

Sie befanden sich gerade in einem langen Flur, der voll von fremden Gerüchen war, die Caldeas Magen knurren ließen. Nach so vielen Tagen mit den trockenen Fladen ließ sie der Duft nach gekochtem Essen aufstöhnen, was Lysanne ein amüsiertes Grinsen entlockte. Erst jetzt fiel Caldea auf, dass Lysanne sich im Hintergrund hielt, ihr die Führung überließ.

Wärme breitete sich von Caldeas Brust aus, und ihr Magen war nicht länger mit dem Hungergefühl beschäftigt, sondern von einem Kribbeln erfüllt, das sie sofort an den geteilten Kuss in jener Nacht des Überfalls denken ließ.

Caldea konzentrierte sich, ließ auch die wiederkehrenden Gedanken nicht zu, dass sie sich vielleicht bald zwischen ihrem Volk und Lysanne würde entscheiden müssen. Sie folgte der stetig stärker pulsierenden Energie der Göttergabe und drückte mit zu viel Kraft eine Tür auf, die sogleich zurückgeworfen wurde.

»Die Küche, Herrin«, sagte der Dienstmann, den Zahra ihnen zur Seite gestellt hatte, und hielt die Tür für sie offen, die sich von selbst schließen wollte.

Auch Lysannes Magen knurrte mit Blick auf die dampfenden und brutzelnden Schüsseln und flachen Schalen, unter denen Feuer brannten und die auf einem steinernen Tisch standen. Es roch so köstlich!

»Er ist hier!«, sagte Lysanne dann unvermittelt und sah sich um. Die weißen Härchen auf ihren Unterarmen reckten sich über das Netz auf ihrer Haut.

Caldea spürte das Kribbeln bis in ihre Fingerspitzen. Sie machte zwei Schritte in die Küche hinein, drehte sich um und versuchte, sich zu konzentrieren. Doch die Energie war überall, erfüllte den gesamten länglichen Raum, in dem Männer umherhuschten und Frauen Anweisungen gaben.

Die inzwischen vertraute Kälte in ihrem Rücken zeigte Lysannes Nähe an. »Schließ die Augen«, flüsterte sie ihr über die Schulter zu, und Caldea schloss sie. »Konzentriere dich nur auf das Wesentliche.« Ein leises Zwitschern erklang direkt neben Caldeas Ohr. Flocke gab ihr ebenfalls Anweisungen.

Caldeas Herz pochte immer schneller, und sie konnte nicht sagen, ob es an Lysannes Nähe oder der des Kelchs lag.

»Genau so, geh weiter. Lass dich von der Energie lenken.«

Caldea hatte nicht bemerkt, dass sie ohne Zutun losgegangen war. Sie riss die Augen auf und fand sich ein ganzes Stück weiter im Inneren des Raums, vor etlichen Nischen in den Wänden, deren Regale Dutzende von Schalen, Krügen, Schüsseln, Kelchen und Tellern trugen. Kelche, die funkelten und glänzten, tönerne und aus Knochen geschnitzte Exemplare und welche aus Metall.

Caldea wollte gerade die Hand zu einem schlichten, gebeinfarbenen Kelch mit feinsten Metallintarsien heben, da riss Lysanne an ihrer Hand.

»Was ist?«, fuhr Caldea zu ihr herum.

Lysannes Stimme war angespannt. »Das ist ein Krug aus Arcadia, meiner Heimat.«

»Aber Zahra hat gesagt …«, begann Caldea, als ihr klar wurde, dass die Sultanin sie belogen haben musste. Sie sah kurz zu den von Zahra abgestellten Dienstmännern, die sie misstrauisch beäugten, schnappte sich dann den erstbesten silbernen Kelch und hielt ihn triumphierend in die Höhe.

»Männer, geleitet uns zur Sultanin zurück«, wies sie dann die Dienstmänner an, die übereifrig nickten und sich dann der schwingenden Tür zuwandten. Als alle Aufmerksamkeit auf ihren männlichen Begleitern und Lysanne lag, die ihnen sogleich folgte, streifte Caldea unauffällig die Tiegel mit den Gewürzen, die im Regal bei etlichen Schüsseln standen, und griff auf eine innere Eingebung hin zu. Sie atmete scharf ein, als die Energie der kleinen, unscheinbaren Metallschale, die sie für Meridias Göttergabe hielt, in ihre Fingerspitzen schoss und sich in ihrem Körper ausbreitete. Hastig schob sie den handflächengroßen »Kelch« unter ihren Gürtel und zog die Tunika darüber.

Sie trieben die Männer zur Eile an, die sie den Weg durch die verwinkelten Gänge zurück zu ihren Freunden führten.

Caldea hielt den falschen Kelch hoch wie die Siegesflagge bei einem Triumphzug.

Agrippas Lachen war von Weitem zu hören, und Caldeas Anspannung fiel ab. Sie hatte bereits das Schlimmste befürchtet, sodass sie einfach nur froh war, dass es ihrer Freundin gut ging. Sie saß mit der Sultanin und Jamahi auf etlichen Kissen in einer Ecke des Thronsaals und wurde von oberkörperfreien Männern mit Köstlichkeiten versorgt.

»Wo ist Lucan?«, fragte Caldea, nachdem sie den gesamten Raum nach dem Jungen abgesucht hatte.

»Er sollte euch beiden doch bei der Suche helfen«, sagte Agrippa, runzelte dann die Stirn und fügte viel leiser hinzu: »Ihr habt ihn doch rufen lassen.«

Caldea und Lysanne reagierten wie eine einzelne Kriegerin. Caldea flüsterte ein »Steh auf!«, das Agrippa mit ihrem guten Gehör verstand, während sie losrannten. Im nächsten Augenblick standen sie rechts und links der Sultanin und hielten sie fest. Agrippa trat mit einem Messer, das zum Teilen der Früchte auf dem schienbeinhohen Tisch bereitlag, hinter die Sultanin und drückte es gegen ihren Hals, als Kriegerinnen von Zahras Leibgarde in den Thronsaal stürmten. Ihre eng anliegende Kleidung war schwarz wie die Nacht, ihre Klingen schimmerten im Sonnenlicht auf, während die Umhänge flatterten wie Fahnen im Wind.

»Zahra, was ist …«, begann Jamahi und erhob sich langsam.

Die Sultanin lachte auf. »Du hast meinen sehnlichsten Wunsch erfüllt und mir jemanden gesandt, der den Kelch der Einheit aufspüren kann.«

Jamahis Haut näherte sich Lysannes Farbton an.

»Ich weiß nicht, was du meinst.« Ihre Unterlippe bebte.

»Seit ich von dem Gerücht gehört habe, dass der Kelch der Einheit hier im Osten von einer Diebesbande gestohlen wurde, sammeln meine Soldatinnen alle Kelche im Land. Doch es war mir nicht möglich, den richtigen ausfindig zu machen. Ich habe so viele Testreihen durchgeführt, Gruppen aus dem einen, andere aus weiteren Kelchen trinken lassen. Doch Loyalität ist nicht greifbar. Beschützen sie mich anstelle ihres eigenen Lebens, weil sie ihre Sultanin lieben oder weil ich den richtigen Kelch erwischt habe?«

Caldea knirschte mit den Zähnen, als sie das verzweifelte Lachen der Sultanin hörte. Sie war verrückt. Zahra war verrückt.

»Was ist mit dir geschehen?«, fragte Jamahi so sanft, dass selbst Caldea ruhig wurde, dann aber schnell nach ihrem Zorn griff. Die Sultanin reagierte nicht.

»Wo. Ist. Lucan?«, fragte Caldea ein weiteres Mal. Agrippa drückte das Messer fester an Zahras Kehle und ritzte die Haut auf.

Die dunkel gekleideten Kriegerinnen hielten inne, um ihre Sultanin nicht zu gefährden.

»Bringt ihn, und ihr bekommt dafür den Kelch«, sagte Caldea und hielt das metallene Trinkgefäß hoch, das sogleich in der Sonne aufblitzte. Ein schier göttlicher Effekt, der ihr bei ihrer Täuschung sehr gelegen kam.

Zahra lachte auf. »Du tauschst einen Mann gegen das Geschenk der Kriegsgöttin?«

»Für mich sind meine Freunde gleich viel wert«, erwiderte Caldea, konnte den bloßen Gedanken, dass es anders sein sollte, nicht begreifen. Sie hatte Pallas und Agrippa nie als unterschiedlich wertvoll betrachtet.

»Dazu wünschen wir freies Geleit, wie Ihr versprochen habt.« Lysannes Stimme glich dem Knurren eines wilden Tieres. »Oder zählen die Versprechen einer Frau in diesem Teil des Imperiums nichts?« Lysanne packte die Sultanin bei ihrem falschen Denken und hatte Erfolg.

Trotz der Klinge an ihrem Hals, nickte Zahra der vordersten Kriegerin zu.

Kurz darauf erschien durch einen Vorhang hinter dem Thron Lucan, flankiert von zwei Kriegerinnen, aus deren Griff er sich nicht losreißen konnte.

»Wir werden den Austausch auf der Brücke vornehmen. Wenn uns einer angreift, stirbt die Sultanin«, ermahnte Lysanne und gebot Agrippa, Zahra vor sich herschiebend, loszugehen.

Einer Schlange gleich zogen sie durch die Hauptstadt der verrückten Sultanin. Die Menschen riefen ihr zu, jubelten und begriffen offenbar nicht, was vor sich ging.

»Wer Orientis ehrt«, begann Jamahi, die noch immer fassungslos neben Zahra herging, »kennt keinen Krieg, keine Missgunst oder Neid.« Sie gestikulierte mit den Händen, suchte nach einer Antwort. »Es sei denn …« Sie erbleichte noch weiter, wenn das denn möglich war.

»Was?«, fragten Lucan und Caldea zeitgleich.

»Vielleicht nährt sich ein Ifrit von ihr.« Während sie weiter den Souk überquerten, erklärte Jamahi, was die alten Legenden über die dämonischen Geistwesen berichteten. Sie schürten dunkle Begehren, Neid, Missgunst, Hass.

Sie näherten sich nun dem Mittelpunkt der Brücke. Caldea und Lysanne bauten sich neben der Sultanin auf, deren Augen nun schwarz wie die Nacht waren.

»Das ist der Beweis«, raunte Jamahi Caldea zu. »Ich muss ihr helfen, damit ihr den Kelch –«

»Schickt Lucan hierher«, unterbrach Caldea sie. »Dann lassen wir eure Sultanin ziehen.« Caldeas Herz drohte aus der Brust zu springen.

»Gebt mir den Kelch!«, verlangte Zahra gierig. Ihre Stimme war nun eine Mischung aus Krächzen, Flüstern und geplagten Schreien.

»Du brauchst ihn nicht, Zahra. Das bist nicht du.« Jamahi trat dicht vor die Sultanin und legte ihr eine Hand an die Wange. »Du bist stärker als der Dämon. Das weiß ich.«

Kurz wurden Zahras Augen heller. »Schickt ihn los!«

Die Kriegerinnen zögerten kurz, ließen Lucan dann aber los, der sofort über die federnde Brücke rannte.

Caldea nickte Agrippa zu, die das Messer von Zahras Kehle nahm. Ihr Lachen war nicht das eines Menschen, sie kreischte auf, riss Caldea den vermeintlichen Kelch der Einheit aus der Hand und rannte auf ihre Kriegerinnen zu.

Jamahi versuchte, sie aufzuhalten, flehte sie um die Göttergabe an, doch die Sultanin rannte weiter, während die Frauen in Schwarz ihre Waffen zückten und an ihr vorbeistürmten.

»Rennt!«, forderte Lysanne und stellte sich ihnen entgegen. Caldea baute sich neben ihr auf, während das leiser werdende Poltern hinter ihnen anzeigte, dass sich Agrippa und Lucan entfernten.

Jamahi rannte Zahra nach, entriss ihr den falschen Kelch und schleuderte ihn zurück zu Caldea. Sie fing ihn nicht auf – warum sollte sie –, sondern gab vor, ihn nicht erwischt zu haben, weil sie unablässig rückwärts gingen. Er stürzte in die Fluten des Alhaya, und der Ifrit, der die Sultanin besetzte, kreischte auf und wollte hinterherstürzen. Jamahi hielt die Sultanin zurück.

»Komm!«, forderte Caldea Jamahi auf, doch diese schüttelte den Kopf.

»Ich werde bei ihr bleiben und sie retten. Rettet ihr unsere Welt.«

Ihr wissender Blick sagte Caldea, dass Jamahi sie durchschaut hatte. Dass sie wusste, dass sie den Kelch der Einheit nie verfehlt hatte.

Sie nickte ihr zu und kreuzte die Handgelenke vor der Brust.

37
Malena

Die Sonne schob sich langsam über das Plateau, das die südliche Provinz vom Osten des Imperiums abgrenzte, warf ein diffuses Zwielicht auf das Nachtlager der Gardistinnen, die sie auf dem Weg in den Süden begleiteten. Malena war schon im Morgengrauen aufgewacht, rastlos wie seit Tagen. Ihre ungeborene Tochter schien erst in den Ruhephasen zu erwachen und nutzte die Nachtstunden, um in Malenas Bauch herumzutoben.

»Es ist vollkommen normal, dass sie sich bewegt«, hatte Circe ihr gesagt. Malena vertraute auf die Erfahrung aus den etlichen Generationen, in denen Meridia ihren Ahninnen nun schon zur Seite stand. »Auch wenn wir sehr langsam reiten, schaukelst du die Kleine unentwegt in den Schlaf.« Ein zu schneller Ritt wäre gefährlich, hatte Circe ihr erklärt. Bei der gemäßigten Geschwindigkeit konnten auch ihre Gardistinnen zu Fuß gut mithalten.

Die Via Meridians war ein schier endloser Weg, und sie waren längst nicht am Ziel. Die südliche Provinz, Meridias einstiges Volk, ehe sie von ihnen enttäuscht wurde, war groß, die Horden weit verstreut. Es gab keine Hauptstadt und somit kein direktes Ziel. Sie mussten auf die Späherinnen vertrauen, die ihnen Bericht erstatteten, und reisen, bis sie auf die versammelten Horden trafen.

Malena nahm einen Schluck von dem bitteren Gebräu, das Circe ihr von Heilerinnen hatte zubereiten lassen. Es sollte ihr die Übelkeit der ersten Monde nehmen, und jetzt – zwei Monde später – stärkte die weitere Einnahme das Wachstum ihrer Tochter. Sie verzog das Gesicht, während die heiße Flüssigkeit ihre Kehle entlangrann. Ein zartes Flattern an ihrem Bauch, gleich einer Berührung der Haut von innen, zeigte ihr an, was ihre Tochter von dem Trank hielt. Instinktiv legte Malena ihre freie Hand auf ihren Unterleib, der sich unter ihrem Unterkleid bereits leicht wölbte. Ihr ledernes Wams war so gestaltet, dass es kurz unter dem Rippenbogen endete und die sonst auf Hüfthöhe beginnenden metallbewehrten Lederstreifen bereits dort begannen, um ihrer Tochter Raum für Wachstum zu geben.

Tochter. Ein weiteres Flattern kurz unter ihren Rippen. Malenas Mundwinkel zuckte, schnell schürzte sie die Lippen, um diese immer wieder auftretende unkontrollierte Muskelbewegung zu stoppen. Circe meinte, dass dies von der Schwangerschaft herrührte und sie nicht weiter darüber nachdenken sollte. Dennoch tat sie es. Sie konnte nicht anders. Die Reise war von Stille begleitet, in der sich ihre Gedanken in die Weite der Steppe um sie herum ausbreiten konnten. Sie stellte sich vor, wie ihre Tochter wohl aussehen mochte. Ob sie die dunkle Haut des Ostens von Malena erben würde oder ob sie ihrem Vater ähnelte. Würde sie ihre braunen Augen besitzen oder ein Blau, in das man eintauchen konnte wie in dem eisigen See, an dem sie auf ihrem Rückweg aus dem Norden gerastet hatten? Wieder dieses Zucken in ihrem Gesicht, dann das Flattern in ihrem Bauch. Nicht dieselbe Stelle wie zuvor, aber …

Malena rieb sich mit dem Handrücken die Wange, um die Verkrampfungen zu lockern, ihre Muskulatur zu entspannen – doch es war nicht von Dauer..

Das Stampfen von Pferdehufen erklang, und Malena wandte den Blick vom in der aufgehenden Sonne rot glühenden Plateau ab und richtete ihn gen Süden, wo eine Staubwolke einer ankommenden Späherin folgte.

Circe hatte sie bereits in Empfang genommen, bis Malena

bei den Wassertrögen der Pferde ankam. Die Späherin grüßte sie mit einem respektvollen Nicken.

»Marcus, Fürst der Teren, versammelt die Südländer«, fasste Circe den Bericht der Späherin zusammen. »Seine Horde hat sich aufgeteilt und in der gesamten südlichen Provinz verteilt, um die anderen zur Schlacht aufzufordern.«

»Wie wir bereits vermutet haben«, erwiderte Malena, sah sich Circe dann jedoch genauer an. Zwei zarte, senkrechte Falten zeigten sich zwischen ihren Augenbrauen. »Gibt es Probleme?«

»Sie reiten allesamt unter dem Banner der Edoni, dem Stamm, der auch Daria angehörte.«

»Ist das … ungewöhnlich?« Malena erkannte nicht, worauf Circe hinauswollte.

Circe stieß die Luft aus, glättete ihr Gesicht und setzte ein einladendes Lächeln auf. »Nein, ich denke nicht.« Nach einer kurzen Pause fügte sie hinzu: »Wir werden heute auf die ersten versammelten Horden treffen, eine Art Vorhut. Bewaffne und schütze dich.«

Die Gardistinnen vor und hinter Malena marschierten den ganzen Tag, und trotzdem hatten sie das Ende des Plateaus zu ihrer Linken noch nicht erreicht. Die Via Meridians zog sich auf geradem Weg in den Süden, rechts vor ihnen wölbten sich sanfte Hügel, auf denen hohes Steppengras im Wind tanzte.

»Auf die Hügel«, brüllte Circe, die soeben Bericht einer weiteren Reiterin erhalten hatte, die sodann mit ihrem Pferd neben der Straße nach vorne preschte und den Befehl weitertrug. Eine Legion nach der anderen stoppte und wandte sich wie eine einzelne Person nach rechts um, ehe sie ihren Marsch die Hügel hinauf fortsetzten und bis zur Hüfte im Grün versanken. Circe gestikulierte Malena, ebenfalls abzudrehen, und langsam erklommen ihre Pferde Seite an Seite den Hügel.

Am Kamm angekommen, blickte Malena der absinkenden Sonne entgegen auf eine Lagerstätte mit mehreren noch nicht entzündeten Feuerstätten.

»Wir hätten sie in der Nacht aufsuchen sollen«, dachte Malena laut nach. »Sie überraschen.«

Circe sah sie nicht an, sondern blickte auf die zusammengewürfelte Schar an Kämpfern und Kriegerinnen des Südens in der Senke vor ihnen und lächelte breit.

Dann stieß sie einen Schlachtruf aus, den Malena noch nie gehört hatte. Auch die Gardistinnen der Einheit neben Malena wussten nichts mit diesem Befehl anzufangen und sahen zwischen ihrer Führerin und der obersten Gardistin Circe hin und her.

In die Geruhsamkeit der Senke kam Leben, als die ersten Südländer die schier endlose Reihe an Gardistinnen erspähten. Ein paar wenige griffen zu den Waffen, andere jedoch rafften ihre Bündel zusammen, riefen ihre Horde zum Rückzug auf.

Noch vor Sonnenuntergang war das Lager vor ihnen verwaist, ohne dass auch nur eine der Frauen auf dem Kamm des Hügels zur Waffe gegriffen hatte.

Malena verstand Circes Taktik.

»Angst ist eine viel mächtigere Waffe als der Tod. Die Geflohenen werden von unserer Übermacht berichten, und die Angst um die eigene Horde, die eigene Familie, wird auch die anderen Fürsten zum Rückzug zwingen.«

»Das immerwährende Problem des südlichen Volkes«, verstand Malena und sah auf das leere Lager hinab.

»Weshalb ich ihnen einst den Kelch geschenkt habe, mit dem sie es dennoch nicht geschafft haben, eine wirkliche Einheit zu werden, weil sie, kaum dass der Feind besiegt war,

Territorialkämpfe geführt haben und von den anderen Provinzen angegriffen wurden.« Circe schüttelte missbilligend den Kopf, ehe sie sagte: »Komm, beziehen wir das von meinen ehemaligen Kindern errichtete Lager. Wir müssen nur noch die Feuerstätten entzünden.«

38
Caldea

Nur langsam schälte sich Caldea aus ihrem Traum. Ein so absurder Traum: Sie, Hand in Hand mit Lysanne, ein Imperium voller Frieden, ein verschwommener Palast im Hintergrund, den sich ihr Geist aus Lysannes Erzählungen über ihre Heimat zusammengesetzt hatte. Absurd, vollkommen absurd – und doch schien ihre Brust vor Glücksgefühl zu platzen.

Die ersten Sonnenstrahlen stiegen über das Plateau, das sie derzeit überquerten, und kitzelten ihr Gesicht, das auf Lysannes Schulter lag. Oder besser gesagt, auf einem Tuch, das sie über ihre nackte Haut gelegt hatte. Nacht für Nacht schliefen sie nach ihrer Wache so ein, nach geteilten Küssen und Berührungen, die ihr das Einschlafen schwer machten.

Am Morgen nach ihrer ersten gemeinsamen Nacht war Caldea mit bläulichen Lippen und gefühlloser Wange erwacht. Agrippa und Lucan hatten sofort eine Unterkühlung diagnostiziert, solch eine Kälte strahlte Lysanne aus. Weil Caldea keinesfalls auf die Nähe verzichten wollte, schlief sie in eine Decke gehüllt und schützte ihre Haut mit einem Tuch vor der Kälte. Ihr erster schneller Griff ging zu dem Trinkschlauch an ihrem Gürtel, den sie aufgeschnitten hatten und in dem sie die Schale, die dem Begriff »Kelch der Einheit« nicht annähernd nahe kam, versteckt hatten.

Lysanne hatte bestätigt, dass die Schale die Göttergabe war, und Lucan gab einiges Wissen aus alten Zeiten dazu. Beispielsweise erinnerte er Caldea und Agrippa daran, dass sein Stamm, die Teren, noch immer ihren traditionellen Umtrunk aus Schalen zu sich nahmen. Agrippa hatte bei der Erinnerung an den Schluck aus der mit Blut gefüllten Schale im Zelt von Hordenfürst Marcus angewidert das Gesicht verzogen.

Lysannes Herzschlag unter Caldeas Ohr wurde unregelmäßiger. Sie erwachte. Caldea hob den Kopf, stützte ihn auf der Hand ab und betrachtete ihre erwachende Gefährtin, die gerade träge in die Sonne blinzelte. Ein paar Schritte hinter ihr plusterte Flocke in Gestalt des kleinen Vogels in seinem Nest aus Lysannes Waffengurt und einem Tuch das rote Gefieder auf.

Caldea strich Lysanne eine weiße Strähne des nur in der Nacht ungebändigten Haares aus dem Gesicht. Die Prinzessin des Nordens war wunderschön, innerlich wie äußerlich, eine starke Kriegerin und das, was Caldeas Herz und ihr Körper begehrte. Fetzen des Traums flatterten durch ihren Kopf, ihr Herz pulsierte schneller. Was würde Lysanne sagen, wenn Caldea ihr von ihren Plänen berichtete? Sie umging politische Themen, so gut es ging, und Lysanne, deren Volk seit Generationen vom Rest des Imperiums unabhängig lebte, schien dies recht zu sein.

»Da kommt etwas!«, rief Lucan, der mit Agrippa immer die zweite Schicht der Wache übernahm. Caldea sprang auf die Beine und trat neben Lucan an den Rand der Klippe, die das Plateau auf dieser Seite steil zur dahinterliegenden Ebene abfallen ließ. Als hätte ein Gigant einen großen flachen Felsbrocken abgebrochen und einen Teil hier liegen lassen. Selbst auf diese Entfernung konnte man die Schneise sehen, die von der Via Meridians in die sanften Hügel der Steppe gerissen wurde. In südwestlicher Richtung bewegte sich etwas. Weit dahinter ragten die Himmelsnadeln empor, die Lucan vor über zwei Monden im Palast von Dariana als Treffpunkt vorgeschlagen hatte. Der steile Abhang vor ihren Füßen machte einen direkten Abstieg dorthin unmöglich. Sie mussten am Rand des Plateaus entlangreisen, bis es weiter im Süden abflachte.

»Sind das Tiere?«, fragte Lysanne und starrte mit zusammengekniffenen Augen in die Ferne. »Ich könnte Flocke aussenden, um nachzusehen.«

Agrippa neigte den Kopf und lauschte. »Nein, keine Tiere«, antwortete sie kurz darauf. »Der Wind trägt eindeutig Stimmen mit sich.«

Caldea hörte rein gar nichts, vertraute aber Agrippas feinem Gehör. »Sie reisen in der Schlucht Richtung Osten«, vermutete sie.

Lysanne fasste ihre Haare zu einem Knoten zusammen und schnallte sich ihren Gurt um, in dem der auf den ersten Blick so unscheinbare Griff steckte, mit dem Lysanne jedoch nahezu unbesiegbar war. Caldea hatte mit ihr und ihrer Peitsche aus biegsamem, in der ewigen Flamme geschmiedetem Metall trainiert. Sie hatte ein jedes Mal verloren. Bei Lysanne verspürte sie jedoch nie dieses demütigende Gefühl der Niederlage. Im Gegenteil. Sie fühlte sich mit jedem Kampf, in dem sie selbst noch besser wurde und Lysanne dennoch siegte, stärker denn je. Sie waren eine Einheit.

»Das ist eindeutig eine Horde«, sagte Lucan. »Sie haben Lasttiere dabei, vermutlich ziehen sie weiter.«

Caldea sah zu Agrippa, Agrippa zu Caldea. Wie viele Monde lang waren sie umhergezogen, um bei den Fürsten vorzusprechen. Nun schnitt eine Horde ihren geplanten Weg. Offenbar hatte diese Gruppe noch nicht gehört, dass Dariana in den Süden einmarschierte und sie sich der Princepa vereint entgegenstellen mussten.

»Sollen wir irgendwie Kontakt aufnehmen?«, fragte Lucan. »Vielleicht könnte Flocke eine Botschaft überbringen?«

Caldea schüttelte den Kopf. »Wir werden sie von hier oben beobachten und parallel zu ihnen reisen. Am Ende des Plateaus werden wir aufeinandertreffen.« Sie deutete in ihre geplante Marschrichtung. »Hatte jemand von euch Kontakt zu

Cheveyo?« Sie sah zwischen ihren Gefährten umher, die allesamt den Kopf schüttelten. Seit sie aus Zahra geflohen waren, hatte Cheveyo keinen von ihnen in den Träumen besucht. Ob ihm etwas zugestoßen war? Und wenn: Welche Folgen hätte dies für ihre Pläne? Caldea hatte während ihrer Reise in den Süden sehr viel Zeit zum Denken gehabt. Unentwegt grübelte sie darüber nach, wie man die Verbindung zu Gottheiten kappen könnte, sollte ihr Weg, ihr Plan, nicht funktionieren.

Flocke in der Gestalt des Kolosses trottete den gesamten Tag lang bergab. Hin und wieder gingen Lucan oder Agrippa zur Klippe und sahen hinab. Die Horde folgte tatsächlich dem von Caldea vorhergesehenen Weg. Je näher das unvermeidliche Aufeinandertreffen kam, desto öfter tastete Caldea nach dem Trinkschlauch, in dessen Inneren der Kelch der Einheit verborgen war.

»Du sorgst dich, dass eine so kleine Horde uns besiegen und die Göttergabe abnehmen könnte?«, fragte Lysanne und drehte sich zu Caldea um. Natürlich bemerkte sie, dass etwas mit Caldea nicht stimmte, weil ihre Hände sonst ruhig an ihren Seiten ruhten.

»Nein, ich …« Sollte sie ihr die Wahrheit sagen? Ihr erzählen, dass sie gedachte, den Kelch der Einheit zu präsentieren und die Horden zu einen, damit sie eine Chance hatte, die Principa zu töten und alles zu beenden? »Ich hoffe, dass wir sie auch ohne Pallas' Spionage überzeugen können«, log sie, und die Brust wurde ihr mit jedem Wort enger. »Er hat die Lage immer vorab für Agrippa und mich erkundet.«

Lysanne hätte sie entlarvt, wäre ihr Blick nicht auf den Weg vor ihnen gerichtet, da war sich Caldea sicher.

Die Sonne war noch nicht hinter dem Plateau versunken, als sie die kurze Rast von Flocke ausnutzten, um über den Rand der Klippe zu spähen. Die Horde am Fuß des Felsens war zurückgefallen – trotz der vielen Pausen, die sie Flocke gönnten. Der Weg selbst befand sich nur noch etwa zehn Schritte unter ihnen. In Kürze würden sie auf die Horde treffen.

Am Ende des Plateaus gab es einen See, an dem sie ihr Lager errichteten und mehrere Feuer entzündeten. Flocke verwandelte sich in seine Vogelgestalt zurück, während Agrippa und Lucan den Teig für die Fladen zubereiteten, den sie nun auf von Lysanne und Caldea gesammelte Stöcke wickelten und über dem Feuer rösteten. Als Agrippa das Signal für die Ankunft gab, hielten Caldea und Lysanne auf den Weg zu und stellten sich den Ankömmlingen entgegen.

Doch anstelle einer ruhig umherziehenden Horde trafen sie auf gehetzte, schmutzige und total ausgehungerte und ausgedörrte Menschen, denen nackte Panik im Gesicht stand, die nur nicht mehr Kraft genug hatten, zu rennen.

Obgleich Lysanne – mit Flocke in seiner Reisegestalt im Hintergrund – eine Furcht einflößende Erscheinung war, erhob niemand die Waffe gegen sie.

Caldea trat einen Schritt vor Lysanne, kreuzte die Handgelenke vor der Brust und grüßte die Flüchtenden.

Eine braunhaarige Frau mit wilden Locken schob sich zwischen ihren Gefährten hervor und stellte sich als Temra, Fürstin der Laren vor. Sie hatte kaum mehr Kraft, die Handgelenke zu kreuzen, ihre Lippen waren aufgesprungen und die Augen von dunklen Schatten untermalt, wie es auch bei den Alten und Jungen hinter ihr der Fall war. Lysanne und Caldea führten die Horde zum errichteten Lager. Agrippa und Lucan kamen herbei und hießen die Ankömmlinge willkommen, verteilten am Stock geröstete Fladen und aus dem See geschöpftes Wasser.

Bis Temra wieder bei Kräften war, erzählten Caldea und Agrippa ihre Geschichte. Die Geschichte einer Kriegerin, die ausgezogen war, um die Horden zu einen und der Herrschaft

Darianas ein Ende zu bereiten – und die dann so vieles mehr erlebt hatte, ohne ihr Ziel aus den Augen zu verlieren.

»Ihr müsst mit uns ziehen, wir müssen alle Horden einen, um gegen das Heer Darianas zu bestehen«, endete Caldea.

»Wir hatten uns versammelt.« Temra stieß ein bitteres Lachen aus. »Fürst Marcus sendet Botschafter in alle Himmelsrichtungen aus und versammelt die Horden auf dem Territorium der Teren, unter dem Banner der Edoni.« Caldea sah zu Lucan, der die Augen weit aufgerissen hatte. Sie gemahnte ihn, nichts über seine Herkunft zu verraten.

»Und warum seid ihr dann in diese Richtung unterwegs?«, fragte Caldea. »Das Territorium der Teren liegt jenseits der Via Meridians.«

»Wir waren bereits dort. Dann sind sie hinter den Hügeln aufgetaucht. Der Horizont hat von funkelnden Rüstungen und Waffen gebrannt.« Temras Stimme bebte. »So weit wir blicken konnten, gab es nichts als darianische Kriegerinnen an der Seite der Principa.« Temra spuckte das Wort aus. »Ich konnte meine Horde nicht abschlachten lassen, daher sind wir geflohen.« Sie mahlte mit dem Kiefer, schluckte mehrmals schwer.

Caldeas Hand zitterte, als sie an den Trinkschlauch an ihrer Hüfte griff. Sie hielt kurz inne, spürte die stechenden Blicke von Lysanne an ihrer Seite, ignorierte sie jedoch. Sie zog die Schale, den Kelch der Einheit, aus ihrem Versteck und füllte sie mit Wasser.

»Wir heißen euch gemäß der Tradition willkommen, Temra, Fürstin der Laren.« Caldea nahm einen kleinen Schluck aus der Schale und reichte ihn der Hordenfürstin weiter. Schluck um Schluck leerte sich die Schale in der gesamten Runde und wurde nachgefüllt. Caldea ließ den Kelch der Einheit keinen Augenblick aus den Augen, als er von einem Laren zum nächsten gereicht wurde. Zuletzt ging er an

Lucan, der eindeutig auf der Innenseite der Wangen kaute. Er missbilligte ihre Tat wie auch Agrippa neben ihm, die sie vorwurfsvoll ansah. Dennoch gab er nach außen hin vor, ebenfalls zu trinken wie Agrippa und sogar Lysanne. Doch keiner ihrer Gefährten berührte mit den Lippen die Schale.

Kaum dass der Kelch der Einheit zu Caldea zurückgekehrt war, regte sich Temra.

»Vielleicht hast du recht. Wenn wir uns alle gemeinsam dem Heer aus Dariana entgegenstellen, können wir sie besiegen.«

»Aber nicht mehr heute«, mischte sich Agrippa ein, warf erneut einen finsteren Blick zu Caldea, ehe sie sich erhob und in ihrem Zelt verschwand. Lucan folgte ihr.

»Es ist bereits spät, ihr solltet euch erholen.« Lysanne stand auf und ließ Caldea hinter sich.

»Sie hat recht«, sagte diese schnell und verabschiedete sich von Temra und den Laren und folgte Lysanne in die Dunkelheit. Lysanne saß im Schein des Mondes gegen Flocke gelehnt, die sich als silberne Riesenkatze eingerollt hatte.

Caldea stand da, beobachtete sie, doch Lysanne strafte ihre Taten, indem sie konsequent in die Dunkelheit starrte anstatt zu Caldea.

»Ich musste es tun«, rechtfertigte sich Caldea. »Die Horden haben einzeln keine Chance gegen …«

»Du hast diesen Menschen genau das angetan, was du Dariana vorwirfst.« Lysannes Stimme triefte vor Verachtung. Eisige Kälte schlang schmerzhaft ihre Arme um Caldea, ganz anders als die prickelnde Kühle von Lysannes Berührungen.

»Nein, ich habe nicht …«, setzte Caldea an, doch Lysanne ließ keinerlei Ausflüchte zu und schüttelte den Kopf.

»Du hast über sie bestimmt, sie nicht nach einer Meinung gefragt oder sie entscheiden lassen«, schleuderte sie Caldea entgegen. »Ich habe die Princepa kennengelernt, noch ehe der Fluch sie traf. Arktus hat mir einen Blick in ihr gütiges Herz geschenkt. Nur deshalb habe ich beschlossen, dass wir uns nicht länger vom Rest des Imperiums distanzieren können, und Aries die Möglichkeit gegeben, den Fluch zu brechen.« Ihre Nasenflügel bebten, als sie mit zusammengebissenen Zähnen Luft einsog. »Vielleicht solltest du nicht länger nach alten Wünschen einer grausamen Göttin streben, wenn wir die Verbindung zu ihr doch kappen sollten.«

Die Kälte in Caldeas Körper schmolz, als die Flamme des Verrats sie traf.

»Du weißt nicht, was Meridia will«, spuckte sie aus.

Lysanne blieb ruhig wie eh und je. »Du etwa?«

Caldea sah erneut die Göttin in Gestalt der ersten Gardistin vor sich, die sie im Kerker besucht hatte, ihr beteuert hatte, sie würde Meridia stolz machen. Was hatte die Göttin in ihrer Zukunft gesehen?

Lysannes Worte ließen sie zum ersten Mal wahrhaft an ihrem Plan, ihrem so lange gehegten Ziel zweifeln. Sie hatte vollen Lobes von der Princepa gesprochen, glaubte offenbar an sie – und hatte sie dennoch begleitet, obgleich Caldea Mordgedanken hegte.

Wie von selbst kreisten ihre Gedanken immer enger um die Alternative, sollte sie die Horden – ohne Zwang – nicht einen können. Sie würde ihr Volk dennoch vor dem Angriff schützen. Caldea war sich sicher, ersonnen zu haben, wie die Verbindung zu den Gottheiten gekappt werden konnte: mit dem Tod der Divina oder des Divinus. Sie war bereit, sich für ihr Volk zu opfern – aber bis dahin wollte sie jeden Moment ihres vielleicht nur noch kurzen Lebens genießen.

»Nein«, gab sie daher zu. »Ich weiß nicht, was Meridia will.« Sie hob den Arm und ließ ihre Fingerspitzen über Lysannes Rücken wandern. »Aber ich weiß, was ich in diesem Augenblick ersehne.«

39
Malena

Die Stöße in Malenas Bauch waren mit jedem Tag kräftiger geworden. Oder waren die Tage des vergangenen Mondes nur so schnell vorbeigezogen, dass sie ihr wie Sand durch die Finger rannen?

Ihre unkontrollierten Zuckungen um die Mundwinkel vergingen immer weiter, ihr Gesicht regte sich kaum mehr, wie Circe versprochen hatte. Doch anstatt froh zu sein, endlich wieder zielstrebig für ein Imperium ohne Rebellionen zu kämpfen, huschte Malena stets der Gedanke durch den Kopf, dass ihr etwas Wichtiges genommen worden war. Etwas, das sie immer wieder davon abgehalten hatte, die Rebellion tatsächlich so blutig niederzustrecken, wie Circe geplant hatte. Dieses Etwas hatte sich stets gegen dieses Vorhaben gesträubt, und Malena hatte auf Abschreckung gesetzt, wie bei den ersten versammelten Horden, denen sie begegnet waren. Doch je mehr Zeit verging, desto mehr gewann die Stimme in ihr Oberhand, die auf den Kampf setzte und die Bedrohung eliminieren wollte.

Die Bilder ihrer Tochter aus ihrer Vorstellung verblassten, obwohl sie viel über sie nachdachte. Sie spürte zwar die sanften Tritte und das Flattern, als hätte sie zu viel Luft im Bauch – aber es ging nicht länger einher mit dieser ganz besonderen Wärme, die selbst die kälteste Nacht zurückdrängte.

Ein weiterer Morgen graute, Malena versuchte, sich an die Bilder zu klammern, das wohlige *Gefühl* festzuhalten, als sie ein Geruch streifte, der ihren Herzschlag beschleunigte.

Circe hatte sich zur Absprache der heutigen Arbeiten am

Lager mit den Anführerinnen der Truppen zurückgezogen. Sie errichteten seit Tagen die Befestigungsanlage im Zentrum der südlichen Provinz, direkt neben der Via Meridians, auf der noch immer ein Strom von Gardistinnen nachrückte.

Malena folgte dem süßlichen Geruch zwischen den Zelten ihrer Gardistinnen hindurch, wo sich die Nachtwachen gerade zurückzogen. Malena grüßte sie, und sie erwiesen der Princepa ihrerseits Respekt.

Nachdem sie vereinzelte Horden lediglich aufgeschreckt hatten, war Circe zu dem Entschluss gekommen, dass sie ihre Ressourcen sparen und nicht länger Energie für eine endlose Reise verbrauchen sollten. Hier, etwas südlich der von den Südländern Himmelsnadeln genannten Felsspitzen – wo einst schon Darias Armee auf die Horden getroffen war, die versucht hatten, sich ihr zu widersetzen –, sollte die Schlacht stattfinden, der Niederschlag der Rebellion.

Der süße Duft zog Malena bis an den von spitzen Pfählen bewehrten Zaun ihrer Anlage, der rund um die größte Wasseransammlung des Südens verlief. Wer die Provinz durchqueren musste – vielleicht, um sich mit den anderen zu verbünden –, würde laut Circe dieses Heerlager unweigerlich passieren müssen. Oder zumindest auf ihre Späherinnen treffen, die ihre Runden bis zum Plateau im Nordosten und zum Territorium der Edoni im Süden drehten, der Horde, aus der Daria stammte und deren Blut auch in Malena floss.

Am Rande ihres Lagers glimmte noch ein Nachtfeuer vor sich hin, von dem der süßliche Rauch aufstieg. Malena stellte sich mitten hinein, sog ihn tief ein, auch wenn ihre Augen brannten.

»Princepa Malena, was tut Ihr hier?« Eine Gardistin stieg die Leiter vom Wehrturm hinab und grüßte Malena schnell.

Malena blinzelte mehrmals, doch Tränen verschleierten ihren Blick. Sie versuchte zu atmen, ihrem Körper das zu geben, wonach er verlangte, aber sie war nicht dazu in der Lage. Die Bilder überkamen sie, brachten ihren Kopf zum Platzen. Der Nachtbasar, eine entgegengestreckte Hand, das Versprechen von der Süße eines Kusses. Aries. Malena ging auf die Knie, hielt sich an den Schläfen fest, um dem Pochen ein Ende zu bereiten. Weitere Bilder kamen, begleitet von weiteren Gefühlen.

»Principa?«, drang die Stimme der Gardistin aus großer Entfernung zu ihr. Sie rüttelte an Malenas Schulter, doch sie reagierte nicht. »Ich … ich hole Circe!«

Malena schrie auf, als die Bilder auf sie einströmten, sich wie Brandmale auf die Innenseite ihrer geschlossenen Lider zeichneten: Kämpfe, Blut, um Hilfe schreiende Horden, tote Gardistinnen. Überall Schmerz.

Malena wollte, dass es aufhörte, schrie ihr Leid heraus, alles, was sie empfand und so lange gedämpft war.

Dann war da wieder Aries. Sein Gesicht. Sein Lächeln. Der Glanz seiner Augen, als er ihr gesagt hatte, dass er sie nicht aufgeben würde.

Aries!

Der süße Geruch der Wüstenblume hing im Rauch!

Malena riss die Augen auf. Ihre Finger schmerzten, so fest hatte sie sie in den harten Boden gegraben. Sie richtete sich auf, sah in die Glut vor sich, an deren Rand gerade eine Wüstenblume nach der anderen in Sekundenschnelle zu Asche verbrannte, ohne dass Malena etwas dagegen unternehmen konnte.

Sie sah sich um, sah das Wehrlager, die angespitzten Pflöcke, die am Zaun nach außen ragten und es unmöglich machten, von dort zu ihnen einzudringen. Sie … Malena hatte versagt. Sie würde zu einer der grausamsten Principas werden, schlimmer noch als ihre Ahninnen. Wie hatte sie es so weit kommen lassen können? Wie …

Der Rauch verzog sich, Malenas Gedanken wurden wieder klarer. Der Schmerz, der wie Klauen in ihre Eingeweide gefahren war, ließ nach. Sie atmete tief durch. Die Gefühle wurden leichter, verblassten wie der Morgennebel, der noch über dem Lager hing. Malena versuchte, sie festzuhalten, doch sie waren ebenso wenig greifbar wie der Morgendunst.

Es gab nur eine Möglichkeit, diesen Krieg, nein, dieses Gemetzel, zu verhindern. Sie griff an die Seite ihres Gürtels und zog den Dolch hervor.

Die linke Hand strich sanft über ihren Bauch, ihre Tochter antwortete ihr. Ein Lächeln veränderte den Pfad der Tränen, die unablässig über ihre Wangen flossen.

»Verzeih mir!«, wiederholte sie die Worte, die sie bereits einmal an ihre ungeborene Tochter gerichtet hatte. Beim letzten Mal war sie gescheitert, doch dieses Mal würde sie niemand anderen bitten, sie zu töten, der sie nur hintergehen würde wie die grausame Kriegsgöttin. Nein, dieses Mal würde sie das Versprechen einlösen, dem ein Ende zu bereiten. Sie küsste ihre freie Hand und gab den Kuss an ihr Ungeborenes weiter, legte sie fest auf die Stelle, an der sich ihre Tochter ihr entgegenreckte. Mit der anderen holte sie aus, sodass der Dolch in der aufgehenden Sonne reflektierte, ehe sie ihn mit Schwung auf ihre Brust niedersausen ließ.

Ich liebe dich, Aries!, formte sie als letzten Gedanken.

Sengender Schmerz entriss ihr die Waffe. Ein Pfeil steckte in ihrer Hand.

Circe rannte herbei, begleitet von etlichen Gardistinnen. Eine davon senkte eben ihren Bogen.

»Nein!«, brüllte Malena, das Versagen rieb ihre Stimmbänder auf, der Schrei klang wie der eines sterbenden Tieres. Und genauso fühlte sie sich. Der wichtigste Teil ihrer selbst starb, zerfiel zu Asche wie die Wüstenblumen, die nicht länger den süßen Duft verströmten, der dafür gesorgt hatte, dass Malena sich an Aries erinnerte. An den Mann, der er war. Und an ihre Gefühle für ihn. Der Rauch, der sie wieder hatte fühlen lassen.

»Helft der Princepa auf«, befahl Circe. »Bringt sie in ihr Zelt und sorgt dafür, dass sie vor sich selbst geschützt wird.«

40
Taipa

Ich kann mich noch immer nicht daran gewöhnen«, sagte Cheveyo und musterte Taipa, die sich gerade an einem kleinen Bachlauf Schweiß und Staub des Tagesmarsches vom Gesicht wusch. Cheveyo zupfte an den ledernen Spitzen herum, die von seinem Gürtel abgingen, und klopfte gegen den aus starrem Leder gefertigten Brustharnisch. Dieselbe Uniform, die auch Taipa trug. Sie waren seit ihrem Auszug aus Dariana Teil der persönlichen Kohorte von Princeps Valerian und standesgemäß gekleidet.

»Ich finde, es steht dir«, sagte Pallas, der wie immer unvermittelt in den privatesten Momenten auftauchte. Cheveyo rollte mit den Augen, ließ seine Hand jedoch sinken.

Seit fast zwei Mondläufen waren Pallas, Cheveyo und Taipa als Legionäre getarnt Teil der Nachhut, die der Princepa und ihren Gardistinnen in den Süden folgte. Princeps Valerian konnte sich nicht immer so leicht von den anderen Soldaten davonstehlen wie Cheveyo und Taipa. Meist ließ Pallas – der kurzerhand vom Princeps zu Aries' Nachfolger erhoben wurde, um ihre Tarnung besser aufrechtzuerhalten – ihn auch nicht aus den Augen, weshalb …

Taipa sah sich um und entdeckte Valerian, der sich gerade durch die kargen Büsche schob, noch ehe das Kribbeln der Gegenwart einer zusätzlichen Göttergabe sie traf. Das Sirren, das sie unentwegt begleitete, seit sie den Naturstein bei sich trug, verstärkte sich. Valerian hatte den metallenen Brustpanzer abgelegt, die Tunika darunter war schweißgetränkt, aber die eigens angefertigte Tasche für die Tontafel trug er stets bei sich.

»Ich habe nicht viel Zeit, es gibt gleich eine Lagebesprechung der Centurionen«, sagte er anstatt einer Begrüßung. Valerians vormals fast wolkenweißes Gesicht war inzwischen von der Sonne geküsst, aber noch immer zig Nuancen heller als die Haut von Taipa oder selbst Pallas. Die dunklen Schatten unter seinen Augen konnte jedoch auch die zarte Bräune nicht verbergen.

Im Kontakt mit der Erdenmutter hatte Cheveyo Bilder der Vergangenheit gesehen, und gemeinsam hatten sie sich zusammengereimt, dass es in all den Kriegen, die Legionäre und Gardistinnen Darianas hatte ausrücken lassen, nie darum gegangen war, Seite an Seite zu kämpfen. Die Soldaten des Princeps hatten immer versucht, die Gardistinnen der Princepa aufzuhalten.

Die Geschichte wiederholte sich, weil Circe die Mobilmachung der Frauen schon veranlasst hatte, ehe der Krieg überhaupt im Senat diskutiert worden war.

»Hattet ihr Kontakt zu den anderen? Geht es ihnen gut?«, fragte Valerian, während er sich mit der Hand an einem dürren Baum abstützte. Der kurze Hoffnungsschimmer in seinem Blick verflog sofort, als Cheveyo die Lippen zusammenpresste.

»Weder zu Aries noch zu Caldea, Lysanne, Lucan, Agrippa oder Jamahi.« Seit Aries sie verlassen hatte, war es Cheveyo unmöglich gewesen, ihn im Traum aufzusuchen. Der Kontakt zu Caldeas Gruppe war vor etwas weniger als einem Mond abgebrochen, und Cheveyo konnte sich nicht erklären, warum. Jede Nacht versuchte er es weiter, sodass er bei Tage teils so erschöpft war, dass Taipa ihn mit einem Trank aus kräftigenden Wurzeln auf den Beinen halten musste.

Valerians Hand um den dürren Baum verkrampfte sich, bis die Rinde zu bröckeln begann. Pallas hingegen stieß lautstark Beleidigungen auf sämtliche Gottheiten aus und machte seiner Hoffnungslosigkeit so Luft. Caldea, Agrippa und Lucan kamen dem, was einem Stamm gleichkam, am nächsten, hatte er ihnen bei ihrer gemeinsamen Reise verraten. Er hatte keine Eltern mehr und war von seiner grausamen Horde, die den alten Traditionen folgte und Menschen opferte, geflohen. Caldea hatte ihn gerettet, weshalb er eine Lebensschuld trug. Es zerriss ihn, dass er sie nicht schützen konnte.

»Sie sind am Leben.« Cheveyo ging mit sanfter Stimme auf Pallas zu, der sich mit den Händen übers Gesicht rieb. Valerian tat ebenfalls einen Schritt auf ihn zu, verharrte dann jedoch.

»Wie kannst du dir sicher sein?«, fragte Pallas. »Es sind so viele Tage vergangen, ohne dass du etwas von ihr oder den anderen gehört hast.«

Cheveyo tippte sich an die Schläfe. »Die Erdenmutter würde Taipa oder mir einen neuen Weg weisen, wenn wir dem alten Pfad nicht weiter folgen können, weil die Göttergaben nicht mit den Divini vereint werden können.«

Taipa nickte zur Bestätigung, noch bevor ein sanfter Windstoß die Büsche erschaudern und ihre Haarsträhnen flattern ließ. Taipa schloss die Augen und hieß die Gegenwart der Erdenmutter willkommen.

»Wir hatten uns zuvor auf den Treffpunkt geeinigt«, sagte sie nach dem tiefen Atemzug, mit dem Taipa die Präsenz der Göttin aufnahm. »Wenn kein Kontakt möglich ist, wird Caldea dorthin kommen.«

Taipa sah Pallas an, wie er versuchte zu lächeln, aber nicht mehr als ein kurzes, trauriges Anheben der Mundwinkel zustande brachte.

»Wir sind vielleicht noch ein oder zwei Tagesmärsche von der Stelle entfernt«, sagte Valerian und wagte einen weiteren Versuch, auf Pallas zuzugehen, blieb jedoch erneut stehen. »Am Horizont waren die Himmelsnadeln schon zu sehen.«

Taipa sah die verzweifelte Sehnsucht in Valerians Augen, und ihre Kehle wurde eng. Sie kannte dieses Ziehen. Ihr Blick ruckte zu Cheveyo, der mit schmalen Augen von Valerian zu Pallas schaute. Auch er bemerkte die Schlucht zwischen ihnen, gefüllt von ungesagten Dingen, die täglich weiter auseinanderklaffte.

»Dann lasst uns schlafen gehen, damit wir bald wieder mit den anderen vereint sind«, entschied Pallas und wandte sich abwesend dem Lager zu.

Valerian wollte sich verabschieden, aber Taipa und Cheveyo traten an seine Seite, und gemeinsam folgten sie Pallas ins Zentrum des Lagers der Kohorte und begleiteten den Princeps zu seinem Zelt.

»Cheveyo!« Taipa rüttelte zum wiederholten Mal an Cheveyos Schulter, doch er war schwerer zu wecken als ein Bär im Winterschlaf. Sie griff nach ihrem Trinkschlauch, schüttete etwas davon auf ihre Hand und spritzte einzelne Tropfen in Cheveyos Gesicht.

Prustend, als hätte sie ihn mit einem ganzen Bach ertränkt, setzte er sich auf und blinzelte sie schlaftrunken an. Das Lager war nur mit wenigen Fackeln erhellt, die ihre Schlafstätte in schummriges Licht tauchten.

»Na endlich! Kommt mit!«, forderte Pallas, der Taipa aufgesucht hatte, damit sie ihn zum Princeps begleitete.

Sie huschten zwischen schlafenden Legionären umher zu Valerians Zelt. Schon von Weitem hatte Taipa die Schreie vernommen, die sich zunächst in ihren Traum geschlichen, sie letztendlich aber geweckt hatten, noch bevor Pallas bei ihr angekommen war.

»Du musst ihm helfen. Er hat schreckliche Träume und ist

nicht wach zu kriegen«, sagte Pallas im Flüsterton, obwohl Valerians Schreie sicher schon alle geweckt hatten, die nicht über einen Bärenschlaf verfügten wie Cheveyo.

Pallas öffnete ihnen Valerians Zelt, und Taipa trat ein. Sofort verstärkte sich das Vibrieren der Luft in Gegenwart der zweiten Göttergabe, und Taipa rieb sich über die Unterarme.

Cheveyo und Pallas folgten ihr zu Valerians Schlafstätte. Taipa kniete sich neben den Princeps und tastete ihn ab. Er war schweißgetränkt, Ängste schienen seinen Traum zu beherrschen.

Sie entzündete ein Kräuterbüschel und wedelte den Rauch, der die bösen Geister vertreiben sollte, zu ihm.

Cheveyo setzte sich auf die andere Seite und hielt bereits die Hand des Princeps, um in seinen Geist einzutauchen. Er benetzte seine Zunge mit dem Pulver des Natursteins aus dem Beutel an seinem Gürtel, und seine Augen wurden weiß.

Valerian schrie ein weiteres Mal. Cheveyo runzelte die Stirn, versuchte angestrengt, zu ihm durchzudringen, während Pallas vorsichtig Valerians Gesicht abtupfte und ihm die hellen Locken aus der Stirn strich.

»Es … funktioniert nicht, ich kann nicht zu ihm durchdringen.« Cheveyos Augen waren wieder von ihrem warmen Braun, als er sie öffnete.

»Hast du deshalb keinen Kontakt mehr zu den anderen?«, fragte Pallas.

Cheveyo sah fragend zu Taipa, die auch keine Antwort für ihn hatte.

»Ich … ich weiß es nicht.« Cheveyo rückte ein Stück von Valerian ab, tauchte die Fingerspitze erneut in den roten Staub, führte sie zum Mund und schloss die Lider. Kurz darauf umspielte ein sanftes Lächeln seine Lippen, das für Taipa einer warmen Brise der Erdenmutter gleichkam.

Cheveyo hatte sich ihr zugewandt, als er die Augen öffnete. »Lana geht es gut. Ich soll dir ausrichten, dass ihr Geist bei dir ist.«

Taipa wusste nicht, was sie erwidern sollte. Cheveyo und sie hatten sich immer verboten, grundlos in die Träume anderer zu tauchen, weil sie das Pulver nicht verschwenden wollten, da ihnen die Göttin doch direkt gesagt hatte, dass es ihrer Schwester gut ging. Ihre Sicht verschwamm, und sie blinzelte hastig die Tränen der Erleichterung aus den Augen.

»Also liegt es nicht an deinen Fähigkeiten«, stellte Pallas fest. »Warum funktioniert es dann nicht auch bei Val? Oder bei Aries und Caldea?«

Während Taipa überlegte und auf ein Zeichen der Erdenmutter wartete, rieb sie sich unentwegt gedankenverloren über ihre Unterarme, bis sich Cheveyo über Valerian beugte und seine Hand auf ihre legte. Taipa rührte sich kein Stück mehr, wollte nicht, dass die Berührung endete.

Cheveyo schluckte, sein Blick senkte sich auf ihre aufeinanderliegenden Hände. Rund um die Stelle hatte Taipa noch immer Gänsehaut.

Ein schneller Windstoß ließ die Zeltbahnen flattern und die Worte aus Taipas Mund stolpern: »Die Göttergabe!« Ihr Blick huschte zu Val, an dessen Gürtel die Tonscheibe befestigt war. Durch Pallas' stetige sanfte Berührungen hatte Valerian nicht mehr geschrien, war jedoch noch immer nicht erwacht. »Du kannst weder Aries sehen, der die ewige Flamme bei sich trägt, noch in Vals Geist eintauchen, obwohl du sogar Kontakt hast.« Taipa gestikulierte mit den Händen und machte Cheveyo so darauf aufmerksam, dass er sich immer noch über den Princeps beugte. Schnell richtete er sich auf.

Doch anstatt ihr zuzustimmen, wirkte er mit einem Mal verlegen, sah zu Pallas, zu Valerian, an die kahle Zeltwand – nur nicht zu ihr.

»Da hat wohl jemand versucht, dich in deinen Träumen zu besuchen«, sprach Pallas aus, was sie nicht gewagt hatte.

Cheveyos Wangen röteten sich, und er schloss die Augen.

»Dafür musst du dich nicht schämen, Geistkrieger«, fuhr Pallas fort. »Immerhin haben wir jetzt Gewissheit, dass Caldea den Kelch der Einheit bei sich trägt.«

Cheveyo öffnete die Augen und runzelte die Stirn.

»Wir können sie ebenso wenig erreichen wie unsere anderen Verbündeten«, erklärte Pallas. »Also war Caldea erfolgreich, und sie haben den Kelch bei sich.« Stolz schwang in seiner Stimme mit, sein Blick war in die Ferne gerichtet, während seine Finger noch immer durch Valerians Locken strichen.

Valerian, der die Augen aufgeschlagen hatte, wagte nicht zu atmen, weil er Pallas' Geste genoss.

»Ich wusste, sie würde es schaffen.« Pallas strahlte heller als die Öllampe an der Zeltdecke. Doch dann erlosch das Lächeln, als er nach unten auf Valerian sah.

Taipa erinnerte sich daran, wie sie damals über die bewusstlose Caldea gedacht hatte, dass ihre Gefährten und ihre Gefährtin nicht minder gefährlich wären. Wussten sie wirklich alles über die Pläne der Südländer?

41
Caldea

Caldea lag bäuchlings im hohen Steppengras auf einem sanften Hügel und sah auf die darianische Befestigungsanlage hinab, die schon eher einer Stadt gleichkam. Sie erstreckte sich im Westen bis zur Via Meridians, hinter der felsige Erhebungen aus der Erde wuchsen, ähnlich dem Plateau, über das sie angereist waren. Ein pfahlbewehrter Wall umzäunte das Gebiet direkt von den Himmelsnadeln, ihrem vereinbarten Treffpunkt, bis zum größten Wasserreservoir in diesem Territorium, weshalb die versammelten Horden ihr im Vergleich dazu kaum sichtbares Lager weiter im Süden errichtet hatten. Das Banner mit dem Stierkopf, das Zeichen der Teren – der Horde von Lucans Vater Marcus –, flatterte gemeinsam mit dem der Edoni über dem Großteil des Lagers.

Caldea hatte Agrippa und Lucan dorthin geschickt, zu deren eigenem Schutz und zur Vorbereitung auf das Unvermeidliche. Temra und ihre Laren begleiteten sie. Caldea hatte versprochen, ihnen nachzureisen, sobald sie die anderen Divini am vereinbarten Treffpunkt gefunden hatte. Nun lag sie hier oben, sah das ganze Ausmaß der Bedrohung für ihr Volk und bereute ihr Versprechen.

»Sie haben nicht die geringste Chance gegen das Aufgebot aus Dariana«, flüsterte sie, weil sie ihrer Stimme nicht traute. »Sie werden fliehen.«

Lysanne neben ihr rückte näher. Das trockene Steppengras raschelte. Sie stieß Caldea mit der Schulter an und lächelte. »Die Hoffnung und du, Caldea, Fürstin der Edoni, seid offenbar keine Freunde.«

Ein schwaches Grinsen zupfte an Caldeas Lippen. »Nicht, wenn es eine Möglichkeit gäbe, sie zu einen und ihnen dadurch Mut zu schenken.« Die Schale in dem Trinkschlauch an ihrem Gürtel drückte unangenehm gegen Caldeas Oberschenkel. Doch so war ihr deren Gegenwart noch bewusster als durch das stetige Knistern in der Luft.

»Und wieder und wieder würden andere vor derselben Entscheidung stehen, sollten wir nicht siegreich sein. Es würde von vorne beginnen. Mit sehr vielen Toten.«

Caldea schürzte die Lippen. Sie wusste, dass Lysanne recht hatte, dass es logisch war, den gemeinsamen Plan fortzuführen und die Göttergaben zu einen und sich von Meridia zu trennen. Doch sie kam nicht gegen ihre Natur an.

Seit sie begriffen hatte, dass ihr Bruder Aquila sie nicht freiwillig verlassen hatte, sondern er ihrem Stamm entrissen und nach Dariana verschleppt worden war, hatte Caldea nur dieses eine Ziel: das Volk des Südens vor dem Leid solcher Übergriffe durch Princeps und Princepa zu beschützen. Nun kam es ihr vor, als würde sie alles verraten, was Agrippa, Pallas und sie die letzten Sommer unternommen hatten, um mehr über die Vergangenheit zu erfahren und die Horden zu einen. So wie einst ihre Ahnin Daria. Was die nachfolgenden Generationen dann aus diesem Sieg gemacht hatten, war unverzeihlich. Aber Caldea könnte es besser machen, Meridia stolz machen!

Sie sah zu Lysanne, betrachtete ihr zartes Gesicht, die weißen Haarsträhnen, die sich aus dem hohen Knoten gelöst hatten, und nun an ihrer Schläfe klebten wie feine weiße Adern. Caldea respektierte sie, vielleicht sogar weit mehr als das. Obwohl sie nicht zum Volk des Südens gehörte, Caldea sich nicht geschworen hatte, Lysanne zu beschützen, verspürte sie den Drang dazu.

»Es könnte anders sein, weißt du?«, begann Lysanne.

»Ganz gleich, wie unterschiedlich uns die Göttinnen und Götter schufen, wir könnten eins sein. Eine wahre Einheit, nicht die Unterdrückung durch die ehemaligen Midlande.«

Caldea dachte über die Worte nach, und während Lysanne weitersprach, zeichnete sie in Caldeas Geist das Bild einer Zukunft, die ihrem Traum sehr nahe kam. Sie sah keinerlei Grenzen mehr, die Territorien und Provinzen trennten. Sie sah vor sich, wie der Handel florierte, wie sich die Völker mischten, wie neue Generationen Merkmale und Traditionen der Westländer und des Ostens in sich trugen. Nicht zuletzt beschwor sie das Bild von Lysanne und ihr herauf. Hand in Hand, vor einem Palast aus Eis und Schnee, während die alten Nordländer im Süden vor der ewigen Kälte geschützt waren.

Ein Traum. Sie sah zu Lysanne und lächelte. Ein wahr gewordener Traum, für den es sich zu kämpfen lohnte.

Oder dafür zu sterben.

Zu sterben, um anderen diesen Traum zu ermöglichen, indem sie die Verbindung zu Meridia kappte – auf jenem Weg, den sie sich in all den Stunden auf Flockes Rücken zusammengereimt hatte. Die Divini waren die Verbindung der Gottheiten zu ihrem Volk. Daher gab es nur eine Schlussfolgerung. Mit dem Tod ihrer Divina würde Meridia die Verbindung zu Dariana verlieren. Mit Caldeas Tod.

Noch in der Nacht würden sie am darianischen Lager vorbeischleichen und vielleicht schon im Morgengrauen auf die anderen treffen. Die Zeit drängte, die Gardistinnen sammelten sich bereits, würden am nächsten Tag aufs Schlachtfeld ziehen. Caldea schob sich zurück und wartete, bis Lysanne ihr folgte. Flocke kreiste über ihnen und hielt Wache.

Kaum dass sie von jenseits des Hügels nicht mehr von Späherinnen entdeckt werden konnten, presste Caldea ihren Mund auf die kalten Lippen von Lysanne. Dem bittersüßen

Kuss folgten keuchende Atemzüge und heiße Begierde, die auf kühle Haut traf. Caldea erkundete jedes Detail des muskelgestählten Körpers der Prinzessin, sie prägte sich alles ein. Ihren Geruch, ihren Geschmack, ihr raues Stöhnen, das Caldea wie ein heißes Brennen in den Unterleib fuhr. Hitze, die Lysanne mit ihren Händen, ihren Fingern und ihrer Zunge zu löschen versuchte.

Caldea blieb nur noch diese eine Nacht mit Lysanne, und sie wollte jeden Moment davon auskosten.

42
Aries

Zwei Nächte hatte es gedauert, bis Aries auf Leos Rücken das Heerlager der Gardistinnen weitläufig umrundet hatte, um den Späherinnen auszuweichen.

Im Lager traf Aries auf Sprecher der Edoni. Seine Horde, seine einstige Familie, begegnete ihm alles andere als wohlwollend. Aries erfuhr, dass sein Vater seiner Mutter in den Tod gefolgt war, nachdem diese Caldeas Verschwinden niemals verarbeitet hatte. Ihr Weggang – um für Einheit zu kämpfen, anstatt die Horde zu beschützen – war eine Schande für die Krieger des Südens, und Micel, der selbst ernannte neue Fürst der Edoni, machte keinen Hehl daraus, dies lautstark zu verkünden. Aries wunderte sich, wieso die Edoni trotzdem hier waren, zog jedoch Abstand zu dem unsympathischen Krieger einer Antwort auf die Frage vor.

Er machte sich auf die Suche nach dem Fürsten der Teren, den ihm alle Befragten als Befehlshaber ihres Heeres nannten. Da traf er auf Temra, die Fürstin der Laren, die ihm von ihrer Begegnung mit seiner Schwester erzählte und zwei Personen herbeiführte, mit denen Aries nicht gerechnet hatte: Agrippa und Lucan. Während sie mit ihm die einzelnen Fürsten besuchten und einen Erkundungsgang unternahmen, berichteten die beiden von ihren Erlebnissen im Osten, der dämonenbesessenen Sultanin und Jamahi, die zurückgeblieben war, um sie zu retten. Zuletzt fragten sie Aries, ob Cheveyo zu ihm Kontakt aufgenommen hatte. Doch seit seinem Aufbruch aus Dariana hatte er nichts von dem Westländer gehört. Offenbar war auch der Kontakt zu Caldeas Gruppe abgebrochen, weshalb sie und Lysanne auf dem Weg zum

Treffpunkt bei den Himmelsnadeln waren, um dort auf die anderen Divini zu warten. Aries äußerte sich nicht dazu. Er war kein Divinus, nur Hüter der Flamme.

Beim Abendessen, das sie rund um mehrere Feuer einnahmen, überrollte ihn dann jedoch eine dunkle Vorahnung. Wie von weit entfernt erklang die Stimme von Taipa in seinem Kopf, dass die Göttergaben mit ihren Divini vereint sein mussten, um die Verbindung zu den Gottheiten zu kappen. Bei all den Plänen, die sie gesponnen hatten, war Aries davon ausgegangen, dass Jamahi Orientis' Divina war. Konnten sie Meridia besiegen, wenn ihre Divina nicht mit der Tontafel vereint war? Leo spürte seine Sorge und schmiegte sich an Aries' Bein. Er hatte wieder seine liebste Gestalt angenommen und buhlte so lange um Aufmerksamkeit, bis Aries seine Finger in der Mähne des winzigen Löwen versenkte und ihn kraulte.

»Die Späher meines Vaters berichten, dass sich die Armee der Princepa vorbereitet«, sagte Lucan, setzte sich zu ihnen ans Feuer und füllte seine Schale mit Eintopf. »Sie werden bei Sonnenaufgang angreifen.«

»Wir werden bereit sein«, sagte Agrippa, die anstelle ihrer geliebten Kleider bereits das Unterkleid ihrer Rüstung trug. Vor der Schlacht würde sie sich noch ein Kettenhemd, Arm- und Schulterschienen anlegen und so Aries mehr gleichen als die Edoni, seine eigene Familie.

Aries schloss die Augen und griff an das metallene Behältnis der ewigen Flamme. Zum ersten Mal seit langer Zeit betete er zu den Gottheiten, zu welchen auch immer. Er bat sie um ein Zeichen, dass die Seherin richtiglag und die Flamme das Eis um Malenas Herz schmelzen würde, sie zur Besinnung kam und das sinnlose Töten endete, ehe es begann. Doch die Antwort der Gottheiten blieb aus. Auch in seinen Träumen.

Noch vor Morgengrauen trafen sich die Horden am Rand des Schlachtfelds. Aries, der in Dariana aufgewachsen und in den Legionen des Princeps ausgebildet worden war, kam nicht dagegen an, ihre Formation zu korrigieren. Doch selbst dann schrien sie den perfekt formierten Gardistinnen praktisch noch entgegen, dass sie keine Einheit waren.

Über den Köpfen des im Morgenrot funkelnden Meeres an Rüstungen der Frauen thronte Malena in voller Uniform auf einem Pferd, Circe direkt neben sich.

Aries konnte ihren Gesichtsausdruck auf die Entfernung nicht genau erkennen. Dass eine Frau mit Horn immer wieder zwischen den einzelnen in Reih und Glied stehenden Truppen hin- und herging, deutete er jedoch als Malenas Zweifel an einem Angriff. Ebenso wie die Unterhaltung mit Meridia, die ihr sicher zum sofortigen Kampf riet.

Aries war sich sicher, dass allein die Gegenwart der Flamme Malenas Gefühle wieder hervorrief. Er musste näher heran, musste sie die Flamme berühren lassen.

Lucan hielt ihn am Arm fest und schüttelte den Kopf. »Es ist zu gefährlich.«

»Aber Malena kann nur mit der ewigen Flamme gerettet werden«, entgegnete Aries entschlossen und ging ihr entgegen.

43
Malena

Malena saß auf einem der wenigen Pferde und sah die endlose Reihe bewaffneter Gardistinnen entlang, die zu ihrer Rechten und Linken aufgestellt waren. Die metallenen Schulterpanzer leuchteten im Morgenrot wie Feuer. Ihnen gegenüber hatten sich die Rebellen lose formiert. Es waren weit mehr, als Malena erwartet hatte. Sie griff mit ihren Fingern zwischen den Lederriemen ihrer Uniform hindurch und legte die Hand an ihren Unterleib. Ihr Ungeborenes reagierte darauf und schmiegte sich so hart dagegen, dass sich Malenas Bauch verformte und es unangenehm drückte. Sie nahm die Hand schnell wieder weg, und der Druck verschwand.

»Bist du sicher, dass Valerian mit seinen Legionen rechtzeitig eintreffen wird?«

Circe auf dem Pferd neben Malena lachte auf. »Wir brauchen keine Unterstützung, Principa. Sobald du die Freigabe für das Angriffssignal gibst, wird die Rebellion beendet sein.«

Malena sah von Circe, die siegesgewiss lächelte, zurück zu den versammelten Horden mit ihren verschiedenen Bannern. Einige der Symbole erkannte sie aus dem Unterricht wieder. Der Stierkopf der Teren, der Falke der Edoni, die Schlange der Laren. Zahlenmäßig waren ihnen die Gardistinnen in jedem Fall überlegen. Aber würde es reichen? Mit den Legionen des Princeps wäre es ein Leichtes.

»Du solltest keine Zeit verlieren, Principa«, forderte Circe und deutete mit dem Kinn zu einer Truppenführerin, die mit einem Blashorn in der Hand auf Befehle wartete. »Sonst könnte es zu spät sein.«

»Zu spät?«, fragte Malena. »Die Späherinnen haben Valerian bereits angekündigt …«

»Er wäre nicht der erste Mann, der einer starken Frau in den Rücken fällt.« Die Schärfe in Circes Stimme ließ die Worte wie ein Zischen klingen.

»Du meinst, er würde nicht mit, sondern gegen uns kämpfen?« Das schien Malena so abwegig wie einst jenes Gerücht, dass sich Männer in Steine verwandeln, während sie ihre Blutung hatten. Sie schüttelte den Kopf.

Circe jedoch nickte vehement. »So sind die Männer.« Sie sagte nichts weiter, starrte wieder stur geradeaus auf ihre Gegner, während Malena abwägte, wie ihre Chancen standen, sollten Valerians Legionen sie von hinten angreifen.

Circe hatte recht. Es war reine Logik, sofort den Schlachtruf erklingen zu lassen. Sie konnten auch ohne ihn siegen und damit jegliche Möglichkeit eines Verrats unterbinden..

Sie wollte eben die Hand heben, um den Befehl zu erteilen, da begann sich die Luft zu festigen, wurde dichter, aufgeladen von einer Energie, die sie …

Da stieß Circe einen zischenden Laut aus und kniff die Augen zusammen. Malena folgte ihrem Blick zu ihren Gegnern. Aus der nicht formierten Gruppe an Rebellen trat ein Mann in darianischer Rüstung hervor. In der Hand hielt er eine Flammenschale. Die Luft wurde mit jedem seiner Schritte schwerer, Malena glaubte, die Hitze des Feuers selbst auf diese Entfernung hin zu spüren.

»Gib das Signal!«, befahl Circe. Ihre Stimme war eine Mischung aus Brüllen und Knurren.

Malena kniff die Augen zusammen, rieb sich über die Arme, während der Soldat, ein Centurio, näher kam.

Aries?

Dann erklang das Horn. Die erste Reihe der Gardistinnen rannte los, hinter Malena entzündeten andere die Pfeile, und ein Feuerhagel ging auf den Centurio und die vorderste Front nieder.

Malena erstarrte, als sich ein Pfeil zielsicher in Aries' Brustpanzer grub. Die Welt verlangsamte sich. Malena beobachtete, wie Aries ins Taumeln geriet, ein paar Schritte weiter auf sie zuhielt und dann auf die Knie stürzte. Er bäumte sich noch ein letztes Mal auf, seine Beine zuckten, als er versuchte, sich zu erheben. Vergeblich.

Aries, Vater ihrer ungeborenen Tochter, legte den Kopf in den Nacken und schrie, bis sein letzter Atemzug aus dem Körper wich und er vornüberkippte.

Der Schrei vermischte sich mit dem Kampfgebrüll der Gardistinnen, die Malena die Sicht auf Aries nahmen, während sie ihn überrannten. Sie schwangen die Schwerter, bereit, den Rebellen zu begegnen, die nun ihrerseits losgestürmt waren.

Feuer, Rauch, Schreie und der Gestank von Blut erfüllten die Luft. Malena saß reglos auf ihrem Pferd und sah, wie die Armeen sich vermischten, wie die Gardistinnen sich durch die Horden pflügten und nichts als Leichen hinterließen. Circe saß mit einem zufriedenen Lächeln auf ihrem Pferd. Ihre Augen leuchteten wie das eines Tieres im Blutrausch.

Eine wahre Göttin des Krieges.

»Die Rebellion wird schnell vorbei sein«, sagte sie, ohne ihr Lächeln zu mindern. »Ich werde nachsehen, ob er auch wirklich tot ist.«

Circe stieg vom Pferd und stürzte sich gemeinsam mit den Gardistinnen in die Schlacht.

Der unangenehme Druck in der Luft war noch immer zugegen. Malena rieb sich über die Arme, strich die aufgerichteten Härchen nieder, doch dieses seltsame Empfinden blieb, wurde sogar noch stärker, als in ihrem Rücken ein lautes Horn ertönte und zur Schlacht rief.

44
Taipa

Der Legionär trieb sein Pferd abseits der Via Meridians an den bis zum Horizont reichenden marschierenden Soldaten vorbei. Er wirbelte Staub auf, der sich in der Morgensonne wie blutroter Nebel über die Legionen legte und zu den Himmelsnadeln links von ihnen aufstieg. Taipa sah zu Cheveyo, der in seiner darianischen Rüstung angespannt auf seinem Pferd saß und die Hände um die Zügel verkrampft hatte. Die Muskeln an seinen Armen unterhalb der bis kurz über den Ellbogen endenden metallenen Schulterschienen zuckten nervös.

Als der Reiter sie erreichte, erschallte ein Horn.

»Sie werden gleich … sie greifen an«, korrigierte sich der atemlose Bote, und sogleich erhob sich ein seltsames Geräusch, verzerrte Schreie, gemischt mit dem entfernten Klappern vieler Rüstungen.

Valerian schloss die Augen und atmete tief durch. Taipa beobachtete sein Profil. Eine einsame Träne kroch unter seinem Lid hervor. Ihnen blieb keine Zeit für Trauer oder Reue.

»Wir müssen die Gardistinnen aufhalten«, sagte Taipa in behutsamem Ton, »wie deine Vorfahren es getan haben.« Sie richtete ihren Blick in den Westen. Kleine Erhebungen und sanfte Hügel, auf denen hohes Gras im Wind wogte, machten es ihr unmöglich zu erkennen, ob die durch ihre Schwester angekündigten Krieger bald ankommen würden. Cheveyo hatte sich in den vergangenen Nächten mit Lana ausgetauscht.

»Taipa hat recht«, sagte nun auch Pallas auf dem Pferd neben Valerian. Er griff hinüber zum Princeps und legte seine

Hand auf den Unterarm, eine der wenigen Stellen, an denen Valerian nicht in behauenes Metall gehüllt war.

Der Princeps öffnete die Augen, sah zum Boten hinüber und nickte. »Blast zum Angriff. Aber lasst Malena am Leben«, schob er wesentlich leiser nach, sodass sich Taipa nicht sicher war, ob der Bote, der bereits zum Horn an der Seite des Pferdes griff, es gehört hatte. Oder ob überhaupt jemand in einer Schlacht darauf achten konnte, wen man angriff.

Das Signal erklang. Es war ohrenbetäubend, und ein hoher Ton nistete sich in Taipas Ohr ein. Weitere Hornstöße nahmen den Befehl auf, trugen ihn von Legion zu Legion, und die Soldaten vor ihnen setzten sich in Bewegung.

»Wir müssen ebenfalls nach vorne. Wir müssen mitkämpfen!« Cheveyo hob die Zügel bereits an, da hielt Taipa ihn zurück.

»Nein, wir müssen zum Treffpunkt.« Sie sah zum Princeps, der abwesend in die Ferne starrte, einen traurigen Zug um die Lippen, während sie zu den Himmelsnadeln neben der Via Meridians deutete. Sie lenkte ihr Pferd bereits, da erwachte Valerian aus seiner Lethargie und nickte.

Gemeinsam überwanden sie die kurze Strecke bis zu den Himmelsnadeln, umrundeten die speerähnlichen Felsen, die so weit in den Himmel ragten, dass ihr Ende im Nebel versank. Sie sahen in jedes mögliche Versteck, jeden Spalt, aus dem neue Felsen zu wachsen schienen – doch sie trafen weder Caldea noch Aries. Ein bitterer Geschmack legte sich auf Taipas Zunge, und ganz gleich, wie oft sie schluckte, er wollte nicht verschwinden.

»Dann lasst uns wenigstens kämpfen!«, forderte Cheveyo, und die anderen stimmten mit traurigem Nicken zu.

Sie trieben ihre Pferde wieder an, ritten direkt in den Süden, nicht zur Via Meridians zurück.

Erst streifte der Wind Taipas Unterarme, dann spürte sie

etwas Neues. Sie zog an den Zügeln und rief laut: »Anhalten!« Ihr Pferd tänzelte umher, als sie es mal in die eine, dann in die andere Richtung lenkte, um das Kribbeln auf ihren Armen zuzuordnen. Die Schlacht tobte weiter südlich, die Rufe und das Klirren der Waffen drangen jedoch bis zu ihnen. In etwas Abstand zum Toben ragte aus dem Nebel, der inzwischen den von Sonnenstrahlen geküssten Boden bedeckte, eine reglose Gestalt auf einem Pferd empor wie eine Statue. Princepa Malena.

Ehe Valerian ihr etwas zurufen konnte, stolperte von der Seite jemand aus dem hohen Gras und hinkte auf sie zu. Das Kribbeln auf Taipas Haut wurde stärker. Sowohl Cheveyo als auch der Princeps und Pallas griffen zu ihren Waffen.

Doch der darianische Soldat mit geschlossenem Visier tat nichts dergleichen. In unregelmäßigen Schritten kam er weiter auf sie zu, hielt die Hände verschlossen an seinen Oberkörper gepresst, als verberge er etwas überaus Kostbares darin.

Die Härchen auf Taipas Unterarmen reckten sich ihm entgegen.

45
Aries

Aries' Schrei glich dem Brüllen eines wilden Tieres, das keinen Ausweg mehr sah. Er spürte Leos Schmerz durch ihre Verbindung widerhallen. Im Geiste waren sie eins. Der brennende Pfeil in der Brust. Sengende Pein, die sich durch den ganzen Körper arbeitete. Er versuchte zu atmen, doch es war ihm unmöglich. Hektische Atemzüge, immer schneller, immer kürzer. Seine Beine gaben nach, er stürzte auf die Knie, fiel vornüber. Die Welt drehte sich, ganz gleich, wie fest er die Finger in die aufgewühlte Erde bohrte, egal, wie oft er blinzelte.

Leo!, rief Aries durch ihre Verbindung, doch er erhielt nur ein schwaches Echo zur Antwort. Das magische Band, das sie teilten, seit Leo Aries erwählt hatte, zerfaserte, wurde immer dünner und drohte zu zerreißen. *Leo!,* versuchte Aries es erneut und wartete auf das Ende des Schmerzes. Wie hatte er Lucans Vorschlag zustimmen und seinen Hamingjur aufs Schlachtfeld schicken können, während er sich im Gebüsch versteckte wie ein Feigling? Noch ehe Aries Leo den Befehl zur Verwandlung gegeben hatte, war der Gestaltwandler bereits emporgewachsen, hatte sich auf zwei Beine aufgerichtet und war zu Aries' Ebenbild geworden. Er wollte ihm helfen, seinem Verbündeten. Und nun war er tot. Aries wollte sich das Herz aus der Brust reißen, um den Schmerz des Verlusts nicht länger zu spüren. Doch mitten in dem Sud aus Pein spürte er das zarte Flattern eines Pulses, einen leichten Ruck an ihrer Verbindung.

Alle Energie, die Aries zur Verfügung stand, richtete sich auf Leo und seine Verwandlung von Aries' Ebenbild in einen kleinen Vogel, der mit schwachen Flügelschlägen abhob und in seine Richtung taumelte. Aries fing ihn auf und verbarg das winzige Federtier in seinen Händen, wärmte Leo, flüsterte ihm behutsame Worte zu, als ein weiteres Horn zur Schlacht blies und Vals Legionen Malenas Gardistinnen nachjagten.

Er beobachtete alles von seinem Versteck zwischen hohem Gras und vertrockneten Büschen aus, die am Fuße der Himmelsnadeln kaum überlebten. Leo barg er noch immer in den Händen und strich sanft über die flauschigen Federn.

Dann kamen vier Reiter näher. Val trug eine Centurionen-Rüstung, aber Aries hätte ihn selbst in den einfachsten Lumpen und einem Sack über dem Kopf erkannt. An seiner Seite waren Pallas, Cheveyo und Taipa. Alle vier sahen in Richtung Schlachtfeld, als könnten sie aus dieser Entfernung etwas erkennen. Aries folgte ihrem Blick, und langsam schälte sich eine Gestalt aus dem Nebel, der vom taufeuchten Boden aufstieg. Malena. Ganz allein, reglos auf einem Pferd.

Valerian wollte ihr etwas zurufen, würde sie aufschrecken. Daher rappelte Aries sich auf die Knie auf, stolperte nach vorne und auf seinen besten Freund zu.

»Du lebst!«, rief Val ihm entgegen und sprang vom Pferd. Pallas tat es ihm sofort nach, Taipa und Cheveyo zögerten noch.

Der Princeps schloss ihn in die Arme, quetschte Aries' Hände mit Leo zwischen ihnen ein. Val atmete erleichtert auf, sodass Aries sich von ihrer Freundschaft plötzlich leichter fühlte, freier. Leo schien sich mit ihm zu freuen, wurde lebendiger durch ihre Verbindung.

Dann rückte Val von ihm ab und schlug mit der Faust gegen den Brustpanzer. Die einzelnen Metallschienen klapperten gegeneinander. Val biss die Zähne zusammen, weil es garantiert schmerzhaft war, presste dann hervor: »Wie konntest du einfach verschwinden?«

»Ich muss sie retten, Val«, gab Aries zur Antwort und sah kurz zu Malena hinüber, die noch immer reglos dasaß. »Ich muss die ewige Flamme in ihre Nähe bringen, wie die Seherin es mir geraten hat.«

Leo fiepte in seinen Händen, stupste mit dem Schnabel sanft gegen die geschlossenen Finger. Aries öffnete sie, und der kleine Vogel sprang in Richtung Boden, wo er sich sogleich in den Miniaturlöwen verwandelte, nach dem Aries ihn benannt hatte. Er strich kurz um Aries' Beine, dann weiter zu Val, dem er ein Lächeln entlockte.

»Pass auf Leo auf«, bat Aries seinen besten Freund, während er zum Metalltiegel an seinem Gürtel griff und die ewige Flamme befreite.

Langsam schlich er auf Malena zu. Sie hielt den Blick weiterhin gen Süden gerichtet. Aries kam Schritt für Schritt näher, und ein Schaudern durchlief ihren Körper. Der weiße Hengst unter ihr richtete die Ohren aus. Malena rieb sich über die Unterarme, als spürte sie die Flamme bereits. So, wie sie es zuvor auch getan hatte, als Leo in Gestalt von Aries auf sie zugegangen war. Arktus' Göttergabe zeigte Wirkung, da war sich Aries sicher. Die Seherin hatte recht gehabt. Das Eis um Malenas Herz begann zu schmelzen.

Die Schlacht war noch in vollem Gange. Schreie, Klappern und dumpfe Schläge wurden zu einem Hintergrundrauschen.

Aries beschleunigte seine Schritte, das Gras um ihn herum raschelte und zog nun auch Malenas Aufmerksamkeit auf ihn. Endlich wandte sie sich zu ihm um. Doch alles, was Aries darin erkannte, war die eiskalte Princepa, zu der Val sie gemacht hatte. Keinerlei Gefühl zeigte sich auf ihrem Gesicht.

Aries rannte los, stürzte ihr mit der Flamme entgegen. Der Hengst bäumte sich auf, Malena krallte sich zunächst noch fest, rutschte dann jedoch zu Boden, entkam mit einer schnellen Drehung den tödlichen Hufen, ehe das Reittier davongaloppierte. Blinzelnd, bar jeglicher Angst, die sie im Angesicht dieses Erlebnisses hätte zeigen sollen, setzte sie sich auf und streifte sich lediglich eine Haarsträhne hinters Ohr.

Aries ging neben ihr auf die Knie, schluckte hart und überwand seinen Beschützerinstinkt. Er hatte Malena nie verletzen wollen. Weder ihr Herz noch ihre Haut. Aber offenbar genügte die Anwesenheit der Göttergabe nicht. Daher schloss er die Augen und presste die ewige Flamme auf Malenas Unterarm. Der Gestank nach verbranntem Fleisch stieg ihm in die Nase und verursachte Übelkeit.

Malena schrie vor Schmerz auf und riss ihre Hand zurück, betrachtete die versengte Stelle, ehe sie den Blick hob. Denselben emotionslosen Blick wie zuvor. Sie war weder wütend auf ihn, noch sah sie ihn an wie vor dem Fluch. Aries brach verzweifelt zusammen. Tränen rannen aus seinen Augen, während er die Princepa um Verzeihung bat.

»Die Rebellion ist bald niedergeschlagen«, waren Malenas einzige Worte.

46
Valerian

Gemeinsam mit Pallas, Taipa und Cheveyo trat Val zu Aries, der neben Malena, die ausdruckslos zum Schlachtfeld sah, zusammengebrochen war. Pallas richtete Aries auf, während Val ihm gut zuredete. Er wusste selbst nicht, was genau er sagte, aber er hoffte, seinen Freund beruhigen zu können. Er hatte sowieso den Eindruck, dass Aries ihn gar nicht wirklich hörte.

»Die Krieger des Westens haben sich dem Kampf angeschlossen«, versuchte Cheveyo, Aries' Aufmerksamkeit zu wecken.

»Ich ersuche die Erdenmutter um Hilfe«, sagte Taipa gerade und ließ sich etwas abseits auf die Erde neben Aries fallen. Malena hatte sich inzwischen erhoben und blickte reglos auf das Schlachtfeld.

Wenige Augenblicke später riss Taipa ihre Augen wieder auf.

»Hast du einen neuen Weg?«, fragte Cheveyo direkt, ging auf sie zu und streckte ihr die Hand hin, die Taipa ignorierte und selbst auf die Beine kam.

Sie schüttelte den Kopf. »Aber die Erdenmutter hat mich an unser Treffen mit Yanma erinnert. Und an ihre Worte: ›Wenn alle Göttergaben mit ihren Divini vereint sind, kann die Verbindung zu den Gottheiten gekappt werden.‹«

Cheveyo stieß einen Fluch aus, den Val nicht verstand. »Wir haben die Tontafel, die ewige Flamme und den Naturstein. Uns fehlt der Kelch der Einheit, den Caldea bei sich trägt.«

»Woher wisst ihr das?« Aries richtete sich auf, ein kleiner

Hoffnungsfunke tanzte in seinem Blick, als er zu Malena sah. »Hattet ihr inzwischen Kontakt zu meiner Schwester? Lucan und Agrippa haben mir gesagt, dass sie die gesamte Reise aus dem Osten nichts von dir gehört haben.«

»Weshalb wir uns sicher sind, dass Caldea den Kelch der Einheit hat.« Auf Aries' Stirnrunzeln hin erklärte Cheveyo, dass die Göttergaben das Eindringen in den Geist unmöglich machten.

»Sobald Lysanne, Caldea und Jamahi hier sind, können wir die Verbindung zu Meridia kappen?«, fragte Pallas, der immer wieder kurz zu Val sah.

»Lysanne ist Arktus' Divina«, sagte Cheveyo und deutete auf den Boden neben Aries, der das Metallgefäß mit der ewigen Flamme wieder geschlossen, aber achtlos neben sich hatte liegen lassen. Aries griff zur Kette und nahm die Kugel wieder an sich. »Lysanne und Caldea haben den Kelch der Einheit bei sich, die Göttergabe Meridias, deren Divina …« Er deutete auf Malenas Rücken. Sie hatten sich während der Reise in den Süden viele Gedanken über die Divini gemacht und waren zu dem Entschluss gekommen, dass Circe deshalb von Kindesbeinen an Malena zur Seite gestanden hatte. »Taipa als Divina unserer Erdenmutter trägt den Naturstein.« Taipa holte ihn hervor. Val glaubte, dass er mehr funkelte als sonst. Auch Cheveyo blinzelte kurz zu den roten Sprenkeln, die der Stein auf den Boden warf, ehe er fortfuhr: »Princeps Valerian hat die Tontafel bei sich.« Val griff nun seinerseits an den Gürtel und befreite sie aus der eigens für sie geschneiderten Tasche. »Jamahi muss Orientis' Divina sein. Sie weiß so viel, sie … sie muss es einfach sein«, schloss er händeringend.

Ein bitteres Auflachen von Aries sorgte dafür, dass sich alle Augenpaare auf ihn richteten.

»Dann haben wir ein Problem. Jamahi ist laut Lucan und Agrippa in der Hauptstadt des Ostens geblieben, um die Sultanin von einem Dämon zu befreien. Wir können die Göttergaben nicht mit ihren Divini vereinen.« Aries' Schultern sackten wieder nach vorn, und Val konnte seine Hoffnungslosigkeit am eigenen Leib spüren. Selbst für den Fall, dass sie den Kampf gegen die Gardistinnen gewannen – was hatte ein Sieg für einen Sinn, wenn alles, das Aries erstrebte – Malena –, verloren war? Val selbst hatte seine Legionen in den Kampf entsandt, um die Gardistinnen aufzuhalten – so unblutig wie möglich. Sollten die Gardistinnen jedoch verlieren, würden die Südländer Malenas Kopf fordern, vielleicht sogar seinen eigenen.

Val schürzte die Lippen, sah über Aries' zusammengesackte Gestalt zu Pallas. Sein Blick streifte seine markanten Züge, die breiten Schultern unter der Rüstung, den weichen Ausdruck in seinen Augen und blieb auf den vollen Lippen hängen. Angst pulsierte durch seine Adern. Heiße, brennende Angst. Nicht diejenige, die einen angesichts eines Gegners vor Kälte erstarren ließ, sondern die Angst vor sich selbst, vor seinen Gefühlen und seiner Sehnsucht.

Wenn es jedoch der letzte Moment war, den Val in dieser Welt verweilte, wollte er Mut beweisen. Also beugte er sich zu Pallas hinüber, umschloss sein Kinn mit der Hand, hob es an und senkte mit rasendem Herz die Lider, als Pallas' heißer Atem über Vals Gesicht streifte. Er wollte sich nicht aufdrängen, kam langsam näher und gab Pallas die Chance, zurückzuweichen. Doch diese blieb ungenutzt. Ihre Lippen trafen sich, und Val spürte sich selbst, sein wahres Ich, mehr als je zuvor in seinem Leben.

Hitze breitete sich von der ersten Berührung ihrer Zungen in seinem Körper aus, versengte all die Zweifel an sich selbst. All die Fragen, die er sich gestellt hatte – wie er es nur schaffen sollte, eine Gefährtin zu suchen und zu lieben –, verpufften im Rauch.

Atemlos rückte Val zurück. Pallas fuhr mit der Zunge über seine Unterlippe, ein schmales Lächeln umspielte die geschwollenen Lippen, und Val erwiderte es. Dann war es an der Zeit, in die Realität zurückzukehren. Eine Realität, in der Val in die nächste Welt treten könnte, ohne bereut zu haben, nicht zu sich selbst gestanden, nicht *für* sich selbst eingestanden zu haben. Der Gedanke stärkte ihn mehr als jedes gute Zureden anderer.

47
Caldea

»Wo bei den Steppenbullen stecken sie?« Caldea wollte eine weitere Runde um die Himmelsnadeln kreisen, doch Lysanne hielt sie am Handgelenk zurück und zog sie zu sich. Ihre kalte Hand strich eine verirrte Haarsträhne hinter Caldeas Ohr und kühlte gleichzeitig ihr Temperament.

»Sie sind nicht hier«, sprach Lysanne das Offensichtliche aus. Aber Caldea wollte es nicht hören, wollte nicht, dass alles vergeblich war. Weiter südlich tobte die Schlacht, selbst aus dem Westen kamen Krieger herbei, unterstützten die Horden, hielten die Gardistinnen in Schach und verschafften ihnen Zeit.

Zeit für ihre Aufgabe, die Aufgabe der Divini, die Verbindung zu Meridia zu kappen. Doch Caldea wusste nicht, ob es wirklich notwendig war, alle Göttergaben beisammenzuhaben, oder ob es genügte, sich hier und jetzt einen Dolch ins Herz zu jagen.

»Ich spüre die ewige Flamme!«, sagte Lysanne unvermittelt und drehte sich um die eigene Achse. Sie blieb nach Südwesten blickend stehen und streckte die Hand in Richtung eines der unzähligen Hügel. »Dort.«

Mit schnellen Schritten schoben sich die beiden durch die teils hüfthoch bewachsene Senke, ehe sie die Steigung hochgingen. Während Lysanne nur auf ihr Gespür achtete, kontrollierte Caldea unentwegt die Bewegungen des Grases, in dem sich eine ganze Horde verstecken konnte. Wo Lysanne die Göttergaben spürte, fühlte Caldea ein Prickeln im Nacken, eine drohende Gefahr, die ihre Aufmerksamkeit steigerte.

Kurz vor dem höchsten Punkt des Hügels duckten sich die beiden und schlichen weiter. Oben angekommen, signalisierte Caldea Lysanne, unten zu bleiben, während sie vorsichtig den Kopf aus dem Gras schob. Im Süden sah sie verzerrt von aufgewirbeltem Staub den Kampf toben, Gardistinnen, die gegen Horden, gegen Krieger des Westens und gegen Legionäre kämpften. Direkt am Fuß des Hügels, nah genug, damit Caldea jedes Detail in sich aufnehmen konnte, trat Aries gerade zu Malena. Er trug die ewige Flamme bei sich und presste sie auf die Haut der Princepa, die vor Schmerz kurz aufschrie, dann aber keinerlei Reaktion zeigte.

Im Gegensatz zu Aries, der von purer Enttäuschung gepackt den Halt verlor. Selbst den anderen – Taipa, Cheveyo, Val und Pallas – stand die Fassungslosigkeit im Gesicht, ehe auch die letzte Hoffnung aus ihnen wich.

Es hatte nicht funktioniert. Die ewige Flamme konnte Malena nicht retten, ihr die Gefühle nicht zurückgeben. Caldea musste ihrem Bruder zur Seite stehen. Sie tauchte aus dem hohen Gras auf und reichte Lysanne die Hand. Der Wind spielte ihnen Worte von Verzweiflung getragen zu. Dass Jamahi Orientis' Divina war und so jegliche Pläne aufgrund ihrer Abwesenheit zum Scheitern verurteilt waren. Princeps Valerian hielt Orientis' Göttergabe in der Hand. Sie gingen weiter auf die anderen zu, und Lysanne stützte Caldea, die noch immer nicht wusste, ob ihr Tod ausreichen würde, Meridia aufzuhalten.

Ihre Freunde waren so in ihrer Hoffnungslosigkeit gefangen, dass sie Caldea und Lysanne nicht bemerkten. Während der Princeps Pallas zu sich zog und ihn küsste, waren die Augen auf das Kampfgeschehen gerichtet, und Caldea folgte ihrem Blick.

Da bemerkte auch Caldea die einsame Kriegerin, die vom Schlachtfeld her das kniehohe Gras teilte. Ihre Rüstung war mit dem Blut ihrer Gegnerinnen besprenkelt, das lange Schwert glänzte kupferfarben. Die Göttin Meridia sah schöner aus denn je.

Caldea riss sich von ihrem Anblick los und stürzte sich in dem Moment zum Princeps, als Meridia mit zu einem grausamen Lächeln verzerrten Lippen losrannte. Caldea blieb kaum Zeit für ihren Plan zur Rettung ihres Bruders.

48
Aries

Aries sprang auf und zog sein Schwert. Im Augenwinkel bemerkte er eine Bewegung. Caldea und Lysanne waren zu ihnen gestoßen, die den Kelch der Einheit bei sich tragen mussten. Doch das war nun unerheblich. Sie hatten inzwischen zwar alle Göttergaben, aber nicht alle Divini versammelt, und ihnen blieb keine Zeit.

Die Göttin Meridia selbst stürmte auf sie zu. Leo fauchte an seinen Beinen, über ihre Verbindung spürte Aries seinen Drang zu kämpfen. Er sah die Urgestalt der Hamingjurs in seinem Geist und gab Leo ein bestätigendes Nicken. Der kleine Löwe streckte sich und wuchs dabei immer höher in die Luft, die massiven Stoßzähne ragten aus dem metallfunkelnden zotteligen Haar hervor. Als die Verwandlung abgeschlossen war, ging er in die Knie, um Aries aufsitzen zu lassen. Doch Aries verneinte. »Schütz die anderen!«, befahl er ihm, und Leo bezog hinter ihm Stellung, um seine Freunde vor Meridia zu schützen.

Ein unbekanntes Pfeifen neben ihm lenkte Aries ab.

Am Kamm des Hügels tauchten zunächst einzelne Köpfe, dann mit Krummschwertern bewaffnete Kriegerinnen und Krieger auf. Weitere von ihnen erhoben sich aus dem eben noch so gleichmäßig wogenden Steppengras in der Senke rund um Meridia und stellten sich ihr ebenso entgegen.

Aries hatte nie zuvor solche Kleidung gesehen: enge helle Hosen, die in hohen Stiefeln steckten, darüber eine lange, ab der Hüfte geschlitzte Tunika mit weiten Ärmeln, über den Schultern ein bodenlanger Umhang. Manche Krieger trugen ein Tuch um den Hals, andere hatten es sich noch wie eine

Kapuze über den Kopf gelegt. Eine Kriegerin schob das Tuch nach hinten, und Aries erkannte Jamahi, die auf sie zueilte.

Sie hatten es geschafft! Sie hatten alle Divini und Göttergaben vereint.

Doch da traf Meridia wie ein Blitz in die Aufstellung der Ostländer, zerfetzte jegliche Formation. Die zuvor weit entfernten Schreie der Schlacht waren nun direkt vor ihm.

Auf ein weiteres schrilles Pfeifen hin warfen sich die Kriegerinnen und Krieger auf den Boden und versanken im Gras. Ein Pfeilhagel ging auf Meridia nieder, ehe sich immer mehr Kämpfer über den Hügel ergossen. Die anderen erhoben sich wieder aus der Deckung und stürmten weiter auf die Göttin zu, die sich ihnen mit einem Lächeln im Gesicht entgegenstellte und selbst mehreren Attacken gleichzeitig gekonnt auswich. Ganz gleich, wie viele Ostländer noch folgten, Meridia ließ ihnen keine Chance.

Hinter der Göttin tauchten nun darianische Legionäre auf, Seite an Seite mit Hordenmitgliedern und Kriegern des Westens. Meridia belächelte sie alle, steckte Hiebe ein, die ihr nicht einen Tropfen Blut entlockten, während sie die Angreifenden Schlag um Schlag abschlachtete.

Noch bevor Aries das Krächzen hören konnte, horchte Meridia auf und sah zum Himmel hinauf in Richtung Norden. Ein Westländer nutzte die Gelegenheit und schleuderte einen Speer auf die Kriegsgöttin, doch er fiel mit verbogener Spitze zu Boden.

Dann verdunkelte sich die Sonne, und Aries sah ebenfalls nach oben. Hunderte gigantischer Vögel stürzten vom Himmel, ihr Gefieder funkelte bei jedem Flügelschlag wie Leos Fell. Auf ihren Rücken saßen leicht bekleidete Reiterinnen und Reiter, deren weißes Haar das Sonnenlicht über ihren Köpfen einfing. Die Ostländer gingen wieder in Deckung, die Kämpfer der anderen Provinzen schlossen sich dem Beispiel an, um nicht von metallbewehrten Schnäbeln und Krallen erwischt zu werden, mit denen die Hamingjurs auf die Göttin niedergingen.

Die Gewissheit, dass alle Provinzen Seite an Seite kämpften, gab Aries neue Hoffnung. Wenn auch nicht für seine Liebe, aber für die Zukunft des Imperiums.

»Aries, du musst zu uns kommen!«, rief jemand. Aries konnte die Stimme zwischen dem Krächzen der Vögel nicht genau zuordnen, daher wandte er sich um, und Valerian winkte ihm zu.

Er schüttelte den Kopf. Dann trat Val zur Seite und machte Aries' Blick auf Malena frei. Sein Herz schien für einen Moment zu stolpern, dann verbot er sich, was auch immer gerade in seinem Bauch zum Leben erwachen wollte.

Doch in Malenas Gesicht standen so viele Gefühle gleichzeitig, dass er die Hoffnung zuließ und losrannte.

Tränen zogen eine feuchte Spur auf Malenas verschmutzter dunkler Haut, als er bei ihr ankam.

»Verzeih mir!«, schluchzte sie und sah zu Boden, während ihr Unterkiefer zitterte und die Schultern bebten. Das Band, das Aries' Brust seit dem Schreiben von Vals Wunsch eingeschnürt hatte, zerbarst in tausend Teile.

Er riss Malena an sich, tauchte seine Hand in ihr Haar, presste sie mit der anderen eng an seinen Körper und ließ seinen Tränen freien Lauf. Ließ all die Trauer, die er sich verboten hatte, mit ihnen aus sich herausfließen.

»Es gibt nichts zu verzeihen«, flüsterte er in ihr Haar, tastete mit den Fingern ihren Nacken entlang, um wahrlich begreifen zu können, dass *seine* Lena zurück war. Er küsste ihren Scheitel, ihre Stirn, hob ihr Kinn an und sah ihr ins Gesicht. Der Wunsch, sie zu küssen, war schier übermächtig. Jeder Teil seines Körpers sehnte sich danach, doch eine Frage schob sich davor wie eine Wolke vor die Sonne.

»Wie?«, hauchte er nur. Malena öffnete den Mund, ihre Lippen bewegten sich, doch sie brachte keinen Ton hervor.

»Deine Schwester hat Malenas Fluch rückgängig gemacht«, half Valerian ihr aus. Aries sah zu ihm. Val deutete zu Caldea, die Orientis' Göttergabe in der Hand hielt.

»Daria hat einst der Tontafel befohlen, dass sie nur auf ihr Blut reagieren würde. Daria war eine Edoni, also konnte Caldea ebenfalls einen Wunsch schreiben und damit Malenas Gefühle befreien.«

Aries trat nach einem schnellen Kuss auf Lenas Stirn von ihr zurück und wandte sich an Caldea. Kurz vor ihr blieb er stehen. Sie schenkte ihm ein trauriges Lächeln.

»Mondfunke.« Aries lächelte ebenfalls, aber bei ihm zerrte das Glücksgefühl an den Mundwinkeln. »Ich …« Er wusste, das Caldeas Pläne anderer Natur gewesen waren, vor ein paar Monden hatte sie Malena in der Gasse hinter dem Nachtbasar noch direkt töten wollen, wie also konnte er ihr danken, dass sie sein Herz, seine Liebe gerettet hatte? »Ich bin so stolz auf dich, dass du das Richtige getan hast.«

Caldeas Augen leuchteten kurz auf, dann nickte sie mit zusammengepressten Lippen. Lysanne trat zu ihr, legte ihr den Arm über die Schulter und sagte:

»Nun sollten wir aber dafür sorgen, dass die vereinten Völker nicht umsonst so viele Leben opfern. Malena, würdest du deine Gardistinnen …« Sie deutete zu Meridia, die es noch immer gegen sämtliche Angreifer aufnahm. Malena nickte schnell und griff an ihren Gürtel, wo ein kleines Signalhorn hing. Auf den dumpfen Laut hin preschte eine Reiterin herbei. Malena gab ihr Anweisungen. Gleich würde das gesamte Imperium, jede Kriegerin und jeder Krieger von Alania, gegen die Göttin Meridia kämpfen und sterben.

So lange, bis sie herausgefunden hatten, wie sie Meridias Verbindung zu den Menschen kappen konnten.

49
Taipa

Die Princepa entschuldigte sich pausenlos. Ganz gleich, wie oft ihr alle sagten, dass *sie* keine Schuld trug und sie nun alle gemeinsam die Verbindung zu Meridia kappen mussten, um dem Sterben nur wenige Schritte entfernt ein Ende zu bereiten. Taipa verspürte eine tröstliche Wärme in der Brust, seit die Augen der Princepa wieder in all den Farben ihrer Gefühle leuchteten. Der Geruch von warmem Regen, von der Weite des Waldes ihres Zuhauses und der Duft ihrer liebsten Blumen lag in der Luft. Ein Zeichen der Erdenmutter. Sie standen kurz vor ihrem Ziel.

Taipa fasste für die anderen zusammen, was die große Göttin ihr mitgeteilt hatte. Sie mussten die vier Göttergaben und die vier Divini vereinen.

Lysanne mit der ewigen Flamme.

Malena mit dem Kelch der Einheit, der eher einer Schale glich, wie sie auf der Abbildung im Tempel von Dariana, die sie alle in den Norden geführt hatten, unter der ewigen Flamme dargestellt gewesen war.

Jamahi mit der Tontafel.

Taipa selbst mit dem Naturstein.

So standen sie da, wussten nicht, was sie nun tun sollten, als sich der Himmel erneut verdunkelte. Tief hängende Wolken zogen auf und türmten sich. Blitze entluden sich, und Donnergrollen übertönte das Schlachtgebrüll der vereinten Bewohner von Alania im Kampf gegen Meridia. Der Wind wurde immer stärker, peitschte ihnen Haare ins Gesicht und zerrte an den losen Teilen ihrer Rüstungen.

Im Auge des Sturms stand Meridia, kämpfte gegen zehn

Männer und Frauen zugleich und schlug sich ihren Weg zu den Göttergaben durch. Sie waren auf dem rechten Weg, da war Taipa sich auch ohne erneuten Kontakt mit der Erdenmutter sicher. Die vier Divini stellten sich ihren Himmelsrichtungen entsprechend mit den Gaben ihrer Gottheiten im Kreis auf, sahen sich an, und Malena schlug vor, sie zusammenzuhalten.

Also streckten sie alle ihre Göttergaben zur Mitte, bis eine Gabe die andere berührte. Lysanne trug die ewige Flamme offen im Metallgefäß. Selbst von dem starken Wind, der zwischen sie alle fuhr, als wollte er sie auseinandertreiben, schien das Feuer unbeeindruckt, zuckte kein bisschen, sondern reckte sich den anderen Gaben entgegen.

Doch darüber hinaus geschah nichts.

Taipa brüllte gegen den Wind an, dass sie offensichtlich etwas falsch machten, da begann die Erde zu zittern wie an jenem Tag, als der Palast von Dariana entzweigebrochen war.

Blitze fuhren vom Himmel, streckten reihenweise Alanier nieder, die aufgrund des Bebens nicht länger angriffen.

»Es ist Meridia!«, brüllte Malena und trat näher zu ihrem Viererkreis, Aries an ihrer Seite. »Sie hat die Princeps Generation um Generation getäuscht, indem sie die Beben verursacht und so den Druck erhöht hat, den Princepas die Gefühle zu nehmen.«

Und wenn sie nicht siegreich waren, würde die nächste Generation dasselbe erleben.

»Es muss einen anderen Weg geben, den Kontakt zu Meridia zu beenden!« Taipa wühlte in ihrem Geist nach der Lösung. Als sie nicht fündig wurde, schrie sie in Gedanken um Hilfe, rief nach der Erdenmutter.

Das Schweigen, das ihr antwortete, war lauter als das Grollen, das die Welt spaltete.

»Vielleicht«, stammelte Malena, »kann die Verbindung

nur gekappt werden, wenn der Divinus oder die Divina stirbt?«

»Nein!«, brüllte Aries hinter Malena, umgriff sie an der Taille und zog sie zurück. Malena wehrte sich nicht gegen die Umklammerung, sondern drehte sich in Aries' Armen um, sah ihm in die Augen und küsste ihn, während sie von Aries unentdeckt einen Dolch aus einer Scheide an ihrem Oberschenkel zog.

Caldea sah weg, als könnte sie nicht mit ansehen, wie ihrem Bruder ein weiteres Mal das Herz aus der Brust gerissen wurde.

50
Caldea

Lysanne schloss sie tröstend in die Arme. Caldea sog ein letztes Mal den kühlen Geruch ihrer Haut an der Halsbeuge ein und presste Lysanne einen schnellen Kuss auf die kalten Lippen. Dabei schloss sie die Lider, um die Tränen aus den Augen zu schwemmen. Sie musste ihre Position als Meridias Divina einnehmen. Jeder Teil ihres Körpers wollte wieder zu Lysanne, sich in ihre kühlende Umarmung legen und glücklich werden. Aber in einer Welt, die mit Meridia verbunden war, konnte niemand wahres Glück finden.

Ein letzter Atemzug.

Der Griff an das kleine Messer in der Armschiene.

»Ich bin Meridias Divina!« Noch während sie es sagte, rammte sie sich die scharfe Klinge in den Lederharnisch. Die Erde bebte, und sie verfehlte ihr Ziel – ihr eigenes Herz – zum vermutlich ersten Mal in ihrem Leben. Der Schmerz jedoch brach aus ihr heraus, Blut pulsierte aus der Wunde und tränkte binnen eines Wimpernschlags das Leder unterhalb ihrer Brust. Die Erde selbst zwang sie auf die Knie. Lysanne stürzte zu ihr, ließ die ewige Flamme achtlos zu Boden fallen und beugte sich über Caldea, kühle Finger schoben Haarsträhnen beiseite.

Caldea blinzelte zu Lysanne hinauf. Ein erster Sonnenstrahl brach durch die dichte Wolkenwand und beschien Lysannes weißes Haar. Lösten sich die Wolken auf? Hatte der Sturm nun ein Ende? Caldea versuchte zu lächeln, aber ihre Mundwinkel zuckten nur, ihr Herz kam aus dem Gleichgewicht, und Schwindel überrollte sie. Trotz tränenfunkelnder Augen sah die nordische Prinzessin aus wie eine Göttin.

»Hat es …« Caldea hustete, Lysanne hob ihren Kopf an, um sie zu unterstützen. »Hat es funktioniert?« Sie wollte mit eigenen Augen sehen, wie Meridia den Halt in dieser Welt verlor, aber sie war nicht länger Herrin über ihre Muskulatur. Ihr Körper zitterte unkontrolliert, Lysanne sah kurz zum Schlachtfeld, senkte dann die Lider. Tränen fingen das grelle Licht weiterer Blitze ein, Schreie wurden vom Wind zu ihnen gepeitscht.

»Bei den Gottheiten, was hast du getan?« Aries warf sich neben Caldea auf die Knie, kleine Erdklumpen prasselten gegen Caldeas Hals.

»Ich bin Meridias Divina«, wiederholte sie krächzend. »Ich musste es … beenden.« Ein Hustenanfall. Der metallische Gestank von Blut übertönte all die anderen Gerüche. Sie spürte die träge Flüssigkeit aus ihrem Mundwinkel rinnen.

Der Sturm hatte sich inzwischen beruhigt, die Erde unter ihnen schien jedoch zu leben. Warum dauerte es so lange, bis Meridia verschwand?

Caldea spürte warme Hände an ihrem Hals, ihrer Hand. Taipa beugte sich über sie. Mit etwas Anstrengung konnte Caldea auch Jamahi und Malena unter den vielen schwebenden Köpfen über sich erkennen.

Taipa schob mit einer Hand Caldeas Kopf zurecht, damit sie die Westländerin fokussieren konnte. »Warum glaubst du, Meridias Divina zu sein?«, fragte sie und strich sich die Haarsträhne aus dem Gesicht, die wieder und wieder in ihr Gesicht zurückwehte. Eine nie endende Aufgabe, wie der naive Kampf gegen eine Göttin.

»Ich spüre …« Ein weiterer Hustenanfall schüttelte Caldea, Taipa bedeutete Lysanne, sie leicht erhöht zu positionieren. Kühle Haut unter Caldeas Kopf. Sie atmete rasselnd ein, fuhr dann fort: »Ich spüre die Göttergaben, dieses Prickeln in der Luft.« Caldea wollte auf die aufgerichteten Härchen ihrer Unterarme deuten, Taipa verstand die zitternde Bewegung und nickte wissend.

Jamahi fragte: »Welches Prickeln?«

»Die Energie rund um die Göttergaben, die man bereits aus großer Entfernung spürt«, erwiderte Lysanne.

»Die Schwere in der Luft«, ergänzte Malena mit weit geöffneten Augen.

»Also ist Malena doch Meridias Divina?«, fragte Caldea und war sich nicht länger sicher, was sie denken oder fühlen sollte. Ihre Brust verkrampfte sich, und sie hustete einen Schwall Blut.

Taipa sah von einem zum Nächsten, musterte alle aus zusammengekniffenen Augen.

»Ich habe das Blut des Westens in mir«, sie hob den Naturstein, um ihre Bestimmung als Occidentas Divina zu verdeutlichen. »Lysanne ist vom Blut des Nordens, Arktus' Divina.« Lysanne nickte. »Du bist vom Blut des Südens.« Taipas Blick traf den von Caldea, die sich noch immer fragte, worauf Taipa hinauswollte. »Malena trägt seit Darias Vereinigung mit dem Osten das Blut des Südens«, sie nickte Caldea zu, »und des Ostens in sich.« Taipa sah zu Jamahi.

Caldea begriff im selben Moment wie Malena, die sofort nach der Tontafel griff. Caldea versuchte, sich in den Sitz aufzurichten, doch ein Beben warf sie zurück. Lysanne zog sie in eine kühle Umarmung weicher Haut und unterstützte sie ohne Worte, ehe sie wieder nach der Flamme griff.

51
Malena

Wenn alle Gaben mit ihren Divini vereint sind …

Ein Zittern lief durch Malenas Körper, der noch immer von einem Sturm aus Gefühlen auseinanderzureißen drohte. Sie versuchte, die kalte Vernunft der vergangenen Monde zurückzuerhalten, während sie nach der Tontafel griff. Sie war Orientis' Divina – die Verbindung zwischen Alania und einem Gott, den sie nur aus alten Erzählungen kannte.

Caldea hustete einen weiteren Blutschwall, war kaum in der Lage, den Kelch der Einheit zu halten, der sich als Trinkschale entpuppt hatte. Doch in dem Moment, in dem sie alle ihre Göttergaben in der Hand hielten, summte die Luft wie mitten in einem gigantischen Bienenschwarm.

Ein Schrei, der so mächtig war, die Erde ein weiteres Mal erzittern und aufbrechen zu lassen, zeigte, dass sie auf dem richtigen Weg waren. Malena sah kurz zu Circe hinüber, die nun nicht länger nur reagierte, sondern mit Blitzen und Schwerthieben eine Schneise in die Verteidigungslinie brach und auf sie alle zurückte.

»Die Flamme!«, rief Malena. »Der Kelch der Einheit ist aus Metall, die ewige Flamme kann alles schmelzen.« So hieß es zumindest im gemeinsamen Unterricht mit Val, der Jahrtausende her zu sein schien.

Lysanne trug die ewige Flamme in ihrem kleinen Gefäß auf der bloßen Handfläche und half Caldea, die Schale darüberzuhalten. Nichts geschah. Caldea wurde immer kraftloser. Mit jedem Schlag pumpte ihr Herz mehr Blut aus der Wunde in ihrer Brust. Sie würde nicht lange genug überleben, um die Verbindung von Meridia zu ihrer Welt zu trennen.

Ein kurzer Blick zu Circe, die immer näher kam, obwohl Hunderte neuer Kriegerinnen und Krieger, darunter nun auch ihre Gardistinnen, die Lücken der Gefallenen schlossen wie Wasser, das man mit der Hand zu teilen versuchte.

»Aries!« Malena rief seinen Namen, doch als sie sich suchend umwandte, fand sie ihn direkt hinter sich, bereit, sie zu beschützen.

»Heile deine Schwester!«, forderte Malena und reichte ihm die Tontafel – zusammen mit dem Dolch, der achtlos neben ihr in der Erde steckte. Der Dolch, mit dem sie sich hatte opfern wollen, um dem Kampf und all dem Leid ein Ende zu bereiten.

»Wie sollte ich …«, stammelte Aries vollkommen überrumpelt.

»Sie ist deine Schwester. Wenn sie einen Wunsch schreiben und mir meine Gefühle zurückgeben konnte, kannst du es auch.« Sie hielt ihm die Tafel entgegen und legte den Dolch in seine Hand. Der Kontakt zur Tafel durfte nicht abbrechen, während die anderen weiter versuchten, den Kelch der Einheit zu vernichten. Taipa hieb gerade mit dem Naturstein auf die Schale ein, was ein dumpfes Geräusch verursachte, das Malena unter die Haut kroch und dort weiter vibrierte.

Mit zitternden Fingern und einem kurzen Nicken zog Aries den Dolch über den Handballen und ließ das Blut auf die Tontafel tropfen. Der beigefarbene Stein erschauderte und sandte eine Welle von Energie aus, die Circe ein weiteres Mal aufkreischen ließ. Mit blutigen Fingern schrieb Aries seinen Wunsch, und Caldea keuchte auf.

52
Taipa

Ganz gleich, was sie versuchten, während Aries seine Schwester mit seinem Wunsch heilte – sie versagten. Obwohl sie eindeutig auf dem richtigen Weg waren, das spürte Taipa mit jeder Faser ihres Seins.

Sie betete unablässig zur Erdenmutter, wischte Tränen der Verzweiflung fort. Cheveyo hatte immer neue Ideen, schloss die Augen und suchte ebenfalls den Kontakt zur großen Mutter – vergeblich.

»Der Moment ist gekommen, Taipa. Werde deinem Namen gerecht, breite deine Flügel aus und führe die Welt in eine neue Zeit.« Die Stimme klang so weit entfernt, als hätte die Erdenmutter Mühe, sie überhaupt zu erreichen.

»Taipa!«, rief Cheveyo und legte ihr ohne Vorwarnung die Hand in den Nacken und riss sie mit sich in seine Vision. Jene Bilder, die Taipa bereits kannte. Die Begegnung mit Yanma, die ihre Worte wiederholte:

»Wenn alle Göttergaben mit ihren Divini vereint sind, kann die Verbindung zu den Gottheiten gekappt werden.«

Ein sanftes Lächeln umspielte Yanmas Lippen. In diesem Moment vermisste Taipa ihre Großmutter mehr denn je, und der Schmerz riss an ihrem Herzen, sodass sie erst verzögert begriff, was die Vision ihnen schon immer hatte sagen wollen.

»Wenn alle Göttergaben mit ihren Divini vereint sind, kann die Verbindung zu *den Gottheiten* gekappt werden.« Zu den Gottheiten, nicht zu einer einzelnen Göttin!

Der Schmerz, der als Sehnsucht nach ihrer Großmutter begonnen hatte, wurde zur alles verzehrenden Pein in Anbetracht des Verlustes der Erdenmutter. Sie alle mussten sich von ihren Göttinnen und Göttern trennen, um Meridias Herrschaft zu beenden. Taipa brüllte die vermeintliche Lösung über das dumpfe Grollen der Erde hinweg.

53
Malena

Malena konnte dabei zusehen, wie die Wunde in Caldeas Brust heilte. Zunächst versiegte das Blut, dann kehrte Farbe in das Gesicht der Kriegerin zurück.

Lysanne stützte Caldea mit einem Arm, ihre andere Hand hielt die ewige Flamme, mit der sie weiter versuchten, den Kelch der Einheit zu schmelzen.

Dann brüllte Taipa ihnen die Lösung zu. Sie mussten alle Göttergaben vernichten und somit die Verbindung zu allen Gottheiten kappen.

Eine kleine Stimme in Malenas Geist flüsterte ihr zu, dass Meridia in all den Jahrhunderten doch sonst schon längst die Verbindung zu den anderen Gottheiten gekappt hätte, wenn es möglich gewesen wäre. Daher musste es die richtige Lösung sein.

»Lysanne, leg die ewige Flamme in unsere Mitte!«, forderte Malena. Lysanne zweifelte für einen Moment, legte dann jedoch die Flamme vor sich auf den Boden.

Die Göttergabe des Nordens.

Weitere Blitze spalteten die Truppen. Circe hatte sie bald erreicht. Malena zitterte so sehr, dass sie die Tontafel kaum mehr halten konnte. Eine warme Hand legte sich auf ihren Rücken. Aries. Er flüsterte beruhigende Worte, die Malena nicht verstand, die ihr aber dennoch Hoffnung machten. Sie legte die Tontafel auf die ewige Flamme.

Die Göttergabe des Ostens.

Die ewige Flamme leckte an der Tontafel, küsste sie sanft, beschädigte sie jedoch nicht.

Lysanne durchschaute die Reihenfolge, die Malena sich

erdacht hatte, und forderte Caldea auf, den Kelch der Einheit auf die Tafel zu legen.

Die Göttergabe des Südens.

Die ewige Flamme tanzte weiter empor und umschlag nun auch die Schale, schmolz sie jedoch nicht.

Alle sahen erwartungsvoll zu Taipa, der so zuversichtlichen Westländerin, in deren Gesicht nun jedoch nichts als Zweifel und Angst standen.

Die Schreie des Kampfes kamen näher, hinter Malena fegte ein kühler Wind und zeigte ihr an, dass nun auch Aries aufgesprungen war, um sich den Kriegerinnen und Kriegern anzuschließen.

Malena wagte es nicht, sich umzuschauen, hielt ihren flehenden Blick auf Taipa gerichtet, die wie Malena alleine dasaß. Cheveyo hatte sich ebenfalls dem Kampf angeschlossen.

54
Taipa

Taipas Hand mit dem Naturstein zitterte, ihre Finger hatten sich so fest um die Göttergabe der Erdenmutter gekrallt, dass ihre Sehnen unter ihrer dunklen Haut weiß hervortraten. Sie wollte den Kampf beenden. Wollte das Imperium vor dem Einfluss der grausamen Kriegsgöttin retten. Doch dann würde sie die Verbindung zur großen Mutter verlieren. Ihr einziger Halt in all den Monden seit Yanmas Tod. Sie spürte bereits jetzt eine Leere in sich, wo bisher der Platz der Göttin war.

Ihr Arm wollte sich nicht heben lassen, alles in Taipa sträubte sich dagegen, auch von der Erdenmutter verlassen zu werden wie von ihren Eltern, von Yanma … Taipa schluchzte, ihre Hand zitterte immer mehr. Sie konnte es einfach nicht. Sie konnte sich nicht von der Erdenmutter verabschieden.

Dann wurde es still. So still, dass es in Taipas Ohren fiepte. Anstatt des Gestanks von Blut, versengter Haut und verbrannter Erde roch Taipa den zarten Duft der Frühblüher, die sie seit Kindertagen mit Yanma gesammelt hatte. Ihr Körper bebte unter den Erinnerungen. Ein warmer Wind tätschelte ihren Nacken, fuhr ihr durch die Haare und trug weitere Gerüche ihrer Heimat herbei. Im leisen Flüstern des Windes, der Blätter von Bäumen des Westens zwischen ihnen tanzen ließ, sang eine Stimme: »Du musst dich nicht verabschieden. Ich war immer da und werde es immer sein. Ich bin überall: In jedem Säuseln des Windes, in jeder Pflanze und jedem Stein. Wir werden uns auf diese Weise immer nah sein, Taipa.«

Taipa schloss ihre Augen und atmete tief die Gerüche der Heimat ein. Mit dem Ausströmen der Luft hob sie die Lider.

Tränen verschwammen ihre Sicht auf den Kampf. Cheveyo war gemeinsam mit Aries aufgesprungen, um sich der Verteidigungslinie anzuschließen. Seite an Seite drängten sie sich zur Göttin hindurch und ließen eine Schneise, sodass Taipa den beiden hinterhersehen konnte. Ihr Hals war entsetzlich trocken, sie schluckte mehrmals und versuchte, ihn zu befeuchten, doch es gelang ihr nicht.

»Taipa! Bitte!«, schrie Malena, das letzte Wort wurde von einem Donnergrollen entzweigerissen, das einer Blitzkaskade folgte. Als das Licht verblasst war und sie wieder sehen konnte, lagen Aries und Cheveyo am Ende der Schneise auf dem Boden. Rauch stieg von ihrer Haut auf.

Ein Schrei zerfetzte den Augenblick, den ihr Körper brauchte, um es zu begreifen. Meridias Blitz hatte Aries und Cheveyo getötet. Taipa schloss sich Malenas Schrei an, brüllte all die Verzweiflung und die Wut auf sich selbst, die Zweifel, die sie hatten zögern lassen, in die Welt hinaus. Nur weil sie die Erdenmutter nicht loslassen konnte, hatte Meridia ihr Cheveyo genommen!

Von Schluchzern geschüttelt, legte sie den Naturstein in die Schale.

Die ewige Flamme züngelte weiter empor, leckte an dem roten Stein, als müsste sie sich sicher werden, dass alle Göttergaben vereint waren. Die Flamme wurde heller und heller. Sie brannte nicht länger orangerot wie ein normales Feuer, sondern inzwischen fast weiß. Unbeeindruckt vom Aufbäumen der Erde erhoben sich die Gaben der Gottheiten vom Boden, eingehüllt in gleißendes Licht, vor dem Taipa ihre Augen schützen musste und wodurch sie gleichzeitig ihre Tränen verbergen konnte. Warum nur hatte sie gezögert?

Das Leuchten wurde zu geschmolzenem Gold, tropfte zu

Boden, floss zwischen den vier Divini hindurch und vereinte sich in ihrem Rücken, von wo aus es sich ausbreitete wie der Fluch, den Valerian vor etlichen Monden über Malena gebracht hatte.

Taipa sah zum Schlachtfeld hinüber, wo das Licht gerade die letzten Reihen erreichte, alle erstarren ließ und Meridias Aufmerksamkeit auf sich zog. Sie brüllte, drehte sich um und kämpfte gegen die Kriegerinnen und Krieger hinter ihr, die nun stärker denn je schienen.

Das Licht kroch unaufhaltsam weiter, ließ Menschen aller vier Himmelsrichtungen erstarren. In diesem Stillstand kamen die vereinten Bewohner des Imperiums einer gigantischen Mauer gleich, die immer dichter und breiter wurde, auf die Göttin zurollte, die dem Licht zu entkommen versuchte.

Als die Lichtwelle sie dann überrollte, war auch sie erstarrt. Die Wolken am Himmel verschwanden, das Beben der Erde endete abrupt, Taipas Körper schwankte jedoch von Trauer und Selbstverachtung geschüttelt weiter wie nach zu langer Zeit auf einem der kleinen Boote, die immer aufs Meer hinausfuhren, um zu fischen.

Etwas griff nach Taipas Hand, schlang sich um sie. Taipa sah hinab, folgte dem Arm nach oben und blickte in Malenas tränenüberströmtes Gesicht. Taipa erwartete Vorwürfe für ihr Zögern, vielleicht hätte sie die beiden letzten Blitze, die Meridia auf Alania niedergejagt hatte, aufhalten können …

Malena schenkte ihr nur ein trauriges Lächeln und wünschte ihr Stärke im Angesicht des Verlusts, was Taipa ihr nach mehrmaligem Blinzeln gleichtat.

55
Malena

Malena erkannte ein Zögern in Taipas Augen, während der Kampf hinter ihnen weitertobte und Aries und Cheveyo sich hineinstürzten, um Meridia aufzuhalten. Sie selbst war nicht in der Lage, einzugreifen, konnte all die Gefühle, die seit Caldeas Wunsch auf sie einprasselten, nicht verarbeiten. Es waren zu viele, um Herrin über sie zu werden. Die Emotionen ließen sie unkontrolliert zittern, rissen an ihren Beinen, drohten sie umzuwerfen und ihr die Luft abzuschnüren. Sie hatte so viel Leid über ihr Volk gebracht, war zu dem Monster geworden, für das alle sie hielten. Sie hatte ihre Gardistinnen in einen Kampf geführt, in den Tod. Der Schmerz drohte sie entzweizureißen, und sie würde dem nur zu gerne nachgeben, die Gefühle wieder loslassen, wenn sie doch nur Kummer bereiteten. Aber sie konnte es beenden, wenn sie durchhielt.

»Taipa! Bitte!«, forderte sie die zögernde Westländerin.

Sie konnte das Imperium in die Zukunft führen, die Val und sie sich immer ausgemalt hatten. Eine bessere Zukunft, an der Seite von …

Circe pflückte weitere Blitze vom Himmel und lenkte sie auf Aries und Cheveyo. Zwei Krieger, zwei großartige Kämpfer – die der göttlichen Waffe nicht das Geringste entgegenzusetzen hatten und leblos zu Boden sanken. Lautlos im Angesicht des Kampfgeschehens. Wie ein sterbendes Blatt im Wind.

Malena schwankte, die Welt drehte sich, ein Schrei, der aus der Tiefe ihres Geistes kam, erschütterte die Welt und ließ ihren Traum von Glück zerbersten. Taipas Schrei glich einem Echo ihres eigenen Schmerzes. Malena krümmte sich zusammen, ihre Arme umgriffen ihre Beine, sie versuchte, sich zusammenzuhalten, doch hatte nicht länger die Kraft dazu – oder den Wunsch. Sie hatte so lange für ihre Liebe gekämpft und nun alles verloren.

Ein zartes Stupsen in ihrem Unterleib, ein sanftes Streicheln, ein »Ich bin auch noch da«. Geborgen in Malenas zusammengerolltem Körper rang ihre Tochter um Aufmerksamkeit.

Malena lag falsch. Sie hatte noch jemanden zu beschützen. Zu lieben. Für sie musste sie stark sein, den Schmerz des Verlustes ertragen, für ihre Tochter überleben, um ihr Geschichten darüber erzählen zu können, wie wundervoll, tapfer und mutig ihr Vater gewesen war.

Taipa fügte den Naturstein den anderen Göttergaben hinzu. Gebündeltes Licht brach daraus hervor, umrundete die vier Divini, bedeckte die Welt mit seinem Schein und ließ selbst Circe erstarren.

Meridia wurde zu einer ihrer Statuen im Tempel von Dariana. Imposant. Stark. Wahrhaft göttlich. Doch dann begann die Fassade zu bröckeln. Licht brach aus dem Netz aus Rissen hervor, das Meridia überzog.

Heißer Zorn fegte über Malena hinweg, unkontrolliert und mächtig. Circe hatte ihr Aries genommen, ihre Zukunft! Sie wollte Rache. Rache für das Leid, das die egoistische Göttin über das Imperium gebracht hatte. Auf wackeligen Beinen richtete sich Malena auf. In dem Moment begann die steinerne Fassade Meridias zu bröckeln. Immer mehr Licht brach unter dem Netz aus Rissen hervor. Die Göttin kämpfte noch immer gegen ihr Schicksal an, während der Rest der Welt stillstand. Malena bückte sich zu einem der zahllosen Gefallenen und griff nach einem Schwert. Mit einem Schrei, der all ihre Wut, den Zorn, den Schmerz von Generationen ihrer Ahninnen in sich trug, stürzte sie sich auf Meridia, die ihre Finger bereits wieder bewegen konnte.

»Dafür, dass du mir die Liebe genommen hast!«

Sie hob den Schwertarm, holte Schwung und ließ die Waffe mit der Kraft von Dutzenden Frauen auf die erstarrte Göttin niedersausen. Mit einem dumpfen Geräusch landete Meridias Kopf auf dem Boden. Das Leuchten, mit dem die Göttin versucht hatte, ihre Erstarrung zu sprengen, verblasste.

Ihre Hülle bröckelte, schwebte ins Gras. Wie Sand im Stundenglas rieselte Meridias Körper Stück für Stück am Rest hinab. Ihr abgetrennter Kopf wurde zu einem Häufchen Sand, das in den Halmen des trockenen Grases verschwand, den Rest von Meridia trug eine kurze, aber starke Windböe davon, die anschließend sofort abebbte. Malena kam sie vor wie ein kurzes Pusten über eine staubbedeckte Stelle, was Malena zumindest ein wenig Genugtuung brachte. Sie atmete noch immer schwer, ihr Hals brannte von ihrem Schrei, der Schwertarm zitterte. Sie ließ die Waffe fallen und legte ihre Hand an ihren Unterleib.

Nie wieder würde eine Princepa Krieg führen müssen, weil Meridia sie mittels Täuschung des Princeps zu einer Marionette gemacht hatte. Nie wieder. Ein freudiges Flattern in ihrem Bauch antwortete auf diese Gedanken.

Das Licht der Göttergaben kehrte zu ihnen zurück, brachte wieder Bewegung in die erstarrten Menschen der Schlacht und auch in …

Von neuer Energie erfüllt sprang Malena auf und rannte los. Das neue Leben in ihr hopste auf und ab, trieb sie weiter an, an Kriegerinnen im Siegestaumel vorbei und zwischen jubelnden Kriegern hindurch, die ihr die Sicht auf ihn nahmen.

Aries erhob sich langsam auf die Knie, sah sich um und rieb sich über die Schläfen. Er half Cheveyo auf, der sich ebenfalls benommen umsah – bis Taipa seinen Namen rief und seine Augen zu strahlen begannen.

Malena stürzte sich auf Aries und brachte ihn wieder zu Fall. Sie landeten in vom Kampf aufgewühlter Erde, pikenden Grashalmen, und wer weiß was noch. Doch das war jetzt alles vollkommen egal. Malena schlang ihre Arme um Aries und genoss das Gefühl, von ihm gehalten zu werden. Dann küsste sie ihn wie eine Ertrinkende, die endlich wieder atmen konnte. Malena glaubte, nicht noch mehr Glück zu ertragen.

»Was war das?«, fragte Aries und wich zurück, sah von Malenas Augen hinab zu den metallbewehrten Streifen, die von ihrem Brustharnisch hingen und unter denen – oder der Tunika darunter – jemand um Aufmerksamkeit buhlte.

Malena hatte sich getäuscht. Sie konnte noch mehr Glück ertragen. Es überschwemmte sie, als sie Aries' Hand nahm und an die Stelle ihres gewölbten Bauchs legte, an der ihre Tochter sich an sie schmiegte.

»Das«, erklärte Malena, und ein Stupsen füllte Aries' blaue Augen mit purem Glück, »ist deine Tochter.«

Der Kuss, den sie nun teilten, war anders als die Küsse zuvor. Er war mehr, als Malena je zu hoffen gewagt hätte, mehr, als sie sich je hätte erträumen können. Und das Glück war real.

Sie hatte für eine bessere Zukunft gekämpft und hatte gesiegt.

56
Caldea

Die Erde hörte abrupt auf zu beben, als die Lichtwelle die sie beschützenden Kriegerinnen und Krieger überrollte und erstarren ließ. Caldea stieß einen so langen Atemzug aus, als hätte sie die Luft seit Beginn des Kampfes im Morgenrot angehalten. Sie sah von den schwebenden Göttergaben, die von der ewigen Flamme zu einem leuchtenden Klumpen zusammengeschmolzen waren, auf und direkt in die Augen von Lysanne. Doch anstatt Erleichterung fand Caldea Tränen darin. Die nordische Prinzessin senkte die Lider und stieß das Nass ihre Wange hinab, ehe sie über Caldeas Schultern hinweg in den Süden blickte, in Richtung der tosenden Stille, die nach dem Lärm der Schlacht in Caldeas Ohren klingelte.

Weitere Tränen rollten aus Lysannes Augen, und Angst packte Caldea. Sie drehte sich langsam um, als müsste sie gegen einen Widerstand kämpfen. Ihr Körper wollte sie schonen, wollte …

Caldea sah die Gasse aus zu Statuen erstarrten Kriegerinnen und Kriegern an, die ihren Blick zu zwei am Boden liegenden Männern führten. Caldea wusste, ohne sie genau zu erkennen, wer da auf dem Boden lag. Nun verstand sie den unsäglichen Seelenschmerz, die Schluchzer von Malena und Taipa, die um ihre Gefährten trauerten. Die Divini waren die Einzigen, die sich noch bewegen konnten, der Rest ihrer Welt war im Licht erstarrt. Von ihren Gefühlen getrieben, vernichtete die Princepa die sich aus der Erstarrung lösende Göttin, die zu Staub zerfiel und vom Wind davongetragen wurde.

Caldeas Augen brannten. Nicht von der Helligkeit, die

sich noch immer ausbreitete, ihre gesamte Welt verschlang und alles erstarren ließ.

Sie war ausgezogen, um ihr Volk vor Dariana zu schützen – und ihren Bruder zu retten. Bei Letzterem hatte sie versagt, Ersteres würde sich zeigen. Meridia war besiegt, aber wie würden Princeps und Princepa von nun an regieren?

Caldea schluckte gegen den bitteren Geschmack an, der ihr auf der Zunge lag, und blickte von ihrem toten Bruder zurück zu Lysanne, hinter der nun das Licht zu ihnen zurückkehrte. Es hatte sich über ihre gesamte Welt ausgebreitet, wollte jeden Grashalm und jeden Tropfen Wasser erreichen und erstarren lassen. Der Klumpen ehemaliger Göttergaben schwebte noch immer zwischen ihnen und sank langsam zu Boden, je mehr Licht er in sich aufnahm.

Lysanne riss die Augen auf, als auch das letzte Gold an ihren Seiten vorbeikroch und entgegen jeglichen Naturgesetzen nach oben zum Leuchtball floss. Das darauffolgende Zwielicht, das nach den gleißenden Göttergaben die Sonne nicht zu durchdringen vermochte, hielt einen Atemzug lang an.

Dann erklangen die ersten Schreie. Nicht vor Schmerz oder zur Motivation für den Angriff, sondern Jubelrufe, Siegesgebrüll. Das Leben war in alle Erstarrten zurückgekehrt, und gleichzeitig geschah etwas Unbegreifliches.

Die Gefallenen bewegten sich ebenfalls, als hätte ihnen das göttliche Licht neues Leben eingehaucht.

Malena war innerhalb eines Wimpernschlags auf dem Weg zu Aries, der sich langsam aufrappelte. Taipa rannte auf Cheveyo zu, ehe sie von den Tanzenden und Feiernden, den Siegerinnen und Siegern der Schlacht gegen die Göttin verborgen wurde. Auch Caldea kam auf die Beine, während sie das Treiben beobachtete und die Freude auf sie überging.

Sie hatten es geschafft. Sie hatten Meridia besiegt, und Caldea hatte offenbar sogar ihren Bruder gerettet.

Der Stolz und das Glücksgefühl, die sie nun doch überkamen, wurden jäh von einem heftigen Schlag gegen die Brust durchbrochen, der ihr die Luft aus der Lunge presste.

»Bist du total verrückt geworden?«, brüllte ihr Lysanne entgegen, deren blasse Unterlippe bebte. Sie stieß Caldea erneut an, sodass sie nach hinten taumelte.

»Du wolltest dich einfach so opfern? Ohne mir etwas davon zu sagen? Du …«

Caldea wartete nicht auf weitere Vorwürfe, die nun allesamt nicht mehr wichtig waren, sondern holte tief Luft, während sie Lysannes kühles Gesicht mit den Händen umschloss und ihren Atem in den Mund ihrer Geliebten strömen ließ.

57
Valerian

Ohne den Halt durch das Licht brach Val zusammen. Zuerst fiel ihm das Schwert aus der Faust und prallte dumpf auf die Erde. Dann gaben seine Knie nach, krachten zu Boden, und seine Hände landeten zwischen platt getretenen Gräsern und spitzen Steinchen, die sich in die Handflächen gruben.

Kurz bevor das Licht ihn getroffen und hatte erstarren lassen, hatte Meridia mit einem letzten Blitz, der von den inzwischen verpufften dunklen Wolkenbergen zur Erde gefahren war, Aries und Cheveyo getötet.

Das Licht der vereinten Göttergaben hatte ihn erreicht, noch ehe er hatte zusammenbrechen können. Pallas sank neben ihn, fragte vermutlich, ob es ihm gut ginge, aber Val konnte ihn nicht hören, sondern nur sehen, dass er auf ihn einredete. Schwindel umfasste ihn. Er hatte nie jemanden verloren, der ihm wichtig war. Malena war wieder sie selbst und am Leben, während Aries … Val verbarg sein Gesicht in den Händen und schluchzte.

Pallas' warme Hand strich in beruhigenden Gesten über seinen Rücken. Verharrte dann, bis ein einzelner Finger ihn pikte, und weil Val nicht reagierte, rief Pallas: »Sieh hin!«

Etwas in seiner Stimme war so drängend, dass Val dem Befehl nachkam und die Hände vom Gesicht nahm. Das Licht war inzwischen gänzlich verschwunden, alle, die zuvor erstarrt waren, bewegten sich.

Rappelten sich auf wie …

»Aries!«, rief Val und wusste nicht, was er in diesem Moment empfinden sollte. Erleichterung, dass er noch lebte, oder Schock, weil die Gottheiten den Gefallenen der Schlacht ein weiteres Leben geschenkt hatten.

Er spürte eine Hand auf seiner Schulter, die ihn dann mit noch einem Gefühl überrollte. Scham.

Val schloss die Augen. Er hatte Pallas geküsst. Ohne zu fragen oder darum gebeten worden zu sein. Seine Wangen brannten, er zuckte zurück, als Pallas' Hand über seine Schulter streifte und an seinem Kinn zum Halten kam.

»Sieh mich an, Princeps«, forderte Pallas mit einer Stimme, die Val direkt unter die Haut ging und ein Schaudern auslöste.

Val sah zu ihm, blickte in die dunklen Augen, in denen etwas brannte, das Val nicht einordnen konnte.

»Du hast mich geküsst«, sagte Pallas, und Val schluckte gegen das raue Gefühl in seiner Kehle an. Weil es nicht verschwand, nickte er.

Pallas öffnete den Mund, doch Val nahm allen Mut zusammen, den er finden konnte, hob die Hand und räusperte sich: »Ich will mich nicht entschuldigen, obwohl ich es sollte. Du hast mir den Mut gegeben, ich selbst sein zu wollen, mit deiner Offenheit, deiner Akzeptanz. Ich danke dir dafür. Ich hoffe, du bereust es nicht zu sehr, dass du dich von mir hast küssen lassen, und verspreche dir, dass ich dich nie wieder überfallen werde.« Aller Atem war verbraucht, und Val rang nach Luft.

»Und was ist, wenn ich überfallen werden will?« Pallas' Gesicht näherte sich Vals. Zuerst streifte sein Atem über Vals Lippen, dann Pallas' Bart. Lava ersetzte Vals Blut, floss mit dem immer schneller schlagenden Herzen in seinen Unterleib. Das raue Stöhnen, das einer zarten Berührung von Pallas' Zunge an seiner Lippe folgte, brannte jegliche Zweifel hinfort. Er schlang seine Arme um Pallas, ihre Zungen rangen miteinander, zwischen keuchenden Atemzügen flüsterte

Pallas: »Das Einzige, was ich bereue, ist, dass nicht ich dich zuerst geküsst habe.«

Val spürte sein Lächeln an seinen Lippen und stahl Pallas sogleich wieder den Atem. Nie zuvor in seinem Leben war Val so glücklich gewesen.

Epilog

Valerian

Selbst zwölf Monde nach dem Sieg über Meridia – dem Sieg über den Fluch, der Generationen lang auf dem Imperium gelastet hatte –, sind die Bewohner Alanias noch immer in feierlicher Stimmung. Sie erzählen sich stets neue Geschichten über die Princepa, die ihrem traurigen Schicksal entflohen war, und den Princeps, der gegen seine grausame Bestimmung gekämpft hatte. Sie singen Lieder über die Princepa, die für die Zukunft ihres Volkes alles zu opfern bereit gewesen war, und den Princeps, dessen Stärke in der Liebe und im Widerstand gelegen hatte – und in seinem guten Geschmack.«

Etliche Blicke aus verwirrten Gesichtern richteten sich auf Pallas, der vor den Reihen von Schülerinnen und Schülern im ehemaligen Palast auf und ab ging. Val stand im Durchgang zum Raum und stieß ein Seufzen aus, das Pallas' wunderschönen Mund kurz verzog. Dann erhellte sich jedoch sein Blick, als er Valerians Lächeln sah.

»Die Siegesfeier nach der großen Schlacht hat tagelang angedauert, hat die Völker näher zusammengebracht als je zuvor. Nordländer haben mit Ostländern getrunken.« Pallas deutete von einem weißhaarigen Jungen in der Mitte der Schüler, der in spezielle Kleidung gehüllt von der Hitze des Südens abgeschirmt war, zu einem dunkelhaarigen Mädchen in der ersten Reihe, das in viele Lagen bunter Stoffe gekleidet war. »Westländer«, nun klopfte er auf das Pult vor einem in verschiedene Leder gekleideten Mädchen, »haben mit Südländern gespeist.« Er tippte auf den Jungen daneben, der den Unterricht laut der Kriegsbemalung rund um sein rechtes

Auge für einen Kampf hielt. »Und allabendlich waren über den zahlreichen Lagerfeuern Gesänge aus allen vier Himmelsrichtungen erklungen«, mit einer ausladenden Geste und einem breiten Lächeln schloss Pallas die gesamte Klasse ein, »ehe der längste Triumphzug der Chroniken von Alania in die Hauptstadt einmarschiert war.« Sein strahlendes Lächeln steckte die Kinder an und sorgte für eine Wärme in Vals Brust und ein Kribbeln in seinem Magen.

»Und was ist danach passiert?«, fragte der kleine Krieger.

»Princepa Malena und Princeps Valerian«, Pallas warf Val einen bedeutsamen Blick zu, »hatten ihr Amt, den Vorsitz des Senats und die höchste Entscheidungsgewalt des Imperiums, direkt niederlegen wollen, doch das Volk hatte sich dagegen ausgesprochen. So waren Malena und Valerian zu den ersten gewählten Oberhäuptern des neuen Alania geworden, haben ihren Titel jedoch abgegeben, worüber ich sehr traurig bin.« Pallas verzog in gespielter Trauer das Gesicht, und die Kinder fühlten mit ihm. Ein Mädchen fragte flüsternd nach dem Grund.

»Weil ich sonst als allererster Princepsgemahl in die Chroniken eingegangen wäre.« Er stieß ein Seufzen aus, das Val hätte zweifeln lassen, ob Pallas ihn aus Liebe oder aufgrund seines Status gewollt hatte – wenn er seinen Lebensgefährten nicht besser kennen würde als jeden anderen Menschen. So schüttelte Val nur lächelnd den Kopf und gestikulierte, dass Pallas sich beeilen sollte. Sie waren – wie immer – viel zu spät dran.

»Gleich wird das neue Senatsgebäude eingeweiht«, kam Pallas schließlich zum Ende. »Deshalb machen wir Schluss für heute, denn wenn es etwas zu feiern gibt, darf ich nicht fehlen.«

Malena

Umjubelt von Besuchern aus allen vier Himmelsrichtungen betraten Malena von Dariana, ehemalige Princepa, und Valerian von Dariana, ehemaliger Princeps, die neu erbaute Senatshalle von Alania, dem ehemaligen Imperium. Sie thronte auf dem höchsten Punkt Darianas, direkt neben der Palasthälfte der Frauen, die nun ein Internat für alle Kinder Alanias war, die in ihre alte Heimat nicht hatten zurückkehren wollen, nachdem sie zum Teil nichts anderes mehr kannten als Dariana. Malena und Val hatten die Kinder zusammen mit Botschaftern zu ihren Eltern geschickt, damit sie gemeinsam entscheiden konnten, wo und wie sie ihr weiteres Leben in Alania beginnen wollten. Darüber hinaus hatten einige Völker direkt das Angebot genutzt, interessierte Kinder freiwillig auf die gemischte Schule zu schicken, um mehr über die Sitten und Gebräuche aller Völker zu erfahren. Es war ein langer Weg bis zur vollkommenen Gleichberechtigung, aber heute würden sie gemeinsam einen weiteren Meilenstein setzen.

Malena genoss die Rufe ihres Namens mehr als Val, der im Gegensatz zu ihr bei ihrer Krönung vor gefühlt einem ganzen Leben keine Pfiffe geerntet hatte. Es erfüllte sie sowohl mit Stolz als auch mit Freude, dass sie vom Volk gewählt worden war. Dass die Menschen sich aktiv für sie entschieden hatten, obwohl sie die freie Wahl hatten. Val und sie setzten sich auf die für die beiden Oberhäupter bestimmten Stühle, die von den anderen im Kreis nicht zu unterscheiden waren. Sie waren nicht länger Princeps und Princepa, *Erste und Erster unter Gleichen,* sondern *eine und einer von vielen.*

Malena blickte in die Runde, sah hoch zu den Rängen, auf denen neugierige Darianer und Besucher aus allen vier Himmelsrichtungen der ersten öffentlichen Senatssitzung beiwohnen wollten.

Nach einer Begrüßung von Val und ihr verlas die Schreiberin den ersten und einzigen Tagespunkt: die Wahl der neuen Senatsmitglieder, die jene ersetzten, die freiwillig ihre Position abgegeben hatten, um die nun bestehenden Freiheiten, die das neue Alania ihnen jetzt bot, zu genießen.

Malena erhob sich und sah zu ihren Freunden hinüber, die beim Eingang warteten und weit nervöser waren, als sie vorgaben zu sein. »Um unseren Vorsatz umzusetzen, künftig auf die Bedürfnisse aller Völker eingehen zu können, schlage ich folgende Abgeordnete vor: Caldea, Tochter der Südens, Lysanne, Tochter des Nordens, Jamahi, Tochter des Ostens, und Taipa, Tochter des Westens.«

Val und sie hatten gemeinsam mit ihren Freunden im Vorfeld zu Malenas Vorschlag beraten. Auch Lothair war Teil des Gremiums, das auch darüber diskutiert hatte, ob es gegen ihren Wunsch auf Gleichstellung der Geschlechter sprach, wenn sie nur Frauen in die neuen Positionen beriefen. Da der Rest des Senats aber noch immer aus hochbetagten Männern – Aries hatte sie uralt genannt – bestand, waren sie übereingekommen, dass »vier junge Frauen mit frischem Wind aus allen Himmelsrichtungen den Staub aus dem Senat blasen würden«, wie Agrippa es ausgedrückt hatte.

Am Ende der tagelangen Beratungen hatte Lothair Val und Malena auf die Schulter geklopft und ihnen das vermutlich erste Lächeln seiner Amtszeit geschenkt. Dieses Zucken seiner Mundwinkelfalte hatte Val ebenso irritiert wie Malena, und beide waren sich heute noch nicht sicher, ob sie es sich nur eingebildet hatten. Anschließend hatte der Priester verkündet, dass seine Mission nun beendet sei und er Vals Vater Sargon nachreisen würde, um am Alterssitz der ehemaligen Princeps seinen Lebensabend zu verbringen.

»Sollte jemand diesem Vorschlag widersprechen wollen, so möge er sich nun erheben und seine Kritik äußern.« Malena sah sich zuerst im Kreis der alten Senatoren um, die allesamt den Kopf schüttelten, dann die Ränge der gesamten Senatshalle entlang. Zuletzt blieb ihr Blick über die Schulter an den schönsten blauen Augen der Welt hängen.

Aries strahlte sie voller Stolz an, und sein Lächeln fühlte sich an wie die Erfüllung aller Träume und Wünsche. Dann patschte eine winzige Hand in sein Gesicht, kleine Finger griffen nach der Wange des obersten Centurios und rissen mit neugieriger Gewalt daran, ehe die Stille der Halle von Babygeplapper erfüllt wurde.

Pax, der zu Ehren von Malenas beiden gefallenen Freundinnen die weiteren Namen Vilana und Mameida trug, war der erste Sohn, den ihre Blutlinie seit der Gründung Darianas geboren hatte.

Weil niemand Einwände erhob, hießen Val und Malena die Botschafter der Völker im Senat willkommen, und der Jubel, der daraufhin erschallte, erschreckte Pax so sehr, dass er laut losbrüllte.

Sofort ging Malena zu ihren beiden Liebsten, zu ihrer Familie, nahm Pax, dessen Name Frieden bedeutete, auf den Arm und lächelte Val entgegen, der wieder einmal rot anlief, weil Pallas anzügliche Witze machte wie immer.

Sie hatten ihren Wunsch nach einer besseren Zukunft, nach Freiheit und Einheit zwar nicht mit Blut geschrieben, wie sie es sich als Kinder damals ausgemalt hatten – aber er hatte sich dennoch erfüllt. Das neue Alania war nun ein besserer Ort für alle Menschen, ein Ort, in dem Pax frei war und alles werden konnte, was er anstrebte.

Glossar

Die alten Gottheiten und ihre Göttergaben:

Arktus

Gott des Nordens, Göttergabe: die ewige Flamme, in der unbesiegbare Waffen geschmiedet werden

Orientis

Gott des Ostens, Göttergabe: die Tontafel, die Wünsche erfüllt

Meridia

Göttin des Südens, Göttergabe: der Kelch der Einheit, der alle miteinander verbindet, die gemeinsam daraus trinken

Occidenta

Göttin des Westens, von ihrem Volk Erdenmutter genannt, Göttergabe: der Naturstein, der den Kontakt zur Natur und zum Geist anderer herstellt

Personenregister:

Malena: Princepa des Imperiums
Valerian: Princeps des Imperiums
Sargon: ehemaliger Princeps, Vater von Valerian

Lothair: oberster Priester von Dariana
Circe: Göttin Meridia in ihrer Rolle als oberste Gardistin von Malena
Mameida: Gardistin, Malenas Freundin
Vilana: Gardistin, Malenas Freundin
Aries: erster Centurio von Valerian
Maximus: Valerians Beschützer, Erdgeborener
Taipa: Heilerin aus dem Westen
Cheveyo: Stammeskrieger aus dem Westen, künftiger Häuptling
Yanma: Schamanin, Taipas Großmutter
Lana: Taipas Schwester
Akecheta: Häuptling, Cheveyos Vater
Zahra: Sultanin des Ostens
Jamahi: Versorgerin der Unterstadt, Ostländerin
Caldea: Hordenfürstin der Edoni, südliche Provinz
Agrippa: Caldeas beste Freundin, Horde der Valenti
Lucan: Vertreter der Teren
Pallas: Caldeas bester Freund, Horde unbekannt
Lysanne: Prinzessin des Nordens

Nachwort

Wow, es ist geschafft. Eben habe ich die letzten Sätze getippt und Abschied von Alania genommen. Ich tippe diese Zeilen direkt, weil ich mich noch nicht verabschieden will. Zwar gibt es noch genug zu tun – es ist bisher schließlich nur die Rohversion, und es existiert eine ganze Liste mit »Dingen, die weiter vorne geändert werden müssen« – trotzdem will ich jetzt gerade, in diesem Moment, nicht gehen.

Ich habe so viele Monate in Alania verbracht, habe Gottheiten erfunden, ihre Religionen und Völker ausgestaltet, Karten gezeichnet und Figuren entworfen – für meine erste komplett eigene Welt. Also gebe ich mir noch einen kleinen Moment Aufschub, halte noch kurz hier inne und genieße es.

(Nach dem Lektorat)
Ich will immer noch nicht gehen, aber vermutlich ist es Zeit, weniger Helikopterautorin zu sein, sondern meine Figuren ziehen zu lassen, egal, wie schwer es fällt.

Davor gibt es aber noch jede Menge Dankeschöns zu verteilen. Allen voran an meine Agentin Franziska Hoffmann und an Maria Weber, der motivierendsten Redakteurin der Welt (mit der man auch unfassbar gut fangirlen kann). Du hast mir mit jedem Feedback ein Lächeln auf die Lippen gezaubert, und mit deiner Begeisterung hat sich *Das verratene Herz* quasi von selbst geschrieben. Das gleiche Motivationstalent hat auch meine Lektorin Katja Hildebrandt. Ich danke dir für den Austausch und jeden Kommentar, mit dem *Das verratene Herz* zu dem wurde, was ihr nun alle lesen konntet.

Obwohl ich das Cover schon gemeinsam mit dem vom *Verbotenen Wunsch* erhalten habe, bin ich noch immer total verzaubert davon, was Alexander Kopainski hier geschaffen hat: das perfekte Äußere für meine Göttergaben.

Die nächste Strophe meiner Dankeshymne geht an meinen Testleser Timm und meinen Mann, die beide etliche Versionen meiner Bücher lesen (müssen) und mir mit ihrem Feedback immer weiterhelfen, und an meine mich stets motivierende Patreon-Crew mit extra Gruß an meine Champs Jana Ruhland, Nadine Seven und Daphne Bühner. Ihr alle musstet nun ewig auf die Auflösung warten, wie ich den großen Fluss im Osten letztendlich genannt habe. Sorry.

Nun aber zu dir.

Danke, dass du meine Welt an der Seite von Malena, Val, Taipa, Caldea und Aries betreten, an ihrer Seite gekämpft, rebelliert und gelitten hast (hoffe ich o.O). Ich freue mich über jedes Feedback, jede Rezension, jede Nachricht (ob per Mail oder DM) und jede Markierung in den sozialen Medien (@stefaniehasse).

Wenn dir meine Göttergaben gefallen haben, erzähl es weiter, empfiehl das Buch, schreib eine kurze Lesermeinung, um anderen die Entscheidung für oder gegen die Geschichte zu erleichtern (zwei, drei Sätze genügen!), ich bin dir für jedes Wort unglaublich dankbar.

Wir lesen uns hoffentlich beim nächsten Abenteuer!

Bis dann!

Steffi